ANGELIKA SCHWARZHUBER

Ziemlich turbulente Zeiten

Angelika Schwarzhuber

Ziemlich turbulente Zeiten

Roman

blanvalet

MIX
Papier aus verantwortungsvollen Quellen
FSC® C014496

Klimaneutral*
Druckprodukt
ClimatePartner.com/14044-1912-1001

Penguin Random House Verlagsgruppe FSC® N001967

2. Auflage

in der Penguin Random House Verlagsgruppe GmbH,
Neumarkter Str. 28, 81673 München
Dieses Werk wurde vermittelt durch die
Literarische Agentur Thomas Schlück GmbH, 30161 Hannover.
Redaktion: Alexandra Baisch
Umschlaggestaltung und -motiv: © Johannes Wiebel | punchdesign,
unter Verwendung einer Illustration von Max Meinzold
LH · Herstellung: sam
Satz: GGP Media GmbH, Pößneck
Druck und Bindung: GGP Media GmbH, Pößneck
Printed in Germany
ISBN: 978-3-7341-0908-9

www.blanvalet.de

Für Carolin, meine wunderbare Schwiegertochter

Kapitel 1

Eine Frau muss ins Kleid passen!

»Blödes Ding, geh doch zu«, murmelte ich gepresst und versuchte, meinen Bauch noch weiter einzuziehen. Gleich würde mein Nabel an der Wirbelsäule andocken.

»Kann ich Ihnen helfen?«

Eine perfekt manikürte Hand schob sich zwischen den Vorhang.

»Nein!«, zischte ich.

Die Hand zog sich sofort zurück.

Sollte die Verkäuferin es auch nur wagen, einen Blick in die Kabine zu werfen, bevor ich es geschafft hatte, den Reißverschluss an der Seite des Kleides hochzuziehen, dann würde ich sie mit meinem BH erdrosseln. Okay … Vielleicht nicht gleich erdrosseln, schließlich war ich überzeugte Pazifistin, aber … aber ich würde ihr mindestens einen dicken, fetten Pickel mitten auf ihre perfekte kleine Nase wünschen! Was zugegebenermaßen ziemlich kindisch war.

»Ich kann das Kleid auch eine Nummer größer bringen. Soll ich?«, ließ sie nicht locker, obwohl sie mir vorhin davon abgeraten hatte, nachdem sie mit einem Röntgenblick meine Figur taxiert hatte. Umso mehr wollte ich ihr beweisen, dass es passte.

»Nein danke!«, knurrte ich, während sich Schweißperlen auf meiner Stirn bildeten. Es gab für mich eine Grenze, was Kleidergrößen betraf, und die durfte ich nicht überschreiten. Auch nicht für dieses Kleid. Sonst würde ich irgendwann völlig aus der Form laufen. Das musste ich unbedingt vermeiden. Ein kurzer Blick in den Spiegel, und ich erschrak über die bedenkliche rote Farbe, die mein Gesicht vor Anstrengung inzwischen angenommen hatte. Trotzdem würde ich auf keinen Fall aufgeben! Nur noch etwa sieben Zentimeter, dann hätte ich es geschafft. Ich stellte mich auf die Zehenspitzen, versuchte, mich noch ein klein wenig mehr zu strecken, die Luft anzuhalten und – Bingo! Mit einem energischen letzten Zug glitt der kleine Schieber ganz nach oben.

Ja! Ich ballte die Sieger-Faust, als hätte ich einen Marathon gewonnen. Und irgendwie fühlte es sich fast genauso an. Zumindest hatte ich das dringende Bedürfnis, mich auf den Boden zu werfen und hechelnd nach Luft zu schnappen, während ich mir eine Flasche Wasser über den Kopf goss und mir irgendjemand anerkennend auf die Schulter klopfte. Egal in welcher Reihenfolge das dann ablaufen würde.

Nun setzte ich die Brille auf und wagte es, mich ganz im Spiegel zu betrachten. Das, was ich sah, es war … nun ja … ehrlich gesagt war es all die Mühe nicht wert gewesen.

Verdammt!

Aus meiner Kehle kam ein enttäuschtes Glucksen.

Das traumhafte Etuikleid, um das ich seit einer Woche herumschlich und bei dem ich mir sicher war, dass ich darin einfach nur fantastisch aussehen würde, quetschte meinen üppigen Körper wie Presswurst in einen spinatgrün gefärbten Biodarm. *Schauderhaft!* Nie im Leben konnte ich meiner besten Freundin Anna darin als Trauzeugin zur Seite stehen. Ich kannte mich und meinen nicht vorhandenen eisernen Willen gut genug und machte mir nichts vor. Die Wahrscheinlichkeit, in den nächsten sechs Wochen so viel abzunehmen, dass das Kleid meinen Körper bis dahin schmeichelhaft umhüllte, war ebenso gering wie die Aussicht darauf, dass der inzwischen ergraute Anteil meiner Haare sich von selbst wieder sein natürliches Dunkelblond zurückerobern würde.

»Hier ist das Kleid eine Nummer kleiner«, hörte ich die Verkäuferin nun sagen.

Kleiner? Tickt die Gute noch ganz richtig?

»Das ist superlieb von Ihnen«, flötete eine zauberhafte Stimme aus der Kabine links von mir. »Danke!«

Die Verkäuferin hatte offensichtlich nicht mich gemeint. Und am entspannten Tonfall der Kundin von nebenan war klar, bei ihr gab es keine Grenze nach oben, die sie verteidigen musste.

Ein Gefühl von Neid stieg in mir hoch. Neid auf alle Frauen dieser Welt, die nie … *Halt Ilona! – Neid macht hässlich. Und Neid macht sicherlich auch einen hohen Blutdruck.* Außerdem war es ein Gefühl, das völlig untypisch für mich war. Was war heute nur los mit mir? Eigentlich hatte ich doch schon vor einer Weile Frieden mit meinen üppigen Formen geschlossen und kam damit ganz gut zurecht. Doch seitdem ich die Umkleidekabine mit diesem Kleid betreten hatte, litt ich unter einer Anspannung, die mir selbst ein Rätsel war.

Ich seufzte. Vielleicht war es einfach mal wieder an der Zeit für einen gemütlichen Frauenabend mit Anna und Zoe. Spontan griff ich nach dem Handy und tippt eine Nachricht in unsere WhatsApp-Gruppe:

Heute 19 Uhr im Dolce Vita?

Nur wenige Sekunden später schrieb Anna:

Unbedingt!

Und auch Zoes Antwort ließ nicht lange auf sich warten:

Ich reserviere unseren Tisch!

Zufrieden steckte ich das Handy zurück in die Handtasche und fühlte mich bei der Aussicht auf ein Treffen mit meinen Freundinnen wieder deutlich besser.

Eigentlich hätte ich mir denken können, dass der Schnitt des grünen Kleides für meine Figur nicht wirklich optimal war, egal wie traumhaft schön es im Schaufenster ausgesehen hatte. Dennoch war es zu verlockend gewesen hineinzuschlüpfen. Tja. Die Verkäuferin hatte leider recht gehabt. Vermutlich sollte ich doch besser das taubenblaue Cocktailkleid mit dem die Pölsterchen kaschierenden Chiffon-Überwurf anprobieren, das sie mir eigentlich mit in die Kabine geben wollte. Allerdings war das so gar nicht meine Farbe. Oder sollte ich es für heute einfach gut sein lassen? Und mir die restliche Nachmittagspause, die ich mir extra für den Besuch in dem Modeladen genehmigt hatte, am Stehtisch in meiner Lieblingsbäckerei mit einem feinen Nusshörnchen aus buttrigem Blätterteig und Milchkaffee versüßen. Ja! Das war ein guter Plan.

Und jetzt schnell raus aus diesem Kleid.

Ich griff nach dem Reißverschluss und wollte ihn nach unten ziehen, doch der kleine Schieber rührte sich keinen Millimeter. Erneut zog ich scharf die Luft ein, damit der Stoff etwas weniger spannte, und versuchte es mit der anderen Hand. Ich ruckelte, erst wild, dann mit viel Gefühl. Vergeblich.

Das darf doch nicht wahr sein!

Ich steckte in diesem verdammten Kleid fest. Die Kabine schien mit einem Schlag enger zu werden, und eine plötzlich aufsteigende Panik schnürte mir die Luft ab. Ich begann zu schwitzen.

Hilfe! Ich brauche Hilfe! Sofort!

Rasch schob ich den Vorhang zur Seite, doch von der Verkäuferin war weit und breit nichts zu sehen! Das war wieder mal typisch! Die ganze Zeit war sie um mich herumscharwenzelt, und jetzt, wo ich sie wirklich, wirklich, wirklich brauchte, war sie verschwunden. Das Kleid schien meinen Körper mit jeder Sekunde enger zu umfangen, wie eine Anakonda, die sich um ihr Opfer schlang, um es zu Tode zu quetschen. Verzweifelt japste ich nach Luft.

»Lona?«

Mitten im Japsen hielt ich vor Schreck inne. Es gab nur einen, der mich so ansprach, weil ihm mein Name Ilona nicht gefiel. Und genau dieser eine war der Letzte, den ich jetzt hier sehen wollte!

»Alles okay?« Die Frage klang eher barsch als tatsächlich besorgt.

Ich drehte mich zu der Stimme um. Und tatsächlich: Jo Ranke stand leibhaftig vor mir. Jo Ranke, der Oskar-nominierte Filmkomponist. Der Mann, mit dem ich vor ein paar Wochen nach einem ziemlich kurzen Intermezzo per WhatsApp Schluss gemacht hatte. Und er sah besser aus denn je.

»Alles gut!«, krächzte ich mit einer Stimme, so hoch, dass sie an meiner Schädeldecke vibrierte.

»Wirklich? Du siehst aus, als ob du gleich einen Herzinfarkt kriegen würdest!«, bemerkte er trocken.

Vor meinen Augen begann es zu flimmern, in meinen Ohren rauschte es, und meine Beine fühlten sich an wie Gummi. Kalter Schweiß stand auf meiner Stirn. Ich würde doch nicht jetzt ohnmächtig werden?

»Du wirst doch nicht … Lona …«, hörte ich seine Stimme wie aus der Ferne und spürte, wie mich jemand unter den Armen packte und zu einem kleinen Zweisitzersofa zog, das neben der Umkleidekabine für geduldig wartende Ehemänner und Freunde bereitstand.

»Eigentlich solltest du mir egal sein«, zischte er mir keuchend zu. »So wie du mich abserviert hast!«

»Jo … ich …!«, setzte ich an.

»Schon gut! Hinsetzen!«, unterbrach Jo mich streng.

»Kann nicht!«, krächzte ich hilflos.

»Stell dich nicht so an!«

Doch es war unmöglich in dem engen Kleid. Es ging einfach nicht. Er schien das schließlich ebenfalls zu erkennen, und ehe ich michs versah, lag ich auf dem Boden.

Er packte meine Fußknöchel, hob meine Beine hoch und hielt sie fest.

»Schön durchatmen, Lona!«

Ich tat, was er mir sagte, schloss jedoch die Augen. Ich konnte ihn jetzt nicht anschauen! Noch nie im Leben hatte ich mich so geschämt!

»Oh! Was ist denn hier los?« Das war die Stimme der Verkäuferin.

»Jo? Was machst du denn da?« Das war die Stimme der Kundin, die vorhin neben mir in der Kabine gewesen war.

»Vermutlich der Kreislauf«, erklärte Jo knapp und drückte meine Beine noch ein Stück höher.

In diesem Moment wurde mir bewusst, dass es Wochen

her war, dass ich meine Beine rasiert hatte. Für ein Date. Mein letztes Date mit Jo, bevor es drei Tage später zu Ende gewesen war! Inzwischen konnten meine haarigen Unterschenkel sicher als Kulisse für die Dschungelshow dienen. Ich presste die Augen noch fester zu und schluckte.

Oh! Mein! Gott!

»Ihr Kopf wird ja ganz rot!«, hörte ich die Kundin rufen.

Kein Wunder!

Wo war das nächste Mauseloch, in das ich mich verkriechen konnte?

»Was machen wir denn jetzt?«, fragte die Verkäuferin hilflos.

»Wir müssen ihren Kreislauf wieder in Schwung bringen. Jacky, kannst du mal …«

Jo sprach nicht weiter. Doch was er von dieser Jacky wollte, sollte ich gleich erfahren.

»Es geht schon …«, begann ich, da blieb mir erneut die Luft weg. Jemand hatte mir kaltes Wasser ins Gesicht geschüttet. Erschrocken riss ich Augen und Mund auf, prustete und spuckte und versuchte, mich hochzurappeln, doch das Kleid und Jos fester Griff um meine Fußknöchel machten das unmöglich.

Eine rassige Dunkelhaarige stand mit einer halb leeren Wasserflasche links neben mir. Sie sah atemberaubend aus in demselben grünen Kleid, das ich trug, allerdings mindestens vier Nummern kleiner. Offenbar war das Schicksal heute ziemlich albern drauf und ersparte mir nichts.

»Vorsicht! Das teure Kleid!«, rief die Verkäuferin, die rechts neben mir stand.

»Lona? Geht's wieder?«, fragte Jo, und diesmal hörte er sich tatsächlich besorgt an.

Ich nickte und wischte mir eine nasse Haarsträhne aus dem Gesicht.

Klar. Es geht mir ganz wunderbar. So was mache ich doch jeden Tag.

»Lona? Du meinst *die* Lona?«, fragte die Frau ungläubig, die Jo vorhin Jacky genannt hatte und vermutlich halb so alt war wie ich. Ihre Stimme klang alles andere als begeistert.

»Äh, ja. *Die* Lona!«, bestätigte Jo knapp. »Sollen wir den Notarzt rufen?«

»Ich weiß auch nicht«, murmelte die Verkäuferin unsicher, die mit der Situation völlig überfordert schien.

»Nein!«, rief ich. »Nicht nötig!«

»Eher Greenpeace. Sie zappelt wie ein gestrandeter Walfisch«, kommentierte Jacky trocken. Es war nicht zu überhören, dass sie etwas gegen mich hatte.

Blödes Miststück!

Doch leider hatte sie recht. Ich kam mir tatsächlich genauso vor: wie ein gestrandeter Wal.

»Es geht schon wieder. Wirklich!«, versuchte ich mit aller Würde zu beteuern, die ich aufbringen konnte, und griff erneut nach dem Reißverschluss.

»Hörst du? Du kannst sie jetzt wieder loslassen, Jo!«, sagte Jacky.

»Okay.«

Langsam ließ Jo meine Beine sinken.

Ich versuchte erst gar nicht aufzustehen. Solange ich dieses vermaledeite Kleid trug, würde ich das nie im Leben allein schaffen, ohne mich vollends zu blamieren. Doch der Reißverschluss klemmte nach wie vor.

Inzwischen standen mehrere Leute in der Nähe und verfolgten das Spektakel neugierig.

»Kriegt da jemand ein Kind?«, hörte ich jemanden fragen.

»Das ist doch dieser Musiker, oder?«, meinte ein anderer.

Jo Ranke war vielen hier in der Gegend am Chiemsee bekannt, wo er vor ein paar Monaten nach seiner überraschenden Rückkehr aus Amerika wieder in sein Elternhaus am See gezogen war.

»Ich glaub, da kriegt echt jemand ein Kind.«

Gut, dass das kleine Sofa zwischen uns und den Neugierigen stand, denn einige hatten sogar ihre Handys gezückt und filmten. Ich hoffte so sehr, dass man mein Gesicht nicht erkennen konnte, ansonsten würde ich mich nie wieder aus dem Haus trauen.

Es war wie in einem dieser Träume. In denen man nach vorn an die Tafel gerufen wurde und erst dort bemerkte, dass man nackt war und alle einen anstarrten. Ich wünschte mir nur das eine: sofort aufzuwachen und daheim in meinem Bett zu liegen. Doch ich befand mich tatsächlich in diesem wahr gewordenen Albtraum der Peinlichkeit.

»Ich muss dringend aus diesem Kleid raus«, verkündete Jacky und sprach damit den Satz aus, den eigentlich ich sagen wollte. »Never ever kann ich mich damit noch im Spiegel anschauen, ohne an diese …«, fuhr sie fort und suchte offenbar nach den richtigen Worten, um mir noch richtig eins reinzuwürgen, weil ich ihr die Freude an ihrem Kleid vermasselt hatte, ließ es dann aber bleiben. »Kommst du, Jo?«

Jo nickte, dann ging er kurz in die Hocke und klopfte mir auf die Schulter.

»Das wird schon wieder, Lona.«

Und in diesem Moment fühlte ich mich erneut wie nach einem Marathonlauf. Allerdings war ich die Läuferin, die weit abgeschlagen als Letzte ins Ziel getorkelt war, während die anderen schon längst feierten.

Jo verschwand mit seiner Jacky in der Umkleidekabine.

»Wie konntest du so eine fette alte Kuh mir vorziehen?«, hörte ich sie hinter dem Vorhang zischen.

Oh, oh! Sie kannten sich also schon damals. Deswegen ist sie so sauer auf mich!

»Im Nachhinein verstehe ich das selbst nicht. Wenigstens haben wir nie miteinander geschlafen«, antwortete Jo.

Das hätte der endgültige Tiefpunkt des Tages sein können. Doch in dem ganzen Wahnsinn der letzten Viertelstunde war es mir ein eigenartiger Trost, dass ich es gewesen war, die Jo den Laufpass gegeben hatte.

Ich griff nach der Hand der Verkäuferin.

»Können Sie bitte den Reißverschluss öffnen! Bitte«, flehte ich sie an.

Sie nickte.

Kapitel 2

Freundinnen im Dolce Vita

»Und nachdem die gute Frau den Reißverschluss – weiß der Teufel, wie – gleich beim ersten Versuch aufbekommen hatte, sagte ich zu ihr: ›Packen Sie mir das Kleid ein. Ich nehme es!‹, schloss ich ein paar Stunden später im Dolce Vita die Erzählung meines Fiaskos ab.

Anna verschluckte sich fast an ihrem Pinot Grigio, und Zoe wischte sich vor Lachen die Tränen aus den Augenwinkeln.

»Echt jetzt? Du hast das Kleid gekauft?«, fragte Anna verwundert, nachdem sie sich wieder einigermaßen beruhigt hatte.

Ich nickte.

»Nach dem ganzen Tohuwabohu und so, wie ich mich schon davor der Verkäuferin gegenüber verhalten hatte, war ich es ihr irgendwie schuldig. Auch wenn ich dieses Ding sicherlich niemals anziehen werde«, erklärte ich und nahm einen großen Schluck Bardolino.

»Wie kannst du auch ohne mich shoppen gehen? Nächstes Mal begleite ich dich wieder«, versprach Anna, die schon seit dem Kindergarten meine beste Freundin war. Sie war nur ein Jahr jünger als ich und kannte mich manchmal besser, als ich mich selbst kannte.

»Und ich komme auch mit«, bekräftigte Zoe.

Noch bis vor Kurzem hatten die Zahnärztin und ich uns nicht sonderlich gut leiden können. Sie hatte meiner besten Freundin ziemlich weh getan, als sie vor Jahren mit Annas damaligem Mann Harald in die Kiste gesprungen war. Wann immer wir jetzt auf dieses Thema zu sprechen kamen, beteuerte sie hoch und heilig, dass es nur ein einziges Mal vorgekommen sei und es ihr unendlich leidtue und dass sie gar nicht verstehen könne, wie es überhaupt dazu kommen konnte. Tatsächlich hatte sich später herausgestellt, dass Harald ein notorischer Fremdgänger und Zoe nur eine von vielen Frauen war, mit denen er Anna betrogen hatte. Zoe war damals untröstlich gewesen, dass sie ihrer Mitarbeiterin das angetan hatte, und hatte alles Mögliche und Unmögliche versucht, damit Anna ihr verzieh. Erstaunlicherweise hatte genau dieser Ehebruch die beiden Frauen zusammengeschweißt, die seither nicht nur Chefin und Angestellte waren, sondern auch gute Freundinnen. Ich hatte das lange nicht verstehen können und war eine Weile lang nicht nur sauer, sondern fast ein wenig eifersüchtig auf Zoe gewesen. Das war wohl auch mit ein Grund, weshalb Anna sich entweder mit mir oder mit Zoe verabredete, damit wir nicht zu häufig aufeinandertrafen. Im vergangenen Frühjahr und Sommer hatte sich Annas Leben jedoch ziemlich auf den Kopf gestellt, und das hatte Zoe und mich irgendwie einander nähergebracht. Und als Zoe dann auch noch auf der Hochzeit von Annas Tochter Leo einen Herzinfarkt hatte und fast gestorben wäre, hatte ich erkannt, dass sie mir inzwischen richtig ans Herz gewachsen war. Und ich ihr wohl ebenfalls, auch wenn wir uns das nie offen ins Gesicht sagen würden und uns nach wie vor mit kleinen Sticheleien gegenseitig aufzogen.

»Einmal gebratener Lachs mit Salat«, riss Hedi, die Bedienung, mich aus meinen Gedanken und stellte den Teller vor Zoe.

»Und hier Gnocchi in Tomatensugo …« Das war mein Essen.

»Und Pizza speziale für Anna.«

Annas Pizza war mal wieder ein kleines Kunstwerk. Salamischeiben, kleine rote und gelbe Cocktailtomaten und Oliven-Ringe waren wie eine Blumenwiese auf einem Bett aus Rucola arrangiert.

Wir drehten uns zur Durchreiche. Dort winkte uns Ronaldo lächelnd aus der Küche zu. Oder besser gesagt, er winkte Anna zu. Der Koch hatte seit Jahren ein Faible für meine beste Freundin. Und obwohl er selbst vergeben war und Anna kurz vor ihrer Hochzeit stand, hatten die kulinarischen Aufmerksamkeiten, die er ihr schenkte, in den letzten Wochen nicht nachgelassen. Es gehörte einfach zu einem Besuch im Dolce Vita dazu, dass Anna bei ihm einen Sonderstatus hatte. Zoe und ich hatten uns längst damit abgefunden.

»Alles klar bei dir, Ilona?«, fragte Anna, nachdem wir angefangen hatten zu essen.

»Ja klar«, antwortete ich. »Warum?«

»Na, weil heute noch gar kein dummer Spruch von dir kam. Noch nicht einmal über meine neue Haarfarbe hast du gelästert«, bemerkte Zoe und schob sich eine Gabel voll Lachs in den Mund. Seit ihrem Herzinfarkt achtete sie noch mehr auf gesundes Essen, als sie das ohnehin schon immer getan hatte. Dabei war sie von uns dreien die Schlankeste und trieb regelmäßig Sport.

»Stimmt. Deine Haare sind ziemlich rot.« Tatsächlich bemerkte ich erst jetzt die Veränderung. Und das war wirklich seltsam.

»Kaschmirrot«, erklärte Zoe.

»Steht dir gut, Zoe. Echt gut«, machte ich ihr ein Kompliment und nahm einen weiteren Schluck Rotwein.

»Siehst du. Genau das meine ich«, sagte Zoe und legte ihr Besteck weg. »Es kann dir gar nicht gut gehen. Normalerweise hättest du schon längst etwas gesagt wie *Der Pumuckl-Look soll ja gerade wieder in sein* oder …«

»So einen Quatsch würde ich nie sagen«, unterbrach ich sie trocken. Mir würde da ein viel besserer Spruch über die Lippen kommen. Aber im Moment fiel mir tatsächlich nichts ein.

»Die Sache heute hat dich wohl doch etwas mitgenommen«, vermutete Anna einfühlsam.

Ich nickte.

»Vielleicht. Ich kann es immer noch nicht fassen, dass mir das tatsächlich passiert ist. Und es wäre alles nicht ganz so schlimm gewesen, wenn nicht ausgerechnet Jo Ranke und seine Neue dabei gewesen wären.«

Zoe kicherte.

»Immerhin hat er versucht, dich zu retten«, verteidigte sie ihn schwach.

»Und hat damit alles nur schlimmer gemacht«, erklärte ich. Jedes Mal, wenn ich nur daran dachte, wie er meine unrasierten Beine nach oben gerissen hatte, um meinen Kreislauf wieder in Schwung zu bringen, wurde ich knallrot. Und das hatte rein gar nichts mit den Wechselbeschwerden zu tun, die mich ab und zu heimsuchten.

»Jo hat es halt drauf, dass man sich als Frau immer wieder schlecht fühlt«, sagte Anna und seufzte.

Nie hätte ich gedacht, dass ich mich einmal für Annas Teenagerschwarm Jo erwärmen könnte. Ganz im Gegenteil, so wie er Anna abserviert hatte, war dieser Mensch für mich gestorben. Als er dann aber mit einem lukrativen Catering-Auftrag zu mir kam, den ich einfach annehmen musste, lernte ich seine charmante und witzige Seite kennen. Und dass dieser attraktive und vielbegehrte Mann sich noch dazu für mich interessierte, schmeichelte mir ungemein. Nach langem Hin und Her hatte ich Anna gebeichtet, dass ich mich gerne auf dieses Abenteuer einlassen würde, und hätte dabei fast unsere Freundschaft aufs Spiel gesetzt. Zum Glück stellte ich dann aber für mich fest, dass ich zwar große Sehnsucht nach einem Partner hatte, er da aber wahrscheinlich nicht der Richtige war, und so hatte ich ihm den Laufpass gegeben. Inzwischen hatte ich mich manchmal gefragt, ob das wirklich so klug war und ob nicht doch etwas aus uns hätte werden können. Doch so, wie er sich heute über mich geäußert hatte, war ich froh darüber.

»Wie kommst du denn mit den Hochzeitsvorbereitungen voran?«, fragte ich Anna, um das Thema Jo zu beenden.

»Nachdem es nur eine kleine standesamtliche Feier mit wenigen Gästen sein wird, ist alles überschaubar«, antwortete sie. »Umso mehr freue ich mich darauf.«

Das Strahlen in ihren Augen zeigte, wie glücklich sie mit Paul war. Dabei war Anna diejenige von uns dreien gewesen, die nach ihrer Scheidung eigentlich keinen neuen Partner mehr gewollt hatte, während Zoe und ich immer mehr oder weniger verzweifelt Ausschau gehalten und dabei leider auch den ein oder anderen Fehlgriff gemacht hatten.

»Jedenfalls steht dir das eisblaue Kostüm, das du mit Emma und Leo gefunden hast, super und passt genau für eine Winterhochzeit«, schwärmte ich.

Eigentlich wäre ich selbst gerne beim Shopping dabei gewesen. Doch da ich zurzeit keine zuverlässige Aushilfe hatte, konnte ich mein Geschäft nicht einfach einen ganzen Tag für einen Einkaufsbummel in München zusperren.

»Ich hätte nie gedacht, dass ich so schnell *das* Hochzeitskleid für mich finden würde«, sagte Anna.

»Es ging ja überhaupt alles total schnell bei euch«, bemerkte Zoe und nahm einen Schluck Mineralwasser. Erst vor zwei Wochen hatte Anna uns mit der Nachricht überrascht, dass sie und Paul am ersten Adventswochenende heiraten würden.

»Ja, ich weiß«, sagte Anna. »Aber ich war mir noch nie in meinem Leben bei einer Entscheidung so sicher wie dabei, Pauls Antrag anzunehmen.«

Sie griff nach der Dessert-Karte und wedelte ihrem plötzlich rot glühenden Gesicht Luft zu.

»Wieder mal Hitzewellenzeit?«, fragte Zoe amüsiert.

»Warte nur, das blüht dir sicher auch bald«, antwortete ich anstelle von Anna.

Zoe schnaubte. »Bis dahin ziehen noch einige Jährchen ins Land. Und außerdem will ich vorher unbedingt ein Kind.«

»Ein Kind? Aber ich dachte …«, begann ich, stoppte dann jedoch.

»Was dachtest du?«, hakte Zoe nach, der man nicht ansah,

dass sie Anfang vierzig war. »Dass ich meinen Traum von einer Familie wegen der Herzgeschichte aufgegeben habe?« Sie lachte trocken und beantwortete die Frage gleich selbst. »Jetzt werde ich erst recht alles daransetzen!«

In ihrer Stimme lag so viel Überzeugung, dass ich mir sicher war, sie würde ihr Vorhaben verwirklichen können. Und in diesem Moment spürte ich wieder so einen Anflug dieses seltsamen Gefühls, wie heute schon einmal in der Umkleidekabine. Zoe konnte tatsächlich noch ein Kind bekommen. Im Gegensatz zu mir. Was nicht nur an meinem Alter lag, sondern weil mir vor fast fünfzehn Jahren wegen eines großen Myoms die Gebärmutter entfernt worden war. Die Operation hatte mir nicht nur die Möglichkeit genommen, ein Baby zu bekommen, sondern auch meine damalige langjährige Beziehung zerstört.

Zuerst hatte Johannes beteuert, dass ihm das nichts ausmachen würde, weil er mich liebte. Doch nach und nach merkte ich ihm an, dass ihn die Gewissheit, niemals Vater werden zu können, sehr wohl bedrückte. Ich wiederum wollte nicht, dass er seinen Traum von einem Kind aufgeben musste, den er sich mit einer anderen Frau nach wie vor erfüllen könnte. Und da er mich nie deswegen verlassen hätte, weil er ein viel zu feiner Kerl war, trennte ich mich von ihm. Inzwischen war er schon seit Jahren mit einer anderen Frau verheiratet, doch Kinder hatten die beiden trotzdem nicht. Eine üble Laune des Schicksals wollte es, dass auch die andere Frau nicht schwanger werden konnte, wie er mir bei einer zufälligen Begegnung erzählte. Trotzdem schien er mit ihr sehr glücklich zu sein, und auch hier fragte ich mich ab und zu, ob unsere Trennung damals die richtige Entscheidung war und was wohl aus uns geworden wäre, wenn Johannes und ich zusammengeblieben wären.

»Ilona?«

»Ja?«

»Du bist heute wirklich mit den Gedanken ständig woanders«, sagte Anna. »Möchtest du auch noch ein Glas Wein?«

Erst da bemerkte ich, dass Hedi, die Bedienung, neben uns stand und wartete, ob ich was bestellen möchte.

»Ja … gern«, sagte ich. Ich nahm den letzten Schluck und reichte der Frau das Glas.

»Noch einen Bardolino bitte, Hedi.«

»Klar.« Doch sie blieb noch am Tisch stehen.

»Sag mal, Ilona, warst du das zufällig heute in der Boutique?«, fragte sie vorsichtig.

»Wie meist du das?«, fragte ich schnell, wobei ich genau wusste, worauf sie hinauswollte.

»Na ja, die Frau, die von Jo Ranke gerettet wurde«, erklärte sie, und ich lief puterrot an.

O Gott! Es hat sich also schon herumgesprochen!

»Einige Leute meinen ja, dass die Frau am Boden ein Kind bekam«, fuhr sie in ihrem typisch hektischen Tonfall fort, mit dem sie sonst immer unsere Bestellungen aufnahm. »Aber ich weiß von der Frau, die in der Boutique putzt, dass das nicht stimmt. Sie meinte, es müsse eine Geschäftsfrau aus dem Ort gewesen sein. Und da hab ich gleich an dich gedacht, weil ich deine Schuhe erkannt habe. Die Pumps hast du schon öfter hier angehabt. Und du trägst sie heute auch. Warst du das wirklich?«

Sie sah mich neugierig an.

»Äh … ja«, antwortete ich knapp. Auf die Schnelle hatte ich keine Notlüge parat und wusste nicht, was ich sonst hätte sagen sollen. Unauffällig schob ich meine Füße nach hinten unter den Stuhl. Nicht dass die Schuhe sonst noch jemandem auffielen.

»Ha!«, rief sie siegessicher. »Ich wusste es.«

»Warst du denn auch im Geschäft?«, fragte ich vorsichtig nach.

»Nein. Aber ich hab das Video auf YouTube gesehen.«

»Video?«, fragten Zoe und Anna unisono.

Ich schluckte.

Verdammter Mist!

»Es hat schon weit über zehntausend Aufrufe«, verriet sie eifrig.

Hedi zog ihr Handy aus der Hosentasche, rief das Video auf und drückte mir ihr Handy in die Hand.

Nun wünschte ich mir zum zweiten Mal an diesem Tag ein Loch, in das ich mich verkriechen konnte. Das wollte ich mir ganz sicher nicht anschauen, trotzdem konnte ich meinen Blick nicht von dem kleinen Bildschirm lösen. Glücklicherweise lag ich so nah am Sofa, dass man außer meinem Hinterkopf und meinen Beinen mit den Schuhen, die Jo an den Fußfesseln umklammert nach oben hielt, nichts von mir sah. Die Szene zeigte, wie Jacky die Flasche öffnete und sich nach unten beugte, um mir Wasser – was man ebenfalls nicht sah – ins Gesicht zu schütten, während die Verkäuferin sich erschrocken mit der Hand an den Mund fasste. Der Fokus lag jedoch eindeutig auf Jo Ranke, der meine Beine noch weiter in die Höhe riss. Der Film war mit einer lustigen Musik unterlegt und am Ende so geschnitten, dass in einer Wiederholungsschleife mehrfach hintereinander zu sehen war, wie er meine Beine immer wieder nach unten sinken ließ und hochhob. Dazu als Untertitel: *Wer ist Lona? Jo Ranke – Geburtshelfer oder Lebensretter?*

Als ich einige der Kommentare unter dem Video las, wurde mir ganz flau im Magen.

»Gib her«, sagte Zoe und schaute sich das Video zusammen mit Anna ebenfalls an.

Es war unübersehbar, dass sich beide das Lachen kaum verbeißen konnten.

»Man erkennt überhaupt nicht, dass du es bist«, flüsterte Anna, die nun versuchte, einen mitfühlenden Blick aufzusetzen.

Das ist aber auch der einzige Trost!

Bevor ich Hedi das Handy zurückgab, griff ich nach ihrer Hand.

»Bitte Hedi, erzähle nicht weiter, dass ich das bin«, bat ich sie eindringlich mit gesenkter Stimme.

»Das würde ich auch vorschlagen«, sagte Zoe, und plötzlich lag eine Ernsthaftigkeit in ihrer Stimme, die ungewohnt für sie war. »Sonst müssen wir drei uns zukünftig ein anderes Lokal suchen, in dem wir uns treffen.«

Hedi schien kurz zu überlegen, immerhin hatte sie gerade aus erster Hand erfahren, wer diese ominöse Lona war, die der berühmte Jo Ranke angeblich gerettet hatte. Doch die Aussicht auf den guten Umsatz, den sie stets mit uns machten, und vor allem das ordentliche Trinkgeld, ließ sie offenbar ihre Prioritäten überdenken.

»Von mir erfährt es niemand«, versprach sie und ging zur Theke.

»Vielleicht sollte ich auswandern«, murmelte ich und schob mir eine Gabel voll Gnocchi in den Mund.

»Ach komm«, versuchte Anna mich aufzumuntern. »Nimm das doch nicht so schwer.«

»Zum Geburtstag kriegst du von mir einen Epilierer für die Beine«, feixte Zoe mit einem breiten Grinsen.

»Blöde Kuh!«, maulte ich sie an, musste dann aber auch grinsen. Die ganze Sache war wirklich zu albern. Vielleicht sollte ich es tatsächlich einfach mit Humor nehmen.

Hedi kam mit den Getränken.

»Jetzt komm, lass uns darauf trinken, dass dir so etwas nie wieder passiert«, schlug Anna vor, und darauf stießen wir an.

»Hab ich euch übrigens schon erzählt, dass ich über Weihnachten und Neujahr auf die Kapverden fliege?«, wechselte Zoe nun das Thema. Sie verreiste wahnsinnig gern und gab dafür jährlich vermutlich mehr Geld aus, als eine gefräßige Großfamilie für Lebensmittel und Kleidung in drei Jahren verbrauchte. Und nach dem überstandenen Herzinfarkt wollte Zoe noch weniger darauf verzichten, ihr Leben zu genießen. Damit die Praxis in der Zeit ihrer Abwesenheit nicht ständig geschlossen werden musste, hatte sie inzwischen eine erst kürzlich pensionierte Kollegin aus dem Nachbarort engagiert, die ihr Rentnerdasein zwar genoss, aber froh über die Abwechslung war und als Urlaubsvertretung das Gefühl hatte, doch noch gebraucht zu werden.

»Kapverden? Wie herrlich, Zoe«, sagte Anna.

»Wohin macht ihr denn eure Hochzeitsreise?«, fragte Zoe neugierig.

»Nachdem wir an meinem fünfzigsten Geburtstag erst in Venedig und Cavallino waren, wollen wir nach der Hochzeit gar nicht weit wegfahren. Paul kennt ein zauberhaftes Hotel im Bayerischen Wald mit tollem Spa-Bereich, leckerem regionalen Essen und herrlichen einsamen Wanderwegen. Außerdem soll die Hotelbar gut bestückt sein. Da werden wir es uns ein paar Tage einfach so richtig gut gehen lassen.«

Ich unterdrückte ein Seufzen. Ich freute mich wirklich für Anna, dass sie mit Paul doch noch ihr Glück gefunden hatte. Aber gerade heute fühlte ich mich dadurch noch mehr wie eine Verliererin. Ilona, die Frau, die einen Delikatessen-Laden schmiss, und das vermutlich auch nur deswegen, weil ich selbst so eine Genießerin war. Ansonsten war mein Leben langweiliger als Schonkost.

»Du testest das Hotel«, forderte Zoe Anna auf, »und wenn das wirklich so toll dort ist, wie Paul behauptet, dann könnten wir drei ja mal ein Wochenende dort verbringen. Wir wollten doch schon längst was gemeinsam machen.«

Sie sah zu mir.

»Und bevor du protestierst, meine liebe Ilona, dann musst du deinen Laden eben einfach mal an einem Samstag zusperren oder dir endlich eine zuverlässige Aushilfe suchen. So schwer kann das doch wirklich nicht sein.«

Bevor ich darauf antworten konnte, klingelte Annas Handy. Sie stellte ihr Glas ab, griff in die Tasche und meldete sich.

»Hallo Emma …«, begrüßte sie ihre jüngere Tochter. »Was ist los? … Ich versteh dich so schlecht. Sag mal, heulst du?«

Das Lächeln in ihrem Gesicht verschwand.

War etwas Schlimmes passiert? Zoe und ich sahen Anna besorgt an.

»Ach, Schatz das tut mir leid … drück ihn mal fest von mir … ja, klar kann er bei uns schlafen. Ich komme gleich nach Hause … bis dann.«

»Was ist denn los?«, fragte Zoe.

Anna seufzte mit traurigem Blick.

»Bernhard hat heute mit Ben Schluss gemacht. Oder Ben mit Bernhard, so genau habe ich es nicht verstanden … Sie hatten wohl einen ziemlichen Streit, und jetzt braucht Ben vorerst eine Unterkunft. Und vor allem Trost.«

Ben war der Bruder von Annas Schwiegersohn Timo und schon von klein auf ein ganz besonders enger Freund der Familie.

»Ach, das tut mir leid«, sagte ich. Ich mochte Ben sehr. Er war ein total lieber Typ, der noch dazu umwerfend aussah. Die Tatsache, dass er nur auf Männer stand, hielt einige Frauen jedoch nicht davon ab, sich vorzustellen, wie es wäre, mit ihm zusammen zu sein oder sich in ihn zu verlieben.

»Ach Mensch. Was für ein Mist«, sagte Zoe.

»Ich muss nach Hause«, sagte Anna und suchte in ihrer Tasche nach der Geldbörse.

»Hedi! Zahlen bitte!«, rief sie der Bedienung zu.

»Ich fahr dich«, bot Zoe an.

»Ich hab es doch nicht weit«, sagte Anna.

»Falls du es nicht bemerkt haben solltest, draußen schüttet es inzwischen wie aus Eimern.«

Zoe schob sich das letzte Stück Lachs in den Mund und griff ebenfalls nach ihrer Geldbörse.

»Dann wäre das natürlich super, Zoe. Du bist ein Schatz«, nahm Anna das Angebot an.

»Soll ich auch mitkommen?«, fragte ich.

»Brauchst du nicht«, winkte Anna ab. »Iss wenigstens du in Ruhe zu Ende.«

»Na, dann ab mit euch. Los. Ihr braucht nicht auf Hedi zu warten. Ich übernehme heute die Rechnung«, sagte ich.

»Danke … ich zahl dann nächstes Mal«, sagte Anna, und gleich darauf waren die beiden verschwunden.

Ich saß allein vor dem Rest meiner Gnocchi und Annas erst zur Hälfte verspeister Pizza. So hatte ich mir den Abend heute nicht vorgestellt. So hatte ich mir den ganzen Tag heute nicht vorgestellt. Erst diese Blamage in der Boutique, und jetzt wurde ich quasi auch noch von meinen beiden Freundinnen versetzt. Auch wenn der Grund dafür nachvollziehbar war. Ich trank den Rest des Weins aus. Jetzt hier allein weiterzuessen, darauf hatte ich nun wirklich keine Lust. Überhaupt war mir der Appetit vergangen. Was auch eher ungewöhnlich war. Denn essen konnte ich normalerweise in jeder Lebenslage.

Ich winkte Hedi.

»Ich möchte zahlen, und packst du mir die Reste bitte ein, Hedi?«, bat ich sie.

»Klar.«

»Und es gilt doch, dass du nicht …«, begann ich noch einmal vorsichtig, um mir sicher zu sein, dass sie mich nicht öffentlich bloßstellte.

»Fest versprochen«, unterbrach Hedi mich beruhigend. »Ich würde ja auch nicht wollen, dass alle Welt weiß, wie sehr ich mich öffentlich blamiert habe.«

Danke, liebe Hedi, dass du mir das noch mal so deutlich sagen musst!

Fünf Minuten später ging ich mit einer Doggybag in der Hand nach Hause.

Kapitel 3

Kalte Pizza und Limettenpesto

Es war noch nicht einmal halb zehn, als ich zu Hause war, und viel zu früh, um ins Bett zu gehen. Doch ich hatte weder Lust auf irgendeine Serie noch darauf, ein Buch zu lesen. Ich verstaute die Essensreste im Kühlschrank und beschloss, noch ein wenig zu arbeiten. Vielleicht konnte ich mich so von den Gedanken an diesen blöden Tag ablenken. Um es mir bequemer zu machen, schlüpfte ich in meine liebste Schlabberhose und streifte den vor Jahren von meinem Onkel Bastian selbst gestrickten Pullover über. Das war der erste Moment an diesem Tag, an dem ich mich wirklich entspannt fühlte.

Meine Wohnung lag über dem Geschäft, was für mich natürlich sehr praktisch war. Mit einem Glas Wein und einer Flasche Wasser ging ich nach unten in das kleine Büro im hinteren Teil des Hauses, direkt neben der Gastroküche, die ich für die Zubereitung der Speisen fürs Catering nutzte. Dort setzte ich mich an den Schreibtisch und schaltete das Radio an. Schon jetzt, Mitte Oktober, trudelten erste Anfragen und Aufträge für Advents- und Weihnachtsfeiern ein. Ich verschaffte mir einen Überblick über den aktuellen Stand und machte eine Aufstellung der Lebensmittel, die ich benötigte. Einen Teil davon bezog ich nicht hier vor Ort, sondern ließ sie von einigen ausgewählten Direktherstellern aus Italien, Frankreich und Österreich liefern. Vor allem Obstbrände, Weine, diverse Essigsorten und Öle, Oliven und eingelegtes Gemüse und Obst sowie besonderes Gebäck und diverse Pasta-Sorten. Im Laufe der Jahre hatte sich mit einigen Erzeugern eine enge Zusammenarbeit entwickelt.

Die Lebensmittel mussten bald bestellt werden, damit ich sowohl für das Catering als auch für den Laden genug vorrätig hatte. Gerade in der Weihnachtszeit waren hochwertige Bioprodukte in kreativen, nachhaltigen Verpackungen beliebte Geschenke.

Zuerst orderte ich online verschiedene Obstbrände und Liköre bei einem Hersteller in der Wachau. Für eine bestimmte Sorte Marillenlikör hatte ich inzwischen sogar mehrere Stammkunden, die sich darauf verließen, dass ich immer ein paar Flaschen des wirklich sehr süffigen Getränks im Laden hatte.

Dann rief ich die Seite der Biomanufaktur Alessia in der Toskana auf. Ich war erst im letzten Jahr auf den Hof aufmerksam geworden, der von einer Italienerin und zwei Österreichern geführt wurde. Christoph Kaiser, dem Foto auf der Homepage zufolge ein gut aussehender Mann, schätzungsweise Mitte vierzig, war mein Ansprechpartner vor Ort. Dass er Österreicher war, machte die Bestellung überaus einfach, da musste ich nicht erst meine paar Brocken Italienisch zusammenkratzen. Von ihnen bezog ich bisher vor allem Öle, verschiedene Essigsorten, eingelegte Antipasti und Oliven.

Als ich durch die Produktliste scrollte, entdeckte ich, dass der Hof seit Kurzem auch verschiedene Pesto-Sorten und mediterrane Aufstriche im Angebot hatte. Ich beschloss, einige zu bestellen, um sie auszuprobieren. Beim Gedanken an Pesto cotto und schwarzen Olivenaufstrich auf würzigem Bauernbrot oder Linguini mit Pesto Genovese lief mir das Wasser im Mund zusammen. Plötzlich meldete sich der Hunger zurück, der mir vorhin gründlich abhandengekommen war. Ich holte Annas halb aufgegessene Pizza aus dem Kühlschrank und futterte sie kalt, trank dazu ein weiteres Glas Wein, während ich munter diverse Produkte im Online-Shop ankreuzte und die Bestellung schließlich abschickte. Der Wein war lecker, auch wenn er mir inzwischen schon etwas zu Kopf gestiegen war.

Na und? Ist ja ohnehin niemand da, den es stört!

Ich rief gerade die Homepage des Weinguts Bernard Beaulieu im Elsass auf, um Weine und den besten Crémant zu bestellen, den ich jemals getrunken hatte, da kam eine Mail vom italienischen Biobauernhof. Zuerst dachte ich, es handele sich um die Auftragsbestätigung, doch dann las ich den Betreff: *Fragen zu Ihrer Online-Bestellung.*

Huch! Das ging ja schnell. Ich öffnete die Mail.

Liebe Frau Heubach,
herzlichen Dank für Ihre Bestellung über einen Warenwert von 25.110,30 Euro …

Waaaaas? Ich schluckte und musste den Betrag zweimal lesen! *25.110,30 Euro?! Aber wie …?!* Aufgeregt las ich weiter.

… Eine Bestellung von 10.000 Gläsern Limettenpesto wäre zwar ein toller Auftrag für uns, würde aber die Kapazität unserer kleinen Biomanufaktur derzeit sprengen …

Dahinter stand ein Zwinker-Smiley.

… und bevor wir unseren Laden auf Massenproduktion umstellen, möchte ich sicherheitshalber doch nachfragen, ob es sich bei der Stückzahl vielleicht um einen Irrtum handeln könnte?
Nächtliche Grüße aus Bella Italia an den Chiemsee!
Christoph Kaiser

Ich wusste nicht, ob ich lachen oder weinen sollte. Der Tag heute hatte es echt in sich. Was würde mir denn noch alles passieren? Gut, dass es bald Mitternacht war und ich alles abhaken und morgen auf einen besseren Tag hoffen konnte. Aber dieser Christoph Kaiser schien immerhin Humor zu haben. Rasch tippte ich eine Mail zurück:

Lieber Herr Kaiser,
offensichtlich ist mir bei der Bestellung ein gewaltiger Fehler unterlaufen. Es sollten natürlich nicht 10.000 Stück, sondern nur 10 Stück sein, wie bei den anderen Pesto-Sorten auch. Danke, dass Sie mich umgehend auf den Irrtum aufmerksam gemacht haben, bevor in zwei Wochen ein Lastwagen mit Paletten voller Pesto vor meinem Laden steht und ich mir eine größere Lagerhalle anmieten muss.
Entschuldigen Sie bitte die nächtlichen Annehmlichkeiten!
Herzliche Grüße aus Bayern in die Toskana
Ilona Heubach

Puh, das war gerade noch mal gutgegangen. Das nächste Mal würde ich Bestellungen nur noch in völlig nüchternem

Zustand tätigen, nahm ich mir vor. Für heute machte ich besser mal Schluss mit der Büroarbeit. Wein und Crémant konnte ich auch morgen noch ordern. Doch bevor ich den Rechner herunterfuhr, kam eine weitere Mail von Christoph Kaiser.

Liebe Frau Heubach,
Sie müssen keine zusätzliche Lagerhalle anmieten. Die Bestellmenge ist korrigiert. Der Gesamtwert beläuft sich nun auf 235,20 Euro plus Porto. Die Lieferung geht am kommenden Montag an Sie raus. Und für die nächtlichen Annehmlichkeiten müssen Sie sich nicht entschuldigen
– Zwinkersmiley –
Ein netter Freud'scher Versprecher übrigens.
Schöne Grüße
Chris

Ich las seine Nachricht noch mal. *Nächtliche Annehmlichkeiten? Freud'scher Versprecher?* Was meinte er denn damit? Außerdem hatte er nur noch mit seinem abgekürzten Namen unterschrieben.

Ich überflog meine eigene Mail noch einmal. Hitze schoss mir ins Gesicht. Ich hatte tatsächlich *nächtliche Annehmlichkeiten* geschrieben. *Wie peinlich!*

Rasch tippte ich erneut:

Auf jeden Fall ist der Kontakt zu Ihnen tatsächlich sehr angenehm, Herr Kaiser, trotz meiner offensichtlichen nächtlichen Aussetzer.
Herzlichst, Ilona

Ich hatte die Mail kaum verschickt, da klingelte mein Firmentelefon. Eine Nummer mit einer italienischen Vorwahl wurde angezeigt. Ich hob ab.

»Delikatessen Ilona Heubach«, meldete ich mich, ganz die korrekte Geschäftsfrau, mit nur leichtem Zungenschlag, der hoffentlich unbemerkt blieb.

»Und hier ist Chris Kaiser von der Biomanufaktur Alessia … Ich dachte, da Sie ohnehin noch wach sind, könnten wir doch auch einfach telefonieren? Diese Tipperei ständig macht echt keinen Spaß. Vor allem nicht, wenn man schon zwei, drei Gläser Wein getrunken hat.«

»Normalerweise mache ich das ja nicht, wenn ich arbeite …«, begann ich mich zu rechtfertigen, bis mir aufging, dass er wohl gar nicht mich damit gemeint hatte. »Also, äh, stimmt, ich finde es auch einfacher zu telefonieren, ohne Wein … also ich meine …«, stotterte ich herum.

»Sie haben heute also auch schon etwas getrunken?«, folgerte er amüsiert. Seine Stimme war warm und wohltönend. Und der österreichische Dialekt charmant. *Sympathisch!*

»Ich war mit zwei Freundinnen zum Essen verabredet«, erklärte ich ungefragt. »Aber es gab einen Notfall, weshalb der Abend ziemlich abrupt endete, und da ich noch nicht schlafen gehen wollte, dachte ich, ich arbeite noch ein wenig. Das hätte ich wohl besser bleiben lassen.«

»Und kein Partner, den es stört, dass Sie noch so spät am Schreibtisch sitzen?«, fragte er und setzte gleich darauf hinzu: »Scusi – ich sollte nicht so neugierig sein.«

»Ach, schon gut«, winkte ich ab. »Nein, kein Mann, den das stört. Ich kann so lange am Schreibtisch sitzen, wie es mir gefällt!«

»Schön … also, ich meine, ich finde es auch gut, wenn einem niemand dreinredet.«

Er ist also auch Single?

»Ich war bei einer Weinprobe bei befreundeten Weinbauern hier in der Nähe«, fuhr er fort. »Aber wir sind heute Abend wohl Leidensgenossen, auch mein Abend hat unerwartet früh geendet – das Gastgeberehepaar hat sich so heftig zerstritten, dass alle sich früh auf den Heimweg gemacht haben, um sich aus der Schusslinie zu bringen.«

Ich musste lachen.

»Das war echt nicht lustig, sondern sehr unangenehm«, beteuerte er.

»Kann ich mir vorstellen. War der Wein denn wenigstens lecker?«, fragte ich.

»War er. Da gab's nichts zu meckern«, antwortete er. »Ein wunderbar würzig-fruchtiger Chianti.«

»Bei mir gibt es Bardolino«, verriet ich, und wir stellten fest, dass wir durchaus einen ähnlichen Geschmack hatten. Schon nach kurzer Zeit waren wir zu einem freundlichen Du übergegangen. Ich erfuhr einiges über die Biomanufaktur, über Produkte, die demnächst auf die Angebotsliste kamen, und die Olivenernte, die bald beginnen würde und in diesem Jahr besonders ertragreich zu werden versprach.

»Wie hat es dich denn überhaupt dorthin verschlagen?«, wollte ich wissen.

Chris erzählte mir, dass seine jüngere Schwester Claudia sich vor drei Jahren bei einem Urlaub in der Toskana in die Olivenbäuerin Alessia verliebt hatte.

»Claudia ist Malerin, arbeitet aber auch viel auf dem Hof mit«, erklärte er.

»Und du wolltest deine Schwester nicht alleine in die Toskana ziehen lassen?«, hakte ich nach und schenkte mir noch einen großzügigen Schluck Wein ein.

»Sozusagen. Ich stand damals an einem Wendepunkt«, erklärte er. »Ich hatte mir ein kleines, aber recht erfolgreiches IT-Unternehmen in Salzburg aufgebaut. Es lief wirklich gut zu dieser Zeit. Genug Geld, eine Beziehung, von der ich dachte, sie sei stabil. Allerdings blieb durch die Arbeit kaum Zeit für private Dinge. So wie es halt bei vielen Selbstständigen nun mal ist.«

Wem sagst du das?

»Lange Rede, kurzer Sinn – die Beziehung ging in die Brüche, und plötzlich schien es mir unglaublich verlockend, etwas völlig Neues anzufangen. Ich verkaufte meine Firma und steckte einen großen Teil des Geldes in den Ausbau des Biohofes hier. Und es war die richtige Entscheidung«, endete er. »Ich fühle mich pudelwohl.«

»Das hört sich echt toll an«, sagte ich versonnen. So ein Leben in der Toskana konnte ich mir auch herrlich vorstellen.

»Und das Gute daran, ich bin viel an der frischen Luft, habe ausreichend körperliche Bewegung, die mir Spaß macht, und kann umso mehr das herrliche Essen genießen, das wir selbst produzieren, ohne auch nur ein Gramm zuzunehmen.« Er lachte vergnügt.

Es war das erste Mal während des Gesprächs, dass mir das Lächeln im Gesicht für einen Moment entglitt.

»Ja … Bewegung ist echt wichtig«, stimmte ich ihm zu.

»Total. Ich habe jahrelang kaum was anderes gemacht, als hauptsächlich am Schreibtisch zu sitzen. Man redet sich leider gern ein, dass man keine Zeit hat für Sport, weil immer so viel zu tun ist. Aber wenn der ganze Stress dann endlich abfällt und man zur Ruhe kommt, merkt man erst so richtig, wie ungesund man vorher gelebt hat.«

»Offenbar hast du noch rechtzeitig die Bremse gezogen. Das ist gut«, sagte ich, weil ich nicht wusste, was ich sonst darauf antworten sollte.

»Hab ich … Jedenfalls hörst du dich total energiegeladen an. Du machst sicher auch Sport?«, fragte er interessiert.

Für einem Moment wusste ich nicht, was ich antworten sollte. Die Wahrheit, dass ich mich heute schon dabei überanstrengt hatte, nur um mich in ein Kleid zu quetschen, ganz zu schweigen davon, wie ich mich anschließend noch blamiert hatte, als ich wie ein hilfloser Käfer auf dem Rücken lag, der sich nicht hochrappeln konnte, wollte ich ihm sicher nicht auf die Nase binden.

»Ilona? Bist du noch da?«

»Klar.«

Plötzlich ritt mich der Teufel. Er sollte keine moppelige Frau vor Augen haben, wenn er sich mit mir unterhielt. Keine einsame Singlefrau, die mit ihrer Arbeit verheiratet war und deren Höhepunkt in einem riesigen Stück Käsekuchen oder einer neu entdeckten Serie auf Netflix bestand. Rasch nahm ich einen Schluck Wein, und bevor ich noch weiter darüber nachdenken konnte, sagte ich: »Ohne Sport würde mir das Leben überhaupt keinen Spaß machen.«

»Dachte ich mir. Was machst du denn so?«

»Ach, alles Mögliche. Radfahren, Joggen, Tennis«, zählte ich all die Sportarten auf, die Zoe machte. »Und Schwimmen!«, setzte ich noch hinzu. Wobei zumindest Letzteres nicht gelogen war. Ich war wahnsinnig gern im Wasser. Ich konnte es nur so gar nicht leiden, mich vor anderen Leuten im Badeanzug zu präsentieren. Deswegen suchte ich mir im Sommer meistens einsame Stellen am See zum Schwimmen. Freibäder oder beliebte Badestrände mied ich hingegen tunlichst.

»Wow – du musst ja total fit sein«, sagte Chris.

»Bin ich«, beteuerte ich und verdrängte das schlechte Gewissen über diese klitzekleine Schummelei. Da wir uns sowieso nie begegnen würden, war es letztlich egal, und ich fühlte mich nach diesem demütigenden Tag dadurch irgendwie besser. »In meinem Alter darf man sich nicht gehen lassen«, fügte ich noch hinzu.

»In deinem Alter? Wie alt bist du denn?«

»So eine Frage darf man einer Frau doch nicht stellen«, konterte ich lachend.

»Das stimmt … und wenn ich einfach rate?«

»Wie, du kannst an der Stimme erkennen, wie alt die Person am Telefon sein könnte?«

»Eine meiner leichtesten Übungen, aber ich muss erst noch Wein nachschenken. Wartest du kurz? Bin gleich wieder da?«

»Klar …«

Ich war versucht, mir ebenfalls noch mal nachzuschenken, aber da der Alkohol mein Hirn bereits ein wenig vernebelte, griff ich lieber zum Wasser.

Chris war rasch wieder zurück am Telefon.

»Prost, Ilona«, sagte er.

»Prost, Chris!«

»Verrätst du mir jetzt, wie alt du mich schätzt?«, hakte ich nach.

»Ähm ja … Ich muss dir etwas beichten«, sagte Chris, dessen Aussprache inzwischen auch nicht mehr die deutlichste war.

»Du kannst es nicht!«

»Nicht wirklich«, gestand er. »Deswegen habe ich gerade auf die Homepage deines Geschäfts geschaut, in der Hoffnung, dort ein Foto von dir zu finden. Dann hätte ich einen Anhaltspunkt gehabt.«

Ich lachte.

»Und du bist nicht fündig geworden.«

»Nein. Auch nicht auf Facebook oder Instagram«, sagte er und hörte sich etwas zerknirscht an.

»Das ist alles nichts für mich«, sagte ich. »Wenn ich mitbekomme, wie viel kostbare Lebenszeit Leute damit verschwenden, kann ich mich nur wundern.«

»Ich nutze es auch nicht oft. Aber jetzt wäre es praktisch gewesen, dann wüsste ich nämlich, wie du aussiehst, und könnte besser raten.«

»Ist das denn so wichtig?«, wollte ich wissen.

»Nein. Gar nicht. Aber jetzt muss ich dein Alter eben so schätzen – und hoffen, dass ich in kein Fettnäpfchen trete.«

Mach dir da mal keine Sorgen, in Fettnäpfchen zu treten ist eher mein Ding.

»Nur zu! Ich verspreche, nicht beleidigt zu sein, egal, was du sagst.«

»Na gut. Also, deiner Stimme nach, die ich übrigens total angenehm empfinde, würde ich sagen …«, er machte eine kurze Pause, »… also ich würde sagen, du könntest so Anfang vierzig sein.«

»Volltreffer!«, sagte ich schnell, ohne mit der Wimper zu zucken.

Zehn Jahre hin oder her liegen locker innerhalb der Promille- … äh Toleranzgrenze.

»Siehst du, ich hab's drauf.«

»Total.«

»Ich bin übrigens einundfünfzig«, sagte er dann.

»Da hast du dich aber gut gehalten. Auf dem Foto auf eurer Homepage hätte ich dich jünger geschätzt«, sagte ich ehrlich.

»Auf dem Foto bin ich auch tatsächlich noch ein paar Jahre jünger«, meinte er, und wir lachten wieder. »Gib mir doch mal bitte deine Handynummer«, bat er mich. »Dann schicke ich dir ein absolut aktuelles Foto von mir.«

»Wird das jetzt ein: *Ich zeig dir meins, dann zeigst du mir deins*?«

»Wenn du nicht magst, musst du mir kein Foto von dir schicken, obwohl ich natürlich schon gern wissen würde, wie du aussiehst«, antwortete er.

»Dann lass mal sehen.« Trotz allem war ich neugierig.

Ich gab ihm meine Handynummer durch. Gleich darauf kam das Foto bei mir an.

»Es ist von gerade eben«, erklärte er.

Es war ein Selfie, auf dem man im Hintergrund einen aus roten Steinen gemauerten Rundbogen und dunkle Holzmöbel sah, die vermutlich schon einige Jahrzehnte, wenn nicht gar Jahrhunderte alt waren. Chris trug ein weißes Leinenhemd, das seine ansprechende Bräune toll zur Geltung brachte. Dunkelblondes Haar fiel ihm ein wenig verwegen in die Stirn. Um die Augenwinkel waren sympathische Lachfältchen zu sehen, und seine hellbraunen Augen funkelten vergnügt. Ich schluckte. Er sah richtig gut aus, besser als auf dem offiziellen Bild auf der Homepage.

»Hat es dir jetzt die Sprache verschlagen?«, fragte er.

»Ich suche nur noch nach den richtigen Worten«, entgegnete ich trocken.

»So schlimm?«

»Schrecklich … Hoffentlich habe ich heute Nacht keine Albträume von dir.«

»Wenn das passiert, tut es mir echt leid«, sagte er mit gespieltem Bedauern in der Stimme.

Ich grinste.

»Das nehme ich dir zwar nicht ab, aber egal … Im Ernst … ich würde dich immer noch auf Mitte vierzig schätzen.«

»Echt? Danke. Damit hast du meinen Tag gerettet. Oder besser gesagt, die bevorstehende Nacht. Sicher hätte ich sonst nicht schlafen können.«

»Gern geschehen … Aber sag mal, ist das ein Büro, das man im Hintergrund sieht?«, fragte ich neugierig.

»Ja.«

»Das sieht ja toll aus«, schwärmte ich.

»Das schönste Büro, in dem ich je gearbeitet habe. Das Landhaus ist aus dem 19. Jahrhundert. Die letzten beiden Jahre haben wir es aufwendig renoviert, aber ganz fertig sind wir immer noch nicht.«

»Wow!«

»Bald stellen wir übrigens auch Bilder vom Haus auf die Homepage, weil wir ab dem Frühjahr zwei Gästezimmer vermieten werden.«

»Das heißt, man kann auch bei euch Urlaub machen?«, fragte ich.

»Ja. Ist halt eher was für Individualurlauber, die eine Auszeit brauchen. Gleich neben dem Haus haben wir einen ehemaligen Pferdestall, den Alessias Großvater schon vor Jahren umgebaut hat. Hier übernachten manchmal Freunde aus Österreich, wenn sie uns besuchen. Das ist sehr einfach, aber funktional. Bald wollen wir alles auf Vordermann bringen und nächstes Jahr dann auch als Ferienwohnung anbieten. Es gibt jetzt schon Anfragen von Leuten, die ihren Urlaub am liebsten damit verbinden würden, bei der Olivenernte zu helfen.«

»Tolle Idee. Das würde mir sicher auch Spaß machen«, rutschte mir heraus. Und es war nicht gelogen.

»Dann solltest du uns mal besuchen … Du, Ilona?«, fuhr er fort, ohne dass ich etwas auf den Vorschlag erwidern konnte. »Es tut mir leid, aber ich muss jetzt aufhören. Draußen schlägt Lotte an.«

Jetzt war ich irritiert.

»Ist das deine Freundin?«, fragte ich.

Chris lachte schallend auf.

»Könnte man fast so sagen – sie ist nur etwas zottelig und bewegt sich auf vier Pfoten. Lotte ist unser Hofhund.«

»Ach so …« Ich kicherte. »Warum sollte deine Freundin auch irgendwo anschlagen?«, fragte ich, und meine Zunge schien über die Buchstaben zu stolpern. Leicht fiel mir das Reden nicht mehr.

»Das wär echt etwas seltsam … Aber ich muss wirklich nachsehen, was los ist. Wahrscheinlich wieder nur eine streunende Katze oder ein Igel, aber wissen kann man es nie …«

»Klar … und ich sollte jetzt so langsam auch ins Bett«, sagte ich, obwohl ich am liebsten noch ewig mit Chris geplaudert hätte.

»Dann schlaf schön – hoffentlich ohne Albträume«, wünschte er mir.

»Ich werde mir Mühe geben.«

»Und gut, dass du die falsche Stückzahl eingegeben hast, sonst hätten wir uns jetzt nicht so toll unterhalten«, sagte er.

»Ich bestelle gerne mal wieder astronomische Stückzahlen, damit du nachfragen kannst, ob das auch stimmt, dann können wir unser Gespräch fortsetzen«, sagte ich.

»Mach das! Aber du kannst auch anrufen, ohne was zu bestellen«, schlug er vor.

»Gut zu wissen … Nacht, Chris.«

»Buona notte, Ilona.«

Ich legte auf und spürte ein Lächeln auf meinem Gesicht. Nie hätte ich gedacht, dass dieser Tag auf so eine angenehme Weise enden würde.

Ich griff nach dem Handy und sah mir noch mal das Foto an, das Chris geschickt hatte. Ein wirklich sehr sympathischer und fescher Mann. Das leise ungute Gefühl, dass ich ihm wegen meines Alters und Aussehens nicht die Wahrheit gesagt hatte, verdrängte ich. Es war absolut nicht relevant, denn er würde mich ohnehin niemals zu Gesicht bekommen. *Schade eigentlich!* Seufzend schaltete ich den Computer aus und stand auf.

»Hoppala.« Der Wein hatte ganz schön reingehauen, doch noch erfüllte der Alkohol mich mit einem wohlig dämpfenden Gefühl von Leichtigkeit und Harmonie. Summend machte ich mich auf den Weg ins Schlafzimmer.

Eine halbe Stunde später war es mit der Harmonie allerdings vorbei. Mir war schlecht, und ich versuchte im Bett eine Position zu finden, in der ich nicht das Gefühl hatte,

Karussell zu fahren. Himmel, wieso hatte ich nicht nach dem dritten Glas aufgehört? Mein Herz raste. Das war mir schon mehrmals aufgefallen, nachdem ich Alkohol getrunken hatte, deswegen hatte ich in der letzten Zeit auch meistens darauf verzichtet.

Ist das das Alter? Verträgt man da nicht mehr so viel?, fragte ich mich.

Schließlich stand ich auf und ging ins Wohnzimmer. Dort setzte ich mich in meinen riesigen Ohrensessel mit hochklappbarem Fußteil und kuschelte mich mit meiner Decke ein. Die aufrechte Position half. Das Karussell stand endlich still, und ich schlief ein.

Kapitel 4

Ein dicker Kater

Als ich mich am nächsten Morgen aus dem Sessel quälte, fühlte ich mich hundeelend. Mein Kopf dröhnte, als ob sich darin ein Bergarbeiter mit einem Presslufthammer zu einem Kohlereservoire vorarbeiten würde. Ich schlurfte ins Bad, schrubbte in Zeitlupe meine Zähne und ließ unter der Dusche so lange lauwarmes Wasser über meinen Kopf prasseln, bis ich mich etwas besser fühlte.

In der Küche stand ich mehrere Minuten lang vor dem Kaffeeautomaten und fragte mich, ob mein Magen schon einen Cappuccino vertragen würde oder ich mir besser Tee aufbrühen sollte.

Der Wein gestern hatte mir wirklich nicht gutgetan, dafür war das Gespräch mit Chris Kaiser sehr unterhaltsam und sympathisch gewesen. Zumindest, soweit ich mich erinnern konnte. Ich grübelte, ob ich irgendetwas Peinliches gesagt hatte. Das fragte ich mich immer, wenn ich zu viel Alkohol getrunken hatte, weil meine Zunge sich ab einer gewissen Promillezahl gerne mal selbstständig machte und Dinge ausplauderte, die ich manchmal am nächsten Tag bereute.

Ich starrte immer noch auf den Kaffeeautomaten. Schließlich verzichtete ich auf Koffein und Tee, trank einfach nur ein großes Glas stilles Mineralwasser und ging dann hinunter in den Laden und bereitete routiniert den Tag vor.

Ich holte verschiedene Käsesorten, Feinkostsalate und Wurstspezialitäten aus der Kühlung im Lager und räumte alles appetitlich angeordnet in die Kühltheke neben der alten Lebensmittelwaage ein. In den nächsten Tagen stand kein Catering an, das ich vorbereiten musste, heute erwartete ich auch keine Lieferungen, somit würde der Tag hoffentlich nicht allzu hektisch werden.

Mein Handy meldete eine WhatsApp-Nachricht. Sie kam von Chris!

Guten Morgen, Ilona. Es war sehr schön, gestern Abend mit dir zu plaudern. Allerdings hoffe ich, dass ich nicht allzu viel Unsinn dahergeredet habe? Falls ja, war eindeutig der Wein schuld, schrieb er.

Ihm ging es offenbar genau wie mir. Das amüsierte mich.

Lächelnd tippte ich zurück:

Guten Morgen, Chris. Hast du nicht. Aber du nimmst mir die Worte aus dem Mund. Oder von der Tastatur. Egal. Auch ich hoffe, dass ich keinen Schmarrn geredet habe.

Das Handy klingelte. *Chris!*

»Entschuldige, aber ich brauche heute so lange, bis ich die Buchstaben treffe, deswegen rufe ich lieber an«, sagte er, und an seiner rauen Stimme konnte ich hören, dass ihm der Alkohol genauso zugesetzt hatte wie mir.

»Ist mir auch lieber«, gab ich zu.

»Also. Du hast überhaupt keinen Schmarrn geredet, Ilona.«

»Danke!« Ich fühlte mich etwas beruhigt. »Aber nach dem Brummen in meinem Kopf zu urteilen, kann ich das fast nicht glauben.«

»Geht mir ähnlich«, gestand er, und dann herrschte für ein paar Sekunden Stille in der Leitung.

»Ach, warum ich überhaupt anrufe. Es geht noch mal um deine Bestellung.«

»Hab ich noch was falsch eingegeben?«, fragte ich und wäre darüber nicht einmal verwundert gewesen.

»Nein ... aber ausgerechnet das Limettenpesto ist momentan aus. Alessia kommt erst in einer Woche wieder dazu, welches zu produzieren, weil es momentan so viel anderes zu tun gibt«, erklärte er bedauernd.

»Ach, das macht doch nichts«, sagte ich. »Echt nicht. Ich bestelle es einfach beim nächsten Mal mit.«

»Ich könnte dir stattdessen grünes Pesto mit Zimt anbieten«, schlug er vor.

»Mit Zimt? Schmeckt das denn?«, fragte ich skeptisch.

»Ich mag es sehr.«

»Na gut, dann probiere ich das aus. Vielleicht wäre das ja auch was für das Catering in der Weihnachtszeit?«, überlegte ich.

»Du machst auch Catering?«, fragte er überrascht. »Ich dachte, du hast nur den Laden?«

»Mit dem Lieferservice habe ich vor zwei Jahren angefangen. Zuerst klein, aber inzwischen werden die Aufträge immer größer. Allerdings biete ich nur Fingerfood für Firmen- oder Familienfeiern an.«

»Das ist ja toll!«

»Wenn ich also das Pesto mit Zimt ordere und damit Gerichte fürs Catering zubereite, dann bräuchte ich natürlich eine größere Stückzahl auf Vorrat.«

»Wenn wir es rechtzeitig wissen, dann ist das gar kein

Problem … Weißt du was? Ich packe zu deiner Bestellung gratis ein paar Produkte dazu, die du noch nicht kennst. Vielleicht ist da ja noch was dabei, das du magst.«

»Das ist super. Ich freue mich schon jetzt aufs Probieren. Danke dir, Chris.«

»Gern … Wie du vielleicht ahnst: Ich habe mir gerade eben das Ziel gesetzt, zu deinem bevorzugten Großlieferanten zu werden«, sagte er und lachte vergnügt.

»Ein sehr ambitioniertes Vorhaben«, entgegnete ich amüsiert. »Und du machst das wirklich gut. Aber wenn ich Großabnehmerin werde, muss ich natürlich auch besondere Konditionen bekommen«, begann ich zu verhandeln, denn trotz allem war ich immerhin auch eine Geschäftsfrau.

»Das werden wir rechtzeitig besprechen. Aber nicht heute. Mein Kopf verträgt noch keine Zahlen«, meinte er.

»Meiner auch nicht so wirklich«, gab ich zu.

»Es wäre echt schön, wenn wir unsere Geschäftsverbindung ausbauen könnten«, sagte er.

»Finde ich auch.« Dann würde ich auch öfter mit ihm zu tun haben. Diese Vorstellung gefiel mir, er war mir tatsächlich sehr sympathisch.

»So, jetzt muss ich leider hier weitermachen, sonst stehen die Kunden vor einem geschlossenen Geschäft«, sagte ich, und wir verabschiedeten uns.

Nach dem Gespräch mit Chris fühlte ich mich erstaunlicherweise besser. Und mein Magen war endlich so weit, dass ich ihm Koffein zumuten konnte. Ich machte mir einen großen Cappuccino und sperrte mit ein paar Minuten Verspätung den Laden auf.

Den Vormittag brachte ich gut über die Runden. Es kamen

gerade so viele Kunden, dass es mir nicht zu viel, aber auch nicht langweilig wurde. Zwischendrin blätterte ich die Tageszeitung durch. Das wiederum verhagelte mir gründlich die Laune. Mein gestriges Kleiderfiasko war einer Reporterin zu Ohren gekommen, die aus dem Video – mit inzwischen bereits über 30.000 Aufrufen – ein Foto gezogen hatte, das nun im Lokalteil der Zeitung abgedruckt war. Der Aufhänger war natürlich Jo Ranke. Und auch in diesem Artikel wurde darüber spekuliert, wer die am Boden liegende Frau war. Die Verkäuferin war dazu befragt worden und hatte geschildert, was passiert war, jedoch ohne meine Identität zu verraten. Das rechnete ich ihr hoch an. Offenbar hatte sie es honoriert, dass ich das Kleid am Ende gekauft hatte, obwohl es mir weder passte noch stand.

Ich klappte die Zeitung zu und stopfte sie in den Papierkorb. Sicher würden die Leute sich schon morgen über etwas anderes das Maul zerreißen, und das peinliche Erlebnis würde bald vergessen sein. Ich sollte mir das nicht so zu Herzen nehmen.

Am Mittag kam eine Nachricht von Anna. Sie bat mich, am Abend vorbeizukommen, damit wir gemeinsam versuchten, Ben aufzumuntern, dem die Trennung von Bernhard sehr zu schaffen machte. Ich sagte zu. Obwohl es sicher vernünftiger wäre, wenn ich heute Abend früh zu Bett ginge. Aber Ben tat mir ehrlich leid. Ich wusste, wie viel Bernhard ihm bedeutete, und sicherlich hatte der arme Junge schrecklichen Liebeskummer.

Während ich das Verfallsdatum auf den Packungen mit dem Gebäck kontrollierte, kam eine weitere Anfrage zu einem runden Geburtstag am Nikolaustag herein. Erwartet wurden über vierzig Gäste. Ich telefonierte mit dem Kunden und besprach die Details. Der Mann wollte ein rein veganes Buffet. *Kein Problem!* Da wären einige der Aufstriche, von denen Chris mir vorgeschwärmt hatte, sicher gut geeignet. Vielleicht würde ich ja tatsächlich Großabnehmerin bei ihm werden. Bei der Vorstellung musste ich lächeln.

Außerdem wollte ich mir auch noch selbst neue Varianten von Aufstrichen überlegen, die ich anbieten konnte.

Ich freute mich riesig, wie gut mein Laden inzwischen lief und dass das Catering auf so positive Resonanz stieß, aber das bedeutete auch, dass ich an meine Grenzen kam. Die Arbeit im Laden, dazu der ganze Bürokram und das Catering konnte ich auf Dauer nicht mehr allein schaffen. Ab und zu half mir Sanita aus, doch als alleinerziehende Mutter konnte sie nur stundenweise kommen, und das reichte nicht mehr. Vor allem im Hinblick auf das Weihnachtsgeschäft. Und momentan war Sanita noch dazu für drei Wochen auf einer Mutter-Kind-Kur im Allgäu.

Ich hatte schon mehrmals einen Versuch unternommen, jemanden zu finden, der in den Laden passte und zuverlässig war. Doch bisher war leider nie etwas Längerfristiges daraus geworden. Entweder kamen die flexiblen Arbeitszeiten für die Bewerber nicht infrage, oder die Einhaltung von Hygienevorschriften war für sie nur eine mögliche Option und keine Selbstverständlichkeit – weshalb sie für mich nicht infrage kamen.

Meistens scheiterte es jedoch daran, dass den potenziellen Mitarbeitern die grundsätzlichen Kenntnisse über Lebensmittel und vor allem die Freude bei der Zubereitung der Speisen fürs Catering fehlten. Essen schmeckte nur wirklich richtig gut, wenn man es mit Freude zubereitete. Diese Erfahrung hatte ich schon als Kind mit den nicht vorhandenen Kochkünsten meiner Mutter leidvoll machen müssen.

Mein Vater arbeitete Anfang der 70er-Jahre als Ingenieur für eine große Baufirma, die weltweit Wasserkraftwerke baute. Er war oft monatelang unterwegs und kam nur selten – und wenn, dann nur für kurze Zeit – nach Hause. Trotzdem, oder gerade deswegen, funktionierte die Ehe meiner Eltern erstaunlich gut. Wenn Vater da war, bemühte meine Mutter sich, selbst gekochtes Essen auf den Tisch zu bringen. Für ihre Gerichte gab es jedoch nur eine Bezeichnung: geschmackliche Vollkatastrophen.

Glücklicherweise nahm mein Vater es mit Humor und verpackte die Kritik am Essen so geschickt in Komplimente für Mutters sonstige Fähigkeiten, dass sie nicht beleidigt war. Im Grunde hasste meine Mutter es nämlich zu kochen. Bei ihr musste es immer schnell gehen, und so wuchs ich – wenn mein Vater gerade nicht da war – vorwiegend mit Schinkenbrötchen, Tütensuppen und Tiefkühlgerichten auf. Außerdem gab es immer einen riesigen Vorrat an Schokolade und Gummibärchen, auf den ich uneingeschränkten Zugriff hatte. Hauptsache, meine Mutter musste sich nicht an den Herd stellen.

Ab und zu aber band mein Vater sich auch selbst die Kochschürze um und zeigte mir, wie man aus wenigen frischen Zutaten leckere Gerichte zubereitete. Die Stunden mit ihm in der Küche gehörten zu den kostbarsten Erinnerungen an meine Kindheit. Im Gegensatz zu meiner Mutter hatte er Freude am Kochen – und genau diese Freude verwandelte das einfachste Essen in eine Delikatesse. War mein Vater nicht da, suchte ich Trost beim Essen, weil ich dann an ihn denken musste. Von daher war es kein Wunder, dass ich schon als Kind ein Moppelchen war.

Ich merkte, dass ich mal wieder mit meinen Gedanken abschweifte. Wie so oft in letzter Zeit.

Jedenfalls konnte ich für meinen Laden als Helfer nur jemanden brauchen, der wusste, wie man mit guten Produkten umging, Freude an der Zubereitung hatte und außerdem fähig war, unsere Lebensmittel für den Kunden im Laden und fürs Catering buchstäblich schmackhaft zu machen.

Himmel noch mal. Es musste doch jemanden geben, der bei mir einspringen konnte. Allein würde ich es jedenfalls nicht mehr sehr viel länger schaffen. Ich beschloss, es noch ein letztes Mal über ein Inserat in der Zeitung zu versuchen, und schickte den Text online ab.

Kapitel 5

Katzenjammer

Nachdem ich den Laden um 18 Uhr zugesperrt und aufgeräumt hatte, gönnte ich mir ein heißes Bad, bevor ich mich mit einer großen Packung Katzenzungen auf den Weg zu Anna machte. Zuerst überlegte ich, zu Fuß zu gehen, doch seit dem Nachmittag riss ein ungemütlicher Wind die bunten Herbstblätter von den Bäumen, und es sah nach Regen aus. Außerdem hatte ich heute ohnehin nicht vor, einen Tropfen Alkohol anzufassen. Und so stieg ich in meinen Minicooper und fuhr in die ruhige Siedlung, in der Anna mit ihrer achtzehnjährigen Tochter Emma in einem hübschen Haus wohnte, das von einem herrlichen Garten umgeben war.

Annas Verlobter Paul wohnte offiziell in einem eigenen, etwas kleineren Haus nicht allzu weit entfernt. An den meisten Wochenenden und in den Ferien war auch seine Tochter Jana da, die inzwischen in Salzburg Psychologie studierte. Bisher hatten Anna und Paul noch nicht endgültig geklärt, in welches der beiden Häuser sie nach der Hochzeit ziehen würden.

»Irgendwie ist es auch ganz praktisch«, hatte Anna mir erklärt. »Wir sehen uns sowieso fast jeden Tag. Manchmal sind wir bei mir, dann wieder bei ihm. Und wenn Paul an seinen

Romanübersetzungen arbeitet, ist es ganz gut, wenn er Ruhe hat. Unsere Töchter haben inzwischen überall ein Zimmer. Das bringt für alle Abwechslung ins Leben. Bis jetzt sehen wir keinen Grund, das zu ändern.«

Ich fand, dass sie damit recht hatte. Zoe jedoch konnte das überhaupt nicht verstehen.

»Aber ihr könnt doch nicht in zwei verschiedenen Häusern leben, wenn ihr verheiratet seid!«, hatte sie erst gestern beim Essen in der Pizzeria wieder gesagt.

Doch Anna war in dieser Hinsicht ziemlich pragmatisch und überzeugt davon, dass sich das alles von selbst ergeben würde.

Emma öffnete mir die Tür.

»Hi Ilona. Schön, dass du da bist, komm rein«, sagte das zierliche hübsche Mädchen mit den dunklen langen Haaren und rauchgrauen Augen, die sie von ihrer Mutter geerbt hatte.

»Hi Emma. Na, wie geht es ihm?«

Sie schüttelte den Kopf.

»Nicht gut. Wir sind im Wohnzimmer.«

Sie ging voraus. Ich schlüpfte währenddessen aus meinem Mantel und zog die Stiefel aus. Nachdem das hier für mich wie ein zweites Zuhause war, öffnete ich den Schuhschrank und holte die kuscheligen Schlappen heraus, die extra für meine Besuche bereitstanden.

Im Wohnzimmer saßen Anna, ihre Mutter Mina, Emma und Ben am Tisch und spielten die Deutschlandedition von »Die Siedler von Catan«.

»Hallo zusammen«, sagte ich in die Runde, und alle grüßten mich zurück.

Ben, der sonst immer strahlende junge Mann, saß da wie ein Häuflein Elend.

Mina stand auf.

»Du kannst gleich für mich einspringen, Ilona«, sagte sie, und ich vermeinte, ein wenig Erleichterung in ihrer Stimme zu hören.

»Aber Mama, es ist doch sowieso gleich vorbei«, warf Anna ein. »Emma braucht nur noch einen Punkt, dann hat sie gewonnen.«

»Ja, aber es kann sich trotzdem noch ziehen. In zehn Minuten kommt im Fernsehen eine neue Folge von Grey's Anatomy. Die will ich nicht verpassen.«

Die rüstige 75-Jährige mit einem leichten Hang zur Vergesslichkeit war ein großer Fan von Arztserien.

»Ich mache gerne für dich weiter, Mina«, sagte ich und setzte mich auf ihren Platz.

»Danke. Bis morgen, ihr Lieben«, sagte Mina an der Tür und verschwand in ihre Einliegerwohnung nebenan.

Ich öffnete die Schachtel mit den Katzenzungen und stellte sie auf den Tisch. Emma griff sofort zu.

»Ich liebe diese Teile«, sagte sie.

»Ich leider auch«, musste ich ihr beipflichten und verdrängte dabei möglichst das Fiasko mit dem Kleid, das prompt wieder in meinen Gedanken auftauchte.

»Was möchtest du trinken?«, fragte Anna.

»Erst mal nur Sprudelwasser«, sagte ich.

Alle sahen mich überrascht an.

»Ist besser so … Also, wer ist dran?«, fragte ich, während Anna mir einschenkte.

»Ben«, sagte Emma.

»Tja, dann versuche ich mal, dich noch einzuholen, Hexlein«, sagte er in einem fröhlichen Tonfall, der sich hauptsächlich bemüht anhörte. Doch ihr Vorsprung war zu groß. Tatsächlich kam ich nur einmal an die Reihe, bevor Emma ihren letzten Punkt ergatterte.

»Gewonnen!«, rief sie und grinste breit.

»Eine neue Runde?«, schlug Anna vor.

»Logisch!«, sagte Emma sofort.

»Ich bin dabei«, stimmte ich zu.

Doch Ben begann, das Spiel in die Schachtel zu räumen.

»Es ist lieb von euch, dass ihr mich ablenken wollt, aber das müsst ihr nicht. Wir spielen jetzt seit über vier Stunden. Das ist echt genug. Ich komme schon klar.«

Seine Augen sagten etwas völlig anderes. Ihn so traurig zu sehen tat mir richtig weh! Wieso musste das Leben eigentlich so kompliziert sein? Wieso konnten Beziehungen, für die sich zwei Menschen – meist – aus Liebe entschieden hatten, nicht einfach halten?

»Was zum Teufel hat diesen verdammten Bernhard geritten, dass er einen Typen wie dich einfach so in den Wind schießt?«, fragte ich.

Anna und Emma sahen mich erschrocken an. Offenbar war ihnen mein Vorstoß ein wenig zu offensiv.

»Ilona …«, mahnte Anna.

»Ist doch wahr«, unterbrach ich sie sofort. »Ben ist der Jackpot. Er ist liebenswürdig, lustig, klug, hilfsbereit, zuverlässig und sexy. Dazu kann er super kochen und hat sogar Spaß an ausgedehnten Shopping-Touren mit der Schwiegermutter seines Bruders und deren schrulligen Freundinnen.«

Ich holte kurz Luft, während die drei meiner Tirade folgten. »Klar, er ist nicht der Hübscheste unter der Sonne, aber meine Güte … niemand ist perfekt!«, fügte ich mit gespielt ernstem Blick und einem Schulterzucken hinzu.

»Stimmt«, sagte Emma trocken. »Ben ist echt grottenhässlich.«

»Man kann ihn kaum anschauen«, stimmte Anna zu und legte sich theatralisch eine Hand vors Gesicht.

Ben verdrehte kurz die Augen, und ein leises Lächeln umspielte seine Lippen.

»Ich kann mir ja eine Papiertüte über den Kopf stülpen«, schlug er vor.

»Solltest du«, sagte ich.

Und dann fingen wir alle zu lachen an.

In diesem Moment klingelte es an der Haustür, und kurz darauf stieß Zoe zu unserer Runde, bewaffnet mit einer Flasche braunem Tequila, die sie vor Ben auf den Tisch stellte, zusammen mit einem Netz Orangen und einem Döschen Zimt.

»Für dich, Ben. Das ist das richtige Getränk bei Liebeskummer«, sagte sie. »Glaub mir. Damit kannst du diesen Idioten für eine Weile vergessen!«

Ben nickte knapp, stand dann wortlos auf und ging aus dem Wohnzimmer.

Wir schauten ihm besorgt hinterher.

»Ben!«, rief Emma und wollte ihm nach.

Doch Anna hielt sie am Arm zurück. »Lass ihn. Ich glaube, er braucht mal einen Moment für sich. Wir beglucken ihn ja regelrecht.«

Kurz darauf hörten wir draußen die Haustür zufallen.

»Kann mir jetzt mal jemand verraten, was denn überhaupt passiert ist?«, fragte ich. »Die beiden waren doch wie füreinander gemacht. Nie im Leben hätte ich gedacht, dass die sich trennen.«

»Na ja«, sagte Emma. »Bernhard war schon manchmal komisch.«

»Wie komisch?«, hakte ich nach.

Emma kannte Bernhard von uns allen am besten. Nach dem Abitur hatte sie beschlossen, ein Sabbatical einzulegen, bis sie sich im Klaren darüber war, welchen beruflichen Weg sie einschlagen wollte. Um nebenbei ein wenig Geld zu verdienen, jobbte sie als Küchenhilfe in Bernhards Restaurant. Dort war Ben Chefkoch. Da Ben und Emma schon seit ein paar Jahren immer wieder gemeinsam tolle Menüs für Familie und Freunde zauberten, wusste Ben, wie geschickt Emma in der Küche war, und hatte sie eingestellt.

»Manchmal war er übertrieben eifersüchtig, wenn jemand Ben auch nur eine Sekunde länger als nötig anschaute. Dann wieder war er halbe Nächte mit Freunden alleine unterwegs, ohne dass Ben wusste, wo er war. Und er konnte richtig aufbrausend werden, wenn ihm mal jemand widersprach«, erklärte Emma.

»So habe ich ihn gar nicht wahrgenommen«, sagte Zoe und schenkte sich Wasser ein.

»Ich auch nicht … Aber was war denn jetzt der Auslöser für die Trennung?«, ließ ich nicht locker.

»Bernhard hatte was mit einem anderen«, sagte Anna.

»Oh. Ein Fremdgänger«, sagte ich. »Das ist bitter.«

Ich streifte Zoe mit einem Blick, der nicht unbemerkt blieb. Sie hob beschwichtigend die Hände.

»Ich weiß, was du sagen willst. Spar es dir. Du weißt genau, dass ich das tausendfach bereue.«

»Ich sag ja gar nix«, wehrte ich ab.

»Was bereust du?«, fragte Emma neugierig.

»Nichts!«, kam es gleichzeitig von Zoe, Anna und mir. Das Mädchen wusste natürlich nicht, dass ihr Vater Anna mit Zoe betrogen hatte. Und das sollte sie auch nie erfahren.

»Aha.« Emma sah nachdenklich zwischen uns hin und her. »Und das soll ich euch glauben?«

Zoe seufzte.

»Na gut. Ich hab mal einen ziemlich doofen Fehler gemacht«, sagte sie schließlich unverbindlich, weil Emma sicher keine Ruhe gegeben hätte.

»Du bist fremdgegangen?«, ließ Emma nicht locker.

»Eigentlich war ich die, mit der fremdgegangen wurde.« Zoe kicherte nervös. »Aber wie schon gesagt, das bereue ich zutiefst. Ich war halt keine Heilige. Außerdem ist es schon eine Ewigkeit her.«

»Aber es geht jetzt doch gar nicht um Zoe«, mischte ich mich ein, um ihr zu Hilfe zu kommen.

Anna nickte. »Eben. Es geht um Bernhard. Anstatt sich in Grund und Boden zu schämen und sich bei Ben für den Fehltritt zu entschuldigen, faselte er davon, dass die Beziehung mit Ben ihn emotional eingeengt hätte und er jetzt einfach Zeit brauche, um zu sich selbst zu finden. Er will eine Pause, um sich zu orientieren.«

»ER will eine Pause? Der spinnt doch völlig!«, rutschte mir heraus. »Darauf lässt Ben sich doch hoffentlich nicht ein?«

»Nein«, sagte Emma. »Deswegen ist jetzt eben auch ganz Schluss zwischen den beiden.«

»Und was ist mit seinem Job?«

»Ben hat fristlos gekündigt … Und ich mit ihm.«

Darauf herrschte für ein paar Sekunden Stille.

»Der findet sofort wieder was Neues«, sagte Zoe. »So gute Köche wie er sind überall gesucht.«

»Ich glaube auch nicht, dass das gerade sein Problem ist«, sagte Anna. »Er kann es einfach nicht fassen, wie sehr er sich offensichtlich in Bernhard getäuscht hat.«

»Der Arme«, sagte ich mitfühlend.

In diesem Moment klingelte mein Handy. *Chris!* Ob es wegen der Bestellung noch mal was zu klären gab?

»Entschuldigt, ich muss da mal kurz ran«, sagte ich und ging mit dem Handy in den Flur.

»Ja hallo?«, meldete ich mich.

»Hi Ilona, Chris noch mal hier. Störe ich?«

»Hallo Chris. Ich bin gerade bei Freunden, aber kurz habe ich schon Zeit. Gibt es noch mal Probleme mit meinem Auftrag?«, wollte ich wissen.

»Nein. Alles gut. Ich möchte dich auch gar nicht stören.«

»Tust du nicht. Was gibt es denn?«, fragte ich neugierig.

»Pass auf. Wir hatten heute Abend unsere wöchentliche Teambesprechung, und ich hab von dir und deinem Geschäft erzählt und dass du auch Catering machst und eventuell größere Stückzahlen abnehmen würdest. Für uns wäre das natürlich toll, wenn dadurch mehr Leute in Deutschland auf unsere Produkte aufmerksam würden. Und da kamen wir auf die Idee, dich für eine Woche einzuladen, damit du dir selbst ein Bild vom Anbau und der Verwertung unserer Erzeugnisse machen kannst. Vielleicht können wir gemeinsam sogar ein spezielles Rezept nur für deinen Laden kreieren?«

Er lädt mich ein? In die Toskana?

»Ja also …«, stammelte ich perplex, wusste gar nicht, was ich dazu sagen sollte.

»Wir stellen dir für deinen Aufenthalt die Wohnung im umgebauten Stall zur Verfügung. Natürlich kostenlos!«, fuhr er fort. »Na, was sagst du dazu?«

Die Vorstellung war herrlich – und gleichzeitig schrecklich! Ich hatte ihn angelogen, was mein Aussehen und mein Alter betraf, und konnte auf keinen Fall zu ihm in die Toskana reisen. *Mist! Mist! Mist!*

»Ilona, bist du noch dran?«

»Ja. Ich … ich bin nur sehr überrascht«, stotterte ich und suchte nach den richtigen Worten für eine Absage.

»Das wäre eine tolle Gelegenheit, uns auch in echt kennenzulernen«, sagte er, und ich konnte Vorfreude in seiner Stimme hören. »Nachdem wir uns am Telefon schon so gut verstehen.«

Ich schluckte.

»Finde ich auch. Und vielleicht … vielleicht schaffen wir es ja im nächsten Jahr, dass ich komme«, sagte ich ausweichend. *Bis dahin kann ich eine Radikaldiät machen, verschiedene Sportarten trainieren und einen Schönheitschirurgen an mir herumschnipseln lassen, damit ich jünger aussehe!*

»Erst im nächsten Jahr? Ich dachte, vielleicht könntest du es irgendwann in den nächsten drei Wochen einrichten?«, schlug er vor.

»In den nächsten drei Wochen?«

»Ich weiß, das ist ziemlich kurzfristig. Aber du hast doch gestern gesagt, dass es dir gefallen würde, mal bei einer Olivenernte dabei zu sein. Das wäre die Gelegenheit. Später ist es schwierig, weil wir bald mit der Renovierung anfangen müssen und die Wohnung damit ein paar Monate lang nicht zur Verfügung steht.«

»Verstehe. Und das wäre auch echt super. Aber so schnell geht das leider nicht«, sagte ich und war erleichtert, dass ich eine ziemlich plausible Ausrede hatte. »Ich kann nicht einfach mal eine ganze Woche lang meinen Laden schließen. So etwas muss ich längerfristig planen.«

Während ich redete, strich Conny, Annas Katze, um meine Beine, bevor sie in Richtung Küche zu ihrem Futternapf verschwand.

»Und wenn du nur für ein paar Tage kommst? Ein verlängertes Wochenende zum Beispiel? Du hast doch sicher jemanden, der einspringt, wenn du mal Urlaub machst oder krank bist. Denk einfach darüber nach, und wir reden morgen noch mal, ja? Ich möchte dich jetzt auch nicht mehr länger aufhalten, wenn du bei Freunden bist.«

»Okay. Ich lasse es mir durch den Kopf gehen«, sagte ich, um Zeit zu gewinnen. Dabei war mir jetzt schon klar, dass ich das Angebot ganz sicher nicht annehmen würde.

»Bis morgen.«

»Bis morgen.«

Wir verabschiedeten uns, und ich ging zurück ins Wohnzimmer.

Kapitel 6

Katzenzungen

»Ist was passiert?«, fragte Anna, die sich mit einer Zeitschrift Luft zufächelte. Die Hitzewallungen hatten sie schon wieder im Griff.

»Nein. Warum?«

»Na, weil du ein Gesicht machst, als ob dir jemand gerade die Handtasche geklaut hätte«, sagte Zoe.

»Ach … nichts Wichtiges«, winkte ich ab und setzte mich wieder zu den anderen. Ich griff nach der Packung mit den Katzenzungen und nahm mir eine Handvoll heraus, die ich mir rasch hintereinander in den Mund stopfte. Sie schmeckten herrlich und waren ein wunderbares Trostpflaster!

»Jetzt sag schon, was ist los?«, drängte Anna, der ich nichts vormachen konnte.

»Wer hat dich denn angerufen? Jo vielleicht?«, mutmaßte Zoe.

»Warum sollte der mich anrufen?«, fragte ich irritiert mit vollem Mund.

»Na ich dachte, vielleicht wegen des Videos und dem Zeitungsbericht«, meinte Zoe.

Ich schluckte.

»Danke, dass du mich daran erinnerst. Den hatte ich gerade mal erfolgreich für eine Weile verdrängt«, brummte ich, um vom eigentlichen Thema abzulenken.

»Warst das wirklich du, Ilona?«, fragte Emma nun neugierig.

»Ja … aber sag es bitte niemandem weiter«, bat ich sie.

»Nö«, versprach sie. »Höchstens Ben. Damit er auf andere Gedanken kommt.«

Ich verkniff mir die Bemerkung, dass ich es dann gleich selbst an die Zeitung geben könnte. Ben war eine Plaudertasche und würde das sicher niemals für sich behalten. Andererseits – momentan hatte er ganz andere Probleme, und früher oder später würde er es ohnehin erfahren. Und bis dahin interessierte es hoffentlich niemanden mehr.

»Wenn es nicht um Jo geht, was ist es dann?«, ließ Anna nicht locker.

»Ach«, winkte ich ab und fischte mir noch eine Katzenzunge heraus. »Der Lieferant aus der Toskana. Es ging um eine Bestellung.«

»Der von der Biomanufaktur, bei der du diese unglaublich lecker eingelegten Oliven und Peperoni bestellst?«, fragte Anna.

Ich nickte.

»Genau der.«

»Und das bringt dich so durcheinander?«, fragte Zoe mit hochgezogenen Augenbrauen.

»Ich bin doch nicht durcheinander!«

»Aber irgendwas ist doch«, sagte Anna und sah mich fragend an.

»Okay«, gab ich schließlich nach. »Ich sehe schon, ihr gebt ja doch keine Ruhe.«

»Allerdings nicht! Du kennst uns doch.« Zoe grinste. »Ich wittere da eine spannende Geschichte.«

»Ich auch«, sagte Emma.

»Also gut. Chris, so heißt der Typ, mit dem ich zu tun habe, und ich haben gestern Abend noch telefoniert wegen eines Auftrages, bei dem ich eine falsche Stückzahl eingegeben hatte.«

»Seit wann kannst du denn Italienisch, Ilona?«, wollte Emma wissen.

»Kann ich nicht. Chris kommt aus Salzburg.« Ich erklärte ihnen kurz die Hintergründe.

»Zwei Österreicher in der Toskana«, fasste Anna lächelnd zusammen.

Ich nickte.

»Gestern kamen wir dann einfach so ins Plaudern, und nachdem er erfahren hat, dass ich auch Catering mache, möchte er unsere Geschäftsverbindung gern vertiefen.«

»Vertiefen?« Zoe nahm eine Katzenzunge und biss mit einem lasziven Augenaufschlag die Hälfte ab.

»Und wie hat er sich das vorgestellt?«, fragte Anna.

»Na ja. Er hat mich gerade für eine Woche auf seinen Biohof eingeladen.«

»Aber hallo!«, rief Zoe. »Er hat dich eingeladen?«

»Nur rein geschäftlich«, entgegnete ich und spürte, wie meine Wangen heiß wurden.

Anna grinste.

»Echt? Nur geschäftlich?«, hakte sie mit einem Augenzwinkern nach.

»Natürlich. Was denn sonst? Bis gestern hatte ich mit Chris immer nur schriftlich zu tun. Ich kenne ihn doch gar nicht.«

»Offenbar hat er dich genug beeindruckt, sonst würdest du nicht rot werden. Und schieb es ja nicht auf den Wechsel!«, feixte Zoe.

Hätte ich doch bloß nichts gesagt!

»Hast du ein Foto von ihm?«, fragte Emma neugierig.

»Ein Foto?«, druckste ich herum.

»Jetzt komm schon, Ilona!«, sagte Zoe. »Natürlich hast du eines, das sehe ich dir doch an!«

Ich seufzte, griff nach meinem Handy und rief den WhatsApp-Chat mit seinem Foto auf. Zoe riss es mir buchstäblich aus der Hand.

»Holla!« Sie nickte überrascht. »Gar nicht übel!«

»Stimmt. Der hat was«, gab Anna ihr recht.

Emma nickte.

»Da fährst du natürlich hin!«, sagte Zoe.

»Unbedingt!«, bekräftigte Anna.

»Wie stellt ihr euch das denn vor? Ich kann doch nicht eine Woche lang meinen Laden zusperren«, warf ich mein plausibelstes Argument ein.

»Klar kannst du!«, sagte Zoe.

»Es gibt Leute, die es sich nicht leisten können, ständig in Urlaub zu fahren und mit Geld um sich zu werfen«, fuhr ich Zoe an. Sie hatte leicht reden. Ihre Eltern hatten ihr ein großes Vermögen vererbt. Außerdem lief ihre Zahnarztpraxis seit Jahren wie geschmiert.

»Du wirst schon nicht gleich bankrottgehen, wenn du mal ein paar Tage zusperrst.« Zoe ließ sich nicht aus der Ruhe bringen.

»Wolltest du nicht sowieso jemanden einstellen?«, fragte Anna.

»Ich bin wieder mal auf der Suche. Aber einen Mitarbeiter zu finden, der passt, das ist wie ein Fünfer im Lotto. Es muss jemand sein, der sich mit Lebensmitteln auskennt, der es liebt, fachgerecht damit umzugehen, und außerdem muss er gut mit Leuten können und zeitlich flexibel sein.«

»Ich kann das doch machen!«

Überrascht drehten wir uns alle zur Tür um. Dort stand Ben mit Conny auf dem Arm. Er hatte unser Gespräch mitbekommen, ohne dass wir bemerkt hatten, dass er wieder zurückgekommen war.

Ben kam an den Tisch und setzte sich mit der Katze auf dem Schoß neben mich.

»Ich kann für dich einspringen, Ilona!«, bekräftigte er.

»Problem gelöst!«, rief Zoe vergnügt.

Und auch Anna nickte zustimmend.

»Aber …«, begann ich.

»Ich brauche sowieso eine neue Aufgabe«, sagte Ben. »In deinem Laden zu arbeiten und das Catering zu übernehmen, würde mir echt Spaß machen.«

Ich sah ihn perplex an. Eigentlich war das tatsächlich eine tolle Lösung. Als ehemaliger Koch in der gehobenen Gastronomie wäre er mehr als perfekt. Und nachdem ich ihn schon seit Jahren kannte, wusste ich auch, dass er zuverlässig war.

»Das ist eine total coole Idee!«, rief Emma und grinste breit. »Und ich helfe dir!«

»Unbedingt, Hexlein!«

Die beiden schlugen ein, und zum ersten Mal funkelten Bens Augen heute vergnügt.

»Ich kann dich gern einstellen, Ben. Und wenn besonders

viel los ist, auch dich als zusätzliche Hilfskraft engagieren, Emma. Aber leider nicht Vollzeit. Dafür wirft der Laden zu wenig ab. Das könnte ich mir nur dann leisten, wenn ich das Catering noch deutlich stärker ausbaue«, sagte ich.

»Vollzeit muss erst mal gar nicht sein«, winkte Ben ab. »Ich habe die letzten Jahre so viel gearbeitet, dass ich nichts dagegen habe, etwas auf die Bremse zu treten. Allerdings kannst du dich schon mal drauf einstellen, dass du und ich – und Emma – den Catering-Service über die Gegend hinaus bekannt machen werden.«

Hört sich nach einem richtig guten Plan an!

»Du willst wirklich bei mir mitarbeiten, Ben?«, hakte ich sicherheitshalber noch mal nach. Vielleicht sagte er das jetzt nur, um sich von seinem Liebeskummer abzulenken.

»Ich weiß, das kommt total überraschend. Auch für mich. Aber das ist der perfekte berufliche Umstieg für mich«, beteuerte er nun ganz ernsthaft und sah mir in die Augen. Obwohl ich wusste, dass Ben nur auf Männer stand, klopfte mein Herz für einen kleinen Moment schneller. Diesen gut aussehenden und noch dazu talentierten Mann nun jeden Tag im Geschäft um mich zu haben war ganz sicher keine Strafe.

»Sollten wir nicht erst die Details besprechen?«, fragte ich trotzdem.

»Das kriegen wir schon hin. Da mache ich mir keine Sorgen!« Er streckte mir die Hand entgegen.

»Deal?«

Ich schlug ein.

»Deal! Dann herzlich willkommen, Ben!«, sagte ich und war perplex, wie schnell das gegangen war. Ich hatte einen

Mitarbeiter, wie ich mir keinen besseren hätte wünschen können.

»Und ich?« Auch Emma streckte mir die Hand entgegen.

»Du natürlich auch!« Ich schlug auch mit ihr ein.

In diesem Moment poppte eine Nachricht auf meinem Handy auf, das noch vor Zoe auf dem Tisch lag.

»Dieser Chris hat Fotos geschickt!«, sagte sie, und die Neugierde in ihrer Stimme war nicht zu überhören.

Ich griff nach dem Handy. Es waren Aufnahmen des umgebauten Pferdestalls, in dem ich wohnen sollte. Dazu noch einige Bilder aus der Umgebung.

Um dir eine Entscheidungshilfe zu geben!, hatte er mit einem lächelnden Smiley darunter geschrieben.

Zoe nahm mir das Handy aus der Hand.

»Wow – die Wohnung ist zwar nicht gerade luxuriös, aber sie hat einen gewissen Charme und ist riesig. Da hat ja eine Großfamilie Platz! Es gibt sogar einen offenen Kamin! Und die Gegend dort, einfach nur traumhaft.«

Allerdings!, dachte ich und seufzte innerlich.

Aber einen Besuch dort habe ich mir mit meiner Schwindelei verbaut!

Das Handy ging reihum.

»Jetzt kannst du zusagen, da Ben und Emma sich um das Geschäft kümmern«, sagte Anna. »Das wird sicher toll! Ich beneide dich fast ein wenig. Hach, Toskana! Das würde mir auch gefallen.«

»Mir auch«, sagte Zoe. »Jetzt komm, sag schon zu!«

»Jetzt?« Ich schüttelte den Kopf. »Ich muss Ben erst mal im Laden anlernen. Und überhaupt …«

Ich suchte nach den richtigen Worten.

»Was?«, fragte Emma.

»Das … Ich … Also, ich finde das ja toll, diese Einladung von Chris, aber ich werde sie nicht annehmen!«

Vier Augenpaare sahen mich verdutzt an.

»Weil?«, fragte Ben.

»Ich habe keine Lust, eine so weite Strecke mit dem Auto zu fahren«, sagte ich, weil mir auf die Schnelle keine bessere Erklärung einfiel.

»Seit wann das denn?«, fragte Anna ehrlich verblüfft. »Du bist doch früher mit deinem klapprigen alten VW durch halb Europa getingelt.«

»Früher. Jetzt aber nicht mehr«, beharrte ich. Es nervte mich zunehmend, dass sie mich nicht einfach mit diesem Thema in Ruhe ließen.

Zoe hob ihre Hand.

»Okay, Leute. Ich hab eine super Idee! Die Wohnung dort ist groß genug. Anna und ich kommen einfach mit, dann brauchst du nicht alleine so weit zu fahren.«

Was?

Anna sah Zoe kurz an, dann erschien ein breites Lächeln auf ihrem Gesicht, und sie nickte.

»Ja! Wir wollten doch immer schon mal gemeinsam ein paar Tage wegfahren und haben es bisher nie geschafft!«

»Ihr spinnt doch!«, sagte ich und lachte über die verrückte Idee. *Das meinen die doch nicht ernst!*

»Ein JGA der besonderen Art«, sagte Ben und sprach die Buchstaben der Abkürzung englisch aus.

»Ein JGA?«, fragten Anna, Zoe und ich gleichzeitig.

»Junggesellinnen-Abschied«, erklärte Emma grinsend. »Das wär doch wirklich mal total cool!«

»Ja! Genau!«, stimmte Zoe begeistert zu. »Ich habe mir sowieso schon die ganze Zeit den Kopf darüber zerbrochen, wo wir das gebührend feiern könnten. Wir tun es einfach in Bella Italia!«

»Meine Güte, das wäre ja wirklich toll!«, rief Anna, und ich erkannte meine beste Freundin kaum wieder. So spontan war sie früher nie gewesen. Erst seit Paul Graf in ihr Leben getreten war, ließ sie sich auf Aktionen ein, die ich bis dahin nie für möglich gehalten hätte. Und eigentlich war das ja auch super! Doch in diesem Fall ging das nicht. Ich musste die beiden dringend ausbremsen.

»Ihr Lieben. Das ist ja eine schöne Idee, aber …«, begann ich, da unterbrach Anna mich.

»Wenn, dann müssten wir aber gleich nächste Woche fahren, sonst ist es doch ein wenig zu nah am Hochzeitstermin«, gab sie zu bedenken.

»Klar. Außerdem ist das Wetter dann auch noch besser. Nächste Woche krieg ich hin. Ich regle das schon mit der Praxisvertretung. Ben, geht das bei dir auch?«

»Auf jeden Fall. Kein Problem!«

»Ich kann auch!«, meldete sich Emma.

Das darf ja wohl nicht wahr sein!

»Hey! Hallo!« Ich wedelte vor Zoes Gesicht herum. »Ich fahre nächste Woche nicht nach Italien!«

Bevor sie darauf antwortete, kam erneut eine Nachricht von Chris. Ein Foto von ihm bei den Schafen.

Zoe schnappte sich das Handy und begann zu tippen.

»Was schreibst du da?«, fragte ich alarmiert und wollte ihr das Handy wegnehmen. Doch Zoe rutschte mit dem Stuhl etwas nach hinten, sodass ich sie über den Tisch nicht erreichen konnte. Da Ben und Emma links und rechts neben mir auf der Bank saßen, konnte ich auch nicht so schnell raus.

»Gib mir sofort das Handy«, fuhr ich sie an, doch sie reagierte gar nicht.

»Zoe!«

Noch nie hatte ich sie so schnell tippen sehen. Schließlich drückte sie auf Senden und lächelte mich zuckersüß an, als sie mir das Handy reichte. Ich riss es ihr aus der Hand und las.

Herzlichen Dank für die Einladung. Ich komme sehr gern und könnte es schon nächste Woche möglich machen. Hättest du was dagegen, wenn ich zwei Freundinnen mitbringe? Die beiden bezahlen natürlich für die Unterkunft und Verpflegung, stand da.

Mir wurde ganz schlecht.

Anna nickte Zoe mit einem Zwinkern zu.

»Was hast du gemacht?«, fragte ich unnötigerweise. »Bist du völlig durchgeknallt?«

»Nicht durchgeknallter als sonst«, entgegnete Zoe fröhlich. Gleich darauf wurde ihr Blick jedoch ernst.

»Ich wäre vor ein paar Wochen fast gestorben, Ilona. Mit Anfang vierzig! Einfach so, zack, und ich wäre weg gewesen!« Sie schnippte mit den Fingern. »Und nur weil ich zu diesem Zeitpunkt nicht alleine war und alles so schnell ging, bin ich mit einem blauen Auge davongekommen. Wenn ich eines daraus gelernt habe, dann, dass man Dinge nicht aufschieben darf. Ich kann verstehen, dass du jemanden für deinen Laden brauchst, weil du nicht so ohne Weiteres zusperren kannst. Und voilà! Ben wird das großartig machen, und Emma wird ihm helfen. Also wirf doch endlich deine unnötige Zurückhaltung über Bord und lass uns in dieses Abenteuer springen!«

Pling! Eine neue Nachricht.

Toll! Klar können die beiden mitkommen! Wir freuen uns auf euch, schrieb Chris zurück. *Lass uns morgen telefonieren. Schönen Abend noch.*

Ich sprang auf. Jetzt war mir alles zu viel.

»Ihr versteht das nicht! Ich werde nicht fahren!«, zischte ich wütend.

Mit diesen Worten griff ich nach meiner Handtasche und sah Emma mit einem Blick an, der keine Widerrede duldete und sie sofort aufstehen ließ, damit ich gehen konnte. Ich ging in den Flur.

Tränen schossen mir in die Augen, während ich aus den Hausschuhen schlüpfte. Wie sollte ich das jetzt nur mit Chris klären, ohne dass er mich für völlig durchgeknallt hielt?

»Ilona!« Anna stand hinter mir. Ich drehte den Kopf weg, damit sie nicht sah, dass ich heulte. Sie nahm meinen Arm und zwang mich, sie anzuschauen.

»Sag mal, was ist denn los mit dir?«, fragte sie besorgt. »So kenne ich dich gar nicht.«

Ich mich auch nicht!

Rasch wischte ich die Tränen aus den Augenwinkeln.

»Entschuldige, dass wir dich gerade so überrumpelt haben«, sagte Anna.

»Warum muss sie sich immer überall einmischen?«

»Zoe hat es doch nur gut gemeint. Du arbeitest so viel und gönnst dir fast nie was … und dann die Sache mit Jo … hey, ich weiß genau, dass du vor allem deswegen mit ihm Schluss gemacht hast, weil ich meine Probleme mit ihm habe und du dich …«

»Es hätte auf Dauer sowieso nicht funktioniert«, unterbrach ich sie barsch. Jo war mir in diesem Moment so was von egal.

»Trotzdem ... warum willst du denn nicht in die Toskana, Ilona? Lass uns doch gemeinsam hinfahren und uns ein paar schöne Tage machen. Wer weiß, wann sich wieder so eine tolle Gelegenheit ergibt.«

Alles was sie sagte, war richtig. Und gleichzeitig unmöglich.

»Ich würde wirklich gern mit euch hinfahren«, sagte ich leise und seufzte. »Total gern sogar. Aber ... aber ich kann nicht.«

»Und warum nicht?«, fragte Zoe, die inzwischen ebenfalls aus dem Wohnzimmer gekommen war. »Das musst du uns jetzt echt mal erklären!«

»Weil ...«, ich schluckte. »Ich kann nicht hin, weil ich Chris angeschwindelt habe.«

»Wie? Warum das denn?«, fragte Anna.

Ich schloss für einen Moment die Augen. Das alles war mir mehr als peinlich.

»Chris denkt, dass ich etwa zehn Jahre jünger bin, und noch dazu ziemlich sportlich und schlank!«, brach es schließlich aus mir heraus.

Zoe sah mich einen Moment lang perplex an, dann lachte sie schallend auf!

Inzwischen waren auch Ben und Emma zu uns gestoßen. Auch sie wollten wissen, was los war.

»Deswegen spinnst du so rum? Du hast ihm das Foto einer anderen Frau geschickt?«, fragte Zoe zwischen zwei Lachsalven.

»Ich hab ihm gar kein Foto geschickt«, stellte ich klar.

»Und ich hab das auch überhaupt nicht absichtlich gemacht. Das … das hat sich irgendwie so blöd ergeben, und es war ja auch völlig egal, weil ich dachte, dass er mich sowieso niemals zu Gesicht bekommen wird.«

»Ach deswegen … Du willst nicht hin, weil er sonst … Tja was eigentlich?«, fragte Anna. Ich sah ihr an, dass sie sich ebenfalls ein Lachen verkniff.

Und es war ja auch zum Lachen. Eigentlich.

»Er würde mich für eine Lügnerin oder schlimmer noch für ein bemitleidenswertes altes Dickerchen halten! Und das will ich nicht.«

»Ilona! Jetzt komm mal wieder runter!«, schimpfte Anna. »Das kannst du doch sicher mit ihm klären.«

»Und wenn es – wie du sagst – ohnehin nur um eine Geschäftsverbindung geht, dann spielt es doch auch keine Rolle, wie alt du bist und wie du aussiehst«, ergänzte Zoe, allerdings mit einem feixenden Unterton.

»Hm. So einfach ist das nicht«, bekam ich unerwartet Unterstützung von Ben, bevor ich darauf antworten konnte. »Ich kann dich schon verstehen, Ilona. Eine Geschäftsverbindung beruht auf Vertrauen. Mit einer Lüge ist das plötzlich angeknackst!« Er hatte offenbar immer noch an den Lügen seines Expartners zu knabbern.

Der Blick, den Zoe ihm daraufhin zuwarf, hätte einen Vogel mitten im Flug zu Eis erstarren lassen.

»Ich schreibe ihm einfach, dass das vorhin unüberlegt von mir war …«, begann ich, während ich mein Handy aus der Handtasche fischte, doch Anna nahm es mir weg und sah mich eindringlich an.

»Jetzt überstürze mal nichts, Ilona.«

»Aber ich kann da nicht hin!«

»Kannst du ihm nicht einfach schreiben, wie es wirklich ist?«, fragte Anna. »Wenn er Humor hat, dann lacht er darüber, und alles ist gut.«

»Nein. Kann ich nicht. Und ihr versteht das nicht«, sagte ich aufgebracht.

»Dann erklär es uns doch einfach!«, forderte Zoe mich auf.

Ich strich durch meine Haare, dann sah ich sie an.

»Mein ganzes Leben lang ist meine Figur *das* Thema. Schon als Kind hatte ich das Gefühl, dass ich irgendwie ›falsch‹ bin, so wie ich bin. Und dass ich mich eigentlich für meine Moppeligkeit bei jedem entschuldigen müsste. Es gibt vermutlich kaum eine Diät, die ich seit meinem fünfzehnten Lebensjahr nicht ausprobiert habe. Ich habe eine wahre Achterbahnfahrt von Kleidergrößen zwischen 38 und 48 hinter mir. Irgendwann habe ich damit abgeschlossen zu kämpfen. Und ja, für mich war es immer ein Kampf mit mir selbst. Oder gegen mich selbst. Wie auch immer.«

Ihre Gesichter spiegelten gleichzeitig Mitgefühl und doch auch Unverständnis wider. Alle vier waren schlank – und das schon immer. Zoe konnte man fast sogar als mager bezeichnen.

»Ihr könnt das natürlich nicht nachvollziehen!«, sagte ich resigniert. »Also gestern … gestern hatte ich schon was getrunken und er auch, und Chris hat aus meinen Worten den Rückschluss gezogen, dass ich jünger bin und sportlich schlank. Und ich habe ihn in dem Glauben gelassen. Ich weiß echt nicht mehr, wie genau es dazu kam. Aber für eine kurze Zeit fühlte sich die Vorstellung, dass er mich anders sieht, als ich bin, total aufregend an. So verrückt es klingen mag, aber ich fühlte mich unglaublich attraktiv … Und … und jetzt schäme ich mich! Weil ich das nicht gleich richtiggestellt habe!«

Ben legte mir einen Arm um die Schultern.

»Aber du bist unglaublich attraktiv, Ilona!«, sagte er.

»Das sagst du doch nur, damit du deinen neuen Job nicht gleich wieder los bist«, sagte Zoe trocken, offenbar in dem Versuch, die gedrückte Stimmung wieder aufzuhellen.

Und es funktionierte. Sogar ich musste plötzlich kichern. Und gleichzeitig war mir auch der Ausbruch vor meinen Freunden peinlich.

»Vergesst einfach, was ich gesagt habe. Ich habe heute einfach keinen guten Tag«, winkte ich nun ab.

Und gestern auch nicht. Eigentlich schon eine Weile lang nicht mehr, ging es mir durch den Kopf.

»Sag mal, Ilona, hast du ihm das mit deinem Alter und deiner Figur am Telefon erzählt oder in einer Nachricht geschrieben?«, wollte Anna wissen.

»Nur am Telefon erzählt. Warum?«

»Na, du hast doch selbst gesagt, dass ihr beide schon etwas angeschickert wart und dass es schon spät war. Vielleicht weiß er das ja gar nicht mehr so genau.«

Annas ruhige Stimme und ihre vernünftigen Worte verfehlten ihre Wirkung nicht. Vielleicht bauschte ich die Sache wirklich einfach nur unnötig auf.

»Außerdem siehst du sowieso viel jünger aus, Ilona«, sagte Emma.

»Danke, Emma!« Ich lächelte ihr zu.

»Im schlimmsten Fall denkt er, dass du für eine Frau Anfang vierzig alt aussiehst«, meinte Zoe.

»Danke, Zoe!« Ich verdrehte die Augen.

»Gern ... Ich an deiner Stelle würde bis nächste Woche eine Blitzdiät mit maximal fünfhundert Kalorien am Tag machen. Damit könntest du bis zur Abreise vielleicht sogar noch ein paar Kilos abnehmen!«, setzte sie noch eins drauf.

»Zoe!«, riefen Anna, Ben und Emma empört.

»Ist doch nur gut gemeint«, sagte die Zahnärztin und zuckte lapidar mit den Schultern.

»Seht ihr. Und genau deswegen muss ich es ihm doch schon vorher erklären«, sagte ich.

»Musst du nicht!«, sagte Anna. »Du kommunizierst mit ihm, als ob nichts gewesen wäre, und gehst auf dieses Thema überhaupt nicht ein.«

»Aber wenn er mich dann sieht und sich wundert ...«

»Sicher wird er kein Wort darüber verlieren. Oder denkst du, er begrüßt dich mit den Worten: Na, dich habe ich mir aber ganz anders vorgestellt, Ilona?«

Wider Willen musste ich grinsen. Das würde er sicher nicht tun. Und so wie Anna das sagte, hörte es sich tatsächlich ganz einfach an.

»Und falls doch, dann sagst du einfach ganz lässig: Offenbar haben wir da völlig aneinander vorbeigeredet«, setzte Zoe hinzu. »Und damit hat sich die Sache.«

»Ich denke, das könnte funktionieren«, meldete sich nun Ben zu Wort.

Ich atmete einmal tief ein und aus.

»Ihr denkt also, wir sollen das wirklich tun? Wir sollen nach Italien fahren?«, fragte ich.

»Ja!«, kam es unisono aus vier Kehlen.

Auch wenn mir wegen meiner Schummelei immer noch

nicht ganz wohl dabei war, so spürte ich doch auch eine gewisse freudige Aufregung. Ich wollte schon längst mal wieder in die Toskana fahren, und gleichzeitig würde sich daraus eine hoffentlich noch engere erfolgreiche Zusammenarbeit mit der Biomanufaktur ergeben.

Und du freust dich, Chris in echt kennenzulernen!

Alle sahen mich erwartungsvoll an.

»Na gut, dann lasst uns das machen!«

Alle waren begeistert.

»Endlich!«, sagte Zoe.

»Oma wird sich ärgern, dass sie nicht hiergeblieben ist«, sagte Emma.

»Warum das denn?«, wollte Anna wissen.

»Na, das ist doch hier viel spannender als eine Serie«, antwortete sie grinsend.

Kapitel 7

Naschkatzen und Musikmagie

Nachdem die Reise nach einigem Hin und Her nun einmal beschlossen war, gab es für mich kein Zurück mehr. Ich verdrängte die Sache mit der Schwindelei. Womöglich hatte ich mich da wirklich zu sehr hineingesteigert. Wenn wir erst in Italien waren, würde sich das sicher schnell aufklären lassen. Und ich hoffte, dass Chris tatsächlich genug Humor hatte, um einfach darüber zu lachen.

Ben stand schon am nächsten Morgen bei mir im Laden.

»Wir dürfen keine Zeit verlieren«, hatte er am Abend zuvor noch zum Abschied gesagt. »Auch wenn ich mich mit Lebensmitteln gut auskenne und die Produkte für die Zubereitung eines Caterings disponieren kann, gibt es doch noch einiges, das ich wissen muss, bevor du abreist.«

Mich hatte es gefreut, dass er hier die Initiative ergriff, zeigte es doch, dass es ihm mit seinem neuen Job ernst war. Es war zwar jammerschade, dass die Beziehung von Ben und Bernhard in die Brüche gegangen war und sie nun auch beruflich getrennte Wege gehen würden, dennoch kam mir der Zeitpunkt wie eine glückliche Fügung vor, denn ich könnte mir für meinen kleinen Laden wirklich keinen besseren Mitarbeiter wünschen.

Das Online-Inserat mit dem Stellenangebot hatte ich gleich heute früh genüsslich gelöscht. Bis dahin hatte sich ohnehin nur ein einziger Bewerber gemeldet. Dessen wichtigste Frage – nach der Höhe des Gehalts – war es, ob er sich kostenlos aus dem Laden mit Lebensmitteln für sich und seine fünfköpfige Familie versorgen durfte.

»Bestellungen musst du für die Woche keine machen, Ben«, erklärte ich. »Das erledige ich noch alles selbst. Falls kurzfristig ein Catering-Auftrag reinkommt und es Fragen dazu gibt, kannst du mich jederzeit anrufen.«

»Keine Sorge, Ilona. Ich denke, dass ich das hinkriegen werde«, beschwichtigte mich Ben.

Nachdem wir alles für den Verkauf vorbereitet hatten, zeigte ich ihm, wie Kasse und Abrechnung funktionierten. Zwischendrin kam die wöchentliche Lieferung einer Biobäckerei, die verschiedene Sorten Kuchen in kleinen Weckgläsern extra für meinen Laden backte. Die dekorativen Gläser waren bei meinen Kunden als kleine Mitbringsel oder für ein Picknick sehr beliebt. Und leider auch bei mir. Vor allem der Schokokuchen mit gerösteten Mandelblättchen. Dem verdankte ich sicher das ein oder andere Pfund an meinen Hüften.

Doch bis zur Abreise nach Italien waren solche Leckereien für mich gestrichen. Auch wenn ich mir bis zur nächsten Woche keine Kleidergröße herunterhungern konnte, so schaffte ich es vielleicht, dass zumindest die Hosen etwas lockerer um meine Hüften saßen. Außerdem hatte ich mir in der letzten Nacht fest vorgenommen, bis zur Abreise täglich einen langen strammen Spaziergang zu machen, damit meine kaum mehr vorhandene Kondition wieder ein wenig angekurbelt wurde und ich nicht schon Schnappatmung und einen roten Kopf bekam, wenn Chris mich demnächst nur durch die Olivenhaine führte.

»Und nimm dir jederzeit, was du probieren magst«, bot ich Ben an, während wir einige der Kuchen-Gläser auf die Theke und den Rest ins Regal platzierten.

»Das musst du mir nicht zweimal sagen! Ich bin eine echte Naschkatze.«

»Eine schöne Gemeinsamkeit«, sagte ich schmunzelnd. Wir würden uns bestens verstehen!

Die ersten Kunden nahmen es offensichtlich mit Freude zur Kenntnis, dass ich nun Verstärkung hatte.

»Da komme ich ja jetzt noch viel lieber«, sagte die alte Gundi mit einem frechen Zwinkern. Sie war eine gute Freundin von Annas Mutter. »Der Ben ist wirklich ein fescher Bursche.«

Ben lächelte charmant und trug ihr die Einkaufstaschen hinaus zu ihrem Fahrrad.

Einige Kunden kannten und schätzten ihn als Koch in Bernhards Lokal.

»Und Sie haben dort wirklich aufgehört?«, fragte die Optikerin ungläubig.

»Habe ich.«

»Hm ... Hoffentlich kann man dort dann zukünftig auch noch so gut essen«, murmelte sie.

Statt einer Antwort zuckte Ben nur lässig mit den Schultern und hielt ihr einen Teller mit Maronencreme-gefüllten Datteln im Speckmantel entgegen, die er kurz zuvor in der Gastroküche gezaubert hatte.

»Mhmmmm, lecker ...«, schwärmte die Optikerin.

»Ab jetzt wird es jeden Tag besondere Probierhäppchen geben«, versprach Ben.

»Ich sehe schon, ich muss zukünftig noch öfter bei Ihnen vorbeikommen.«

»Machen Sie das!«, flötete ich zufrieden.

»Du kommst gut an!«, sagte ich wenig später.

»Na, das will ich doch hoffen!«

Wenn keine Kunden im Laden waren, machte Ben sich mit den Produkten vertraut, die ich anbot. Vor allem die Feinkost-Salate, die ich über einen Händler liefern ließ, schienen ihn zu interessieren.

»Wir könnten doch auch selbst gemachte Salate und frische Aufstriche anbieten«, schlug er vor. »Da hätte ich einige Ideen!«

»Das fände ich super, Ben«, sagte ich. »Fühl dich völlig frei.«

Bens Blick wanderte durch den Laden. Dann sah er mich an und lächelte.

»Du hast hier echt was Tolles aufgebaut mit deinem Geschäft, Ilona. Ich freue mich wirklich total auf diese neue Herausforderung.«

»Und ich erst!«, stimmte ich zu.

Kurz vor Mittag rief Chris an, und wir besprachen die Details für die Reise. Inzwischen hatte ich auch mit Anna und Zoe telefoniert und abgeklärt, wie es bei den beiden zeitlich aussah. Wir würden uns am Mittwoch der kommenden Woche auf den Weg machen. Also hatten wir noch acht Tage, bis es losging. Genug Zeit, damit Ben sich mit allem vertraut machte, sodass er mich guten Gewissens vertreten konnte.

»Ich freue mich wirklich sehr, dass du es einrichten kannst!«, sagte Chris. »Und auch auf deine beiden Freundinnen.«

»Wir uns auch!«, gab ich zurück. »Danke noch mal für die Einladung.«

»Gerne doch! Dein Aufenthalt ist wie besprochen natürlich gratis. Und deine Freundinnen müssen nur für die Verpflegung und Getränke aufkommen.«

»Das ist sehr nett, Chris«, sagte ich.

»Wenn ihr dafür später unsere Manufaktur weiterempfehlt, dann rechnet sich das auch für uns. Aber natürlich nur, wenn es euch hier auch richtig gut gefällt.«

»Na dann, streng dich mal an«, feixte ich.

Nach der Mittagspause, in der Ben für eine Weile verschwand, um einen Teil seiner Sachen aus der Wohnung zu holen, in der er mit Bernhard gelebt hatte, kam Emma für ein paar Stunden in den Laden. Auch sie wollte sich schon ein wenig mit der Arbeit vertraut machen. Es herrschte eine gute Stimmung, und ich genoss es, mit den beiden über neue Rezeptideen für das vegane Catering zu reden und über frischen Nudelteig, den wir zukünftig vielleicht auch anbieten könnten.

Als wir am Abend den Laden zusperrten und die Tageskasse abschlossen, waren Ben und ich wieder allein.

»Hast du noch Fragen?«, wollte ich wissen.

»Momentan nicht«, antwortete er.

Auf die Modalitäten für die Einstellung hatten wir uns bereits geeinigt.

»Oder doch«, sagte er dann.

»Was möchtest du wissen?«

»Trinken wir zur Feier meiner Einstellung zusammen noch ein Gläschen?«, fragte er.

Ich lächelte. Eigentlich hatte ich ja vorgehabt, vorerst keinen Alkohol anzurühren, aber ein kleines Gläschen zu diesem besonderen Anlass war wohl drin.

Mehr nicht!

Zwei Stunden später öffnete Ben die zweite Flasche Crémant und schenkte uns ein. Wir saßen auf dem Sofa in meinem Wohnzimmer, und alle meine guten Vorsätze hatten sich in Luft aufgelöst. Weder war ich heute stramm am See entlangmarschiert, noch hatte ich mit dem Essen aufgepasst – wir hatten uns reichlich aus dem Laden bedient –, und ich trank inzwischen mein viertes Glas Crémant. Es war herrlich!

»Prost Ilona!«, sagte Ben, und wir stießen erneut auf unsere Zusammenarbeit an.

Noch während wir tranken, bekam er eine Nachricht aufs Handy. Er las sie, und schlagartig verschwand das Lächeln aus seinem Gesicht.

»Was ist denn?«, fragte ich.

»Bernhard …«

»Oh …«

»Ihm kann es plötzlich nicht mehr schnell genug gehen, dass ich auch noch meine letzten Sachen aus der Wohnung hole«, sagte Ben bitter, wobei seine Unterlippe leicht zitterte. Instinktiv griff ich nach seiner Hand und drückte sie.

»Das tut mir leid, Ben.«

Er sah mich an, und in seinen unglaublich grünen Augen schimmerten Tränen.

»Ich verstehe es einfach nicht«, murmelte er heiser. »Noch letzte Woche hat er gesagt, dass er mich liebt. Einen Tag später war er mit einem anderen in der Kiste, und jetzt kann er es nicht mehr erwarten, mich aus seinem Leben zu streichen? Es ist, als wäre er ein völlig anderer Mann als der, mit dem ich fast vier Jahre lang zusammen war.«

»Ich kann es auch nicht verstehen«, sagte ich. »Ihr zwei habt so toll zusammengepasst.«

»Tja, so gut dann wohl doch nicht.«

Ben strich sich eine Haarsträhne aus der Stirn.

»Denkst du, diese ganzen vier Jahre waren nur eine Lüge?«, fragte er mich und trank sein Glas leer.

Ich schüttelte energisch den Kopf.

»Nein. Das denke ich nicht, Ben. Ich habe euch oft zusammen gesehen, und Bernhard ... er hat dich sicher auch geliebt. Was jetzt mit ihm los ist, kann ich mir beim besten Willen nicht erklären.«

»Ach, ich weiß überhaupt nicht mehr, was ich denken soll. Ich komme mir total verarscht vor.«

Gedankenverloren schenkte ich nach.

»Vielleicht kommt er momentan nicht mit sich selbst klar. Oder er hat eine Lebenskrise? Und das hat gar nichts mit dir zu tun«, versuchte ich ihm zuzureden. Es tat mir so leid zu sehen, wie unglücklich er war.

»Weißt du, dass er der erste Mann war, in den ich mich so richtig verliebt habe?«, fragte er traurig. »Alles vorher waren nur Spielereien. Aber mit Bernhard – das war echt Liebe.«

»Ach Ben, ich weiß, dass so etwas wehtut, und wahrscheinlich glaubst du mir nicht, aber es geht vorbei ...«

»Ich kann nicht fassen, dass das jetzt einfach so zu Ende sein soll …«

Ich wusste nicht, was ich darauf sagen sollte, um ihn zu trösten.

»Entschuldige, Ilona. Jetzt heule ich dir auch noch was vor! Wie jämmerlich ist das denn?! … Besser, ich gehe nach Hause.« Er lachte kurz auf. »Nach Hause … Momentan ist mein Zuhause ein Gästezimmer.«

»Ach komm, Ben«, protestierte ich. »Bei Anna ist das nicht nur ein Gästezimmer. Und das weißt du ganz genau. Du gehörst da doch zur Familie. Am Wochenende kommt extra Leo, um Zeit mit dir zu verbringen.«

Leo hieß eigentlich Leonie und war Annas ältere Tochter. Sie war Bens beste Freundin seit dem Kindergarten und hatte im Sommer Bens Bruder Timo geheiratet.

»Wir sind alle für dich da! Hörst du?!«, sagte ich eindringlich.

»Ich weiß, ihr seid alle super!«, murmelte er niedergeschlagen. Tagsüber war er durch die neue Arbeit abgelenkt gewesen, aber mit Bernhards Nachricht hatte ihn die Realität wieder eingeholt. Die Trennung war gerade mal drei Tage her. Kein Wunder, dass er eine emotionale Achterbahnfahrt durchlebte.

Was konnte ich nur tun, um ihn ein wenig aufzumuntern? Ich versuchte, mich an meine Trennungsphasen zu erinnern. Und da hatte es tatsächlich etwas gegeben, das mir geholfen hatte. Und ich dachte dabei nicht an braunen Tequila mit Zimt und Orange. Wobei – das war damals auch nicht ganz verkehrt gewesen.

Ich griff nach meinem Handy und suchte in meiner

Musik-Playlist nach einem ganz bestimmten Lied. Ben war inzwischen aufgestanden.

»Ich gehe jetzt. Danke fürs Zuhören, Ilona!«, sagte er.

»Warte Ben …«

»Was denn?«

Ich drückte auf Play, dann lief das kurze unverwechselbare Klavier-Intro des Songs *I will survive* von Gloria Gaynor.

Ben lächelte gequält.

»Ach komm. Nicht das!«, winkte er ab.

»O doch!«, sagte ich fest. »Zu diesem Lied haben Millionen von Menschen auf der ganzen Welt ihren Liebeskummer und Trennungsschmerz weggetanzt. Und fast alle haben es überstanden. Irgendwie!«

Ich stand auf und griff entschlossen nach seiner Hand.

»Jetzt komm! Nutze die Energie dieser magischen Klänge, genährt aus dem Schmerz, aber vor allem dem Überlebenswillen von Generationen frisch getrennter Menschen …«, deklamierte ich übertrieben, als würde ich einen Beitrag für einen Esoterik-Podcast aufnehmen.

Ben lachte.

»Schau, das geht ganz einfach.«

Ich begann, mich fröhlich zur Musik zu bewegen.

Zuerst widerwillig, dann mit immer mehr Begeisterung machte Ben mit.

Als das Lied zu Ende war, drückte er selbst auf die Wiederholungstaste und drehte die Lautstärke weiter auf.

»Neue Runde voll magischer Klänge!«, sagte er und zwinkerte mit zu.

Wir rissen die Arme hoch, wirbelten im Wohnzimmer herum und sangen lauthals mit.

Bald kam ich aus der Puste, doch das ignorierte ich. Auch wenn ich aktuell keine Trennung hinter mir hatte, tat es mir so gut, mit Ben abzutanzen. Und es ersetzte zumindest ein klein wenig den Spaziergang, den ich buchstäblich nicht angetreten hatte.

Wir hörten das Lied noch ein drittes und ein viertes Mal.

»We will survive!«, endeten wir schließlich gemeinsam und fielen uns lachend in die Arme!

Ben drückte mich kurz an sich, dann sah er mir in die Augen.

»Danke, Ilona! Das war jetzt genau das, was ich gebraucht habe. Es geht mir tatsächlich ein bisschen besser!«

»Ich sag's ja. Kein Ding. Das freut mich«, sagte ich noch immer außer Atem. »Immer wieder gerne!«

»Und genau mit diesem Schwung mache ich mich jetzt mal auf den Heimweg«, sagte er.

Wir gingen hinaus in den Flur.

»Hör mal, wenn du morgen erst am Mittag anfangen möchtest, weil du deine Sachen bei Bernhard holen musst, ist das völlig okay«, bot ich an, während er in seine Jacke schlüpfte.

Ben schüttelte den Kopf.

»Es muss nicht immer alles nach seinem Kopf gehen«, sagte er. »Ich mache das morgen Abend. Da ist er im Lokal, dann muss ich ihn nicht sehen.«

»Ach Ben!«, ich drückte kurz seinen Arm. »Es tut mir wirklich leid für dich.«

Er zuckte mit den Schultern. »Ich werd's überleben!«

»Das wirst du ganz sicher! Und der nächste Mann, mit dem zu zusammen sein wirst, kann sich jetzt schon glücklich schätzen.«

»Das Gleiche gilt für dich auch, Ilona«, sagte er und lächelte.

Ich winkte ab. »Ach, bei mir ist der Zug schon abgefahren«, sagte ich leichthin.

»Und wenn schon. Dann ist der Zug eben abgefahren – es gibt ja Gott sei Dank noch andere Fortbewegungsmittel, mit denen man ans Ziel kommt! Man muss nur einsteigen und sich auf die Reise machen.« Er zwinkerte mir frech zu.

Kapitel 8

Auf nach Bella Italia

Eine Woche später fuhren Zoe und ich kurz vor vier Uhr früh in einem gemieteten Mercedes-Van zu Anna, um sie abzuholen. Überall im Haus brannten Lichter, und noch bevor ich klingelte, öffnete Emma uns in einer ausgewaschenen Jogginghose und Pulli die Haustür. Sie sah ziemlich abgekämpft aus.

»Guten Morgen, Emma.«

»Hi. Mama ist noch im Bad, sie kommt aber gleich.«

Im Flur standen ein riesiger Rollkoffer, eine Sporttasche und eine Kühlbox zur Abfahrt bereit.

»Guten Morgen«, sagte Ben, der mit einer Flasche Wasser aus der Küche kam. Von dort zog der aromatische Duft von frisch aufgebrühtem Kaffee in meine Nase.

»Wollt ihr noch einen Kaffee, bevor es losgeht?«, fragte er.

»Dafür haben wir jetzt keine Zeit mehr«, drängte Zoe und sah ungeduldig auf die Armbanduhr. »Abfahrt hier ist um vier Uhr geplant. Also in genau sechs Minuten.«

»Das wird wohl eher nicht klappen«, sagte Emma trocken.

»Wieso seid ihr überhaupt schon alle wach?«, fragte ich verwundert.

»Noch, meinst du wohl. Nicht schon«, korrigierte Emma.

»Weil Anna, kurz bevor sie ins Bett gehen wollte, festgestellt hat, dass die Waschmaschine kaputt ist und der Waschraum im Keller unter Wasser steht«, erklärte Ben.

»Ach du liebe Güte!«, rief Zoe.

»Mist!«, sagte ich.

»Wir sind erst vor einer halben Stunde fertig geworden«, sagte Emma und gähnte herzhaft.

Die Tür zum Keller öffnete sich, und Paul erschien mit einem Werkzeugkoffer in der Hand. Auch er wirkte ziemlich erschöpft.

»Hey, ihr seid ja schon da!«, sagte er. »Hallo zusammen! Leider kann ich euch nicht umarmen.«

Er deutete auf seine fleckig-nassen Klamotten.

»Hallo Paul!«, sagte ich. »Bist du neuerdings unter die Handwerker gegangen?«

»Nur kurzfristig«, sagte er mit einem Lächeln.

»Und das muss ausgerechnet heute passieren!«, rief Zoe, der es gar nicht passte, dass wir uns offenbar erst später als geplant auf den Weg machen konnten.

»Ja … saublöd. Der Schlauch hat sich irgendwie gelöst. Und über dem Abfluss im Keller lag Schmutzwäsche, deswegen konnte das Wasser nicht ablaufen.«

»Soll ich schon mal Annas Sachen ins Auto tragen?«, fragte Ben und griff nach dem Koffer und der Tasche.

»Gern!«, sagte Zoe, nahm die Kühlbox und ging mit ihm hinaus.

»Hör mal, Ilona. Anna hat bis jetzt kein Auge zugemacht. Vielleicht lasst ihr sie auf der Fahrt ein wenig schlafen?«, bat Paul.

»Klar«, sagte ich. »Ich wechsle mich mit Zoe ab. Anna kann sich ausruhen.«

»Danke.«

Es war schön zu sehen, wie sehr Paul sich um seine künftige Ehefrau sorgte. Die beiden passten wirklich toll zusammen.

»Tut mir leid, dass es ein wenig gedauert hat«, sagte Anna, die endlich aus dem Bad kam. Ihre Haare waren vom Duschen noch ein wenig feucht.

»Tschüss Mama und ganz viel Spaß in der Toskana«, sagte Emma und umarmte ihre Mutter kurz.

»Danke, meine Süße. Und du passt mir hier gut auf alle auf. Wo ist eigentlich Conny?«

»Die ist bei Oma ... Also dann. Ich muss jetzt echt mal schlafen. Schließlich muss ich morgen früh arbeiten.«

Sie warf einen Blick zu mir.

»Na dann ab ins Bett mir dir, Emma. Und danke, dass du im Laden einspringst«, sagte ich.

»Logo ... Und mach dir keine Sorgen. Ben und ich wuppen das schon!«

»Sowieso!«

Daran zweifelte ich inzwischen tatsächlich nicht mehr. In der kurzen Zeit hatte Ben sich so gut eingearbeitet, dass ich ganz den Eindruck hatte, als wäre er immer schon bei mir gewesen. Und auch Emma schien die Arbeit in meinem Laden richtig Spaß zu machen. Außerdem kam unser frisch zusammengewürfeltes Team gut an, und nicht nur der Anteil der weiblichen Kundschaft war rasant angestiegen – inzwischen kamen auch Männer, die ich bisher noch nicht im Laden gesehen hatte. Ich konnte getrost eine Woche wegbleiben.

»Ciao und gute Fahrt!«

Emma winkte uns noch mal zu und verschwand dann nach oben in ihr Zimmer.

»Na dann … Ich hole nur noch schnell den Kaffee, dann können wir losfahren«, sagte Anna.

Während sie in die Küche ging, sagte Paul zu mir: »Bringt sie mir ja wieder gesund zurück, und haltet sie von glutäugigen Italienern fern! Verstanden?«

»Ich werde mein Bestes versuchen. Spätestens zur Hochzeit ist sie wieder da. Die lässt sie sich ganz bestimmt nicht entgehen. Keine Sorge«, feixte ich, und Paul grinste kopfschüttelnd.

Anna kam mit einem kleinen Korb zurück, in dem sie die Thermoskanne und drei Kaffeebecher verstaut hatte. Ich nahm ihr den Korb ab und ging schon mal zum Auto, damit sie sich noch von Paul verabschieden konnte.

Mit zwanzig Minuten Verspätung fuhren wir schließlich los.

»Gut, dass du darauf bestanden hast, in einem großen Auto zu fahren! Das ist supergemütlich hier«, sagte Anna und machte es sich auf dem Rücksitz hinter Zoe bequem. Paul hatte ihr vorsorglich noch ein Kissen und eine Decke in den Wagen gepackt.

»Wir brauchen ja auch genug Stauraum, damit wir auf der Heimreise die Einkäufe vom Biohof transportieren können«, sagte Zoe am Steuer.

»Und ein paar Kisten Wein wollen wir doch auch mit nach Hause nehmen, oder?«, ergänzte Anna.

»Klar doch!«, stimmte ich zu. »In meinem Minicooper hätten wir jedenfalls noch nicht mal unser Gepäck verstauen können. Erstaunlich, wie viel manche für nur eine Woche Urlaub einpacken.«

Ich warf einen vielsagenden Blick auf die Rückbank.

»Viel? Ich habe doch sowieso nur das Allernötigste mitgenommen«, erklärte Anna.

»Das Allernötigste?«, fragte Zoe amüsiert. »In deinem Koffer würde ein Student die Einrichtung seines Ein-Zimmer-Apartments unterbringen.«

Ich musste grinsen, während ich auf dem Navi unser Ziel eingab. Bis zu dem kleinen Dorf in der toskanischen Maremma waren es knapp achthundert Kilometer. Die Manufaktur mit dem Biohof befand sich etwa fünfzehn Kilometer von der Gemeinde Manciano entfernt.

»Bella Italia! Wir kommen!«, rief Zoe und drehte das Radio auf.

Mit Falcos Lied *Junge Römer* aus den Achtzigern, das wir textsicher mitträllern konnten, ließen wir Prien am Chiemsee vergnügt hinter uns.

Wir waren erst ein paar Minuten auf der Autobahn, da war Anna bereits eingeschlafen.

Mein Handy meldete eine Nachricht.

Chris! Der war ja auch schon früh auf den Beinen!

Kann es kaum mehr erwarten, dich zu sehen!

Das Kribbeln in meinem Magen hatte nicht nur mit Vorfreude zu tun. Ich hoffte vor allem, dass er nicht allzu enttäuscht von mir wäre, wenn ich ihm gegenüberstand. Und dass der Moment, in dem ich ihn vor vollendete Tatsachen stellte, nicht allzu peinlich wurde.

Wird schon alles gut gehen!, beruhigte ich mich und antwortete, dass ich mich ebenfalls darauf freute, ihn bald zu sehen.

Anna schlief tief und fest und wachte nach über vier Stunden das erste Mal auf, als wir gerade Verona hinter uns gelassen hatten. Die Sonne hatte den leichten Nebel verdrängt, und ein wolkenloser Himmel versprach einen herrlichen Herbsttag. Wir kamen gut voran und machten nur dann Rast, wenn eine von uns auf die Toilette musste und zum Tanken. Dabei wechselten Zoe und ich uns jeweils mit dem Fahren ab.

Nach Siena machten wir eine längere Pause auf einer Wiese neben einem kleinen Parkplatz mit einem herrlichen Blick über die sanften Hügel der Toskana.

»Es ist so traumhaft schön hier. Es war wirklich gut, dass ihr mich zu dieser Reise überredet habt«, sagte ich zu meinen Freundinnen.

»Manchmal muss man eben zu seinem Glück gezwungen werden«, sagte Zoe.

»Wir werden sicher eine tolle Zeit haben!«, sagte Anna, breitete die Decke für uns aus und öffnete die Kühlbox.

Sie hatte Proviant für eine ganze Großfamilie eingepackt.

Wir setzten uns und fingen an zu essen.

»Es ist noch so viel da. Mag jemand ein Schinkenbrot oder ein gekochtes Ei?«, fragte Anna.

»Ja, beides«, sagte Zoe und griff zu. »Und ich sag es euch gleich. Diese Woche in der Toskana werde ich weder auf Essen noch auf Wein oder sonstige Genüsse verzichten. Mein Herz ist repariert und muss das jetzt einfach aushalten!«

»Das wird es auch, Zoe. Ich freue mich auch schon auf die leckere italienische Küche«, bekräftige Anna, während sie ein Ei schälte. »Wenn wir schon mal hier sind, will ich das in vollen Zügen genießen. Hach, dass wir das noch vor meiner Hochzeit machen, finde ich einfach großartig.«

»Du kannst deine letzten Tage in Freiheit ...«, – Zoe setzte das letzte Wort mit den Fingern in Anführungsstriche –, »noch so richtig auskosten.«

Wir lachten.

»Ganz genau! Was ist mit dir, Ilona?«

Anna warf einen fragenden Blick zu mir und hielt mir eine Tupperdose mit Zitronenkuchen hin.

»Selbst gemacht von meiner Mutter«, erklärte sie.

»Jetzt nicht, danke, Anna«, winkte ich jedoch ab. Schon seit Tagen hatte mein Appetit nachgelassen. Vermutlich wegen der vielen Arbeit und der Vorfreude auf die Reise. Und wohl auch, weil immer wieder peinliche Videos über mich vor der Umkleide in den sozialen Medien auftauchten. Selbst wenn andere nach wie vor über meine Identität rätselten, wusste ich doch, dass ich es gewesen war, die da so hilflos auf dem Boden gelegen hatte. Außerdem hatte ich mir ja ohnehin vorgenommen, bis zur Abfahrt weniger zu essen. Hinzu kam natürlich die Spannung wegen der Begegnung mit Chris, selbst wenn ich das nie offen zugeben würde und mir auch nicht unbedingt eingestehen wollte. Wir hatten in der vergangenen Woche fast täglich kommuniziert, und inzwischen kam es mir so vor, als würde ich ihn schon viel länger kennen. Umso mehr lag mir die Schummelei über mein Aussehen und mein Alter im Magen.

»Lasst uns ein Selfie machen«, unterbrach Zoe meine Gedanken und griff nach ihrem Handy.

»Super Idee!«, rief Anna.

Wir drückten uns alle beide dicht an Zoe heran und grinsten in die Kamera.

»O nein! Das geht so nicht. Noch eines. Hier sieht man

noch was vom Schinken zwischen meinen Zähnen«, sagte Zoe und entfernte rasch den Essensrest, bevor sie das Handy erneut hochhielt. »Und bitte noch mal lächeln.«

Diesmal war sie zufrieden.

»Schick es mir doch bitte gleich«, bat Anna, »dann kann ich es in meine Familiengruppe stellen.«

Kaum hatte sie das gemacht, kamen diverse Nachrichten aus Prien, die uns viel Spaß und eine gute Zeit wünschten.

Ich nutzte die Gelegenheit, um bei Ben nachzufragen, wie es im Laden lief.

Alles total entspannt hier, schrieb er zurück.

Also brauchte ich mir darüber keine Gedanken zu machen.

Perfekt! Grüße an Emma.

Ein paar Minuten später kam noch mal eine Nachricht von Ben.

Emma ist zu Hause. Sie hilft, die Katze zu suchen. Conny ist seit heute früh verschwunden. Aber bitte nicht Anna verraten, damit sie sich keine Sorgen macht. Ich melde mich, sobald sie wieder da ist.

»Ist was?«, fragte Anna. »Du guckst so komisch?«

»Nö«, sagte ich schnell.

»Echt?«, hakte sie nach. Anna kannte mich wirklich zu gut. Aber ich durfte ihr vom Verschwinden der Katze tatsächlich nichts sagen. Sie liebte ihren kleinen Stubentiger über alles und hätte vermutlich tatsächlich keine Ruhe mehr.

»Ilona?«

»Ben hat einen Karton mit Champagner fallen lassen«, dichtete ich mir schnell etwas zusammen.

»Was für eine Verschwendung«, sagte Zoe.

»Allerdings … dafür kriegt er einfach weniger Weihnachtsgeld«, witzelte ich.

»Der Arme«, sagte Anna mitfühlend. Sie schien es mir abzunehmen. *Puh!* Ich hasste Schwindeleien!

Zoe sah auf die Uhr.

»Langsam sollten wir uns dann wieder auf den Weg machen«, schlug sie vor.

»Ich kann jetzt auch mal fahren!«, bot Anna an. »Vermutlich hatte ich inzwischen mehr Schlaf als ihr zwei zusammen.«

»Das denke ich auch«, sagte Zoe. »Ich hab zumindest nichts dagegen, mich jetzt ein wenig auszuruhen.«

Die beiden tauschten die Plätze, und Anna fuhr das letzte Stück der Reise. Auch ich hätte gern eine Weile gedöst, aber als Beifahrerin wollte ich Anna unterhalten, damit sie nicht müde wurde. Außerdem war die Gegend so atemberaubend, dass ich vermutlich ohnehin ständig nach draußen gelinst hätte, um nur ja nichts davon zu verpassen. Wir fuhren eine Weile über die Via Aurelia am Meer entlang, durch die sanft hügelige Landschaft, vorbei an mittelalterlichen Burgen, kleinen Dörfern, Wäldern, Olivenhainen, Flüssen und flachen Binnenseen.

»Ach, Ilona. Es ist so toll, mit euch unterwegs zu sein in dem Gefühl, dass daheim alles in bester Ordnung ist«, sagte Anna plötzlich. »Gerade in den Jahren, als ich mit den Mädchen alleine war, habe ich mich nur darauf konzentriert, alles richtig zu machen, damit es ihnen gut ging. Es wäre mir gar nicht in den Sinn gekommen, ohne meine Kinder zu verreisen. Abgesehen davon, hätte ich mir das auch gar nicht leisten können. Aber jetzt sind meine Töchter erwachsen, meiner Mutter geht es gut, und ich habe einen großartigen Partner, den ich bald heiraten werde. Ich genieße das alles gerade sehr.«

Ich musste an Conny denken. Hoffentlich tauchte die Katze bald wieder auf.

»Das mit deinen Mädchen hast du super gewuppt, Süße«, sagte ich. »Das jetzt ist die Belohnung dafür.« Ich zwinkerte ihr zu.

»Und du hast dir diese Auszeit auch wirklich verdient, Ilona«, meinte Anna, während sie einen dreirädrigen Kleintransporter überholte, der mit Kisten voller Oliven beladen war. »In den letzten Jahren hast du in deinem Geschäft so viel gearbeitet. Diese Auszeit tut uns allen gut.«

»Sogar Zoe. Obwohl sie die Königin der Auszeiten ist«, witzelte ich.

»Ja. Sogar Zoe«, stimmte Anna zu und lachte.

Wie weit seid ihr denn schon?, kam wenig später eine Nachricht von Chris.

Navi zeigt noch 18 Minuten bis zur Ankunft an, schrieb ich zurück.

Toll! Dann bis gleich!

Es wurde ernst. Plötzlich kam ich mir total verschwitzt und ungepflegt vor.

»Müffle ich?«, fragte ich und hob meinen rechten Arm, um zu schnüffeln.

»Wenn, dann nicht mehr als Zoe und ich«, antwortete Anna trocken.

Ich kramte in meiner Handtasche nach einem Deostift und rieb ihn mir unter die Achseln. Dann bürstete ich meine Haare und steckte mir einen Pfefferminz-Kaugummi in den Mund.

»Du musst nicht so nervös sein«, sagte Anna und warf mir einen lächelnden Blick zu.

»Bin ich doch gar nicht!«, stellte ich klar. »Ich mach mich nur ein wenig frisch, bevor wir ankommen.«

»Von wegen, so wie du schon die ganze Zeit an deinen Fingernägeln zupfst, wundert es mich, dass sie überhaupt noch dran sind.«

Ertappt zuckte ich mit den Schultern.

»Hey … Bleib locker. Der wird total verzaubert von dir sein«, sagte Anna.

»Verzaubert? Pff …«, winkte ich ab. Doch ehrlich gesagt wünschte ich es mir tatsächlich, dass er verzaubert von mir sein würde. Wenigstens ein klitzekleines bisschen. *Träumen darf man ja!*

»Du wirst schon sehen. Ich habe ein richtig gutes Gefühl«, bekräftigte Anna.

Dein Wort in Gottes Gehörgang.

»Sie haben Ihr Ziel erreicht«, erklärte uns das Navi wenig später. Wir waren angekommen.

Die Biomanufaktur Alessia lag etwa einen Kilometer von einem kleinen Dorf entfernt inmitten von Olivenbäumen und Weinstöcken. Hühner und Enten marschierten frei herum, und auf einer Wiese hinter dem Haus grasten ein paar Schafe vor einem kleinen Pinienwald. Ein toskanischer Hof wie aus dem Bilderbuch.

»Wow! Wie toll!«, sagte Zoe, die wir vor ein paar Minuten geweckt hatten.

Anna steuerte den Wagen vor die Auffahrt des alten traditionellen Bauernhauses mit hellgrauen Steinmauern, das auf der Südseite mit Weinranken bewachsen waren.

»Hier kann man es aushalten«, schwärmte Anna und stellte den Wagen ab.

Gleich würde ich Chris kennenlernen. Ich schloss für einen Moment die Augen und atmete einmal tief durch.

Auf geht's ins Abenteuer!

Wir stiegen aus dem Wagen. Während Zoe ein paar Kniebeugen machte, um ihren Körper zu lockern, öffnete ich den Kofferraum und holte mit Anna schon mal die ersten Sachen aus dem Auto. Annas Koffer war so schwer, dass wir ihn zusammen herausheben mussten.

»Was hast du denn da alles eingepackt?«, fragte ich verblüfft.

»Na ja. Was man halt so braucht. Außerdem kann sich das schöne Wetter doch auch ganz schnell ändern. Ich bin eben für alles gerüstet … Sollen wir das auch schon rausholen oder erst später?«, fragte Anna und deutete auf ein Fässchen bayerisches Bier, das ich als Gastgeschenk mitgebracht hatte.

»Das machen wir erst, wenn wir unsere Sachen in die Wohnung geräumt haben«, sagte ich.

»Da seid ihr ja!«, ertönte die mir vom Telefon inzwischen bestens bekannte Stimme mit dem herrlichen österreichischen Dialekt.

Vor Aufregung klopfte mein Herz wie verrückt. Was irgendwie affig war. Immerhin war ich kein Teenager mehr.

Anna und ich kamen hinter dem Wagen hervor, als Chris bereits freudestrahlend auf uns zumarschierte. Er trug eine legere Jeans und ein schon etwas ausgewaschenes kariertes Hemd und sah in echt um einiges besser aus als auf den Fotos.

»Ilona! Herzlich willkommen«, rief er und umarmte Zoe mit einem breiten Lächeln.

»Wow – du siehst echt toll aus. Genau so habe ich mir dich vorgestellt! Schön, dass du da bist.«

Kapitel 9

Lügen haben dicke Beine

Als ich sah, wie Chris die perplexe Zoe umarmte, erstarrte ich.

Bevor Zoe etwas sagen konnte, warf er einen Blick zu Anna und mir.

»Und das sind dann also deine Freundinnen Anna und Zoe?«, fragte er fröhlich.

Zoe, die sonst immer einen lockeren Spruch draufhatte, war sprachlos und drehte sich Hilfe suchend zu uns um.

Obwohl die späte Nachmittagssonne immer noch wärmte, war mir plötzlich eiskalt.

Zoe gefällt ihm also.

Kein Wunder. Ihre griechischen Wurzeln verliehen ihr ein leicht exotisches Aussehen, das von ihrem frechen roten Haarschnitt noch unterstrichen wurde. In ihrem kurzen beigen Kleidchen Größe 34 wirkten ihre braun gebrannten schlanken Beine im Gegensatz zu meinen käsigen Stampfern wie die eines Models. Kein Wunder also, dass Zoe ihm gefiel!

Na, dann würde ihm wohl gleich die Kinnlade runterfallen, wenn ich den Irrtum aufklärte. Kurz überlegte ich, ob wir es nicht besser einfach bei dem Irrtum belassen sollten. Doch sobald Zoe ihre Sprache wiedergefunden hatte, würde Chris sofort wissen, dass etwas nicht stimmte. Zoe sprach reines Hochdeutsch, während man in meiner etwas dunkler gefärbten Stimme den bayerischen Dialekt nicht überhören konnte. Am liebsten wäre ich sofort ins Auto gesprungen und wieder nach Hause gefahren.

Währenddessen kam Chris nun mit ausgestreckter Hand auf uns zu.

»Ich bin Anna«, sagte meine beste Freundin schnell. »Hallo Chris.«

»Freut mich, Anna.« Sie schüttelten sich die Hände. Dann wandte er sich an mich und streckte mir ebenfalls die Hand entgegen. »Dann musst du die Zahnärztin …«

»Nein … ich … ich bin Ilona«, unterbrach ich ihn bemüht fröhlich und wunderte mich, dass meine Stimme mir überhaupt gehorchte. Als sein Lächeln daraufhin verschwand, rutschte mir das Herz in die Hose. Irritiert drehte er sich zu Zoe um und sah sie fragend an.

»Äh … wie?«

»Man verwechselt uns ständig«, erklärte Zoe lapidar mit einem Schulterzucken. »Kein Wunder, so ähnlich wie wir uns sehen, nicht wahr?«, witzelte sie und zwinkerte mir zu.

Anna fiel in ihr Lachen ein.

Ich schluckte.

»Tja dann …« Das Lächeln, das jetzt auf seinem Gesicht erschien, wirkte etwas bemüht. »Hab ich mich wohl vertan. Entschuldigt. Und schön, dass du da bist, Ilona«, sagte er immer noch etwas verwirrt, aber trotzdem sehr höflich.

Von der Vertrautheit, die ich während unserer Telefonate verspürt hatte, und seinem Humor war nichts mehr da.

Ich gefalle ihm nicht!

»Kommt, ich zeige euch gleich mal die Wohnung«, bot er an und schnappte sich Annas Koffer.

Während wir ihm mit dem ersten Teil des Gepäcks in den umgebauten Pferdestall hinter dem Haupthaus folgten, erklärte er uns, dass seine Schwester Claudia und ihre Freundin Alessia noch bei der Olivenernte waren, aber bald zurück sein würden.

Die Wohnung war sehr geräumig und zweckmäßig, und auch wenn alles schon ein wenig alt und einfach gehalten war, versprühte sie doch einen gewissen Charme. Jedes der Schlafzimmer hatte einen eigenen Kamin und einen Sekretär. Hier konnte man sich wirklich wohlfühlen.

Während Chris uns herumführte und uns erklärte, wie der Gasherd in der Küche und die Wasserboiler in den beiden Badezimmern zu bedienen waren, redeten abwechselnd Anna oder Zoe mit Chris, während ich ihrem Gespräch gedanklich nicht einmal folgen konnte. An mich direkt richtete Chris sich nicht.

Ich gefalle ihm nicht! Ich gefalle ihm nicht!

Diese vier Worte ratterten mir unablässig durch den Kopf. Offensichtlich war er sauer oder zumindest irritiert über meine Schwindelei, aber wohl zu höflich, um das jetzt anzusprechen. Vielleicht hätte ich vorhin anders reagieren sollen? Ihm erklären, wie es überhaupt dazu gekommen war. Doch ich hatte keinen vernünftigen Satz herausbekommen und somit die Chance vertan.

Inzwischen hatten wir auch das restliche Gepäck aus dem Wagen geholt und standen im Wohnzimmer neben der großen Sitzgruppe vor dem riesigen Kamin.

»Der Kühlschrank ist übrigens schon mit frischen Lebensmitteln aufgefüllt. Bedient euch nach Herzenslust.«

»Danke, Chris«, sagte ich.

»Und jetzt kommt erst mal so richtig an und packt in Ruhe eure Sachen aus. Wir essen gegen 20 Uhr. Kommt einfach rüber ins Haupthaus«, lud Chris uns ein. »Und falls euch Lotte begegnet – das ist unser Hofhund. Ilona weiß das ja schon.« Er warf einen kurzen Blick zu mir, und ich sah einen kleinen Anflug von Humor darin aufblitzen. Oder bildete ich mir das nur ein?

»Ihr braucht keine Angst zu haben. Lotte schaut nur etwas wild aus, tut aber nichts.«

»Danke für den Hinweis«, sagte Anna.

Er nickte uns noch kurz zu, dann verschwand er.

Anna und Zoe sahen mich an. Ich atmete einmal tief ein und aus.

»Super gelaufen, oder?«, sagte ich trocken.

»Hey, der war einfach irritiert«, meinte Zoe. »Chris dachte, du wärst Anfang vierzig und … sorry, wenn ich das sage … aber ich bin halt mal die Einzige von uns in diesem Alter.«

»Aber er ist doch wirklich total nett«, sagte Anna. »Auch wenn ich gedacht hätte, er würde das mit ein wenig mehr Humor nehmen«, fügte sie dann jedoch mit einem Stirnrunzeln hinzu.

»Er hatte natürlich ein ganz anderes Bild von mir und ist jetzt enttäuscht. Und an seiner Stelle wäre ich das auch!«, murmelte ich. »Ich hätte es ihm einfach schon früher sagen sollen.« Innerlich verfluchte ich den Moment, in dem ich diesen Blödsinn von mir gegeben hatte. Dass ich dabei leicht angeheitert war, ließ ich nicht als Ausrede gelten.

»Jetzt macht doch deswegen kein Fass auf«, sagte Zoe. »Du bist, wer du bist, und siehst aus, wie du eben aussiehst. Oder denkst du, er hätte dich nicht eingeladen, wenn er gewusst hätte, dass du schon einundfünfzig bist und vielleicht …«, sie suchte nach den richtigen Worten, »… nicht die Sportlichste und Schlankeste auf dieser Erde?«

»Keine Ahnung, ob er mich als Moppel auch eingeladen hätte«, sagte ich bitter und spürte plötzlich, dass meine Enttäuschung in Wut umschlug. »Und wenn du ihm besser gefällst als ich, dann ist es halt so«, blaffte ich Zoe an. »Ich packe jetzt meine Sachen aus.«

Damit ließ ich die beiden stehen und ging nach oben in mein Zimmer, wo schon das Gepäck neben dem Schrank stand.

Doch erst einmal ließ ich mich aufs Bett sinken. Ich war hin- und hergerissen zwischen Wut und Scham und fühlte mich zudem müde und kaputt. Am liebsten wollte ich mich einfach nur zusammenrollen und schlafen. Ich sah auf mein Handy. Es war kurz nach sechs. Auf das gemeinsame Essen heute Abend hatte ich im Moment überhaupt keine Lust. Ich könnte Kopfschmerzen vortäuschen. Oder Übelkeit. Besonders wohl fühlte ich mich tatsächlich nicht. Doch hauptsächlich fühlte ich mich von der langen Reise verschwitzt. Ich würde erst mal duschen und mich umziehen. Vielleicht ging es mir danach ja etwas besser.

Vorher packte ich meine Reisetasche aus, zog mich aus und schlüpfte in einen Bademantel. Dann nahm ich meinen Waschbeutel und ein Handtuch und ging ins gegenüberliegende Badezimmer. Die ausgiebige Dusche tat mir richtig gut, und danach fühlte ich mich um einiges wohler. Als ich mich abtrocknete, klopfte es an der Badezimmertür.

»Ilona? Geht es dir gut?«, fragte Anna. »Ich mache mir echt ein wenig Sorgen.«

»Musst du nicht. Wenn ich Depressionen hätte, wäre ich in der Küche am Kühlschrank und nicht im Bad!«, rief ich sarkastisch.

Ich hörte sie lachen.

»Zoe und ich machen uns auch schnell frisch und wollen noch mit einem Gläschen auf unseren gemeinsamen Urlaub anstoßen, bevor wir rübergehen. Kommst du dann auch runter?«

»Ja … Ich komme«, versprach ich. Schließlich wollte ich ihnen nicht den Urlaub verderben, nur weil es für mich nicht rund lief.

»Super! Bis gleich.«

Plötzlich kam so etwas wie Trotz in mir auf. Ja, ich hatte ein wenig geschummelt. Aber damit hatte ich doch niemandem wehgetan. Außerdem ging es nur um ein paar Jahre und ein paar Kilo hin oder her. Wieso machte ich mir also einen Kopf deswegen?

Ich föhnte meine Haare sorgfältig und legte ein wenig Make-up auf. Zurück im Zimmer griff ich automatisch nach einer dunkelgrauen Hose und einer schwarzen Bluse. Doch dann überlegte ich es mir anders. Vor ein paar Monaten hatten Anna, Zoe und ich bei einem unserer gemeinsamen Abende darüber geredet, dass Frauen ab einem bestimmten Alter plötzlich gar nicht mehr richtig wahrgenommen werden und dass man diesem Umstand etwas gegensteuern könnte, indem man sich zumindest auffälliger kleidet. Daraufhin hatte ich mir tatsächlich ein paar sehr gewagte bunte Stücke gekauft. Und zumindest bei der Begegnung mit Jo Ranke hatte sich das offenbar ausbezahlt. Er hatte mich zu meiner großen Überraschung jedenfalls nicht wie eine graue Maus übersehen, sondern mich in dem orangefarbenen Hosenanzug, den ich an diesem Tag trug, durchaus wahrgenommen. Nicht, dass es mir langfristig Glück gebracht hätte, aber ein kleines Abenteuer, das meiner Seele geschmeichelt hatte, war es allemal gewesen.

Beherzt griff ich zu einer sonnengelben langen Flatterbluse, die ich über einer weißen Jeans tragen wollte. Auch wenn Chris wohl eher an Frauen wie Zoe Gefallen fand, so wollte ich doch zumindest als Älteste im Freundinnen-Bunde nicht ganz untergehen.

So aufgehübscht ging ich nach unten in die rustikale Wohnküche.

Anna und Zoe saßen bereits am Tisch. Vor ihnen stand eine Flasche Eierlikör. Die beiden hatten offenbar schon ohne mich angefangen.

»Ihr trinkt Eierlikör?«, fragte ich verwundert. Normalerweise kam dieser nur dann zum Einsatz, wenn Zoe über irgendetwas besonders aufgebracht war – im positiven wie im negativen Sinn.

»Den weltbesten! Ich hatte schon so lange keinen mehr«, sagte Zoe.

»Selbst gemacht von meiner Mama, wie immer«, erklärte Anna. »Den hat sie mir gestern noch für unsere Reise mitgegeben. Zwei Flaschen. Eine für unseren Gastgeber und eine für uns.«

»Ach, deswegen war dein Koffer so schwer!« So langsam wurde mir klar, woher das Gewicht stammte.

»Tja, wer weiß, welche Überraschungen noch so darin stecken«, flötete sie grinsend.

»Komm, jetzt setz dich schon!«, drängte Zoe, während sie mir den dickflüssigen hellgelben Likör einschenkte und auch die beiden anderen Gläser noch mal ordentlich auffüllte.

»Auf einen tollen Urlaub!«, sagte sie, und wir hoben unsere Gläser.

»Auf einen tollen Urlaub«, riefen Anna und ich unisono.

»Prost!«

Der Eierlikör war wirklich ausgesprochen lecker. Wobei er nicht gerade der ideale Aperitif war. Ein Glas davon war so gehaltvoll, dass es fast als Vorspeise durchging. Aber egal!

»Hach, meine Lieben, wie toll, dass wir gemeinsam hier sind«, sagte Zoe. »Wir lassen es uns einfach gut gehen ... Übrigens – die Bluse steht dir so richtig toll, Ilona. Du darfst nachher beim Essen nur nicht so bedröppelt aus der Wäsche gucken wie jetzt gerade.«

»Tu ich doch gar nicht!«, protestierte ich.

»Doch schon«, beharrte Zoe. »Du musst lächeln und dabei deine schönen Zähne zeigen. Sogar ich bin neidisch auf dein Gebiss.«

Tatsächlich war ich auf meine Zähne, die zu meinen schönsten Attributen zählten, richtig stolz. Sie waren gesund und weiß wie in einer Zahnpasta-Werbung.

»Andere in deinem Alter haben schon mehr Kronen im Mund als die Queen im Tower von London«, witzelte Zoe. »Wenn ich lauter Patienten wie dich hätte, bräuchte ich einen Nebenjob.«

»Gönn mir halt wenigstens mein sexy Gebiss«, bat ich und lächelte übertrieben.

»Tu ich ja …«

Anna sah auf die Uhr.

»Meine Lieben, es ist zehn vor acht. Wir sollten uns langsam auf den Weg machen.«

Ich merkte, wie mein Puls sich wieder beschleunigte. Gleich würde ich Chris wiedersehen, und ich hoffte so sehr, dass wir zu der Ungezwungenheit aus unseren Telefonaten zurückfinden würden.

»Okay … Wir müssen noch das Bierfässchen aus dem Auto holen«, sagte ich.

Zoe strich mit dem Zeigefinger noch den letzten Rest Eierlikör aus dem Glas und leckte ihn genüsslich ab.

»Sollen wir ihnen den Eierlikör auch schon heute oder erst zu einer anderen Gelegenheit mitbringen?«, wollte Anna wissen.

»Ach, lass ihn vorerst hier«, meinte Zoe. »Man kann ja nie wissen.«

»Na gut … Dann auf geht's. Ilona? Alles gut bei dir?«, fragte Anna.

»Klar. Das Schlimmste ist ja schon überstanden«, sagte ich.

Draußen war es längst schon dunkel, als wir in Richtung unseres Wagens gingen, um das Bier zu holen. Im Hof waren an einigen Stellen verteilt ein paar Laternen aufgestellt, die uns den Weg wiesen. Es war deutlich kühler, und ich war froh, dass ich mir noch eine Stola übergeworfen hatte.

»Soll ich dir helfen?«, fragte Anna.

Ich schüttelte den Kopf.

»Passt schon«, sagte ich und hob das Zehn-Liter-Fass aus dem Auto. »Geht ihr voran.«

Wie eine Entenfamilie marschierten wir hintereinander auf die Haustür zu.

»Ha!«, schrie Anna plötzlich auf und blieb stehen.

»Ha!«, kam es wie ein Echo von Zoe.

»Aua!«, rief Anna, der Zoe in die Hacken getreten war. »Pass doch auf!«

Ich blieb ebenfalls stehen.

»Was ist denn?«, fragte ich, als plötzlich ein riesiges Etwas neben mir auftauchte und gleich darauf wieder in der Dunkelheit verschwand. Ich erschrak so heftig, dass mir fast das Fass aus der Hand gerutscht wäre.

»Ha!«, rief nun auch ich.

»Was war das denn?«, flüsterte Anna ängstlich.

»Vielleicht ein Pony? Oder eine kleine Kuh?«, überlegte Zoe.

»Eine kleine Kuh? Du meinst ein Kalb?«, fragte Anna.

»Ja was denn sonst?«, zischte Zoe zurück.

Plötzlich fiel bei mir der Groschen.

»Das muss Lotte sein!«, erklärte ich, und als zustimmende Antwort kam ein zweifaches Wuff, und der Hund tauchte wieder vor uns auf.

»Die ist ja riesig, diese Lotte«, murmelte Zoe ängstlich und schluckte. »Da kriegt man ja fast einen Herzinfarkt.« Sie lachte kurz auf. »Das wäre dann der zweite, wenn man es genau nimmt.«

Ihr Sinn für Humor war manchmal etwas fragwürdig.

»Mach bloß keinen Quatsch, Zoe!«, sagte Anna streng.

»Das ist nur ein Hund. Da muss man keinen Herzinfarkt kriegen.«

»Und Chris hat gesagt, Lotte sei ganz brav«, rief ich den beiden in Erinnerung. Obwohl man sich das bei diesem Anblick kaum vorstellen konnte. Der Kopf des zotteligen grauen Hundes reichte mir bis zum Ellenbogen. Doch er wirkte nicht wuchtig, sondern eher schlank.

»Das ist ein irischer Wolfshund«, kam die Erklärung von der Haustür her. Chris stand da und grinste breit. Offenbar amüsierte es ihn, dass Lotte uns ein wenig aus der Fassung gebracht hatte.

»Komm Lotte«, rief er dem Hund zu. »Lass die drei Damen besser in Ruhe. Die haben Angst vor dir.«

Lotte drehte den Kopf ein wenig zur Seite, so, als ob sie sich darüber wunderte, wie jemand auf die Idee kommen könnte, sich vor ihr zu fürchten. Dann trabte sie zu Chris. Er tätschelte ihr den Rücken.

»Jetzt geh schön ins Haus, meine Kleine«, sagte er.

»Meine Kleine?«, kommentierte Zoe amüsiert. »Mit Größenangaben gehst du aber echt großzügig um. Machst du das immer so?«, fragte sie frech.

»Es ist alles eine Frage der Perspektive«, antwortete Chris schlagfertig.

Die beiden hatten offenbar schon jetzt einen guten Draht zueinander gefunden. Zugegebenermaßen wurmte mich das ein wenig.

»Dieses Fass hier ist zwar nicht groß«, knüpfte ich an das Thema an, »aber es ist doch schwer, und ich würde es gern loswerden.«

»Oh, entschuldige«, sagte Chris und kam auf mich zu.

»Unser Gastgeschenk. Echtes oberbayerisches Bier«, sagte ich und drückte ihm das Fass in die Hand.

»Hey toll! Danke. Darauf freue ich mich«, sagte er. »Aber geht doch rein.«

Kapitel 10

Chianti und Kastanieneis

Das Haupthaus ein einfaches Bauernhaus zu nennen wäre die Untertreibung des Jahrhunderts gewesen. Staunend sahen wir uns um, nachdem wir eingetreten waren.

Von der weitläufigen Diele führten zwei steinerne Treppen ins obere Stockwerk.

»Links ist mein Bereich und rechts der von Claudia und Alessia«, erklärte Chris.

»Wow!«, sagte ich. »Das ist noch viel schöner als auf den Bildern der Homepage.«

»Danke. Wir haben auch sehr viel Arbeit in die Renovierung gesteckt.«

»Echt toll. Wie viel Wohnfläche ist das denn?«, wollte Anna wissen.

»380 Quadratmeter hier im Haupthaus«, erklärte Chris bereitwillig.

»Einmalig schön ist das. Hier kann man es aushalten«, schwärmte Zoe.

Chris brachte rasch das Bierfass zum Kühlen in die Speisekammer, dann zeigte er uns das Wohnzimmer mit einem großen offenen Kamin, in dem schon ein fröhliches Feuer flackerte. Dem urigen Haus mit den hellroten Terrakotta-

Fliesen, den gemauerten Rundbögen, den halbrunden Fenstern und dunklen Holzdecken hatte die Renovierung nichts von seinem Charme genommen. Ganz im Gegenteil. Altes und Modernes waren geschmackvoll miteinander verbunden und gaben ein stimmiges Bild ab. Wunderschöne antike Einzelstücke waren kombiniert mit Designklassikern. Beeindruckende Lampenschirme, Fotodrucke und moderne Bilder zierten die grob verputzten weißen Wände.

»Hier lang geht es ins Esszimmer«, sagte er und führte uns drei Stufen hinauf in einen Raum, der von einem großen Tisch in der Mitte dominiert wurde, an dem locker zwölf Leute Platz fanden. Durch hohe Flügeltüren sah man hinaus auf einen von Mauern und Grünpflanzen umgebenen Patio, der in den warmen Sommermonaten sicherlich zum lauschigen Verweilen und zum Essen im Freien genutzt wurde.

Chris hatte uns gerade Chianti und Wasser eingeschenkt, da kamen zwei Frauen mit großen Vorspeisen-Platten und stellten sie auf den Tisch. Ich kannte die beiden bereits von den Fotos auf der Homepage. Lotte folgte ihnen und machte es sich auf einer Decke in der Ecke bequem, ohne uns weiter zu beachten.

»Das sind Anna, Zoe und Ilona – und das ist meine Schwester Claudia«, stellte Chris uns einander vor. Was nicht zu übersehen war. Sie hatte dieselbe dunkelblonde Haarfarbe und genauso hellbraune Augen wie ihr Bruder. Zudem war sie nur wenige Zentimeter kleiner als Chris, dabei gertenschlank, fast mager.

»Hallo. Freut mich, dass ihr da seid«, begrüßte sie uns

freundlich mit einem unverwechselbaren österreichischen Dialekt.

»Bist du die Künstlerin?«, fragte Zoe.

»Genau, die bin ich.«

»Und das hier ist Alessia. Claudias Partnerin und die eigentliche Chefin und Seele des Hauses hier«, machte Chris uns mit der Namensgeberin der Biomanufaktur bekannt.

»Buona sera«, ertönte die warme Stimme der Italienerin, die uns mit einem zauberhaften Lächeln aus dunkelbraunen Augen die Hände schüttelte. »Schön, dass ihr bei uns zu Gast seid«, fügte sie mit starkem Akzent hinzu.

Alessia war das Gegenteil von Claudia. Sie reichte ihrer Lebensgefährtin gerade mal bis zur Nasenspitze und war zwar ebenfalls schlank, aber trotzdem kurvig gebaut. Die wilde schwarze Lockenmähne schien sich kaum bändigen zu lassen und umrahmte ein bildhübsches Gesicht mit feinen Lachfältchen in den Augenwinkeln. Sie war mir von der ersten Sekunde an sympathisch.

»Ich möchte mich ganz herzlich bei euch für die Einladung bedanken«, sagte ich.

»Zoe und ich freuen uns natürlich auch sehr, dass wir mitkommen durften«, sagte Anna.

»Sehr gerne. Schön, dass auch ihr unsere Gäste seid!«, sagte Alessia.

»Und setzt bitte unsere Tagespauschale hoch genug an, vor allem für die alkoholischen Getränke«, feixte Zoe, und wir lachten alle.

»Ich hole noch schnell das Brot«, sagte Claudia und verschwand kurz in der Küche, während wir uns setzten.

Als sie wieder zurück war, probierten wir die verschiedenen Antipasti und Aufstriche und aßen dazu lauwarmes Rosmarin-Brot, das Alessia in einem Tontopf gebacken hatte. Es gab ausschließlich Produkte vom Hof, die man online bestellen oder in dem kleinen Hofladen frisch kaufen konnte.

»Von diesen eingelegten Artischocken musst du unbedingt einen großen Vorrat für deinen Laden ordern«, sagte Zoe zu mir.

»Und von dem gegrillten Paprika auch«, ergänzte Anna. »Und von den schwarzen Oliven. Ach, es ist alles so lecker.«

»Aber natürlich«, sagte ich. »Ihr bekommt alles, was ihr wollt.«

Alessia lachte auf.

»Wir können liefern, so viel ihr möchtet«, sagte sie vergnügt.

Ich warf einen Blick zu Chris, der mir schräg gegenübersaß und ebenfalls kurz zu mir sah, bevor er sich wieder seiner Schwester zuwandte.

Vielleicht erinnert er sich ja genau jetzt ebenfalls an unser erstes Telefonat, in dem wir meine falsche Bestellung korrigiert hatten?

Das war noch keine zehn Tage her – und doch hatte es sich zunächst so angefühlt, als ob ich ihn schon viel länger kennen würde. Jetzt war davon nicht mehr viel zu spüren.

Während sich die anderen alle gut unterhielten, beschränkte ich mich aufs Zuhören. Nach dem Eierlikör und einem ordentlichen Glas Rotwein spürte ich, dass mir der Alkohol ein wenig zu Kopf gestiegen war, und ich wollte keinesfalls wieder etwas Falsches sagen.

Die Antipasti hatten bereits angenehm gesättigt, als die

Hauptspeise aufgetragen wurde: Tortelli Maremmani. Kleine Teigtaschen, gefüllt mit Ricotta, Spinat und Pinienkernen, in geschmolzener Salbeibutter. Dazu Tomatensalat.

Ein Traum!

Und zum krönenden Abschluss gab es eine Kugel selbst gemachtes Kastanieneis.

Eigentlich wollte ich dankend ablehnen, weil ich inzwischen kurz davor war zu platzen, aber Alessia ließ das nicht gelten.

»Du musst es probieren, Ilona!«, drängte sie mich. »Es ist nach einem Rezept meiner Mama.«

Wie hätte ich das ausschlagen können? Und zum Glück hatte ich das nicht getan.

»Ich glaube, das ist das beste Eis, das ich je gegessen habe. Und glaub mir, ich habe wirklich schon sehr viel leckeres Eis gegessen«, schwärmte ich begeistert, und Alessia lächelte zufrieden.

Nach dem Essen wechselten wir auf das gemütliche Sofa im Wohnzimmer vor dem offenen Kamin. Chris legte ein großes Holzscheit nach und schaltete leise Musik ein. Mehrere Boxen waren so gut positioniert, dass sie nicht auffielen und dennoch den Sound im ganzen Raum verteilten.

»Puh – wenn das hier eine Woche lang so weitergeht mit den leckeren Sachen, dann passe ich nicht mehr in mein Hochzeitskleid«, sagte Anna.

»Du heiratest?«, fragte Claudia überrascht.

»Ja … Im zarten Alter von fünfzig und als Mutter zweier erwachsener Töchter habe ich noch einmal die Liebe gefunden«, erklärte Anna.

»Wie romantisch!«, schwärmte Alessia, deren Wangen vom

Alkohol leicht gerötet waren, als ob sie etwas zu viel Rouge aufgetragen hätte.

»Du bist doch noch keine fünfzig!«, meinte Claudia ungläubig. Und es stimmte, Anna sah tatsächlich um einiges jünger aus.

»Doch. Ist sie«, bekräftigte Zoe. »Aber besser, man wird jünger geschätzt als älter.« Sie lachte, bis sie meinen Blick bemerkte.

Ich fand das gar nicht lustig!

Auf Chris' Gesicht erschien ein seltsames Lächeln, das ich nicht deuten konnte.

»Tja ... das mit dem Alter ist so eine Sache. Am besten sollte man eine Frau nicht danach fragen. Nicht wahr, Ilona?«, bemerkte er süffisant.

Das saß! Und ich hatte es verdient.

»Richtig. Das sollte man besser vermeiden!«, stimmte ich ihm zu und nahm einen großen Schluck Wein.

Claudia schenkte sofort nach.

»Ach was. Ich verrate mein Alter gern. Warum sollte man das auch verheimlichen?«, wunderte sich Alessia. »Ich bin fünf Jahre jünger als Claudia, siebenunddreißig.«

Was man ihr überhaupt nicht ansah.

»Damit muss ich ja nichts mehr dazu sagen«, meinte Claudia amüsiert.

Zoe überging das Thema elegant, indem sie aufstand und die Toilette aufsuchte. Offenbar befürchtete sie, dass jemand sie so alt schätzen könnte, wie sie tatsächlich war. Und das wäre fatal für ihr Ego.

»Was steht denn morgen auf dem Programm«, versuchte ich das Thema zu wechseln.

»Wenn ihr Lust habt, könnt ihr mit zur Olivenernte kommen«, sagte Claudia. »Wir frühstücken hier gemeinsam um halb acht, und danach geht's los.«

»Ich komme sehr gern mit«, sagte ich.

»Und ich natürlich auch«, erklärte Anna. »Zoe wird sicher auch dabei sein wollen.«

»Super!«, freute sich Alessia. »Und am Nachmittag zeigen wir dir den Hof, Ilona, und euch auch, wenn euch das interessiert.«

»Genau deswegen bin ich hier«, sagte ich. »Ich bin schon sehr gespannt.«

Wir besprachen die Einzelheiten des morgigen Tages, bis Zoe wieder zurückkam.

»Klar bin ich auch dabei«, sagte sie. »Aber müssen wir wirklich schon so früh anfangen?«

»Du musst gar nichts, du kannst gern auch später nachkommen. Einfach nur etwa einen halben Kilometer den kleinen Weg hinter den Schafweiden entlanggehen. Dann siehst du uns schon«, erklärte Claudia.

»Wie sieht es aus, Ilona? Kommst du vor dem Frühstück mit mir noch eine Runde Joggen? So gegen halb sieben? Ich weiß doch, wie wichtig dir Sport ist.«

Er sah mich neugierig an, und ich versuchte, unter seinem Blick weiterhin zu lächeln.

»Gern!«, antwortete ich. Dabei hatte ich keinen blassen Schimmer, wie ich auch nur hundert Meter neben ihm zurücklegen sollte, ohne zusammenzubrechen.

»Aber da ist es ja noch gar nicht richtig hell«, warf Alessia ein.

»Macht doch nichts. Oder, Ilona?«

»Äh, nein. Gar nicht.«

Vielleicht stolpere ich ja im Dunkeln und breche mir ein Bein. Dann habe ich eine gute Ausrede für den Rest des Urlaubs.

»Joggen hört sich super an. Wollen wir nicht auch mitlaufen, Anna?«, meinte Zoe.

»Hast du nicht gerade gesagt, du möchtest nicht so früh aufstehen?«, kommentierte Anna.

»Schon, aber vielleicht wäre es gar nicht so verkehrt, bei dem vielen Essen«, überlegte Zoe laut.

»Keine Sorge. Bei der Olivenernte seid ihr genug in Bewegung«, sagte Claudia.

»Na gut, dann schlafe ich morgen aus, vielleicht ein anderes Mal«, sagte Zoe zu Chris.

Ich will auch lieber ein anderes Mal mitkommen.

Doch ich wusste nicht, wie ich mich elegant aus der Affäre ziehen könnte. Auf der anderen Seite würde ich mich morgen ohnehin nur blamieren, wenn er sah, dass ich keine Kondition hatte. Wäre es nicht besser, jetzt gleich die Karten auf den Tisch zu legen? Sicher ahnte er ohnehin schon, dass ich ihm auch bezüglich meiner Sportlichkeit etwas vorgemacht hatte. Ich nahm meinen Mut zusammen.

»Chris?«

»Ja?«

»Können wir vielleicht kurz draußen Luft schnappen?«, fragte ich.

»Gerne«, sagte Chris.

Wenig später standen wir draußen im Patio. Über uns ein funkelnder Sternenhimmel. Das Licht, das aus dem Esszimmer kam, spendete ein wenig Helligkeit.

»Alles gut bei dir?«, fragte Chris höflich.

Ich kam mir vor wie ein Schulmädchen, das zum Direktor musste, und wusste nicht, wie ich anfangen sollte. Dabei war ich doch sonst überhaupt nicht auf den Mund gefallen. Was war in letzter Zeit nur los mit mir? Immer öfter hatte ich das Gefühl, nicht mehr ganz ich selbst zu sein. Nervös strich ich eine Haarsträhne hinters Ohr.

»Also«, begann ich schließlich. »Ich muss da was mit dir klären, Chris.«

»Ach ja?« Er verschränkte die Arme und sah mich neugierig an.

»Anscheinend habe ich dir bei unseren Telefonaten ein anderes Bild von mir vermittelt.« Ich suchte nach den richtigen Worten.

»Irgendwie schon, ja«, stimmte er mir zu und nickte.

»Das tut mir echt total leid. Und es ist mir peinlich. Ehrlich gesagt kann ich nicht mehr nachvollziehen, welcher Teufel mich da geritten hat. An diesem Abend hatte ich wohl doch etwas …«

»Schon gut, Ilona«, unterbrach Chris mich. »Für mich hat sich das schon geklärt.«

»Echt?« Irgendwie hörte er sich nicht so an.

»Wirklich. Ist doch auch völlig egal, wie alt du bist und wie du aussiehst«, setzte er noch hinzu.

Wie bitte?

»Entschuldige. So meinte ich das nicht«, korrigierte er sich rasch. »Ich meine, klar, deiner Beschreibung nach hatte ich eine etwas andere Vorstellung von dir. Aber …«, nun suchte er offensichtlich nach den richtigen Worten.

»Jetzt, wo wir das klargestellt haben, sollten wir dieses

Thema beenden«, sagte ich kühl. Ich hatte mir lange genug deswegen einen Kopf gemacht. Und so groß war mein »Vergehen« nun auch wieder nicht gewesen. Wenn er so oberflächlich war, dass er Menschen nur nach dem Aussehen beurteilte, dann konnte er mir menschlich ohnehin gestohlen bleiben.

»Ich bin hergekommen, damit wir unsere geschäftliche Zusammenarbeit ausbauen, und vielleicht kannst du das ja auch mit einer Einundfünfzigjährigen in Kleidergröße XXL!«

Damit ließ ich ihn stehen und ging wieder ins Haus.

»Ilona!«, rief er mir verblüfft nach und folgte mir.

Doch ich marschierte schnurstracks ins Wohnzimmer, ohne mich zu ihm umzudrehen. Dort herrschte eine ausgelassene Stimmung. Was immer Zoe gerade von sich gegeben hatte, es hatte für großes Gelächter gesorgt.

»Ich bin schon ziemlich müde und gehe jetzt schlafen, aber ihr könnt gerne noch länger bleiben«, sagte ich, während Chris etwas unschlüssig herumstand.

»Jetzt schon?« Zoe schien in ihrem Element zu sein und den Abend zu genießen.

»Ja … es war ein langer Tag.«

»Ich brauche auch so langsam ein Bett«, sagte Anna und stand auf.

»Vielen Dank für eure Gastfreundschaft und das wunderbare Essen«, sagte ich.

»Sehr gerne doch«, sagte Claudia.

»Na gut … dann gehe ich eben auch schlafen.« Zoe erhob sich ebenfalls vom Sofa.

Im Flur hielt Chris mich kurz am Arm fest.

»Ilona, das ist heute irgendwie blöd gelaufen. Lass uns doch morgen mal reden, ja?«, bat er leise.

»Müssen wir nicht, Chris. Es passt schon alles«, antwortete ich. »Ach ja, ich habe es mir anders überlegt. Das Joggen morgen früh lasse ich ausfallen.«

Wir verabschiedeten uns von allen und gingen über den Hof in unsere Ferienwohnung.

Doch obwohl ich mich total müde fühlte, wollte ich noch nicht gleich ins Bett gehen. Außerdem war mir auf dem kurzen Weg so kalt geworden, dass ich mich nach einer Tasse heißem Tee sehnte.

Im Vorratsschrank in der Küche waren einige angefangene Päckchen verschiedener Teesorten. Ich entschied mich für Pfefferminze und setzte in einem Topf Wasser auf.

»Ilona?«

Ich drehte mich um. Anna stand in der Tür und trug schon ein hübsches Nachthemd.

»Ich mach mir noch Tee. Magst du auch?«

»O ja, gern.«

Ich brühte zwei Tassen auf, und wir setzten uns an den Tisch.

»Hast du es Chris erklärt?«, fragte Anna, während sie den Teebeutel durch das heiße Wasser zog.

»So ungefähr. Ihm ist es egal, wie ich aussehe, hat er gemeint.« Ich versuchte, nicht bitter zu klingen.

»Das hat er sicher nicht so gemeint.«

»Ach, ist doch auch egal … Es ist nur, nach unseren Telefonaten …« Ich stockte.

»Was?«, fragte Anna und nippte vorsichtig am Tee.

»Wir haben uns so gut verstanden. Deswegen dachte

ich, dass das genauso weitergeht, wenn wir uns endlich sehen.«

»Hey. Wir sind doch gerade erst angekommen. Jetzt warte doch mal ab, wie sich alles entwickelt.«

»Solange ich nicht zusehen muss, wie sich zwischen Chris und Zoe etwas entwickelt!«, murmelte ich.

»Ilona!«

»Schon gut. Auf jeden Fall ist es ansonsten super hier. Und ich freue mich schon auf die Olivenernte morgen.«

»Ich mich auch.« Anna gähnte herzhaft. »Bist du mir böse, wenn ich den Tee mit nach oben nehme? Ich möchte noch kurz mit Paul telefonieren.«

»Ich bin dir schrecklich böse.«

»Ich hab dich auch lieb!«

»Jetzt verschwinde schon!«

»Gute Nacht!«

»Gute Nacht!«

Während ich noch langsam den Tee austrank, ging ich meine Nachrichten und E-Mails auf dem Handy durch. Es wunderte mich, dass wir hier so guten Empfang hatten, obwohl der Hof so abgelegen war.

Ben hatte geschrieben. Der Tag im Laden war gut gelaufen, die Katze allerdings noch nicht aufgetaucht. Ich sollte Anna aber weiterhin nichts davon sagen.

Ich seufzte und versprach in einer Nachricht, es für mich zu behalten.

Außerdem schickte ich Ben noch ein paar Fotos, die ich mit Erlaubnis unserer Gastgeber vom Essen gemacht hatte.

Es ist äußerst inspirierend hier. Das Essen traumhaft. Das würde dir sicher auch gefallen.

Gleich darauf kam eine Nachricht von ihm zurück.

Sieht super aus! Nächstes Mal kann ja ich zu den Herstellern fahren, schrieb er mit einem Smiley.

Darüber reden wir noch. Gute Nacht!

Kapitel 11

Grüne Oliven

Zoe war am nächsten Morgen doch rechtzeitig aufgestanden und ging mit Anna kurz vor halb acht ins Haupthaus. Da ich noch immer vom Vorabend satt war, verzichtete ich auf ein gemeinsames Frühstück und machte mir nur Kaffee mit dem Espresso-Kocher. Ich ging mit der Tasse nach draußen und beobachtete, wie der Tag anbrach und die Sonne die herrliche Landschaft in ein noch milchiges Licht tauchte. Es gab nur das Zwitschern der Vögel, ansonsten herrschte eine Ruhe, wie ich sie in meinem Alltag selten erlebte. Ich atmete langsam die angenehm kühle Luft tief ein und schloss für ein paar Sekunden die Augen, genoss den würzigen Duft nach Wildkräutern und Landwirtschaft, in dem auch ein Hauch von Rauch lag, der durch das Feuer in den Kaminen kam.

Als ich die Augen öffnete, stand Lotte etwa zwei Meter vor mir. Ich erschrak so sehr, dass ich mir etwas heißen Kaffee über die Hand kippte. Und da ich nicht wusste, wie Lotte darauf reagieren würde, verbiss ich mir einen Aufschrei. Wie hatte der Hund sich überhaupt so leise an mich heranschleichen können?

Jetzt im Tageslicht, wo sie so direkt vor mir stand, wirkte der irische Wolfshund noch viel größer. Lotte war echt riesig.

»Hey, Lotte«, sagte ich so ruhig wie möglich und versuchte, mir meine Angst nicht anmerken zu lassen. »Was machst du denn hier so ganz alleine?«

Das Tier sah mich an und kam auf seinen langen Beinen noch ein wenig näher.

»Du bist eine ganz Brave«, fuhr ich fort. »Aber magst du nicht lieber wieder zu deinem Herrchen gehen?«

»Das Herrchen ist ja schon da.«

Erst jetzt entdeckte ich Chris, der ebenfalls unbemerkt gekommen war. Im sanften Licht des Morgens fiel mir auf, dass seine Schläfen leicht ergrauten, was man in dem dunkelblonden Haar sonst kaum bemerkte.

»Guten Morgen, Ilona«, sagte er.

»Morgen, Chris!«, antwortete ich. »Sag mal, du bist dir echt sicher, dass sie mir nichts tut?«

»Freilich. Ich lass sie doch nicht eine so wichtige Kundin wie dich auffressen«, erklärte er, und zum ersten Mal seit unserer Ankunft sah er mich mit einem Lächeln an, das ehrlich erschien.

»Sehr beruhigend … Denkst du, sie mag es, wenn ich sie streichle?«

»Versuch's doch einfach.«

»Hätte ich ein Hundeleckerli dabei, wäre es sicher einfacher«, murmelte ich. Mit Haustieren hatte ich überhaupt keine Erfahrung. Bis auf Annas Katze. Doch Conny hatte mit dieser Riesin vor mir rein gar nichts gemein.

Conny, ob sie wohl wieder aufgetaucht war? Hätte mir Ben doch nur nichts erzählt, jetzt spukte es mir ständig durch den Kopf.

Ich stellte die Kaffeetasse auf die Holzbank, wischte meine

nasse Hand an der alten Hose ab, die ich bereits für die Ernte angezogen hatte, und näherte mich Lotte vorsichtig.

»Du bist eine ganz Liebe«, murmelte ich und streichelte sanft über den struppigen Kopf.

Lotte schien keine Einwände zu haben und blickte mich aus ihren großen Hundeaugen weiterhin neugierig an. Zumindest interpretierte ich es als Neugierde.

»Sie mag dich.«

»Woher willst du das denn wissen?«

»Weil sie stillhält. Das tut sie bei Fremden normalerweise nicht so schnell.«

Irgendwie freute es mich, dass der Hund mich mochte.

Wenigstens der!

»Wie war's beim Joggen?«, fragte ich, während ich Lotte weiter streichelte.

»Super! Es hat sehr gutgetan, und ich fühle mich echt richtig fit.«

In diesem Moment bedauerte ich es, dass ich nicht sportlich war. Sicher wäre es schön, mit Chris so früh am Morgen in den Sonnenaufgang zu laufen. Unter normalen Umständen zumindest.

»Aber du kennst das ja selbst, wie das ist, wenn man regelmäßig trainiert«, stichelte er, und die bisher eigentlich schöne Stimmung war für mich dahin.

»Wann müssen wir denn los?«, fragte ich knapp, weil es mir zu blöd war, darauf einzugehen.

»Um acht Uhr. Also in zehn Minuten.«

»Dann bis bald«, sagte ich, doch er hielt mich am Arm fest.

»Warte mal bitte, Ilona. Ich wollte mich eigentlich bei dir entschuldigen, wegen gestern«, sagte er.

Ich sah ihm in die Augen. Meinte er das ernst?

»Und meine Stichelei eben war nur der Versuch, die Stimmung etwas zu lockern.«

»Das musst du aber echt noch üben!«, tadelte ich ihn.

»Offenbar … Nimmst du meine Entschuldigung an?«

Sein Blick wirkte aufrichtig.

»Okay. Entschuldigung angenommen, und … mir tun meine … etwas ungenauen Informationen auch leid. Das war einfach nur blöd.«

Er nickte lächelnd.

»Na dann … dann haben wir das ja geklärt … Wir sehen uns gleich«, sagte er und verschwand mit Lotte in Richtung Haupthaus.

Ich war froh, dass wir das aus der Welt geschafft hatten.

Als wir eine halbe Stunde später bei den Olivenbäumen ankamen, legte dort bereits ein älterer hagerer Mann mit grau melierten Haaren feinmaschige Netze unter einem Teil der Bäume aus.

»Darf ich vorstellen? Das ist mein Großvater Mario«, sagte Alessia. »Er hilft uns immer sehr viel, ist allerdings kein Mann der großen Worte.«

Mario nickte uns zu, ohne seine Arbeit zu unterbrechen.

Die Olivenernte hatte erst in den letzten Tagen begonnen und würde sich noch bis weit in den November ziehen, erklärte uns Claudia.

»Es gibt Rüttelgeräte, da fallen die Früchte vom Baum auf die ausgelegten Netze«, erklärte uns Alessia. »Aber wir ernten die Oliven so schonend wie möglich und hauptsächlich von Hand. Das ist zwar viel aufwendiger, lohnt sich aber.«

»Na dann legen wir mal los«, sagte ich.

»Wenn ihr Fragen habt, einfach melden.«

Die Arbeit war tatsächlich sehr anstrengend, machte aber trotzdem auch Spaß.

Wir hatten Stoffbeutel um unsere Hüften befestigt, in denen wir die Oliven sammelten. Waren sie voll, füllten wir sie vorsichtig in Kisten um, wo Alessia sie von größeren Blättern und Stängeln befreite. Chris stapelte die vollen Kisten auf den Anhänger eines kleinen Traktors.

»Ist das nicht alles zu viel Arbeit für euch?«, fragte Anna interessiert. »Ihr habt doch auf dem Hof sicher auch noch genug zu tun.«

»Viel ist es schon. Aber wir haben ja Mario und einige Helfer aus dem Nachbardorf. Und manchmal kommen auch Freunde von uns aus Österreich, die uns unterstützen«, sagte Claudia.

»Einen Teil der Oliven legen wir ein und verarbeiten sie bei uns weiter, aber der größere Teil wird in die Ölmühle gebracht und dort für uns gepresst. Damit haben wir dann keine Arbeit mehr«, erklärte Alessia. »Und wir müssen ja nicht alles auf einmal machen. Die Oliven können ruhig noch ein wenig länger an den Bäumen reifen. Die Früchte, die wir jetzt ernten, sind noch unreif. Daraus wird ein sogenanntes frühes Olivenöl gepresst. Es hat ein leicht bitteres Aroma und eine naturtrübe Farbe.«

»Und es ist schärfer und hat mehr wertvolle Inhaltsstoffe«, fügte ich hinzu. Das war ein Terrain, auf dem ich mich auskannte.

Chris nickte.

»Das Öl von den reifer geernteten Oliven ist milder«, sagte

er und schnitt einen großen Ast ab, von dem er dann die letzten Früchte direkt in eine Kiste zupfte.

»Wieso schneidest du eigentlich so viele Äste ab?«, fragte Zoe verwundert.

»Die Bäume gehören nach der Ernte sowieso zurückgeschnitten. Das kann man sich zunutze machen, um die Früchte einfacher zu ernten«, erklärte er.

»Und wie viel braucht man da so für einen Liter?«, hakte Zoe interessiert nach.

»Etwa sechs bis zehn Kilo pro Liter«, sagte ich. »Bei jungen Oliven mehr als bei den reiferen.«

Chris sah mich überrascht an. Offenbar hatte er nicht damit gerechnet, dass ich mich tatsächlich so gut auskannte.

»Genauso ist es«, bestätigte er. »Im letzten Jahr haben wir knapp über 1.600 Liter geschafft. In diesem Jahr werden es wohl ein wenig mehr sein, weil das Wetter gut mitgespielt hat.«

»Es ist wirklich sehr spannend, das mal so mitzuerleben«, sagte Anna. »Da steckt so viel Arbeit drin. Ich verspreche hoch und heilig, Oliven und das Öl künftig noch viel mehr zu schätzen und zu genießen, als ich es ohnehin schon tue«, versprach sie.

Am Vormittag machten wir eine kurze Pause. Auch der wortkarge Mario gesellte sich zu uns. Wie ich inzwischen erfahren hatte, war er achtundsiebzig und hatte den Hof noch bis vor fünf Jahren allein geführt, da ihn keine seiner Töchter, die beide in Rom verheiratet waren, übernehmen wollte. Nur seine Enkelin Alessia hatte ernsthaftes Interesse gezeigt, und schließlich hatte der Witwer ihr alles übergeben und war in ein kleines Haus in der Nähe gezogen, damit er nicht in Versuchung kam, sich zu sehr in Alessias Leben, vor allem aber in die Arbeit auf dem Hof einzumischen. Endlich hatte er auch mehr Zeit, um sich seiner zweiten großen Leidenschaft zu widmen, dem Lesen.

Alessia hatte mit Salami und Käse belegte Tramezzini, ein wenig Obst und Tee in Thermoskannen für uns alle dabei, und inzwischen hatte auch ich ordentlichen Appetit. Während wir es uns schmecken ließen, holte Anna ihr Handy aus der Tasche.

»Entschuldigt, ich rufe mal kurz daheim an und frage, ob alles in Ordnung ist«, sagte sie.

»Was soll denn schon sein?«, fragte Zoe. »Die sind doch inzwischen alle alt oder noch jung genug, um mal für eine Woche ohne dich klarzukommen.«

Anna grinste. »Das ist einfach die Macht der Gewohnheit. Einmal Mama – immer Mama.«

Ihre Worte entlockten Mario ein Lächeln. Auch wenn er nicht jedes Wort verstand, so hatte er sich offenbar ein paar Brocken Deutsch beigebracht, und das Wort Mama war ohnehin international.

Zuerst rief Anna bei Emma an, die jedoch nicht ans Handy ging.

»Vielleicht bedient sie gerade Kundschaft im Laden«, sagte ich und hoffte, dass die Katze inzwischen wieder aufgetaucht war. Allerdings hatte Ben mir versprochen, sich in diesem Fall sofort bei mir zu melden. Was er bisher nicht getan hatte.

»Bei Paul springt auch nur die Mailbox an«, stellte Anna fest. »Aber wenn er am Romanübersetzen ist, hat er das

Handy oft für ein paar Stunden aus, damit er nicht ständig unterbrochen wird … Ich versuche es noch bei meiner Mutter.«

Doch auch Mina war nicht erreichbar.

»Die ist sicher im Garten und hört das Telefon mal wieder nicht«, sagte ich. Was tatsächlich nicht so ungewöhnlich wäre, denn Mina bräuchte längst ein Hörgerät, was sie jedoch vehement ablehnte.

»Ich versuche es einfach später noch mal«, murmelte Anna und steckte ihr Handy weg. Allerdings wirkte sie etwas beunruhigt. So war sie früher schon gewesen. Sie musste sich immer vergewissern, dass mit ihren Lieben alles in Ordnung war.

»Hey. Die melden sich schon«, sagte ich.

»Klar … ich weiß auch nicht, warum ich plötzlich so hibbelig bin. Was sollte denn schon sein?«

»Eben. Was sollte denn schon sein?«

An mir nagte das schlechte Gewissen, weil ich ihr Connys Verschwinden verschwieg. Aber es würde ihr vermutlich wirklich den Urlaub ruinieren, nicht zu wissen, wo die Katze war. Und von hier aus konnte sie ohnehin nichts unternehmen.

Zwanzig Minuten später bekam sie endlich eine Nachricht von Emma und war erleichtert.

»Alles ist gut daheim«, sagte sie und pflückte fröhlich weiter.

Am frühen Nachmittag schmerzten meine Muskeln und der Nacken von der ungewohnten Arbeit schon deutlich, sodass ich mich immer wieder durchstreckte und die Arme lockerte.

Und auch meine Hände waren durch das Pflücken etwas zerkratzt. Um die Früchte nicht unabsichtlich zu quetschen, trugen wir keine Handschuhe.

»Hast du dich verletzt?«, fragte Chris hinter mir, der offenbar meinen Blick auf die Hände bemerkt hatte.

Ich drehte mich zu ihm um und schüttelte den Kopf.

»Nur kleine Kratzer«, sagte ich.

»Zeig mal«, sagte er und nahm meine Hände, um sie genauer zu betrachten. Seine sanfte Berührung bescherte mir ganz unvermittelt einen kleinen wohligen Schauer.

»Ist echt nicht so schlimm«, sagte ich mit leicht heiserer Stimme.

»Pass trotzdem auf!«, sagte er und hielt meine Hände länger als nötig fest.

Unsere Blicke trafen sich für einen kurzen Moment, und ich sah in seinen hellbraunen Augen etwas, das mich verwirrte, auch wenn ich es nicht benennen konnte. Ich schluckte.

»Ich gebe dir nachher eine Salbe, Ilona«, sagte Alessia, die plötzlich neben uns stand.

Chris löste sich von mir.

»Das wäre lieb, danke, Alessia.«

»Die Salbe ist wirklich gut«, bestätigte Chris und machte sich wieder an die Arbeit.

»Machen wir noch eine halbe Stunde«, sagte Claudia schließlich. »Dann hören wir für heute auf.«

Keine von uns hatte etwas dagegen. Obwohl Zoe viel Sport machte, merkte man auch ihr inzwischen eine gewisse Erschöpfung an. Wir füllten die restlichen Früchte, die auf das Netz am Boden gefallen waren, in die Kisten, sammelten die abgeschnittenen Äste auf und legten sie auf einen Haufen.

Mario würde sich später noch darum kümmern, sie zu entsorgen.

»Bis dann«, sagte Chris schließlich, der mit den Oliven zur Mühle fuhr, während wir das kurze Stück zurück zum Hof marschierten.

Nachdem wir geduscht und uns umgezogen hatten, gab es im Patio des Haupthauses Cappuccino und Linzer Torte, die Alessia nach einem Rezept von Claudias Mutter gebacken hatte. Doch vorher brachte sie uns noch eine Salbe für die Hände.

»Die mache ich auch selber«, erklärte Alessia. »Davon bleiben die Hände ganz weich.«

»Sagt mal, hat der Tag bei euch mehr Stunden als bei uns?«, fragte ich beeindruckt. »Wie schafft ihr das denn alles? Ich meine, du malst ja immerhin auch noch deine Bilder«, sagte ich in Richtung Claudia.

Sie zuckte mit den Schultern.

»Keine Ahnung. Vielleicht liegt es daran, dass wir hier nicht so abgelenkt sind und uns auf das konzentrieren, was wir auch wirklich lieben.«

Alessia griff lächelnd nach der Hand ihrer Freundin.

Ich seufzte innerlich. Die beiden schienen sich ganz offensichtlich sehr zu lieben.

Nach dem Kaffee führte Claudia uns auf dem Hof herum, während Alessia sich in der Küche an die Vorbereitungen für das Abendessen machte.

Wir gingen ins Gewächshaus, in dem im Frühjahr die Gemüsepflanzen für die Außenbeete gezogen und verschiedenste Kräuter angebaut wurden. Trotz der fortgeschrittenen Jahreszeit wurden hier sogar jetzt noch Tomaten geerntet.

Gleich daneben in einer umgebauten Scheune befand sich eine sehr geräumige hochmoderne Küche, die allen Vorschriften für die Zubereitung der Produkte entsprach, die auf dem Hof und online verkauft wurden. Der kleine Hofladen nebenan war an drei Vormittagen in der Woche geöffnet.

»Aber die Leute können auch zwischendurch kommen, wenn sie etwas brauchen«, erklärte Claudia. »Nächstes Jahr möchte Chris übrigens auch selbst Käse herstellen. Aber momentan gibt es einfach noch zu viel anderes zu tun. Vor allem wollen wir unser eingelegtes Gemüse und die Aufstriche und Soßen vermarkten.«

»Toll, was ihr euch da aufgebaut habt«, machte ich ihr ein ernst gemeintes Kompliment.

Claudia nickte. »Ja ... jetzt muss das alles nur noch richtig laufen. Wir alle haben unser ganzes Geld da reingesteckt.«

»In mir habt ihr jedenfalls schon eine regelmäßige Abnehmerin«, versprach ich.

»Wo ist eigentlich dein Atelier?«, wollte Zoe wissen.

»Auf dem Speicher im Haupthaus«, erklärte Claudia.

»Dürfen wir das denn auch mal anschauen? Und noch mehr von deinen Bildern?«, wollte Zoe wissen, die großen Gefallen an den Bildern gefunden hatte, die im Wohnzimmer und auch in den anderen Räumen im Haupthaus hingen. Auch ich war beeindruckt von den farbintensiven Gemälden, die im figurativen Stil abstrakt interpretiert unterschiedlichste Menschengruppen zeigten.

»Eigentlich mag ich es nicht, wenn jemand ins Atelier kommt. Dort stehen Bilder, die sich noch im Arbeitsprozess befinden. Und ich möchte nicht, dass jemand eine unfertige

Arbeit von mir sieht. Aber ich kann in den nächsten Tagen mal ein paar auswählen, um sie dir zu zeigen.«

»Das wäre schön!«

»Ilona und ich wollen sie aber auch sehen«, warf Anna prompt ein.

»Klar.«

Plötzlich hörten wir von draußen Schritte. Ich ging davon aus, dass Chris zurückkam. Doch ein ganz anderer Mann kam durch die Tür in den Hofladen und sah uns lächelnd an.

»Ist das der Besuch aus Deutschland?«, fragte er in gebrochenem Deutsch.

»Sì«, bestätigte Claudia und sprach dann auf Italienisch auf ihn ein.

»Das ist Alessias Cousin Lorenzo«, erklärte Claudia schließlich und stellte uns vor. »Er ist Apotheker im Nachbarort und einer der neugierigsten Menschen, die es gibt. Außerdem hat er sich gerade selbst zum Abendessen eingeladen.«

»Es wird mir ein Vergnügen sein.«

Lorenzo lachte auf und zeigte dabei blendend weiße Zähne und ein tiefes Grübchen in der linken Wange.

»Ich finde es toll, die ganze Familie kennenzulernen«, sagte Zoe und zog lächelnd eine Augenbraue hoch.

Offenbar schien ihr der Apotheker zu gefallen. Was mir wiederum gefiel.

Kapitel 12

Terminschlamassel, Calamari und Rosinen.

Bis zum Abendessen hatten wir noch ein paar Stunden Zeit. Da ich nach der anstrengenden Arbeit bei der Olivenernte doch ein wenig kaputt war, ging ich auf mein Zimmer und legte mich ins Bett.

Sicherheitshalber stellte ich mir den Wecker auf sieben, damit ich noch vor dem Abendessen gemütlich duschen konnte, doch das hätte ich mir sparen können. Obwohl ich richtig müde war, konnte ich nicht einschlafen. Schuld war vermutlich eine Überdosis Koffein. So viel Kaffee wie hier trank ich sonst nie. Und Chris. Denn meine Gedanken kreisten ständig um ihn, vor allem seit der eigentlich harmlosen Berührung vorhin bei der Olivenernte. Gleichzeitig wollte ich mir keine allzu große Hoffnung machen, um nicht enttäuscht zu werden.

Da ich nicht schlafen konnte, stand ich auf und ging nach unten in die Wohnküche, um mir etwas zu trinken zu holen. Dort saß Anna am Tisch und telefonierte. Ich sah ihr an, dass sie ziemlich aufgeregt war. Ging es um die verschwundene Katze?

»Das meinst du doch jetzt wirklich nicht ernsthaft, oder?«, sagte sie ungläubig ins Handy.

Ich sah sie fragend an. Sie tippte sich mit ihrem Finger an die Schläfe und verdrehte genervt die Augen, was sicherlich nicht mir, sondern dem Menschen am anderen Ende der Leitung galt. Also ging es vermutlich nicht um Conny.

Ich schenkte mir ein Glas Wasser ein, während sie telefonierte, und versuchte, aus ihrem Gespräch herauszuhören, was los war.

»Wenn du denkst, das ganze Universum muss sich ausschließlich um dich und deine Familie drehen, hast du dich geschnitten …«, sagte sie aufgebracht. »Ich habe überhaupt nichts gegen Karla – ganz im Gegenteil. Ich mag deine Frau. Das bedeutet aber nicht, dass ich …«

Aha! Sie telefonierte also mit ihrem Exmann Harald. Das hätte ich mir denken können. Kaum ein Mensch konnte sie so auf die Palme bringen wie er. Außer Jo Ranke vielleicht. Aber der war ohnehin ein Spezialfall.

»Und wenn du dich auf den Kopf stellst. Die Antwort lautet Nein!«, fuhr sie fort, und ich merkte ihr an, dass sie immer ärgerlicher wurde. »Ich mag da jetzt auch gar nicht mehr weiterreden, Harald. Ciao.«

Damit legte sie auf.

»Du glaubst nicht, was meinem bescheuerten Exmann jetzt schon wieder eingefallen ist«, polterte sie sofort los.

»Dem traue ich so einiges zu. Aber keine Ahnung – was hat er denn gemacht?«

»Stell dir vor, er möchte, dass ich meine Hochzeit mit Paul um zwei Wochen nach hinten verschiebe.«

»Hä? Wieso das denn?«, fragte ich verdutzt.

»Weil Karlas Frauenärztin den Geburtstermin nach vorne

korrigiert hat und das Kind genau in der Zeit kommen könnte, in der ich heirate.«

»Ja und? Die beiden sind doch sowieso nicht zur Hochzeit eingeladen, oder?«

»Nein, aber da Harald bei der Geburt natürlich mit dabei sein möchte, müssen sich Emma und Leo auf Abruf bereithalten, um auf ihre beiden Halbschwestern aufzupassen.«

»Gibt es denn außer deinen Töchtern niemanden in deren Bekanntenkreis, der das übernehmen könnte?«, fragte ich.

»Laut Harald nicht.«

»Aber der kann doch nicht von dir erwarten, dass du die Hochzeit verschiebst, nur weil es sein könnte, dass Karla ausgerechnet an diesem Tag entbindet. Ihr habt doch schon alles geplant und organisiert.«

»Tut er aber … und weißt du, was das Schlimme dabei ist?«, wollte sie wissen.

»Was?«

»Ich habe jetzt ein blödes Gefühl, dass es tatsächlich genau an diesem Tag passieren könnte. Aber auch wenn dem nicht so ist: Es würde auf jeden Fall den Tag für Paul und mich belasten. Denn natürlich möchte ich meine Töchter dabeihaben. Und zwar nicht auf Abruf!«

»Hör mal. Es gibt bestimmt jemanden außer deinen Mädchen, der auf Pia und Lina aufpassen kann.«

»Schon, aber Emma und Leo haben ihrem Vater und Karla versprochen, dass sie sich um die Mädchen kümmern, wenn es so weit ist. Sie wollen in dieser Zeit sogar abwechselnd in München bleiben, damit sie da sind, falls es plötzlich doch schnell gehen sollte«, sagte Anna. »Die beiden kommen doch jetzt auch in einen Gewissenskonflikt.«

»Bedeutet das etwa, dass du die Hochzeit tatsächlich verschieben möchtest?«, fragte ich ungläubig.

»Ach, was weiß denn ich … Nein. Ja. Ich muss jedenfalls mit Paul darüber reden.«

»Der wird sicher schwer begeistert sein«, sagte ich trocken.

Anna griff nach meinem Wasserglas und nahm einen Schluck.

»Wir sind kaum vierundzwanzig Stunden hier, und ich habe das bisher wirklich sehr genossen. Aber jetzt versaut mir dieser Blödmann den Urlaub, weil ich mir sicher die ganze Zeit den Kopf darüber zerbrechen werde, was ich machen soll!«

Ich setzte mich neben sie und legte ihr einen Arm um die Schultern.

»Ich verstehe, dass dich das total nervt. Aber jetzt mal ehrlich. Das kann er nicht von dir verlangen. Und deine Töchter werden auch verstehen, dass du die Hochzeit nicht einfach verschieben kannst, selbst wenn sie nur in einem kleinen Rahmen stattfindet.«

In diesem Moment klingelte ihr Handy.

»Das ist Karla!«, sagte Anna nach einem Blick auf das Display erstaunt.

»Rede über Lautsprecher mit ihr, damit ich mithören kann!«, bat ich.

Sie nickte und nahm das Gespräch an.

»Hallo, Anna«, wurde sie von der Neuen ihres Exmannes begrüßt. Eine wirklich sympathische Frau, die wir alle inzwischen ins Herz geschlossen hatten, obwohl wir anfangs skeptisch waren. Wie der früher notorisch fremdgehende Harald zu ihr gekommen war, war uns allen noch immer ein Rätsel. Doch die beiden schienen ein glückliches Paar zu sein.

»Grüß dich, Karla.«

»Ich habe vorhin das Gespräch von Harald und dir mitbekommen. Unmöglich, was er dir da vorgeschlagen hat. Bitte vergiss es. Für diesen Tag finde ich ganz bestimmt jemanden, der auf die Mädchen aufpassen könnte. Das kriege ich schon irgendwie hin.«

Es war Anna anzusehen, dass sie nach den richtigen Worten suchte.

»Danke, Karla … Ich hoffe, du verstehst das. An den anderen Tagen werden Emma und Leo ganz bestimmt da sein. Und es wird sicher nicht ausgerechnet der Hochzeitstag sein, den dein Kleiner sich aussuchen wird, um auf die Welt zu kommen.«

»Eben … Ich habe gehört, du bist zurzeit in der Toskana … hach, wie ich dich beneide«, sagte Karla, und man hörte ihr die Erschöpfung an. Im letzten Drittel schwanger zu sein und dazu dreieinhalbjährige Zwillinge zu haben, war sicher anstrengend.

»Wir hätten dich mitnehmen sollen«, sagte Anna.

»Oh. Glaub mir, du hättest mich nicht zweimal fragen müssen.« Karla lachte.

»Wie geht es dir denn?«, wollte Anna wissen.

»So weit gut. Ich bin nur die ganze Zeit so müde. Und komme mir vor, als ob ich jetzt schon dicker wäre als kurz vor der Entbindung mit den Zwillingen.«

»Ach was. Das bist du sicher nicht.«

»Jedenfalls fühlt es sich so an. Ich sollte nicht so viele Nudeln essen. Aber ich könnte sie mir Tag und Nacht reinschaufeln, und zwar in allen möglichen Variationen. Berge von Nudeln.«

»Bei mir waren es damals bei Leo Tomaten. Auch in allen möglichen Varianten. Tomatensuppen, Tomatensoßen, Tomatensalat, überbackene Tomaten oder einfach nur Tomaten pur.«

An diese Phase konnte ich mich auch gut erinnern. Einmal hatte Anna sogar Tomatenketchup mit dem Löffel gegessen, weil sie so ein Verlangen danach gehabt hatte und sonst nichts im Haus war.

»Das wäre immerhin viel gesünder als die vielen Kohlehydrate«, meinte Karla.

»Schwangerschaftsgelüste sind halt leider schwer zu steuern. Pass jedenfalls gut auf dich auf, Karla«, sagte Anna. »Und gönn dir auch mal Auszeiten.«

»Sag das doch bitte mal den Zwillingen«, scherzte sie.

»Um die beiden muss Harald sich jetzt halt mehr kümmern«, schlug Anna vor.

»Ach, der ist momentan so eingespannt in der Arbeit, dass die Kleinen meistens schon schlafen, wenn er heimkommt.«

Anna und ich sahen uns alarmiert an. Uns ging offenbar derselbe Gedanke durch den Kopf: Hoffentlich war da keine andere Frau im Spiel.

»Trotzdem darfst du ihn nicht schonen. Der hält das schon aus!«, rief ich dazwischen.

»Ilona? Bist du das?«, fragte Karla.

»Ja … ich wünsche dir auch alles Gute.«

»Danke. Genießt euren Urlaub. Und trinkt bitte ein Glas für mich mit, ja?«

»Klar!«

»Machen wir«, versprach Anna und verabschiedete sich von Karla.

»Na schau«, sagte ich. »Jetzt hat sich das Problem doch wieder schnell aufgelöst.«

»Schon. Aber …«

»Aber was?«

»Karlas Mutter hatte vor Kurzem eine Hüft-OP, die kann die Zwillinge sicher nicht nehmen. Und Karla hat auch keine Geschwister. Sicher wäre sie beruhigter, wenn sie wüsste, dass Emma und Leo sich um die Mädchen kümmern, wenn es bei ihr so weit ist.«

»Aber das tun die beiden doch. Es ist nur der eine Tag, an dem sie nicht parat stehen, und Karla hat doch gerade gesagt, dass sie jemanden findet«, warf ich ein.

»Aber verstehst du denn nicht? Wenn sie erst jemanden finden muss, bedeutet das, dass sie jetzt noch niemanden hat, dem sie die Kinder guten Gewissens anvertrauen würde«, gab Anna zu bedenken.

»Du machst das jetzt aber wirklich kompliziert, Anna. Glaub mir, die regeln das schon. Du musst deine Hochzeit nicht verschieben.«

»Trotzdem habe ich jetzt ein schlechtes Gewissen«, murmelte sie.

Ich schüttelte lächelnd den Kopf.

»Ich weiß. Du kannst einfach nicht aus deiner Haut … Und was willst du jetzt machen?«

»Keine Ahnung.«

»Hör zu. Wir gehen jetzt bald rüber zum Essen, und dann schläfst du einfach eine Nacht über die Sache. Auch wenn ich finde, dass du dir da gar keine Gedanken mehr machen musst«, riet ich.

»Na gut.«

Pünktlich um 20 Uhr führte Chris uns am zweiten Abend ins Esszimmer. Zoe hatte sich heute ganz besonders schick gemacht. Fast schon ein wenig übertrieben für ein gemütliches Abendessen bei unseren Gastgebern. Ich ahnte, dass das womöglich mit dem angekündigten Besuch zu tun haben könnte.

Diesmal hatten wir den Eierlikör als Geschenk dabei.

»Den hat meine Mama gemacht«, sagte Anna, während wir Platz nahmen.

»Oh, wie toll. Verkaufst du den auch bei dir im Laden, Ilona?«, fragte Alessia.

»Nein … den trinken wir nur selbst«, erklärte ich.

»Oder wir verschenken ihn an liebe Bekannte«, fügte Anna hinzu.

»Vielen Dank«, sagte Claudia. »Aber ihr müsst wirklich nicht jeden Tag was mitbringen.«

»Das war jetzt auch alles, was wir dabei hatten«, erklärte Zoe trocken.

Wir lachten.

»Wollte dein Cousin Lorenzo nicht auch zum Essen kommen?«, erkundigte sich Zoe.

»Doch«, antwortete Alessia, »aber er hat vorhin angerufen. Ihm kam leider in letzter Minute noch was dazwischen. Er wird morgen kommen.«

»Was steht denn morgen überhaupt auf dem Programm? Wieder Olivenernte?«, wollte Anna wissen.

»Morgen haben wir genügend Hilfe von ein paar Leuten aus dem Dorf«, sagte Claudia. »Wir dachten, ihr wollt euch vielleicht die Gegend ein wenig anschauen? Ihr seid ja schließlich nicht nur zum Arbeiten hier, sondern wollt vor allem auch Urlaub machen. Und das Wetter soll morgen besonders schön werden.«

»Ich würde tatsächlich gern etwas von der Gegend hier sehen«, sagte Zoe, während Chris Weißwein einschenkte.

»Der kommt von unserem Nachbarn Franko«, erklärte er.

»Für mich heute nicht, danke«, sagte ich und legte die Hand über mein Glas.

»Wirklich nicht?«, fragte er nach.

»Ich möchte nur Wasser, danke.«

Nach der Arbeit heute spürte ich inzwischen jeden Muskel und wollte nach dem Essen bald schlafen gehen.

Alessia kam mit einer großen tönernen Schüssel und einem Tablett mit Focaccia aus der Küche und stellte alles in die Mitte des Tisches.

»So, hier kommt die Vorspeise. Chris hat heute noch einen kleinen Umweg gemacht und frischen Fisch und Meeresfrüchte mitgebracht«, erklärte sie.

»Ich liebe Fisch«, schwärmte Zoe.

»Bedient euch!«, forderte Alessia uns auf.

Als ich sah, was sich die anderen auf die Teller schaufelten, schluckte ich. *Meeresfrüchtesalat!* Es gab wenige Lebensmittel, die ich nicht mochte. Doch Tintenfische, egal in welcher Variation und ob groß oder klein, gehörten definitiv dazu. Vor allem, wenn sie noch dazu komplett erkennbar waren. Allein schon wenn ich die kleinen Arme mit den winzigen Saugnäpfen sah, wurde mir ganz anders. Und genau davon gab es jede Menge in der Schüssel.

Als Kind hatte meine Mutter mich in einem Restaurant dazu gedrängt, kleine Calamari zu probieren, obwohl ich nicht wollte. Dieses Gefühl im Mund hatte ich bis heute nicht vergessen. In derselben Nacht hatte ich dann geträumt, dass ich im Meer schwamm und einer der verspeisten Tintenfische wieder aus meinem Mund gekrochen kam und immer größer und größer wurde. Seine langen Fangarme hatten mich umschlungen, die Saugnäpfe hatten sich an meiner Haut festgesaugt, und er hatte mich tief nach unten bis zum Grund des Meeres gezogen. Schreiend war ich aufgewacht und hatte die ganze Nacht kein Auge mehr zugemacht. Damals hatte ich mir geschworen, nie wieder Tintenfisch zu essen.

»Ich passe heute besser bei der Vorspeise«, sagte ich, so höflich es ging. »Sonst bin ich für den Hauptgang schon satt.«

»Ach, so ein klein wenig geht schon. Du musst probieren, Ilona«, sagte Alessia und klatschte mir einen großen Löffel voll auf den Teller.

Nun hatte ich ein Problem. Es ging nicht darum, dass ich es nicht probieren wollte, ich konnte einfach nicht. Davon würde ich keinen Bissen hinunterbekommen.

Nur, wie zog ich mich jetzt aus der Affäre, ohne unhöflich zu erscheinen? Ich hatte nämlich die Erfahrung gemacht, dass es nicht reichte, einfach zu sagen, dass man Meeresfrüchte beziehungsweise Calamari nicht mochte. Die meisten Gastgeber verbissen sich buchstäblich in dieses Thema und fühlten sich dann dazu berufen, mich zu überreden, doch wenigstens zu probieren, weil seit der Kindheit doch schon ein paar Jährchen vergangen seien. Und außerdem käme es ja immer auf die Zubereitung an. So ein Gespräch wollte ich mir heute nicht antun.

»Hmm … Wunderbar«, schwärmte Zoe, die das Essen sichtlich genoss.

Anna hatte zunächst etwas skeptisch auf ihren Teller geschaut, doch auch sie probierte, ohne mit der Wimper zu zucken.

»Sehr lecker«, sagte sie, obwohl ich es ihr nicht so ganz abnahm. Ich kannte meine Freundin lange genug, um ihren Gesichtsausdruck zu deuten. Wir waren beide keine Fans dieser Form der mediterranen Küche.

Plötzlich hatte ich eine Idee.

»Leider bin ich allergisch gegen Meeresfrüchte«, platzte ich heraus. Es schien mir der einzige Weg, dem Essen auszukommen. »Da bekomme ich lauter Pusteln und rote Flecken«, setzte ich noch eins drauf.

»Seit wann das denn?«, fragte Zoe überrascht.

»Schon immer!«, beteuerte ich. »Tut mir wirklich sehr leid, Alessia.«

»Oh …«, sagte diese bedauernd. »Magst du vielleicht was anderes?«

»Nein danke. Die Focaccia genügt mir wirklich. Abends esse ich normalerweise ohnehin nie so viel.«

Chris warf mir einen Blick zu, den ich mal wieder nicht deuten konnte.

»Du bist ja sehr genügsam heute. Wasser und Brot«, witzelte er.

»Es kommt ja noch was«, sagte ich.

»Ach je … Wenn du allergisch bist gegen Meeresfrüchte, dann ist das Hauptgericht leider auch nichts für dich.« Alessia machte ein betrübtes Gesicht.

»Was gibt es denn?«, fragte ich.

»Tintenfisch-Ragù mit Wildreis«, antwortete Claudia. »Das kannst du dann auch nicht essen.«

»Stimmt. Aber das macht nichts. Ich esse einfach ein wenig Reis. Hauptsache, die Nachspeise besteht nicht auch aus Meeresfrüchten«, witzelte ich.

Alessia lachte vergnügt. »Nein. Es gibt Milchreis mit Rosinen und Apfelkompott.«

Bingo!

Zu den wenigen Lebensmitteln, die ich ebenfalls nicht mochte, gehörten Rosinen. Wenn ich nur mal versehentlich auf eines dieser kleinen Scheißerchen biss, die sich oftmals heimtückisch im Apfelstrudel versteckten, konnte ich nicht mehr weiteressen. Es gab keine logische Erklärung dafür, warum das so war, oder gar ein ähnlich dramatisches Erlebnis wie mit den Tintenfischen in meiner Kindheit. Es war einfach so. Ich konnte keine Rosinen essen.

Anna wusste das natürlich und sah mich mitleidig, aber auch ein wenig amüsiert an. Heute war tatsächlich mein absoluter Glückstag, was das Menü betraf.

»Du kannst dir von der Nachspeise gerne eine doppelte Portion nehmen. Es ist genügend da«, bot Alessia zuvorkommend an, und ich stand kurz vor einem hysterischen Lachanfall.

Sag einfach, dass du keine Rosinen magst!

Doch Alessia hatte sich so viel Mühe gegeben, und ich wollte sie nicht verletzen. Trotzdem würde ich auch die Nachspeise nicht essen können. Eine weitere Allergie würde mir aber vermutlich niemand abnehmen.

Während die anderen noch mit dem Meeresfrüchtesalat beschäftigt waren und ich ein wenig Focaccia knabberte, klingelte mein Handy.

Ben!

»Stört es, wenn ich kurz telefoniere? Es ist mein Mitarbeiter.«

»Mach ruhig«, sagte Claudia.

Ich stand auf und stellte mich etwas abseits an die Terrassentür.

»Hey, Ilona«, begrüßte Ben mich. »Hast du deine Mails von heute Abend schon gelesen?«

»Nein. Noch nicht. Was gibt es denn?«

»Dann erzähl ich es dir kurz. Stell dir vor, heute war ein Kunde im Laden, der sonst regelmäßig mit seiner Frau in Bernhards Restaurant gegessen hatte. Er hat erfahren, dass ich dort nicht mehr koche und auch nicht in einem anderen Lokal, was ihm gar nicht gefiel.«

»Das kann ich mir vorstellen.«

Während ich Ben zuhörte, beobachtete ich, wie Chris sich lebhaft mit Zoe unterhielt, die seine Aufmerksamkeit ganz offensichtlich sehr genoss.

»Zum einen möchte er, dass ich einmal im Monat zu ihm nach Hause komme und dort für seine Familie und Freunde koche, was er sehr gut bezahlt. Aber jetzt kommt es, pass auf. Nachdem er gehört hat, dass wir auch Catering machen, will er uns künftig regelmäßig engagieren, damit wir Essen für Besprechungen mit seinen Geschäftspartnern aus aller Welt liefern. Und er hat noch einen Termin angefragt für die Weihnachtsfeier. Ich habe im Terminkalender noch keinen Eintrag für diesen Tag gefunden. Also habe ich zugesagt. 250 Leute, Ilona, stell dir vor, und ein echt großzügiges Budget. Ist das nicht super?«

Noch vor Kurzem hätte ich einen so großen Auftrag ablehnen müssen, weil ich diese Kapazitäten schon vom Personal her gar nicht gehabt hätte. Doch so wie es jetzt aussah, könnten wir das gemeinsam auf jeden Fall schaffen.

»Das ist wirklich super, Ben.«

»Und wenn er mit uns zufrieden ist, will er uns auch an Freunde und Geschäftspartner in der Gegend weiterempfehlen.« Ben hörte sich begeistert an. Und ich war es auch.

»Dann wartet in Zukunft ja viel Arbeit auf uns. Danke dir, Ben! Du bist echt ein Gewinn für das Geschäft«, sagte ich, bevor ich mich verabschiedete.

»Hey. Was ist denn los, Ilona? Du grinst so vergnügt?«, fragte Zoe.

»Es war Ben mit guten Nachrichten. Ein paar richtig schöne Catering-Aufträge stehen ins Haus.«

»Toll!« Anna nickte begeistert. »Mit Ben kannst du dir was richtig Großes aufbauen.«

Ich nickte.

»Ben?«, fragte Chris interessiert.

»Mein neuer Mitarbeiter.«

»Und einer der bestaussehenden Männer der ganzen Welt«, warf Zoe unnötigerweise ein.

»Ach ja?«, fragte Chris neugierig.

Zoe nickte.

»Eigentlich ist er Koch«, erklärte ich. »Und zwar ein ziemlich guter. Aber jetzt kümmert er sich um den Laden und das Catering. Nur weil er bei mir eingesprungen ist, konnte ich die Reise hierher überhaupt machen«, erklärte ich.

»Das heißt, du wirst noch deutlich mehr hochwertige leckere Lebensmittel brauchen?«, stellte Claudia fest.

»Allerdings«, sagte ich vergnügt. »Ich denke, wir werden

zukünftig noch viel mehr zusammenarbeiten als zunächst gedacht.«

Alessia lächelte breit. »Wir können auch neue Rezepte ausprobieren, wenn du möchtest«, bot sie an.

»Gern ... Aber vorher muss ich noch was loswerden.«

Ich musste das jetzt unbedingt klären, weil das Thema mir im Nacken saß.

»Was denn?«, fragte Chris.

»Es ... es geht um die Nachspeise«, verriet ich. »Ich kann sie leider nicht essen. Wegen der Rosinen.«

»Bis du da auch allergisch?«, fragte Alessia.

»Nein. Ich mag sie einfach nur nicht«, gab ich zu und fühlte mich erleichtert, dass ich es ausgesprochen hatte. »Tut mir so leid.«

»Warum hast du das denn nicht gleich gesagt?«, fragte Claudia amüsiert. »Es gibt auch Milchreis ohne Rosinen. Chris mag sie nämlich ebenfalls nicht.«

Chris und ich warfen uns eine Art verschwörerischen Blick zu, den nur jemand verstehen konnte, der ebenfalls ein Rosinen-Problem hatte.

»Das beruhigt mich jetzt«, sagte ich. »Ich möchte nämlich keine Umstände machen.«

»Das ist doch echt gar kein Problem, Ilona«, versicherte Alessia verständnisvoll.

Ich fühlte mich erleichtert, dass Alessia so unkompliziert war.

»Danke. Manchmal verstehen es Gastgeber nicht oder sind sogar beleidigt, wenn man ihr Essen nicht wenigstens probiert.« Ich zögerte kurz. »Und wenn ich jetzt ganz ehrlich bin, dann bin ich gar nicht allergisch gegen Meeresfrüchte. Es war nur eine Ausrede. Ich kann einfach keine Tintenfische essen«, stellte ich die Sache richtig, weil ich fand, dass sie die Wahrheit verdient hatten, wenn sie schon so verständnisvoll waren.

»Ach. Also doch keine Allergie?«, fragte Chris, und das Lächeln von vorhin verschwand.

»Nein. Tut mir leid«, antwortete ich und merkte, dass sich das gute Gefühl von gerade eben bei seinem Blick in Luft auflöste.

»Ist doch egal«, sagte Alessia. »Ich hoffe, morgen treffe ich euer aller Geschmack mit einer Lasagne.«

»Auf jeden Fall«, beteuerte ich. Und auch Zoe und Anna hatten nichts dagegen einzuwenden.

Kapitel 13

Meeresaufbrausen

Für den nächsten Morgen hatten wir vereinbart, ein wenig länger zu schlafen und uns selbst ein kleines Frühstück in der Wohnung zu machen, bevor wir die Gegend erkunden würden. Ich fand es ganz angenehm, mal unter uns zu sein und gemütlich am Kaffeetisch zu plaudern.

»Du hattest übrigens recht, Ilona«, sagte Anna. »Es war gut, über die Sache mit der Hochzeit in Ruhe zu schlafen. Ich bin mir sicher, dass Karla jemanden finden wird. Keine Ahnung, warum ich mir gestern so einen Kopf gemacht habe.«

»Weil du ein total wohlwollender Mensch bist und möchtest, dass es immer allen gut geht und überall Harmonie herrscht!«, sagte ich und begann, den Frühstückstisch abzuräumen.

»Das wäre ja noch schöner gewesen, deswegen die Hochzeit zu verschieben«, bemerkte Zoe, der wir die Sache inzwischen erzählt hatten. »Eine Frechheit, dass Harald dich deswegen überhaupt angerufen hat.«

»Wohin wollen wir denn heute eigentlich fahren?«, fragte ich, bevor wir das Thema erneut vertieften und Anna es sich womöglich doch noch mal anders überlegte, weil sie plötzlich erneut Gewissensbisse plagten. So genau konnte man das bei ihr nie wissen.

»Mir egal, Hauptsache, wir sind nicht ewig mit dem Auto unterwegs«, meinte Zoe.

»Das möchte ich auch nicht«, stimmte ich ihr zu.

»Alessia hat uns einen Tipp für einen besonders schönen Strand bei Talamone gegeben«, sagte Anna, während sie Obst und kalte Getränke in die Kühltasche einpackte. »Sie hat mir die Daten aufs Handy geschickt. So weit ist das gar nicht. Ich frag mich nur, ob man um diese Jahreszeit noch im Meer baden kann.«

»Warm genug ist es doch. Und wenn nicht, gehen wir einfach ein wenig am Strand spazieren, legen uns in die Sonne und suchen uns irgendwann eine hübsche kleine Bar«, sagte Zoe.

»Du hast recht. Wir machen einen schönen Ausflug ans Meer und lassen es uns gut gehen«, bemerkte Anna. »Es reicht ja schon, nur mal kurz die Zehen ins Wasser zu halten.«

»Von wegen nur die Zehen. So kalt kann es doch gar nicht sein! Ich werde auf jeden Fall schwimmen«, stellte ich klar. Darauf freute ich mich schon die ganze Zeit.

»Hauptsache, wir sind am Abend rechtzeitig zur Lasagne zurück«, merkte Zoe an, wobei mir klar war, dass es ihr eher darum ging, Lorenzo, den Apotheker, näher kennenzulernen, der heute zu Gast sein würde. Falls ihm nicht erneut etwas dazwischenkam.

Nachdem wir die Küche aufgeräumt und noch etwas Proviant für unterwegs eingepackt hatten, ging ich nach oben, um die Badesachen zu holen. Hoffentlich gab es am Meer Umkleidekabinen. Hm. Vielleicht sollte ich den Badeanzug sicherheitshalber schon jetzt anziehen? Als ich hineinschlüpfte, wurde mir bewusst, dass ich ihn den ganzen Sommer über kein einziges Mal getragen hatte. Warum hatte ich es nicht geschafft, wenigstens ein Mal an den See zu fahren?, fragte ich mich nachdenklich.

Immerhin passte er noch, auch wenn er um meinen Busen herum etwas spannte. Aber außer Anna und Zoe kannte mich ja glücklicherweise niemand. Hauptsache, ich kam heute ins Wasser! Ich packte rasch noch Sachen zum Wechseln und ein großes Handtuch ein und wollte gerade nach unten gehen, da klingelte mein Handy.

Ben.

»Hey Ilona, alles gut bei euch?«, fragte er.

»Ja. Und bei euch?«

»So weit passt alles.«

»Ich höre ein großes Aber«, bemerkte ich. »Ist irgendwas?«

»Ach, die Katze ist immer noch verschwunden, und Mina gibt sich die Schuld dafür. Sie traut sich gar nicht, mit Anna zu telefonieren, weil sie Angst hat, dass sie ihr anmerken könnte, dass etwas nicht stimmt.«

»Verstehe ich. Aber trotzdem sollten die beiden mal reden, du weißt ja, wie wichtig es Anna ist zu hören, dass es ihrer Mutter gut geht.«

»Ja … das kriegen wir schon irgendwie hin.«

»Schön. Ich muss …«, begann ich, doch da unterbrach er mich.

»Aber es gibt auch richtig, richtig tolle Neuigkeiten«, sagte er, und ich meinte, ihn durch das Telefon lächeln zu hören.

»Was denn?«

»Das darf ich dir leider nicht sagen.«

»Na toll. Erst machst du mich neugierig, und dann gibt es einen Rückzieher?«, maulte ich. Wobei mir klar war, dass er sicher trotzdem gleich mit der Neuigkeit rausrücken würde. Ben konnte nur schwer etwas für sich behalten.

»Hat es vielleicht was mit dem Geschäft zu tun?«, fragte ich.

»Nein. Es ist was völlig anderes.«

»Wenn du es mir nicht sagen möchtest, ist das okay, aber ich muss jetzt los, die warten unten schon auf mich«, sagte ich.

»Moment! Ilona! Ich verrate es dir. Du musst mir aber hoch und heilig versprechen, es wirklich niemandem zu sagen. Das ist echt wichtig«, verlangte er.

In diesem Moment fragte ich mich, ob es tatsächlich eine so gute Idee war, es zu erfahren.

»Ach, weißt du was, ich muss es gar nicht ...«

»Timo hat mich vorhin angerufen«, redete er schon los, und ich hörte die Aufregung in seiner Stimme.

»Leo hat heute Morgen einen Schwangerschaftstest gemacht. Trommelwirbel. Er war positiv. Stell dir vor, ich werde Onkel!«

Leo ist schwanger?!

»Das ist ja großartig«, rief ich völlig perplex, gleichzeitig war mir klar, was diese Nachricht bedeutete. Anna wurde Großmutter.

»Aber das wird Leo doch sicher auch gleich ihrer Mutter erzählen, nicht wahr? Und auch Emma!«, sagte ich.

Für ein paar Sekunden herrschte Stille in der Leitung.

»Leo möchte zur Sicherheit unbedingt warten, bis sie im

dritten Monat ist. Eigentlich hätte mein Bruder auch mir noch nichts sagen dürfen, aber er brauchte unbedingt jemanden, sonst wäre er geplatzt.«

Das konnte ich zwar gut nachvollziehen, aber Ben war nicht unbedingt der Mensch, dem man so ein Geheimnis anvertrauen sollte.

»Und ich wäre auch fast geplatzt. Und da du nicht direkt zur Familie gehörst, aber trotzdem irgendwie schon«, fuhr er fort, »dachte ich, dir kann ich es als Einzige auch erzählen. Ist das nicht eine absolut wunderbare Neuigkeit, Ilona?«

Ich schloss für einen Moment die Augen. Das durfte doch nicht wahr sein.

»Ja, ganz wunderbar. Ich freue mich total für die beiden. Aber Ben. Du hättest es mir echt nicht erzählen dürfen! Wie soll ich das denn vor Anna geheim halten?«, fragte ich aufgebracht.

»Das musst du! Sie darf es nicht wissen! Timo reißt mir sonst den Kopf ab. Leo möchte es allen gemeinsam bei einem Familientreffen erzählen. Ich komme in Teufels Küche, wenn ich ihnen das verderbe.«

»Und das zu Recht«, schimpfte ich.

So gern ich ihn mochte, aber in dieser Hinsicht war er wirklich zu weit gegangen.

»Mist! Du hast recht. Ich hätte das echt nicht erzählen dürfen!«, murmelte er zerknirscht am anderen Ende der Leitung.

»Ganz genau!«

Ich hörte ein Hupen. Zoe und Anna wurden bereits ungeduldig.

»Na gut«, lenkte ich ein, weil mir sowieso nichts anderes

übrig blieb. »Von mir erfährt es niemand. Aber du wirst von jetzt an auch die Klappe halten. Du vertraust es niemandem mehr an, noch nicht mal dem Pfarrer im Beichtstuhl. Ehrlich Ben, du musst dich daran halten, sonst drehe ich dir höchstpersönlich den Kragen um.«

»Ich sag's niemandem mehr. Versprochen.«

»Gut … und ich muss jetzt los.«

»Ilona?«

»Ja?«

»Sorry. Ich weiß, ich hätte es dir nicht sagen dürfen, aber ich weiß auch, dass es bei dir gut aufgehoben ist. Mein Bruder und seine Frau, die noch dazu meine beste Freundin ist, bekommen ein Kind! Ich glaube, ich habe mich noch nie so sehr über eine Nachricht gefreut. Gerade jetzt tut mir die Aussicht auf so einen Zwerg, den ich als Onkel richtig verwöhnen kann, so gut.«

Ich spürte, wie plötzlich Tränen in meinen Augen brannten. Auch wenn Ben eine Plaudertasche war, so war er doch auch ein unglaublich feiner Mensch. Und die Freude, die er verspürte, Onkel zu werden, berührte mich sehr. Gleichzeitig erfüllte sie mich mit Wehmut. Da ich als Einzelkind aufgewachsen war, hatte ich noch nicht einmal die Chance, eine leibliche Tante zu werden. Ich hatte nur noch meinen Onkel Bastian, den jüngeren Bruder meines Vaters, der in einem Seniorenheim in Hessen lebte. Das war's dann auch schon mit meiner Familie.

»Ich kann dich ja verstehen. Das ist wirklich eine wunderbare Neuigkeit«, sagte ich mit belegter Stimme. »Ich freue mich auch sehr darüber. Und du kannst dich auf mich verlassen. Ich werde Anna nichts sagen.«

»Danke! Du bist ein Schatz. Bis bald, Ilona.«

»Bis bald, Ben.«

Ich legte auf und versuchte, mich ein paar Sekunden zu sammeln, damit ich Anna gegenübertreten konnte. Jetzt musste ich nicht nur weiterhin das Verschwinden der geliebten Katze vor ihr verheimlichen, sondern auch, dass sie Oma wurde. Seufzend nahm ich meine Badetasche und ging nach unten.

Zoe und Anna saßen bereits im Auto. Ich öffnete die hintere Tür und stieg hinter dem Fahrersitz ein, auf dem Zoe saß.

»Da bist du ja endlich!«, rief Zoe.

»Tut mir leid, ich musste noch telefonieren«, erklärte ich so unbeschwert wie möglich.

»Mit Ben?«, fragte Anna.

»Ja. Es ging um einen verzögerten Liefertermin«, sagte ich knapp. »Aber jetzt können wir los.«

»Gleich. Wir warten nur noch auf Chris«, erklärte Zoe.

»Auf Chris?«, fragte ich überrascht. »Wieso warten wir auf Chris?«

»Er hat sich spontan den Tag freigenommen, um uns zu begleiten«, erklärte Anna. »Er weiß genau, wo es hier die schönsten Strände gibt, und ist deswegen der perfekte Fremdenführer für uns.«

Ich hatte keine Zeit, etwas darauf zu erwidern, denn in diesem Moment öffnete sich die Tür, und Chris stieg mit einem großen Rucksack ein, den er auf den mittleren Sitz zwischen uns stellte.

»Hey, Ilona«, begrüßte er mich vergnügt.

»Hi, Chris.«

»Ich hoffe, du hast nichts dagegen, wenn ich mitkomme?«

»Natürlich hat sie nichts dagegen!«, rief Zoe nach hinten und fuhr los.

Während der Fahrt nahmen Anna und Zoe Chris mit ihren Fragen zur Gegend, durch die wir fuhren, so sehr in Beschlag, dass ich hauptsächlich zuhörte. Ein feiner, angenehmer Hauch von Aftershave lag in der Luft und löste in meinem Magen ein leises Prickeln aus.

Das Prickeln kannst du dir sparen, Ilona!

Für Chris hatte ich vermutlich noch nicht mal die Wirkung von stillem Wasser!

Der goldgelbe Sandstrand, zu dem Chris uns brachte, lag traumhaft schön hinter einem dichten Pinienwald in einer kleinen Bucht. Das Wasser war kristallklar, und wir waren die einzigen Menschen weit und breit. Ich kam mir vor wie auf einer einsamen Insel.

»Wow«, schwärmte Zoe, während wir nah am Wasser unsere Decken ausbreiteten. »Das ist herrlich hier!«

»Ja. Unglaublich«, stimmte Anna ihr zu. »Und das Wetter passt auch noch.«

»Ihr seid Glückspilze«, sagte Chris.

Heute war tatsächlich ein ungewöhnlich warmer Tag, und die Sonne spiegelte sich in den Wellen.

»Gefällt es dir auch?«, fragte Chris und sah mich neugierig an.

»Ja … ja. Auf jeden Fall. Wunderschön!«, antwortete ich bemüht lächelnd und hätte gleichzeitig am liebsten losgeheult. Die Vorstellung, vor Chris aus meinen Kleidern zu schlüpfen und meinen üppigen Körper im Badeanzug zu präsentieren, bereitete mir höchstes Unbehagen. Es war mir viel unangenehmer, als es normalerweise der Fall war.

Anna, Zoe und Chris hatten ihre Sachen bereits ausgezogen. Drei – zwar nicht mehr taufrische – Körper, an denen der Zahn der Zeit durchaus auch genagt hatte, aber immerhin schlank und weitgehend in Form. Im Gegensatz zu meinem.

»Ich muss noch mal zum Auto zurück«, sagte ich zu Zoe. »Gib mir doch bitte den Schlüssel.«

»Was willst du denn im Auto?«, fragte sie.

»Ich hab mein Handy vergessen«, log ich, denn ich wollte Zeit schinden. Es würde eine Weile dauern, bis ich zum Parkplatz spaziert war. Und so lange brauchte ich mich nicht auszuziehen.

»Du brauchst doch jetzt kein Handy«, warf Anna ein, die Sonnencreme auf ihrem Körper verteilte.

»Doch. Ich muss für Ben erreichbar sein, falls er Fragen hat.«

»Ach bitte. Ben kommt schon klar«, sagte Zoe. »Genieße doch einfach das Meer, du hast dich doch so aufs Schwimmen gefreut!«

»Ich beeil mich ja«, sagte ich. »Jetzt gib mir schon den Schlüssel.«

»Ich kann dich zum Parkplatz begleiten«, bot Chris an. »So einfach ist der von hier aus nicht zu finden.«

Und tatsächlich waren wir einen kleinen Trampelpfad mit vielen Abzweigungen entlang zum Strand marschiert.

»Ach, nicht nötig. Das schaffe ich schon«, lehnte ich dankend ab.

»Es macht mir wirklich nichts aus.«

»Aber ich brauche keine Begleitung.«

»Okay«, meinte Chris.

Zoe zuckte mit den Schultern und holte den Schlüssel aus ihrem Korb.

»Danke!«

Genau in dem Moment, als ich losmarschieren wollte, bimmelte eine fröhliche Handymelodie in meiner Badetasche.

Mist! Ausgerechnet jetzt!

»Du hast dein Handy doch da«, sagte Anna unnötigerweise.

»Super! Dann brauche ich es nicht zu holen«, sprach ich genau das Gegenteil von dem aus, was ich beabsichtigt hatte, und fischte das Handy aus der Tasche.

Paul!

»Ja hallo?«, meldete ich mich.

»Hey, Ilona!«, rief Paul, und immerhin hörte er sich einigermaßen fröhlich an. Offenbar gab es keinen Notfall, den ich vor Anna verheimlichen musste.

»Geht's euch denn gut?«, wollte er wissen.

»Ja. Wir sind gerade an einem wunderbaren Strand angekommen.«

»Wie schön. Ich will dich auch gar nicht lange stören, aber ich brauche unbedingt deinen Rat als Annas beste Freundin. Hört sie gerade mit?«

Bei diesen Worten geriet ich in Alarmbereitschaft.

»Nein. Nicht direkt«, sagte ich und entfernte mich ein wenig von den anderen.

»Gut … Du musst jetzt auch nur Ja oder Nein sagen. Hör mal, ich möchte sie überraschen und bei ihr im Haus eine Sauna einbauen, während sie mit euch in Italien ist.«

»Ach ja?«

»Der Raum links neben dem Heizungskeller würde sich super eignen, um daraus eine kleine Wellnessoase zu machen. Denkst du, dass sie sich darüber freut?«

»Ja!«, sagte ich voller Überzeugung. Natürlich würde sie sich darüber freuen. Und wie!

»Danke, Ilona. Ich habe Emma schon gefragt, aber sie war sich nicht ganz sicher. Deswegen wollte ich noch deine Meinung hören. Aber bitte nichts verraten, ja?«

»Natürlich nicht«, versprach ich. Das war jetzt mal ein Geheimnis, das ich meiner besten Freundin guten Gewissens verheimlichen konnte.

»Super. Habt noch eine tolle Zeit, ja?«

»Werden wir. Servus!«

»Bis bald!«

Ich legte auf und ging zurück zu den anderen.

»Nur was Geschäftliches. War schnell geklärt«, sagte ich leichthin und legte das Handy zurück in die Tasche.

»Du solltest es echt ausschalten«, meinte Zoe, und vielleicht wäre das wirklich eine gute Idee.

»Wir wollen mal testen, wie kalt das Wasser ist«, meinte Anna.

»Ja. Geht ruhig schon mal vor. Ich komme gleich nach!«, sagte ich.

Ich bemerkte, dass Chris mich kurz ansah, bevor er mit Anna und Zoe zum Wasser ging.

Noch immer in Jeans und Bluse, setzte ich mich auf die Decke und tat so, als ob ich in meinem Korb nach etwas suchen würde. Dabei beobachtete ich, wie sie vorsichtig die ersten Schritte ins Wasser machten.

»Komm doch auch! Es ist gar nicht so kalt!«, rief Anna mir zu.

»Ja. Gleich.«

Während Chris sich kurz und schmerzlos in die Fluten stürzte, wateten meine beiden Freundinnen langsam immer weiter ins kristallklare Wasser und schienen sich herrlich zu erfrischen.

Ich hingegen begann in der Sonne langsam zu schwitzen.

Zieh dich gefälligst aus und geh schwimmen!

Eigentlich würde ich genau das wahnsinnig gerne tun. Doch ich saß wie erstarrt auf der Decke und sah den anderen dabei zu, wie sie sich amüsierten. Anna winkte mir zu, bedeutete mir, dass ich endlich kommen solle. Doch ich schüttelte den Kopf. Ich holte das Handy wieder heraus und tat so, als ob ich Nachrichten tippte.

Ein paar Minuten später kam Anna aus dem Wasser.

»Es ist so schön, warum sitzt du denn immer noch angezogen hier?«, fragte sie, während sie sich in ein großes Badetuch wickelte.

»Ach, irgendwie fühle ich mich nicht so gut«, murmelte ich und legte das Handy wieder weg.

»Was ist denn?« Anna wirkte besorgt.

»Nur der Kreislauf. Nichts Schlimmes.«

»Gerade deswegen wäre eine Abkühlung sicher gut.«

Zoe und Chris scherzten ausgelassen im Wasser.

»Ich will aber nicht«, platzte ich schärfer als beabsichtigt heraus.

Anna setzte sich neben mich.

»Ach. Jetzt ahne ich, was los ist«, sagte sie. »Ich dachte, du hättest diesen Schmarrn längst hinter dir.«

Sie musste es nicht aussprechen.

»Ilona?«

Anna sah mich streng an.

»Jetzt sag ich dir mal was. Wenn du ein paar Pfund mehr um die Hüften hast, macht das keinem von uns irgendwas aus. Warum auch? Aber dass du hier mit einer schrecklichen Leidensmiene sitzt, das macht uns sehr wohl was aus!«, schimpfte sie, jedoch nicht zu laut, weil sie offenbar nicht wollte, dass die anderen beiden sie hörten.

»Aber ich …«, begann ich, doch Anna ließ mich nicht ausreden.

»Du ziehst jetzt deine Sachen aus und gehst ins Wasser! Sofort!«, zischte sie, und ich sah ihr an, dass sie keine Ausrede mehr gelten lassen würde.

Ich schwankte zwischen Lachen und Weinen. Doch irgendwie war ich froh über ihre Strenge, die mich tatsächlich aus der Starre riss.

»Na gut!«, murmelte ich. Dann stand ich auf und zog zuerst meine Jeans aus.

»Sehr gut.«

»Du kannst schon gehen. Ich komme gleich.«

»O nein. Das hatten wir vorhin schon mal. Wir gehen gemeinsam!«

Ich schnaubte kurz und schlüpfte dann aus meiner Bluse. So schlimm, wie ich dachte, fühlte es sich gar nicht an. Trotzdem zog ich meinen Bauch so weit wie möglich ein und streckte meinen Rücken durch, um größer zu erscheinen.

»Und jetzt komm.«

Wie ein artiges Kind ging ich neben ihr her, bis das Wasser meine Füße umspielte. Es war herrlich erfrischend.

»Na endlich!«, rief Chris mir zu. »Ich dachte schon, du willst dich drücken.«

»Ach was«, winkte ich ab und beeilte mich, ins Wasser zu kommen. Für einen Moment schnappte ich nach Luft, als mir eine Welle über die Brust schwappte. Doch dann tauchte ich sofort ganz unter. Ich war in meinem Element. Hier im Wasser war die Welt für mich wieder in Ordnung. Hier fühlte ich mich leicht und buchstäblich unbeschwert.

»Toll, dass das Wetter noch immer so mitspielt«, sagte Anna, als ich an ihr vorbeischwamm.

»Die nächsten Tage soll es laut Wetterbericht noch so bleiben«, sagte Chris.

»Aber auf Dauer ist es trotzdem ein wenig frisch im Wasser«, meinte Zoe. »Ich geh dann mal raus.«

»Ja, ich komme auch mit«, sagte Anna.

»Ich schwimme noch ein wenig«, verkündete ich.

»Ich auch«, meinte Chris, und irgendwie freute ich mich darüber.

Zoe und Anna lagen inzwischen auf ihren Decken und ließen sich von der Sonne trocknen, während Chris und ich nebeneinanderher schwammen.

»Bist du oft am Meer?«, fragte ich.

»Sooft es die Arbeit zulässt. Die Tatsache, dass die Küste nicht allzu weit vom Hof entfernt ist, war am Ende das Zünglein an der Waage, weshalb ich meine Zelte in Österreich abgebrochen habe und nach Italien gezogen bin«, erzählte er.

»Das kann ich total verstehen. Ich lebe auch wahnsinnig gern am Chiemsee, den man ja auch sehr passend das bayerische Meer nennt. Es ist wunderschön dort. Aber trotzdem … das echte Meer ist noch mal was ganz anderes. Wenn man am

Strand entlanggeht und aufs Wasser schaut und nur den Horizont sieht – und nicht ein Gebirge auf der anderen Seite.«

Chris schaute zu mir.

»Ja … ich liebe die Weite auch sehr«, sagte er, bevor eine Welle über seinen Kopf schwappte. Als er prustend nach Luft japste, musste ich lachen.

»Nicht ertrinken. Sonst finden wir ohne dich womöglich den Weg zum Auto nicht mehr«, feixte ich vergnügt.

»Frechdachs«, sagte er und spritzte mir eine Handvoll Wasser entgegen.

»Hey!«, protestierte ich scherzend und spritzte zurück. Lachend boten wir uns eine Wasserschlacht.

Wie die kleinen Kinder!

Und es machte riesig Spaß!

Schließlich hob er beschwichtigend die Hand.

»Ich gebe auf, Ilona«, sagte er grinsend.

Bevor ich meinen »Sieg« genießen konnte, wurde ich von einer größeren Welle überrascht, die mich nach vorne warf. Nun war ich es, die hustend und spuckend wieder auftauchte.

»Alles gut?«, fragte er.

»Aber klar. Ist doch nur Wasser!«, antwortete ich vergnügt. »Ich schwimme jetzt noch ein wenig, dann geh ich langsam auch mal raus.«

Er lächelte.

»Das stimmt also. Schwimmen tust du wirklich gerne«, bemerkte er.

»Schon.«

»Ich meine, als du damals bei unserem ersten Gespräch erzählt hast, wie gern du Sport machst, da hast du auch gesagt, dass du gern schwimmst.«

Meine gute Laune war mit einem Schlag wie weggeblasen. Wieso musste er es mir erneut unter die Nase reiben, dass ich ihn damals angeschwindelt hatte? Ich dachte, das hätten wir inzwischen aus der Welt geschafft.

»Ja. Das habe ich«, sagte ich und bemühte mich, mir meinen Ärger nicht anmerken zu lassen. »Aber jetzt ist mir doch ein wenig kalt, und ich geh besser gleich raus.«

»Ilona? …«

Doch ich reagierte nicht, tauchte kurz unter und schwamm dann in Richtung Ufer, bis das Wasser so seicht war, dass ich die letzten Meter gehen musste.

»Ihr habt es aber lang ausgehalten«, sagte Anna, als ich mein Handtuch schnappte und mich abtrocknete. »Das hat gutgetan, oder?«

»Ja!«, sagte ich knapp, als auch Chris aus dem Wasser kam.

Ich wollte mir gerade das Handtuch um den Körper wickeln, da bemerkte ich Zoes Blick.

»Wow, Ilona. Dein Busen – der ist echt der Wahnsinn. Der scheint ja fast zu explodieren! War der immer schon so riesig?«

Ich spürte, wie mir Blut ins Gesicht schoss. So eine Bemerkung zu machen, wenn wir Freundinnen unter uns waren, verbuchte ich unter gegenseitiges Aufziehen und Spaß. Aber jetzt in Gegenwart von Chris war es eine bodenlose Frechheit, und ich fühlte mich bloßgestellt. Normalerweise hätte ich mit einem Satz wie »Da spricht mal wieder der Neid der Besitzlosen« oder »Frauen, die keinen BH brauchen, muss so was ja imponieren« gekontert. Aber jetzt fehlten mir die richtigen Worte und auch die Leichtigkeit, um angemessen zu reagieren. Trotzdem musste ich irgendwas dazu sagen. Ich bemerkte an Annas und Chris' betretenen Blicken, dass ihnen

Zoes Kommentar auch unangenehm war. Und das war fast noch beschämender.

»So flach wie du bist, müsstest du eigentlich einen weiteren Horizont haben«, rutschte mir dann doch heraus, und zwar ohne einen Funken von Humor.

Ich griff nach der Tasche mit meinen Sachen und hob die Decke auf.

»Ilona …!«, rief Anna.

»Hey, du musst doch nicht gleich eingeschnappt sein«, sagte Zoe.

»Ich möchte einfach meine Ruhe!«, zischte ich und suchte mir einen Platz, weit genug entfernt von den anderen, um nicht in Hörweite zu sein.

Kapitel 14

Lasagne fortunato und der Duft nach faulen Eiern

Anna versuchte noch einmal, zwischen Zoe und mir zu vermitteln, doch Zoe meinte nur, ich solle nicht so empfindlich sein, und ich sagte kein Wort mehr dazu.

Chris hielt sich ganz aus der Sache heraus, wirkte jedoch sehr nachdenklich.

Die Stimmung auf der Rückfahrt konnte man nur mit dem Wort Eiszeit beschreiben. Noch nicht einmal Anna unternahm einen Versuch, eine Unterhaltung anzufangen. Immerhin lief leise Musik aus dem Radio.

Zurück auf dem Hof erinnerte uns Chris an die Lasagne, die es am Abend geben würde, und an den Besuch von Cousin Lorenzo.

Doch ich hatte weder Appetit noch Lust, den Abend unter Leuten zu verbringen. Nach einer kurzen Dusche legte ich mich ins Bett und versuchte, mich auf einen Roman zu konzentrieren, den ich im Bücherregal im Wohnzimmer entdeckt hatte. Allerdings schweiften meine Gedanken immer wieder ab, und ich verspürte eine unerklärliche Unruhe. Schließlich legte ich das Buch weg und surfte ein wenig auf dem Handy im Internet, um mich abzulenken.

»Ilona? Kommst du?«, rief Anna kurz vor acht und klopfte an meine Zimmertür.

»Ich komme nicht mit«, rief ich zurück. »Geht ruhig alleine.«

Die Tür öffnete sich, und Anna kam herein.

»Jetzt komm schon, Ilona. Die warten doch auf uns«, drängte sie. »Das mit Zoe kannst du doch wirklich nicht so ernst nehmen. Du kennst sie doch. Das hat sie doch nur so dahingesagt.«

»Ich habe keine Lust, über Zoe zu reden«, stellte ich klar und griff nach dem Roman. »Außerdem habe ich keinen Hunger und möchte den Abend heute wirklich gern alleine verbringen. Kannst du das bitte akzeptieren?«

Sie sah mich an und schüttelte missbilligend den Kopf.

»Du benimmst dich wie ein bockiges Kind in der Trotzphase!«, sagte sie. »Aber wie du willst.«

Verärgert verließ Anna das Zimmer. Ich schloss kurz die Augen und kämpfte mit einem nagenden Schuldgefühl. Schließlich konnte Anna überhaupt nichts für all das, was heute schiefgelaufen war.

Die nächsten beiden Stunden versuchte ich mir einzureden, dass allein zu sein genau das war, was ich wollte. Warum nur fühlte es sich dann nicht so an? Plötzlich hätte ich gerne mit jemandem telefoniert. Doch der Einzige, den ich außer Anna und Zoe hätte anrufen können, war Ben. Und dem wollte ich mit meinen Problemen auch nicht auf den Wecker gehen. Er hatte mit seiner Trennung gerade genug um die Ohren. Und Onkel Bastian im Seniorenheim, mit dem ich durchaus gern ab und zu plauderte, würde womöglich auch schon schlafen – mal abgesehen davon, dass er hierfür vielleicht nicht der richtige Gesprächspartner war. Der Gedanke, dass es nicht allzu viele Menschen in meinem Leben gab, die eine Rolle spielten, bedrückte mich.

Es war kurz vor halb zehn, als es erneut an meiner Tür klopfte. Offenbar waren die beiden wieder zurück.

»Ich schlafe schon fast!«, rief ich, weil ich gar nicht hören wollte, was sie für einen schönen Abend verbracht hatten.

»Ilona? Kann ich reinkommen zu dir?«

Alessia!

Ich setzte mich im Bett auf.

»Äh ja!«

Die Tür öffnete sich, und die hübsche Italienerin kam herein, mit einem kleinen Weidenkorb in der Hand. Sofort zog ein würziger Duft nach Kräutern, Tomaten und Käse in meine Nase.

»Chris hat gesagt, dass es dir nicht so gut geht heute. Aber vielleicht hast du ja trotzdem ein wenig Hunger? Ich habe Lasagne für dich dabei.«

Sie sah mich mit ihren dunklen Augen so freundlich an, dass ich auf der Stelle ein schlechtes Gewissen bekam.

»Ach, Alessia, das wäre doch wirklich nicht nötig gewesen«, sagte ich.

»O doch. Die anderen warten gerade auf die Nachspeise. Es gibt Cannoli. Mit Mascarpone-Creme. Davon habe ich dir auch welche mitgebracht. Willst du hier oben im Zimmer essen oder unten in der Küche?«

In diesem Moment brachen bei mir alle Dämme, und ich fing an zu weinen. Alessia stellte den Korb auf den Tisch und setzte sich neben mich.

»Was ist denn los, Ilona?«, fragte sie.

»Ach, du kümmerst dich so lieb um mich, dabei mache ich zurzeit alles falsch, was man nur falsch machen kann«, schniefte ich. »Ich weiß nicht, was mit mir los ist, und ich vergraule sogar die Menschen, die mir etwas bedeuten. Dabei will ich das gar nicht.«

»Ach je.« Sie legte einen Arm um meine Schulter. »Manchmal gibt es so Zeiten, da läuft alles schief. Lass es einfach mal raus. Das tut dir sicher gut.«

Eine Weile lang hielt sie mich einfach fest. Schließlich wurde ich ruhiger.

»Ich bin unmöglich und heule dir was vor, dabei wolltest du nur nett sein und mir was zu essen bringen.«

»Ach, das ist doch nicht so schlimm … Aber vielleicht solltest du jetzt wirklich was essen? Probiere doch ein klein wenig von meiner Lasagne fortunato.«

»Fortunato? Bedeutet das glückliche Lasagne?«, fragte ich nach und griff nach einem Papiertaschentuch, um mir die Nase zu putzen.

»Ja, so ungefähr. Sie ist nach dem Rezept von meiner Oma, und wenn man sie isst, dann fühlt man sich tatsächlich glücklich. Wirklich. Probiere doch«, forderte sie mich mit einem fröhlichen Zwinkern auf. »Jetzt komm schon!«

Ich sah sie an und musste plötzlich lächeln.

»Na gut … Ich versuche es.«

Ich stand auf und war froh, dass ich heute einen Pyjama trug und nicht eines der ausgewaschenen T-Shirts, die ich sonst so gerne zum Schlafen anhatte.

Wir setzten uns an den kleinen runden Tisch neben dem Fenster, und Alessia holte eine Porzellanschale aus dem Korb heraus, die sie mit einem Tuch abgedeckt hatte.

»Ich hoffe, das ist genug?«, fragte sie und deutete auf ein ordentliches Stück Lasagne.

»Mehr als genug!«, sagte ich.

Dann holte sie einen Teller mit drei Cannoli und stellte ihn ebenfalls auf den Tisch. Sogar Besteck hatte sie eingepackt.

»Jetzt probiere!«, forderte sie mich auf.

Ich schnitt ein Stück ab und schob es in meinen Mund. Die Aromen auf meiner Zunge schienen förmlich zu explodieren. Noch nie hatte ich eine auch nur annähernd so gute Lasagne gegessen.

»Wow! Die schmeckt großartig.«

»Das freut mich. Die Lasagne ist zwar ein wenig aufwendig zu kochen, aber ab und zu muss das einfach sein. Das Geheimnis liegt in einer zusätzlichen Schicht Ricotta-Creme mit Pinienkernen. Und natürlich sind auch noch ein paar besondere Zutaten drin.«

»Das Rezept musst du mir unbedingt verraten, Alessia«, bat ich.

Sie zögerte einen Moment, dann nickte sie.

»Na gut. Weil du es bist. Aber du musst mir versprechen, es sonst niemandem zu geben, ja?«

»Ich verspreche es … Und weißt du was? Ich fühle mich jetzt echt viel besser«, stellte ich fest.

Alessia lächelte zufrieden.

»Siehst du. Die Lasagne macht eben glücklich.«

Ich nickte. Jetzt erst merkte ich, wie hungrig ich war. Ich schob mir die nächste Gabel in den Mund.

»Danke, Alessia. Das Essen ist wirklich ein Traum.«

»Das freut mich. Ich würde gerne noch weiter mit dir reden, aber ich muss wieder rüber zu den Gästen.«

»Natürlich … Lieb, dass du an mich gedacht hast und rübergekommen bist.«

»Sehr gern! … Hör zu. Ich habe eine Idee. Morgen früh um 7 Uhr hole ich dich ab.«

»Wo willst du denn hin?«

»Das verrate ich dir noch nicht«, sagte sie verschmitzt. »Du musst aber deine Badesachen mitnehmen.«

Bevor ich weiter nachfragen konnte, war sie verschwunden.

Vielleicht wollte sie noch mal mit mir ans Meer fahren? Ich zuckte mit den Schultern, dann aß ich die Lasagne auf. Und anschließend die leckeren Cannoli. Hinterher war ich pappsatt. Aber ich fühlte mich tatsächlich glücklich. Ich brachte das Geschirr nach unten und spülte es ab. Anna und Zoe waren immer noch nicht zurück, und so beschloss ich, schlafen zu gehen.

Pünktlich um sieben Uhr am nächsten Morgen verließ ich die Wohnung mit meinen Badesachen und hatte vorsichtshalber den Badeanzug bereits angezogen. Draußen war es noch dunkel, und meine beiden Mitbewohnerinnen schliefen noch.

»Guten Morgen, Ilona!«, sagte Alessia, die mich schon erwartete.

»Guten Morgen.«

Wir gingen zu ihrem alten Fiat 500 und stiegen ein.

»Geht es dir heute wieder besser?«, fragte Alessia, nachdem wir losgefahren waren.

»Ja. Danke. Und bitte entschuldige noch mal mein Verhalten von gestern.«

»Du musst dich bei mir für überhaupt nichts entschuldigen«, sagte sie.

»Wo fahren wir eigentlich hin?«, wollte ich wissen.

»Lass dich überraschen.«

»Okay.«

Nach etwa zwanzig Minuten Fahrt parkte sie den Wagen an einer kleinen Straße, und wir stiegen aus. Der Tag brach gerade an, als sie mich zu einem fast unwirklich schönen Platz neben einer alten Mühle führte. Ein Wasserfall ergoss sich in kleine türkisblau schimmernde Naturbecken. Leichter Dampf stieg in die klare Luft des Morgens auf und verstärkte den Zauber des Ortes. Ein paar wenig Leute tummelten sich zu dieser frühen Stunde bereits im Wasser.

»Das sind die Thermalquellen von Saturnia«, erklärte Alessia. »Sie kommen von heißen Schwefelquellen.«

»Ich habe schon mal davon gehört«, sagte ich beeindruckt. Allerdings war mir nicht klar gewesen, dass Alessias Hof gar nicht so weit davon entfernt war.

»Komm. Zieh dich aus«, forderte Alessia mich auf und schlüpfte schon aus ihren Sachen, unter denen sie einen Bikini trug. Mit wenigen Handgriffen band sie ihre Haare zu einem Dutt nach oben.

»Jetzt komm schon, Ilona. Um die Zeit ist es hier am schönsten.«

Ich sah mich reflexartig um, ob mir jemand zusah, doch keiner beachtete mich. Warum auch?

Ich zog meine Sachen aus und legte sie in die Badetasche neben Alessias Korb. Dann stieg ich vorsichtig in eines der kleinen Naturbecken neben Alessia. Das Wasser war wärmer, als ich dachte.

»Und? Was sagst du?«, fragte sie.

»Herrlich«, sagte ich, seufzte wohlig und ignorierte den Duft nach faulen Eiern.

»Das Wasser hat fast 37 Grad. Es ist gut für den Körper«, erklärte sie. »Für die Haut und – ach, für alles Mögliche. Und vor allem auch für die Seele.«

»Wie schön, dass du mit mir hierhergefahren bist«, sagte ich und fragte mich für einen Moment, warum sie nicht auch Anna und Zoe mitgenommen hatte.

»Ich habe gesehen, dass es dir nicht so gut geht«, erklärte sie, als hätte sie meine Gedanken erraten. »Und ich dachte, das könnte dich irgendwie ablenken.«

»Gestern war wirklich ein blöder Tag«, gab ich zu.

»Nicht nur gestern. Schon als du ankamst, sahen deine Augen müde und ein wenig traurig aus. Und ich dachte, vielleicht magst du ja mit mir ein wenig reden darüber?«

Sie sah mich mit einem offenen Blick an.

»Aber nur, wenn du das möchtest.«

»Ehrlich gesagt, weiß ich selber nicht so genau, was mit mir los ist. Seit ein paar Wochen fühle ich mich so …«, ich suchte nach den richtigen Worten. »Keine Ahnung, wie ich das beschreiben soll, aber ich bin immer so schnell gereizt und werde ungeduldig. Dabei möchte ich das gar nicht. Dann wieder bin ich nur noch müde und würde mich am liebsten einfach ins Bett legen und mich vor allen Leuten verstecken. Aber wenn ich das tue, dann fühle ich mich meistens sehr einsam.«

Alessia hörte mir interessiert zu.

»Und du kannst dir nicht denken, woher das kommt?«, fragte sie ruhig mit ihrem herrlichen Akzent, während sie sich mit der Hand Wasser über die Schultern schöpfte.

»Eben nicht. Normalerweise bin ich ein fröhlicher, ausgeglichener Mensch, und mich bringt so leicht nichts aus der

Ruhe. Für die meisten, die mich kennen, bin ich eher so ein Fels in der Brandung. Doch momentan komme ich mir mehr vor wie Treibholz im Sturm – und manchmal habe ich das Gefühl, dass ich einfach nichts mehr richtig machen kann. Und dass das Leben nur so dahinplätschert, bis es dann irgendwann zu Ende ist.«

Es war eigenartig, dass ich mit Alessia über solche Dinge, die ich bisher so noch nie ausgesprochen hatte, reden konnte, obwohl ich sie kaum kannte.

»Meine Mama ist Frauenärztin in einer Praxis in Rom«, erzählte Alessia. »Und sie hat oft von Patientinnen erzählt, die in den Wechseljahren genau das erleben, was du mir gerade erzählt hast.«

»Aber ich habe kaum Wechselbeschwerden. Nur ab und zu mal so eine kleine Hitzewelle. Das war's auch schon. Das ist gar nichts im Gegensatz zu dem, wie Anna manchmal damit zu kämpfen hat.«

»Es müssen gar nicht körperliche Beschwerden sein«, fuhr Alessia fort. »Die Hormonschwankungen sorgen auch für eine Achterbahnfahrt der Gefühle. Mama sagt oft, Frauen im Wechsel sind manchmal wie die jungen Mädchen in der Pubertät.«

Ich musste lächeln.

»Aber nur daran kann es doch nicht liegen, oder?«, dachte ich laut nach.

»O doch – oder gibt es sonst etwas Bestimmtes, das dir am Herzen liegt oder Sorgen macht?«, fragte Alessia.

»Ehrlich gesagt schon. Da gibt es einiges«, gab ich zu. Und dann erzählte ich ihr vom vergangenen Sommer. Von meinen vergeblichen Versuchen, über Kontaktanzeigen einen Mann zu finden. Von Zoes Herzinfarkt, der mir einen großen Schrecken eingejagt hatte. Und von Jo, der mich für eine Weile um den Finger gewickelt hatte, was mir geschmeichelt hatte, obwohl ich es gar nicht wirklich wollte, und der mich in dieser peinlichen Situation beim Kleiderkauf erlebt hatte. Als ich einmal angefangen hatte, konnte ich gar nicht mehr aufhören.

»Das Ganze kann man sich jetzt sogar im Internet ansehen!«, schloss ich seufzend.

Alessia hörte mir aufmerksam zu.

»Ach je. Das muss wirklich ziemlich schlimm gewesen sein.«

Ich nickte.

»Aber mein Gefühlschaos hat auch was mit Chris zu tun, und deswegen wollte ich seine Einladung zuerst ablehnen«, gestand ich schließlich.

»Warum, was ist denn mit ihm?«, fragte sie.

Und nun erzählte ich ihr auch noch die Geschichte von unserem ersten Telefonat und der unbeabsichtigten Schwindelei über mein Alter und mein Aussehen.

»Im Nachhinein könnte ich mich dafür ohrfeigen, dass ich so einen Unsinn von mir gegeben habe«, erklärt ich. »Ich wollte ihn nicht anlügen. Ich hätte doch nie gedacht, dass Chris und ich uns jemals in echt begegnen.«

Alessia schmunzelte.

»Das ist ja wirklich blöd gelaufen«, sagte sie amüsiert.

Ich nickte wieder.

»Chris war jedenfalls total enttäuscht, als er mich sah. Dabei haben wir uns die Tage vorher am Telefon so gut verstanden. Aber ich kann es ja sogar verstehen. Mit der Figur kann ich neben meinen Freundinnen natürlich einpacken.«

Das Lächeln verschwand aus Alessias Gesicht.

»Jetzt hör aber mal auf!«, schimpfte sie plötzlich so laut, dass einige Leute uns Blicke zuwarfen.

»Du hast einen schönen fraulichen Körper, und deine Rundungen sind wohlproportioniert!«, fuhr sie fort und senkte dabei ihre Stimme. »Und dazu ein wunderhübsches Gesicht, fast ohne Falten.«

»Das ist nett, dass du das sagst, aber …«, begann ich, doch sie unterbrach mich wieder.

»Ich bin ganz bestimmt nicht nett«, erklärte sie. »Und ich kann es nicht ertragen, wenn ein Mensch sich für das schämt, was und wie er ist. Viele Jahre lang habe ich nicht gewusst, wie ich damit umgehen soll, dass ich nicht auf Männer, sondern auf Frauen stehe. Ich war ängstlich und voller Sorge, was meine Familie sagen würde, und konnte mein Leben nicht so leben, wie ich es gerne getan hätte. Ich war unglücklich, aber ich wollte nicht, dass es jemand bemerkte. Denn dann hätte ich ja sagen müssen, warum ich so unglücklich bin. Und davor hatte ich am meisten Angst. Ich spielte immer allen vor, dass alles in Ordnung ist. Eines Tages waren meine Eltern und ich zu Besuch auf dem Hof bei meinen Großeltern. Ich war vielleicht Mitte zwanzig und half Opa beim Olivenpflücken. Und plötzlich fragte er mich, warum eine so wunderschöne junge Frau wie ich keinen Freund hätte. Obwohl ich Angst davor hatte, brachte ich es nicht übers Herz, ihn anzulügen. Er war der erste Mensch, dem ich erzählte, dass ich lesbisch bin. Noch nicht einmal meine Mutter hat es zu diesem Zeitpunkt gewusst.«

Ich sah sie erstaunt an. Ausgerechnet dem Großvater hatte sie sich als Erstes geoutet?

»Mir rutschte das Herz in die Hose, als er eine Weile lang gar nichts sagte«, fuhr sie fort. »Dann schaute er mich ernst an und gab mir einen Rat: Wenn das so ist, dann musst du dazu stehen und es deutlich kommunizieren. Am Anfang werden einige vielleicht nicht damit klarkommen, weil sie es nicht verstehen. Aber das geht vorbei. Und erst, wenn du nicht mehr verbirgst, wer und was du bist, kannst du auch glücklich werden.«

Ich schluckte. Das hätte ich dem wortkargen Mario ganz sicher nicht zugetraut.

»Noch an diesem Tag habe ich es meiner ganzen Familie erzählt. Und wenig später dann auch meinen Freunden und Kollegen. Es war alles ein wenig turbulent, aber letztlich hat Opa recht gehabt. Sogar hier auf dem Land haben es irgendwann alle akzeptiert. Weil ich ihnen gar keine andere Wahl gelassen habe.«

»Das freut mich sehr für dich, Alessia«, sagte ich aufrichtig und lächelte. Im Vergleich zu dem, was sie vermutlich mitgemacht hatte, kamen mir meine Gewichtsprobleme plötzlich lächerlich vor.

»Man muss sich so annehmen, wie man ist, Ilona. Vorhin habe ich gesehen, wie du gezögert hast, dich auszuziehen, weil du denkst, dass deine Figur nicht stimmt. Und auch dass du Chris angeschwindelt hast, weil du für ihn in seiner Vorstellung jünger und schlank sein wolltest – das ist Unsinn!«

»Das weiß ich ja«, gab ich zu. »Aber an der Figur kann man etwas ändern, ich könnte anders aussehen, wenn ich nur konsequent wäre. Und das ärgert mich selbst total, weil ich das Abnehmen einfach nicht auf die Reihe kriege.«

»Das ist tatsächlich etwas, Ilona, das du mit dir selbst klären musst. Aber selbst wenn es so ist, dann ist es trotzdem auch okay, wie du jetzt gerade bist. Wir sollten unser Leben schätzen und genießen und uns nicht ständig erklären müssen, egal ob es dabei um die sexuelle Ausrichtung oder um unser Aussehen geht … Und jetzt verrate ich dir noch etwas von Chris.«

»Was denn?«

»Der war gestern Abend echt ein wenig zerknirscht, dass du nicht da warst.«

»Echt?«, fragte ich erstaunt.

»Ja … Echt. Ich kenne ihn jetzt schon eine Weile, und Chris ist ganz sicher kein oberflächlicher Mensch. Rede doch einfach mal in Ruhe mit ihm. Und vielleicht auch mit deinen Freundinnen. Denn was ich bis jetzt so bei euch gesehen habe, seid ihr sehr wichtig füreinander.«

Ich nickte nachdenklich. Sie hatte recht.

»Danke Alessia.«

»Gerne. Aber jetzt müssen wir schleunigst aus dem Wasser, Ilona. Wir sind schon viel zu lange hier drin. Das ist nicht gut für den Kreislauf.«

Kapitel 15

Ein »schwindelfreier« Spaziergang

Gut eine halbe Stunde später waren Alessia und ich zurück auf dem Hof.

»Es war toll, dass du mit mir zu den Thermalquellen gefahren bist, und danke für das Gespräch«, sagte ich, bevor wir ausstiegen.

Alessia lächelte.

»Auch für mich war es schön, mit dir zu reden«, sagte sie. »Irgendwie warst du mir gleich vom ersten Moment an sehr sympathisch, Ilona.«

»Genauso ging es mir auch«, sagte ich, und wir umarmten uns kurz.

Für den Nachmittag verabredeten wir uns in der Küche, um neue Rezepte für Aufstriche auszuprobieren, die Alessia exklusiv für mein Geschäft herstellen wollte. Unsere Versuche wollten wir den anderen am Abend gemeinsam präsentieren, um ihre Meinung dazu einzuholen.

Es war noch nicht einmal neun Uhr, als ich mich unter die Dusche stellte, um den Geruch des schwefelhaltigen Thermalwassers abzuwaschen. Und dabei fühlte ich mich so mit mir im Reinen wie schon lange nicht mehr. Das Gespräch mit Alessia und ihr Verständnis für meine emotionale Gefühlslage hatten mir geholfen, alles aus einer anderen Perspektive zu betrachten. Vielleicht hatten meine Stimmungsschwankungen ja wirklich mit den Wechseljahren zu tun.

Ich zog mich an und ging nach unten in die Küche. Zoe und Anna schliefen immer noch. Wie Alessia mir auf der Rückfahrt erzählt hatte, war es gestern mit Cousin Lorenzo feucht-fröhlich hergegangen. Deswegen hatten sie auch kein gemeinsames Frühstück für diesen Morgen vereinbart.

Ich deckte für die beiden schon mal den Tisch, machte mir Kaffee und setzte mich hinter dem umgebauten Pferdestall auf die Bank in die herrliche Morgensonne. Vorsichtig nippte ich an dem heißen Getränk und genoss das belebende Aroma. Nebenbei las ich Nachrichten und Mails auf dem Handy. Ben hatte alles ganz wunderbar im Griff, und die täglichen Kasseneinnahmen waren sehr erfreulich. Was das betraf, musste ich mir tatsächlich keine Sorgen machen.

Heute war Samstag und das Geschäft nur bis Mittag offen. Ben wollte den Nachmittag nutzen, um sich eine Mietwohnung anzuschauen.

Ist die Katze eigentlich schon wieder aufgetaucht?, fragte ich.

Leider immer noch nicht, schrieb er zurück. *Emma hat in der ganzen Gegend Plakate aufgehängt.*

Über Leos Schwangerschaft verlor er kein Wort mehr. Hoffentlich hatte meine Standpauke geholfen, und er redete nicht mehr darüber, bevor die Familie es erfahren hatte.

Als Lotte diesmal auf mich zukam, hatte ich keine Angst mehr. Inzwischen hatte ich festgestellt, dass der Hund wirklich sehr friedliebend, ja fast schon sanftmütig war.

»Hey, Lotte«, sagte ich ruhig, und die Hundedame setzte

sich brav neben mich. Ich kraulte sie hinter den Ohren, was sie besonders genoss. Als Chris kurz darauf auftauchte, war ich nicht überrascht.

»Hallo, Ilona«, begrüßte er mich.

»Hallo, Chris.«

»Geht es dir wieder besser?«, fragte er höflich.

»Ja. Ich war heute früh schon mit Alessia in Saturnia in den heißen Quellen. Das war echt toll.«

»Ich finde es auch ziemlich schön dort, aber dieser Geruch – den pack ich irgendwie nicht.«

»Ach, so schlimm ist das doch gar nicht«, sagte ich, während ich den Hund weiter kraulte. Obwohl ich den Schwefelduft sogar nach der Dusche noch immer ein wenig in der Nase hatte.

»Chris?«

»Ja?«

»Ehrlich gesagt schaffe ich es nicht, auch nur fünfhundert Meter zu joggen, weil ich davor schon hechelnd am Boden liege. Aber einen einigermaßen flotten Spaziergang würde ich schon hinkriegen. Dafür würde ich auch extra früh aufstehen.«

Ich hatte mir Alessias Rat zu Herzen genommen und wollte versuchen, das Gespräch mit Chris zu suchen.

Er zog kurz die Augenbrauen hoch, dann lächelte er.

»Natürlich. Ich hole dich morgen früh ab.«

»Schön«, ich freute mich, dass er es so unkompliziert machte.

»Wir können aber auch jetzt ein kleines Stück gehen, wenn du magst«, schlug er vor.

»Jetzt gleich?«

»Warum nicht? Ich muss nur gegen Mittag weg, um was zu erledigen, vorher habe ich Zeit. An den Wochenenden verrichten wir nur die nötigste Arbeit auf dem Hof. Da lassen wir es langsamer angehen. Keiner von uns möchte wieder in einen stressigen Alltag kommen, den vor allem meine Schwester und ich vorher zur Genüge hatten.«

»Tja dann – gern.«

»Musst du noch mal ins Haus?«

»Nein.«

Als hätte ich es geahnt, hatte ich vorhin bereits die Sneakers angezogen und nicht die Flipflops. Ich war startbereit!

Lotte war natürlich mit von der Partie, als wir hinter dem kleinen Wald einen mit Zypressen gesäumten Weg entlangspazierten. Obwohl die Wettervorhersage einen warmen Tag vorausgesagt hatte, waren inzwischen einige Wolken aufgezogen, hinter denen die Sonne immer wieder mal für kurze Zeit verschwand. Doch durch diesen Wechsel der Lichtverhältnisse schien die Landschaft noch lebendiger zu sein, und die Farben des Herbstes wirkten wie in Szene gesetzt.

Zunächst tauschten wir nur Belanglosigkeiten und sahen Lotte zu, wie sie munter mal hierhin mal dahin unterwegs war.

Plötzlich blieb Chris stehen.

»Ilona?«

Ich blieb ebenfalls stehen und sah ihn an.

»Gestern am Meer«, begann er, »da wollte ich dich nicht dumm anreden.«

»Schon gut. Mir tut es leid, dass ich mich gleich wie eine beleidigte Leberwurst verhalten habe. Sonst bin ich echt nicht so empfindlich. Alessia meinte, es könnten die Wechselhormone sein«, erklärte ich freimütig.

»Damit kenne ich mich eher nicht so gut aus«, meinte er und schmunzelte.

»Du glaubst gar nicht, wie sehr ich euch Männer darum beneide, dass ihr von dieser lästigen Hormongaudi verschont seid«, gestand ich.

»Das musst du nicht. Ich kann dir versichern, dass wir auch unser Päckchen zu tragen haben«, meinte er.

Päckchen? Oder meinte er eher Säckchen? Ich verkniff mir gerade so ein Grinsen.

»Ach ja wirklich? Was denn zum Beispiel?«, hakte ich neugierig nach.

»Versuch mal als Junge mit etwa dreizehn oder vierzehn Jahren einem Mädchen ernsthaft zu versichern, dass du es toll findest, während du dich durch den Stimmbruch wie eine Ente bei einem Jodel-Versuch anhörst.«

Bei seinem Vergleich konnte ich mir das Lachen nicht länger verkneifen.

»Ganz toll ist auch, den ersten – meist ziemlich unregelmäßigen – Bartflaum zu rasieren, wenn in deinem Gesicht die Pickel spießen. Das ist manchmal ein echt blutiges Gemetzel.«

»Das stelle ich mir tatsächlich nicht sonderlich angenehm vor.«

»Mich hat es ja glücklicherweise nicht erwischt, jedenfalls noch nicht, aber die meisten Männer sind sicherlich auch nicht begeistert darüber, eine Glatze zu bekommen. Oft geht das ja schon relativ früh los.«

»Du meinst also, Periodenschmerzen sind der Preis dafür, dass wir Frauen im Normalfall von einer Glatze verschont sind?«, rutschte mir heraus.

Er grinste und zuckte mit den Schultern.

»Wofür würdest du dich denn entscheiden, wenn du die Wahl hättest?«, stellte er die Gegenfrage.

Darüber musste ich nicht weiter nachdenken.

»Für die Schmerzen!«

Er lachte schallend.

»Siehst du … Und um die sonstigen peinlichen Erlebnisse körperlicher Art, die wir Jungs auch noch so durchstehen müssen, mit dir zu auszutauschen, kennen wir uns noch nicht lange genug, Ilona«, fuhr er mit einem Zwinkern fort.

»Das ist auch nicht nötig. Ich denke, ich habe eine undeutliche Ahnung.«

Plötzlich wurde er ernst und fuhr ein wenig fahrig durch seine bemerkenswert vollen Haare, als ob er nach den richtigen Worten suchen müsste.

»Hör mal. Ich habe dir doch schon davon erzählt, dass ich verheiratet war?«, wechselte er das Thema.

Ich nickte.

»Tabea und ich hatten einige Probleme, und ich dachte immer, das läge hauptsächlich daran, dass ich so viel Zeit im Büro verbringe und sie deswegen zu kurz kam. Doch irgendwann stellte sich heraus, dass sie schon lange ein Verhältnis mit einem anderen hatte. Sie führte geradezu ein Doppelleben und log mich an, dass sich die Balken bogen. Bis ich es schließlich durch einen Zufall herausgefunden habe.«

»Ach du liebe Güte«, murmelte ich.

»Deswegen reagiere ich vermutlich etwas heftiger als angemessen, wenn ich mitbekomme, dass mich jemand anlügt oder auch nur anschwindelt.«

»Mehr, als zu sagen, dass es mir leidtut, kann ich leider nicht«, sagte ich.

»Ich möchte darauf jetzt auch gar nicht mehr herumreiten. Eigentlich hatten wir das ja auch schon abgehakt. Aber …«

»Aber was?«

»Wenn du behauptest, du hättest eine Allergie, die du dann gar nicht hast, dann schrillen bei mir alle Alarmglocken, und ich werde unschön an die Vergangenheit erinnert.«

Ich schluckte.

»Also, wenn du keinen Tintenfisch magst, dann sag es doch gleich ganz ehrlich und schütze keine falsche Allergie vor. Und wenn du aus irgendeinem Grund nicht ins Meer gehen möchtest, dann brauchst du auch keine Ausrede erfinden, dass du dein Handy im Auto vergessen hast.«

Ich sah ihn verdutzt an.

»Keine Ahnung, warum das so ist, aber ich sehe es dir an deiner hübschen Nasenspitze an, wenn du schwindelst«, fuhr er fort.

Ich wusste gerade nicht, ob ich mich über seine Worte ärgern oder freuen sollte, und hatte auch keine Idee, was ich darauf antworten sollte.

Ich verspreche dir, nie mehr zu lügen, wäre doch ein wenig zu theatralisch. Trotzdem hatte ich irgendwie das Gefühl, mich erklären zu müssen. Schließlich wollte ich nicht den Eindruck hinterlassen, eine notorische Lügnerin zu sein. Das war ich nämlich wirklich nicht!

»Manchmal erfindet man eine Ausrede, weil man dem Gastgeber gegenüber zum Beispiel nicht unhöflich sein möchte«, begann ich schließlich, während wir wieder weiterspazierten. »Und manchmal schwindelt man, weil man vielleicht nicht zugeben kann, dass man eine Schwäche hat, und versucht, sie dadurch zu überspielen … Außerdem kannst du mir doch nicht erzählen wollen, dass du noch nie in deinem Leben gelogen hast, oder?«, sagte ich und sah ihn herausfordernd an.

Plötzlich grinste er schelmisch und zuckte mit den Schultern.

»Solange es niemandem auffällt …«, feixte er, und ich war für einen Moment perplex.

»Ich hätte also besser deine Einladung hierher nicht annehmen sollen. Dann wäre meine Schwindelei nicht aufgefallen, und alles wäre noch okay?«, resümierte ich.

»Das war doch nur ein Scherz … Offenheit ist für mich wirklich wichtig. Und es wäre sehr schade, wenn du nicht gekommen wärst und wir uns nicht kennengelernt hätten. Wirklich«, sagte Chris mit einem Lächeln, das mir schlagartig ein Bauchflattern bescherte.

In diesem Moment hatte ich das Gefühl, dass sich etwas zwischen uns veränderte, als würde ein Schalter umgelegt.

»Dafür nehme ich sogar deine Schwindelei in Kauf und auch, dass ich mir ziemlich blöd vorkam, als ich bei eurer Ankunft versehentlich Zoe in dem Glauben begrüßte, sie wäre du«, sagte er.

»Na ja. Offenbar entspricht Zoe ja eher deinem Geschmack«, bemerkte ich trocken.

»Zoe entspricht deiner Beschreibung, Ilona. Aber sie ist deswegen natürlich trotzdem nicht du.«

»Ähm … wie meinst du das?«, fragte ich und spürte, wie mein Herz aus irgendwelchen Gründen plötzlich schneller schlug.

»Ich habe die Telefonate mit dir sehr genossen, weil ich das Gefühl hatte, dass wir auf derselben Wellenlänge sind. Und ich mag deinen Humor sehr.«

»Ach ja?«

»Außerdem hast du eine total sexy Stimme.«

»Hab ich das?«, fragte ich, und ausgerechnet in diesem Moment schien meine Stimme einige Oktaven höher zu rutschen, was ihm natürlich nicht entging.

Er nickte amüsiert.

»Meistens zumindest«, meinte er.

»Und was ist mit Zoe?«, fragte ich und hätte mich gleich darauf am liebsten auf die Zunge gebissen. Wieso fragte ich so blöd nach, wenn ich die Antwort vielleicht gar nicht hören wollte?

»Zoe? Also, Zoe ist eine attraktive Frau, gebildet, sehr direkt – für manche Leute sicher zu direkt, aber trotzdem sympathisch.«

Das hört sich nicht gerade übertrieben euphorisch an.

Ich versuchte, das freudige Grinsen, das seine Worte bei mir ausgelöst hatten, zu verbergen.

»Aber was sie da über deinen Busen gesagt hat – da kann ich ihr nur zustimmen.«

Wie bitte?

Mein Gesicht lief dunkelrot an.

Er grinste schelmisch.

»Man soll doch nicht lügen, oder?«, fragte er mit gespielt tiefernster Stimme.

»Nein«, krächzte ich.

»Schön, dass wir uns da einig sind«, sagte er.

»Wobei man vielleicht auch nicht immer alles laut aussprechen muss, was einem so durch den Kopf geht«, fügte ich mit noch immer glühenden Wangen hinzu.

»Glaub mir, das mache ich ohnehin nicht«, sagte er und sah mich mit einem zweideutigen Blick an.

Ich schluckte. Irgendwie schien Chris heute etwas albern drauf zu sein. Ich wollte sicher nicht darüber nachdenken, was er so alles für sich behielt. Das zumindest war aber ein Vorsatz, der sich schneller in Luft auflöste, als man das Wort *Vorsatz* buchstabieren konnte.

Was spricht er denn in Bezug auf mich nicht aus?

»Jetzt würde ich gerne wissen, was du für Vermutungen darüber anstellst, was mir so durch den Kopf geht«, sagte er amüsiert und warf mir einen herausfordernden Blick zu.

»Wie schon gesagt, man muss nicht alles aussprechen …«, wiederholte ich meine Bemerkung von vorhin.

»Vielleicht finden wir es ja trotzdem heraus«, sagte er mit einem Zwinkern.

»Vielleicht …«, murmelte ich, machte jedoch keinerlei Anstalten, ihm dabei behilflich zu sein.

Wir gingen eine Weile lang schweigend weiter. Die Wolken von vorhin hatten sich inzwischen weitgehend aufgelöst. Ein herrlicher Tag kündigte sich an.

»Hast du eigentlich Kinder?«, griff er plötzlich ein völlig anderes Thema auf.

»Nein. Du?«

»Auch nicht.«

»Wolltest du keine?«, fragte ich interessiert nach.

»Schwer zu beantworten«, sagte er. »Eine Zeit lang wäre ich sehr gern Vater geworden. Aber meine damalige Frau wollte kein Kind mit einem Mann, der beruflich täglich mehr als zwölf Stunden vor dem Rechner saß und kaum Zeit für eine Familie gehabt hätte. Was ich nachvollziehen konnte. Zumindest war das ihr Argument, bis ich von dem anderen Mann erfuhr. Als wir uns trennten, war ich irgendwie ganz froh, dass wir nicht weiterhin durch ein Kind verbunden sein würden. Und jetzt … jetzt ist alles ganz gut so, wie es ist … Und du?«

»Ich hätte sehr gern Kinder gehabt. Aber es hat leider nicht sein sollen«, sagte ich, ohne näher auf den Grund einzugehen.

»Das tut mir leid«, sagte er bedauernd, war jedoch so taktvoll, nicht weiter nachzufragen.

»Ja … mir auch. Aber es ist nun mal so.«

Lotte, die immer wieder ein Stück des einsamen Weges vorauslief, kam auf uns zu.

»Sie hat was im Maul«, bemerkte ich. »Erkennst du, was das sein könnte?«

»Das sieht aus wie ein Schuh!«

Wir blieben stehen.

Lotte legte mir den dreckigen alten Turnschuh vor die Füße und wedelte aufgeregt mit dem Schwanz.

»Ist der für mich, Lotte?«, fragte ich erstaunt, auch wenn ich keine Antwort erwartete.

»Sie mag dich wirklich«, stellte Chris fest. »Auch ohne Hundeleckerlis.«

»Und ich mag sie auch.«

»Das merkt man.«

Ich streichelte ihr wieder über den Kopf.

»Wie lange hast du Lotte denn schon?«

»Wir haben sie vor zwei Jahren aus dem Tierheim geholt. Die Vorbesitzer waren überhaupt nicht mit ihr klargekommen. Dabei ist sie echt eine Seele von Hund«, erklärte er, als sein Handy eine Nachricht meldete, die er kurz las.

»Was dagegen, wenn wir uns langsam auf den Rückweg machen?«, fragte er. »Am Mittag kommt ein Gastwirt, der sein Olivenöl regelmäßig bei uns kauft, und ich muss noch was mit ihm besprechen. Und danach wollen Claudia und ich nach Grosseto fahren.«

»Natürlich hab ich nichts dagegen«, sagte ich, und wir drehten um in Richtung Hof.

Auf dem Rückweg entwickelte sich zwischen uns ein Gespräch über umweltpolitische Themen, und es war sehr angenehm, dass wir in dieser Hinsicht weitgehend ähnliche Vorstellungen hatten.

»Ich hoffe, du wirst heute wieder beim Abendessen dabei sein«, sagte er, als wir die letzten hundert Meter zum Hof marschierten.

»Werde ich. Und ich werde mich sogar ein wenig an der Zubereitung beteiligen.«

»Wie das denn?«

»Alessia und ich probieren am Nachmittag Aufstriche aus, und ihr müsst die Versuchskaninchen spielen«, warnte ich ihn schon mal vor.

»Solang ich als Versuchskaninchen keine echten Kaninchen essen muss, bin ich gern dabei.«

»Ganz sicher nicht«, versprach ich.

»Dann bin ich ja beruhigt. Bis später, Ilona.«

»Bis später, Chris.«

Er ging in Richtung Haupthaus.

Ich wusste nun, was der Grund für seinen doch etwas übertrieben wirkenden Ärger gewesen war, und es fühlte sich gut an, dass wir so offen darüber geredet hatten. Zudem interpretierte ich unsere Unterhaltung so, dass er gern in meiner Gesellschaft war. Die ungezwungene Leichtigkeit unserer ersten Telefonate war wieder zurück. Und das gefiel mir. Sehr sogar.

Kapitel 16

Kalte Rühreier

Beschwingt betrat ich nach unserer Rückkehr die Küche. Dort saßen Anna und Zoe vor ihren Kaffeebechern am Tisch und wirkten beide etwas angeschlagen.

Inzwischen war es fast halb zwölf, und mein Magen knurrte schon vernehmlich. Ich war ja auch schon eine ganze Weile wach und bereits aktiv gewesen. Doch ich wollte nur eine Kleinigkeit essen, da ich später beim Experimentieren mit den Aufstrichen nicht zu satt sein wollte.

»Servus ihr zwei«, flötete ich gut gelaunt und schenkte mir ein Glas Wasser ein.

»Morgen. Wo warst du denn heute schon?«, fragte Anna und nippte an ihrem Kaffee.

»Zuerst mit Alessia bei den heißen Quellen in Saturnia. Und danach mit Chris spazieren.«

Ich trank das Glas durstig in einem Zug leer.

»Wow – was für ein Programm in aller Herrgottsfrühe«, murmelte Zoe und fasste sich an den Kopf.

»Bei euch muss es gestern ziemlich heftig gewesen sein«, sagte ich.

»Reden wir besser nicht darüber«, winkte Anna ab.

»Hört mal – ich möchte mich bei euch entschuldigen. In

der letzten Zeit bin ich wohl etwas anstrengend, aber das hat nichts mit euch zu tun. Wirklich nicht«, erklärte ich.

Nach dem Gespräch mit Chris wollte ich auch mit meinen Freundinnen im Reinen sein. Eigentlich war mir das noch wichtiger als mit Chris.

»Schon gut. Wir haben ja alle mal schlechte Phasen«, sagte Anna verständnisvoll und schaute dann zu Zoe, die abwesend mit dem Löffel in der Kaffeetasse rührte. »Stimmt doch, oder Zoe?«

»Ja, schon. Mein Kommentar gestern war vielleicht auch nicht so passend«, gab sie zu und schlug vor: »Vergessen wir das doch einfach alles.«

»Okay. Schwamm drüber«, stimmte ich erleichtert zu.

Das Gute an besten Freundinnen war, dass man nicht immer alles totquatschen musste, um Differenzen aus der Welt zu schaffen. Und schon gar nicht, wenn die Freundinnen etwas verkatert waren.

»Trotzdem bist du in letzter Zeit wirklich extrem empfindlich«, fügte Zoe dann doch noch hinzu.

Zoe war eben einfach Zoe.

Ich zuckte mit den Schultern und sparte mir einen weiteren Kommentar.

»Ich mache Rührei, wollt ihr auch was?«, fragte ich stattdessen und öffnete den Kühlschrank, um die Schüssel mit frischen Eiern herauszuholen, die Claudia gestern vorbeigebracht hatte.

Beide schüttelten gleichzeitig den Kopf. Ich musste grinsen.

»Wenn ich mir euch so anschaue, dann bedauere ich es inzwischen, dass ich gestern nicht dabei war. So ein dicker Kopf bedeutet meistens, dass man besonders viel Spaß hatte.«

Ich schlug drei Eier auf und verquirlte sie mit etwas Salz und Pfeffer in einer Tasse.

»Du hast echt was verpasst. Diesen Lorenzo könnte man als Alleinunterhalter auf eine Bühne schicken«, sagte Anna. »Ich glaube, ich habe gestern mehr gelacht als sonst in einem Monat.«

»Ich auch. Keine Ahnung, was mehr weh tut, der Kopf oder die Bauchmuskeln vom Lachen … Aber keine Sorge, er ist für heute Abend wieder zum Essen eingeladen, und dann kommst du auch in den Genuss.«

»Da bin ich ja mal gespannt.«

In diesem Moment meldete Annas Handy eine Nachricht.

»Von meiner Mutter …«

Sie las. »Ach je, die Arme …«

»Was ist denn?«, fragte ich ein wenig besorgt. Gab es schlechte Neuigkeiten?

»Sie hat eine schlimme Halsentzündung und kann nicht reden, deswegen kann sie auch nicht mit mir telefonieren …«, erklärte Anna.

Ich vermutete ja eher, dass es Mina gut ging und die »Halsentzündung« nur vorgeschoben war, weil sie am Telefon nicht wegen Conny schwindeln konnte, ohne dass Anna es bemerkte.

Jedenfalls warteten daheim einige Überraschungen auf meine Freundin, und es fiel mir immer schwerer, ihr nichts zu sagen. Ich hoffte, sie würde nie herausfinden, dass ich schon vor ihr von dem Verschwinden der Katze, dem Saunaausbau im Keller und vor allem von der Schwangerschaft ihrer Tochter gewusst hatte. Aber sonderlich gut fühlte ich mich nicht dabei.

Während wir uns unterhielten, bereitete ich in einer gusseisernen Pfanne die Rühreier zu und setzte mich damit zu den beiden an den Tisch.

»Wenn ich dir beim Essen so zuschaue, kriege ich doch Hunger«, sagte Anna.

Ich schob ihr meinen Teller hin und brachte ihr eine frische Gabel.

»Iss. Ich mache noch mal welche.«

»Wenn du schon dabei bist, vielleicht mag ich ja doch auch was«, meldete sich Zoe zu Wort, und ich musste lächeln.

»Na klar!«, sagte ich und holte die restlichen Eier aus dem Kühlschrank.

Ein paar Minuten später stellte ich zwei weitere Teller auf den Tisch und setzte mich zu den beiden.

»Wie kriegst du es hin, dass sogar ein einfaches Rührei wie eine Delikatesse schmeckt, wenn du es zubereitest?«, fragte Zoe.

»In diesem Fall liegt es sicher an der Qualität und Frische der Eier. Glücklichere Hühner als hier auf dem Hof kann es ja kaum geben«, erklärte ich. »Und ansonsten musst du die Eier einfach nur mit einem schönen Klecks Butter, Salz und Pfeffer und viel Liebe machen. Da kann man kaum was verkehrt machen.«

Zoe schob sich eine weitere Gabel in den Mund und sah dann nachdenklich zu Anna.

»Apropos Eier und Liebe machen – denkst du, Lorenzo wäre ein geeigneter potenzieller Vater für mein Kind?«, fragte sie plötzlich.

Anna und ich starrten sie perplex an.

»Ich habe wohl gestern mehr verpasst als gedacht«, sagte ich.

»Du … du willst ein Kind von Lorenzo?«, fragte Anna ungläubig.

»Na ja. Er sieht nicht übel aus, hat einen akademischen Abschluss, und wenn sein Abkömmling nur den Bruchteil seines Humors in den Genen hat, dann hätte ich mit dem Kind später sicher mal viel zu lachen.«

»Aber wie kommst du denn darauf, dass er mit dir ein Kind haben möchte?«, wollte ich wissen. »Ihr kennt euch gerade mal seit zwei Tagen.«

»Ich habe ja gar nicht vor, das mit ihm zu besprechen«, sagte Zoe.

Anna und ich sahen sie verständnislos an.

»Es ist doch so: In meinem Alter habe ich nur noch ein kleines Zeitfenster, um ein Kind zu kriegen. Ich kann nicht erst zwei, drei Jahre eine Beziehung führen, um das bei meinem Partner zur Sprache zu bringen. Mir geht es im Moment auch nicht darum, einen Mann für den Rest meines Lebens zu finden. Das kann ich auch dann noch, wenn meine Eier ausgetrocknet sind. Jetzt zählen für mich andere Prioritäten.«

»Du … du willst ihm ein Kind anhängen?«, brachte Anna es auf den Punkt.

»Eben nicht anhängen. Er muss das noch nicht mal erfahren«, erklärte sie.

Ich schüttelte fassungslos den Kopf.

»Du willst diesen Lorenzo ins Bett locken und ihm …«, begann ich, doch Zoe ließ mich gar nicht aussprechen.

»So wie der mich gestern angegraben hat, wird es kein Kunststück sein, mit ihm in die Kiste zu springen«, unterbrach sie mich kühl.

»Zoe! Überleg doch mal!«, warf Anna ein. »Da geht es

doch nicht nur um dich und Lorenzo – ein Kind möchte doch irgendwann auch wissen, wer der Vater ist. Und es wird nicht nur nach ihm, sondern auch nach der anderen Seite der Familie fragen. Nach Großeltern, Onkeln, Tanten.«

Eine Weile lang sagte Zoe nichts. Schließlich zuckte sie mit den Schultern, und das Lächeln auf ihrem Gesicht wirkte gekünstelt.

»War ja auch nur so eine Idee«, meinte sie schließlich barsch, schob den Teller zur Seite und ging auf ihr Zimmer.

Diese Seite von Zoe hatte ich noch nicht gesehen, nicht einmal nach ihrem Herzinfarkt hatte sie so verletzlich gewirkt. Ich konnte ihre Verzweiflung förmlich spüren, die Angst, dass ihr wertvolle Zeit durch die Finger rann, während sie sich nach einer Familie und vor allem nach einem Kind sehnte.

Anna stand auf und wollte ihr folgen, doch ich bedeutete ihr zu bleiben.

»Lass mich, Anna«, bat ich und ging nach oben in Zoes Zimmer.

Zoe stand am Fenster und starrte hinaus zur Weide, auf der die Schafe grasten.

»Zoe …?«

»Ausgerechnet du willst mit mir darüber reden?«, fragte sie, ohne sich zu mir umzudrehen.

Ich ging zu ihr, nahm ihren Arm.

»Ja«, sagte ich deutlich. »Ausgerechnet ich.«

Sie drehte sich zu mir um und sah mich aufgebracht an.

»Nur weil du selbst nie Kinder wolltest, denkst du wohl, ich brauche auch keine?«, fuhr sie mich an.

Ich sah sie an, suchte nach den richtigen Worten.

»Es ist fast fünfzehn Jahre her, da schien die Welt für mich in Ordnung zu sein«, begann ich leise. »Ich war verlobt mit einem wundervollen Mann. Johannes, so hieß er, also, Johannes und ich wollten nichts lieber als ein Baby. Die Einzelheiten erspare ich dir jetzt, aber bei einer Untersuchung wurde ein großes Myom festgestellt, und es war notwendig, dass man meine Gebärmutter entfernte.«

Zoe sah mich überrascht an.

»Was? Aber du hast doch immer gesagt, dass du keine Kinder möchtest!«, sagte sie.

»Na ja … das ist ein Thema, mit dem ich nicht gern hausieren gehe. Es war für mich immer einfacher zu sagen, dass ich kein Kind möchte, als dass ich keines bekommen kann. Davon weiß nur Anna. Außerdem waren wir beide …«, ich zuckte mit den Schultern, »… wir waren nicht unbedingt die besten Freundinnen.«

»Das tut mir leid, Ilona!«, sagte Zoe.

»Schon gut. Ich möchte nur, dass du weißt, dass ich dich wirklich verstehen kann, wenn du um jeden Preis ein Kind möchtest. Aber trotzdem solltest du daran denken, dass dich das nicht alleine betrifft, egal, wie sehr du dir wünschst, Mutter zu sein. Denke bitte einfach noch mal darüber nach, ja?«

Zoe sah mich kurz an, nickte dann und tat etwas für sie Ungewöhnliches. Sie umarmte mich und drücke mich fest an sich.

»Ich werde darüber nachdenken«, versprach sie.

Dann löste sie sich von mir.

»Was ist eigentlich aus deinem Verlobten geworden?«, fragte sie leise.

»Ich habe ihn verlassen, weil ich wollte, dass zumindest er sich seinen Traum von einer Familie erfüllen kann«, antwortete ich.

»Das war echt nobel von dir – aber total bescheuert!«, sagte Zoe.

»Ja, das war es!«, stimmte ich ihr zu, und wir mussten beide lachen.

»Wo bleibt ihr denn? Eure Rühreier sind inzwischen eiskalt geworden!«

Anna war ins Zimmer gekommen.

»Tja – kalte Eier. Das ist wohl irgendwie das Thema heute«, meinte Zoe.

»Wir wollten gerade wieder nach unten kommen«, sagte ich.

»Ilona hat mich davon überzeugt, dass ich mir die Sache mit Lorenzo vielleicht doch noch mal durch den Kopf gehen lasse, bevor ich ihn in die Besenkammer locke.«

Ich musste schmunzeln.

»Da siehst du mal wieder, was ich für eine Überzeugungskraft habe«, sagte ich grinsend zu Anna.

»Gut gemacht«, lobte sie mich.

Zoe biss sich kurz auf die Unterlippe.

»Es gäbe noch eine andere Möglichkeit, um an ein Kind zu kommen«, sagte sie mit einem verschmitzten Blick.

»Welche?«, wollte Anna wissen.

»Ich könnte Christoph fragen, ob er nicht vielleicht …«

»Wage es ja nicht«, unterbrach ich sie, und meine Empörung war nur halb gespielt.

Zoe grinste breit.

»Schon gut … Ich wollte nur was herausfinden!«

»Ach ja? Was denn?«

»Na, ob du auf ihn stehst natürlich. Und ganz offensichtlich ist das der Fall.«

»Du bist einfach eine blöde Kuh!«, sagte ich.

»Was Besseres als blöde Kuh fällt dir nicht ein?«, frotzelte Zoe. »Du lässt echt nach, Ilona!«

»Ihr beide seid schlimmer als pubertierende Schwestern«, bemerkte Anna kopfschüttelnd.

Zoe und ich sahen uns an.

»Ich wollte immer schon eine ältere Schwester haben«, sagte Zoe, und ich grinste.

»Ich auch!«

Kapitel 17

Ein Hauch von Zimt und rosa Pfeffer

Zoe und Anna verbrachten den Nachmittag auf Liegestühlen hinter dem Haus, während ich mit Alessia Rezepte ausprobierte.

Claudia war mit Chris am frühen Nachmittag nach Grosseto in einen Baumarkt gefahren, um Materialien für einen Steinbackofen zu besorgen, den sie mit Hilfe von Mario im Garten mauern wollten, um darin Pizza und zukünftig auch ihr eigenes Brot zu backen. Oder auch mal einen Braten.

Alessia hatte vor, zwei verschiedene Sorten Pesto mit mir auszuprobieren, die sie bisher noch nicht fest im Sortiment hatte. Einmal das von Chris schon bei unserem Telefonat erwähnte grüne Pesto mit Zimt, das wir noch etwas aufpeppen wollten, und ein weiteres aus schwarzen Oliven, gekochten Maronen und Mandeln.

»Hier, nimm das«, sagte Alessia und reichte mir eine rote Kochschürze mit weißen Punkten. Die Küche war mit dem Duft von gebrannten Mandeln erfüllt, die sie schon am Vormittag vorbereitet hatte.

»Ich dachte, in das grüne Pesto mit Zimt könnten wir ein paar gebrannte Mandeln geben.«

»Gebrannte Mandeln? Ins Pesto?«

»Wir probieren es einfach aus, was meinst du?«, fragte Alessia.

»Warum nicht«, antwortete ich.

Damit sie die genaue Zusammensetzung für eine spätere Herstellung wusste, machte Alessia sich sorgfältig Notizen.

Wir variierten mit den Mengen der Zutaten, probierten immer wieder und besserten nach.

»Ich glaube, wir müssen in einem neuen Versuch weniger gebrannte Mandeln nehmen, sonst wird das Pesto zu süß, dafür aber noch einen Hauch mehr Zimt«, sagte ich.

Alessia nahm noch mal ein Löffelchen voll und nickte.

»Ja … ich glaube, die Hälfte reicht locker. Ich gebe stattdessen noch ganz leicht geröstete blanke Mandelplättchen dazu, damit die Konsistenz passt.«

Es dauerte eine Weile, bis das Mischverhältnis stimmig war und uns das Ergebnis zufriedenstellte.

»Was denkst du?«, fragte sie.

»Ich finde, so passt es.«

»Kann ich jeweils ein Glas davon mitnehmen, damit es mein Mitarbeiter probieren kann, bevor ich größere Mengen bestelle?«, bat ich.

Ben sollte sich auch überlegen, wie wir das Pesto am besten beim Catering in der Weihnachtszeit einsetzen konnten. Falls er es überhaupt für tauglich hielt. Vielleicht als Topping für kleine Kartoffelmuffins? Oder als Füllung für Ravioli? Gemeinsam würde uns da sicher einiges einfallen.

»Natürlich kannst du was davon mitnehmen, Ilona. Und wenn ihr euch abgesprochen habt, dann musst du mir nur Bescheid geben, wie viel ich zubereiten soll.«

»Klar.«

Als Nächstes probierten wir den Aufstrich aus schwarzen Oliven und gekochten Maronen, die hier in der Gegend gerade frisch geerntet wurden.

Geschmacklich und von der Konsistenz her hatten wir schon eine gute Rezeptur gefunden.

»Aber irgendwas fehlt«, sagte Alessia. »Irgendwas, das noch ein bisschen Wums gibt.«

»Du hast recht«, stimmte ich zu.

»Ich hab's. Grob gehackter rosa Pfeffer könnte gut passen«, sagte sie und holte aus einem Schrank eine Metalldose, in der verschiedene Pfeffersorten in kleinen Schraubgläsern aufbewahrt wurden.

Wir probierten es mit einem Teil des Aufstrichs aus und nickten uns zufrieden zu. Die frische und leichte Schärfe des Pfeffers machte die Sache rund.

Plötzlich klopfte es am Fenster, und ein junges Paar schaute herein.

»Hallo? Alessia?«, rief der Mann.

Alessia wischte sich die Hände ab und öffnete das Fenster. Eine Weile lang unterhielten sie sich fröhlich auf Italienisch. Dann drehte Alessia sich zu mir um.

»Die beiden haben überraschend Besuch bekommen und brauchen was aus meinem Laden. Ich geh kurz rüber und bin gleich wieder da, Ilona«, sagte sie und ging mit dem Paar in Richtung Hofladen.

Ich probierte inzwischen noch mal den Aufstrich auf verschiedenen Sorten Brot. Er schmeckte richtig lecker. Aber vielleicht würde eine andere Pfeffersorte ja auch noch gut dazu passen?

Ich schaute die Gläschen in der Metalldose durch und entdeckte eines mit getrocknetem, grob gemahlenem Chili.

Chili könnte sicher auch noch ein wenig Wums reinbringen, dachte ich.

Ich nahm einen viertel Teelöffel voll und mischte ihn unter den Teil des Oliven-Maronen-Aufstrichs, in dem kein Pfeffer war.

»Vielleicht etwas zu wenig«, murmelte ich und rührte noch mal so viel unter. Ich wollte gerade probieren, da ertönte durch das offene Fenster wütendes Gebell.

Ich legte den Löffel rasch zur Seite und ging hinaus.

Lotte stand mitten im Hof und knurrte einen ziemlich verwildert aussehenden Hund ohne Halsband an, der gut einen Kopf kleiner war, der Hundedame aber trotzdem in einer aggressiven Haltung gegenüberstand und ebenfalls knurrend die Zähne fletschte.

O Gott!

Ich wusste nicht, was ich tun sollte.

Besorgt registrierte ich, dass der fremde Hund immer weiter auf Lotte zukam.

»Lotte! Komm her!«, rief ich ihr zu und lenkte sie damit einen Moment von dem anderen Hund ab, der die Gelegenheit nutzte und Lotte angriff. Lotte jaulte kurz auf, wehrte sich aber heftig!

Ich muss etwas tun!

Ich sah mich um und entdeckte einen alten Besen, der an der Hausmauer lehnte. Rasch griff ich danach. Dann ging ich mutig auf die beiden Hunde zu, die inzwischen kämpfend übereinander hergefallen waren.

»Hört auf! Schluss!«, rief ich und versuchte, die beiden mit dem Besen auseinanderzubringen. Vergeblich.

»Lotte stopp! Geh weg!«, schrie ich noch lauter, doch sie hörte gar nicht auf mich. Trotzdem ließ ich nicht locker und versuchte, den anderen Hund mit dem Besen von ihr wegzuschieben. Der ließ endlich von Lotte ab, verbiss sich kurz im Reisig und riss mir den Besen fast aus der Hand. Dabei verlor ich das Gleichgewicht. Ich stolperte, doch es gelang mir, mich mit der freien Hand abzustützen und mich rasch wieder aufzurappeln, bevor der Hund mich ins Visier nahm. Meine Beine schlotterten vor Angst.

Warum bist du nicht im Haus geblieben? Das Tier wird dich zerfleischen!

Tatsächlich fletschte der Hund sein Angst einflößendes Gebiss und wollte sich eben auf mich stürzen, da sprang Lotte ihn von der Seite an und warf ihn mit ihrem Gewicht um. Er jaulte, sprang jedoch schnell wieder hoch und schnappte nach Lotte, die ihm gerade so ausweichen konnte.

Plötzlich durchdrang ein scharfer Pfiff das Knurren und Bellen der Hunde, die für einen Moment dadurch abgelenkt waren.

Ich drehte mich um. Mario war in den Hof gekommen und ließ sein Fahrrad ins Gebüsch fallen. Trotz seiner fast achtzig Jahre rannte er auf uns zu und riss mir den Besen aus der Hand, mit dem er die Tiere auseinandertrieb. Was immer er dem fremden Hund dabei auf Italienisch zurief, es wirkte. Das Tier drehte sich um und jagte davon. Genau in diesem Moment kamen Chris und Claudia in den Hof gefahren.

Mein Herz klopfte wie wild, und durch die Angst und Anstrengung war ich nass geschwitzt. Ich rieb über mein Handgelenk, das von dem kurzen Sturz und der Anstrengung, den Besen zu halten, ein wenig schmerzte.

Mario rief mir etwas auf Italienisch zu, das ich nicht verstand. Schließlich deutete er auf meinen Arm.

»Kaputt?«, fragte er auf Deutsch.

Ich schüttelte den Kopf.

»Nein, ich bin nicht verletzt«, sagte ich. »Nur sehr erschrocken. Lotte hat mich gerettet.«

Als Lotte ihren Namen hörte, kam sie auf mich zu. Voller Überschwang, weil wir beide den Angriff des wilden Hundes überlebt hatten, wollte sie mir offenbar ihre Freude dadurch zeigen, dass sie an mir hochsprang und mir ihre Pfoten auf die Schultern legte, um mir das Gesicht abzulecken. Doch so weit kam es gar nicht, denn mit ihrem Gewicht brachte sie mich ins Taumeln, und ich fiel rückwärts zu Boden, der glücklicherweise nicht allzu hart war.

Ein wenig benommen lag ich da und versuchte durch leichte Bewegung herauszufinden, ob ich mir etwas gebrochen hatte. Mario zog Lotte weg, die mir mit ihrer großen nassen Zunge über die Wangen strich, fast so, als ob sie Erste Hilfe leisten würde.

»Ilona!«, hörte ich Chris rufen, und gleich darauf hockte er neben mir. »Hast du dich verletzt?«

»Ich glaube nicht«, murmelte ich und wurde mir in diesem Moment bewusst, dass ich mal wieder vor einem Mann in einer peinlichen Lage rücklings auf dem Boden lag. Diesmal nicht mit einem engen Kleid, sondern in einer lustig getupften altmodischen Küchenschürze.

Nicht schon wieder!

Immerhin schien hier niemand in der Nähe zu sein, der mich filmte.

Ich versuchte mich hochzurappeln, aber meine Beine und

Arme zitterten so sehr, dass ich mich wieder zurücksinken ließ.

»Komm, ich helfe dir«, sagte Chris, und zusammen mit Mario zogen sie mich an den Armen auf meine wackeligen Beine. Chris hielt mich weiterhin fest.

»Sollen wir einen Arzt holen?«, fragte Claudia besorgt.

»Ich denke nicht«, murmelte ich und fasste mir an den Kopf. Bis auf ein paar kleine Schürfwunden schien alles heil geblieben zu sein.

»Hast du dir wirklich nichts getan?«, hakte Chris nach.

»Nein, ich bin ja gut gepolstert«, scherzte ich.

»Ilona! Was ist denn passiert?«, hörte ich Alessia rufen, die auf uns zugeeilt kam, gefolgt von ihren beiden Freunden, die jeweils einen gefüllten Korb mit Lebensmitteln trugen. Offenbar hatten sie im Hofladen genauso wenig mitbekommen wie Anna und Zoe, die vermutlich hinter dem Haus noch immer auf ihren Liegestühlen lagen.

Bevor ich antworten konnte, begann Mario zu sprechen und erklärte den anderen offenbar, was passiert war.

»Dieser streunende Hund sorgt schon seit einer Weile in der Gegend für Ärger«, erklärte Claudia. »Hoffentlich kommt er nicht noch mal auf den Hof.«

»Jedenfalls hat Lotte mich gerettet«, wiederholte ich und streichelte ihr über den rauhaarigen Kopf, was sie sichtlich genoss. Glücklicherweise schien sie sich im Kampf nicht verletzt zu haben.

»Du hast unsere Lotte gerettet, hat Mario gesagt«, sagte Chris.

Er sah mich mit einem unergründlichen Blick an. »Es war sehr mutig, dich dem Hund entgegenzustellen.«

Alessia stemmte die Hände in die Hüften.

»Und sehr, sehr dumm, Ilona! Du hättest schwer verletzt werden können.« Ihre Stimme klang immer noch besorgt.

»Noch einmal mache ich das bestimmt nicht«, versicherte ich und strich mir eine Haarsträhne hinter das Ohr.

»Das will ich dir auch geraten haben!«, betonte Alessia. »Ich darf gar nicht dran denken, wie das hätte ausgehen können.«

»Ich glaube, ich gehe jetzt besser mal duschen«, sagte ich mit einem Blick auf meine schmutzigen Hände. »Oder brauchst du mich noch in der Küche?«, fragte ich.

Alessia schüttelte den Kopf.

»Wir waren ja eigentlich schon fertig«, sagte sie. »Vielleicht magst du dich nach der ganzen Aufregung ja noch ein wenig ausruhen bis zum Abendessen.«

Ein sehr verlockender Vorschlag, den ich gerne annahm.

Chris begleitete mich das kurze Stück bis zu unserer Wohnung im umgebauten Pferdestall. Und da ich mich immer noch ziemlich wackelig auf den Beinen fühlte, war ich ganz froh darüber.

Zu meiner großen Überraschung umarmte er mich vor der Haustür und drückte mich fest an sich.

»Ich bin echt froh, dass dir nichts passiert ist, Ilona«, sagte er leise.

»Ich auch«, murmelte ich und genoss es, ihm so nah zu sein. Ein unaufdringlicher Hauch von Aftershave und Chris' eigenem Duft stieg mir in die Nase und löste ein leises Kribbeln in meinem Bauch aus.

Ich kann ihn gut riechen!

Gleichzeitig wurde mir bewusst, wie verschwitzt ich war,

und ich hoffte nur, dass ihm mein Geruch nicht allzu unangenehm in die Nase gestiegen war.

Ich löste mich von ihm.

»Falls du doch noch irgendwie Schmerzen bekommen solltest oder wenn es dir übel wird, sag bitte Bescheid, Ilona. Im ersten Schreck schüttet der Körper so viel Adrenalin aus, dass man manchmal gar nicht spürt, ob man nicht doch ernsthafter verletzt ist.«

»Mache ich«, versprach ich. »Aber ich glaube, mir fehlt echt nichts.«

Er hob seine Hand zu meinem Gesicht und schob eine Haarsträhne hinter mein Ohr.

»Du warst wirklich ganz schön mutig vorhin«, sagte er leise.

»Aber nicht mit Absicht«, murmelte ich, und er lächelte amüsiert.

Wir schauten uns einen langen Moment in die Augen. Das Kribbeln in meinem Bauch verstärkte sich. Ich wünschte mir plötzlich, dass er mich küsste, und gleichzeitig hatte ich Angst davor, dass er es tat. Erneut löste ich mich von ihm.

»Wir sehen uns später, Ilona«, sagte er und ging zum Auto, um zusammen mit Claudia das eingekaufte Baumaterial auszuladen.

Mein Herz klopfte wild, als ich ins Haus ging. Doch diesmal war kein angriffslustiger Hund dafür verantwortlich.

Langsam, aber sicher musste ich mir eingestehen, dass ich dabei war, mich in diesen Christoph Kaiser zu verlieben. Und ich wusste nicht so recht, wie ich damit umgehen sollte. Es war schon sehr lange her, dass ich in einen Mann verliebt war, denn das Techtelmechtel mit Jo Ranke bewertete ich eher als ein Abenteuer, das hauptsächlich meinem Ego geschmeichelt hatte. Doch das, was jetzt in mir vorging, fühlte sich ganz anders an. Aufregend, beängstigend und vor allem verwirrend. Sosehr ich es mir die letzten Jahre gewünscht hatte, wieder einen Partner in meinem Leben zu haben, so sehr ängstigte mich jetzt schon die vage Möglichkeit. Denn so ganz egal schien ich Chris auch nicht zu sein, das spürte ich. Trotzdem war natürlich nicht auszuschließen, dass ich mir einfach nur etwas vormachte.

Kapitel 18

Ein menschlicher Lügendetektor

Nach einer heißen Dusche legte ich mich ins Bett, um mich ein wenig auszuruhen. Zunächst kreisten meine Gedanken noch um Chris, doch der Tag war bisher schon so aufregend gewesen, dass ich bald einschlief und erst am Abend aufwachte. Ich hatte noch reichlich Zeit, mich frischzumachen und für das Abendessen umzuziehen. Bevor ich in die Jeans schlüpfte, entdeckte ich einen großen blauen Fleck an meiner rechten Hüfte, auf der ich offenbar gelandet war, als Lotte mich in ihrem Überschwang unabsichtlich umgeworfen hatte. Es schmerzte ein wenig, aber ich schien mich nicht ernsthaft verletzt zu haben. Ich hatte wirklich in doppelter Hinsicht Glück gehabt.

Ich schlüpfte in eine lachsfarbene Bluse mit Dreiviertelarm, die meine dunkelblond gefärbten Haare heller erscheinen und meinen Teint strahlen ließ. Zumindest kam es mir so vor. Fürs Schminken ließ ich mir ausnahmsweise viel Zeit. Es sollte nicht übertrieben wirken, aber trotzdem wollte ich mich heute besonders sorgfältig zurechtmachen. Als ich fertig war, warf ich mir einen kritischen Blick im Spiegel zu. Ich war keine umwerfende Schönheit, das war mir schon klar. Aber im Moment war ich mit mir zufrieden.

Als ich nach unten in die Küche kam, saß Zoe am Tisch und blätterte in einer italienischen Zeitschrift, von denen einige im Regal lagen. Für das Essen heute hatte sie sich wieder ganz besonders aufgebrezelt.

»Hey! Da kommt ja die Hundebezwingerin. Anna und ich haben schon gehört, was für eine Heldin du heute warst.«

»Das war ein Erlebnis, das sich nicht zu wiederholen braucht«, sagte ich.

»Ich hoffe schwer, dass dieser Hund nicht wieder hier auftaucht. Da kann man ja kaum mehr sorglos einen Fuß vor die Tür setzen.«

»Mir ist auch nicht ganz wohl, solange das Tier frei herumläuft ... Wo ist Anna denn?«

»Kurz hinausgegangen, weil Leo angerufen hat und die Verbindung im Haus so schlecht war.«

»Komisch. Bei mir funktioniert es immer einwandfrei«, sagte ich.

»Bei mir auch«, meinte Zoe. »Aber es ist gut, dass wir mal kurz alleine sind. Wir müssen noch besprechen, wie wir ihre Junggesellinnenparty vorbereiten.«

»Hast du dir denn schon was überlegt?«, fragte ich und setzte mich zu ihr an den Tisch. Zoe und ich hatten am Tag vorher schon mal darüber gesprochen, als Anna unter der Dusche gewesen war.

»Vorhin habe ich Chris gefragt. Das mit dem Fest hier am Hof am Montag geht klar.«

»Sehr gut.«

»Dann können wir am Dienstag gemütlich den Urlaub ausklingen lassen und uns am Mittwoch noch vor Sonnenaufgang auf den Heimweg machen.«

Es war eigenartig, dass wir jetzt schon über die Abreise sprachen. Dabei waren wir doch eben erst angekommen. Zumindest fühlte es sich so an. Eine Woche Toskana war definitiv zu kurz, vor allem, wenn man schon zwei Tage für die Fahrt einrechnen musste.

»Chris meinte, wir könnten schon am späten Nachmittag mit der Party anfangen und, wenn das Wetter hält, sogar draußen im Patio feiern.«

»Das wäre sicher schön«, sagte ich. »Wir könnten uns ja an diesem Tag auch mal was von einem Restaurant liefern lassen«, überlegte ich.

»Chris hat vorgeschlagen zu grillen und will noch ein paar Freunde aus der Umgebung einladen. Es soll ein richtig schönes Überraschungsfest für Anna werden.«

»Offensichtlich habt ihr beide eh schon alles geplant«, stellte ich fest. »Was willst du denn überhaupt noch mit mir besprechen?«

»Frau Heubach, Sie müssen nicht gleich eifersüchtig werden«, stichelte Zoe grinsend.

»Als ob ich wegen so was eifersüchtig wäre, Frau Doktor Petrides!«, protestierte ich. »Ich weiß nur nicht, was ich denn überhaupt noch dazu beitragen soll, wenn eh schon alles klar ist.«

»Da gibt es noch einiges. Eine von uns beiden muss zum Beispiel Anna ab dem späten Vormittag ablenken und mit ihr irgendwohin fahren, während die andere hier auf dem Hof bei den Vorbereitungen hilft«, sagte sie.

Ich nickte und überlegte kurz.

»Ich bleibe hier«, sagte ich dann.

»Das hatte ich gehofft.«

»Du machst mit Anna einen Ausflug zu den heißen Quellen nach Saturnia. Nachdem ich schon dort war, wird Anna sich vermutlich nicht wundern, wenn ihr beide alleine fahrt. Ich sage einfach, dass ich mit Alessia noch ein paar Rezepte ausprobieren möchte und wir ein paar geschäftliche Dinge zu besprechen haben.«

»Perfekt«, sagte Zoe zufrieden. »Dann wäre das schon mal geklärt.«

»Brauchen wir noch Wein oder Sekt? Müssen wir da was einkaufen?«, fragte ich.

»Nein. Darum kümmert sich auch Chris. Das besorgt er bei seinem Kumpel, dem Weinbauer.«

»Okay.«

»Und ich hab mir überlegt, ob wir Anna zur Erinnerung an unseren gemeinsamen Urlaub hier und als Geschenk für die Hochzeit vielleicht ein Bild von Claudia kaufen sollten«, schlug Zoe vor.

»Das ist eine schöne Idee. Aber es kommt darauf an, was sie dafür verlangt«, gab ich zu bedenken.

Zoe nickte.

»Claudia will uns morgen ein paar ihrer neuen Bilder zeigen. Dann können wir unauffällig herausfinden, ob etwas dabei ist, das Anna gefällt, und ob du es dir … ich meine, ob wir es uns leisten können«, verbesserte sie sich gerade noch. Doch das nahm ich ihr nicht übel. Sie meinte das nicht böse. In ihrer Welt spielte Geld einfach nur eine untergeordnete Rolle.

»Okay. Dann lass uns morgen mal in Claudias Atelier gehen«, stimmte ich zu.

»Dann könnten wir auch …«

»Pst!«, sagte ich und legte einen Finger an den Mund, weil ich die Haustür ins Schloss fallen hörte.

Anna kam zurück.

»Alles klar bei Leo und Timo?«, fragte ich, als sie in die Küche kam.

»So weit schon«, antwortete Anna. »Aber Leo hat sich offenbar irgendeinen Magen-Darm-Virus eingefangen.«

Oder sie leidet an Schwangerschaftsübelkeit.

»Ist das alles?«, fragte ich, da Anna ihrem Blick nach noch etwas auf dem Herzen zu haben schien. Wobei ich mir gar nicht sicher war, ob ich es auch hören wollte.

»Ach, ich weiß auch nicht. Irgendwie habe ich das Gefühl, als ob daheim etwas nicht stimmt«, rückte sie schließlich heraus.

»Echt jetzt? Wie kommst du denn auf so eine Schnapsidee?«, fragte Zoe.

Anna zuckte mit den Schultern.

»Keine Ahnung, es ist einfach so ein Gefühl. Das habe ich schon, seit wir hier angekommen sind.«

Sie hatte wirklich sehr feine Antennen.

In diesem Moment klopfte es an der Tür, und gleich darauf kam Chris zu uns in die Küche.

»Ich wollte euch nur Bescheid geben, dass der streunende Hund inzwischen eingefangen wurde«, sagte er.

»Gott sei Dank!«, rief Zoe.

»Das ist gut«, sagte ich erleichtert. »Und was passiert jetzt mit ihm?«

»Er kommt erst mal ins Tierheim. Dort wird er versorgt und untersucht«, erklärte Chris. »Ist bei euch was? Ihr schaut … etwas besorgt.«

»Nein«, winkte Anna halbherzig ab.

»Wirklich nicht?«, hakte er nach.

»Anna hat nur das Gefühl, dass daheim irgendwas nicht stimmt«, erklärte Zoe. »Aber das bildet sie sich nur ein, weil sie zum ersten Mal nur mit uns beiden so weit weg ist und denkt, dass ohne sie daheim nichts richtig funktionieren kann.«

»Vermutlich«, gab Anna zu und musste lächeln.

»Na ja … manchmal hat man aber auch so ein Bauchgefühl, auf das man hören sollte«, warf Chris ein. »Erreichst du denn niemanden, bei dem du nachfragen könntest?«

»Doch. Und alle beteuern mir, dass es bestens läuft«, erklärte Anna. »Aber trotzdem …«

»Jetzt entspann dich doch einfach, Anna«, unterbrach ich sie. »Was soll denn sein?«

»Außerdem, sollte irgendwas daheim nicht stimmen, dann würden sie dir das doch sagen«, versuchte Zoe, sie zu aufzumuntern.

»Das hoffe ich«, sagte Anna, allerdings war leiser Zweifel in ihrer Stimme zu hören.

»Ben und Ilona telefonieren jeden Tag, oft sogar mehrmals. Unsere Plaudertasche Ben könnte es doch gar nicht für sich behalten, wenn irgendwas Ungewöhnliches los wäre. Oder Ilona?«, sprach Zoe mich an, und ich hätte ihr am liebsten ihr loses Mundwerk zugeklebt. Warum konnte sie nicht endlich mit dem Thema aufhören?

Anna sah mich an, und ich spürte auch Chris' Blick auf mir ruhen.

»Klar«, sagte ich ausweichend. »Ben und ich telefonieren sehr oft.« Was nicht gelogen war.

»Und er hat nichts zu dir gesagt?«, hakte Anna nach.

Himmel! Wie komme ich jetzt aus der Nummer raus?

Es gab nur eine Möglichkeit. Ich musste die Flucht nach vorne antreten, vielleicht kam ich dann um eine Lüge herum.

»Ben und nichts gesagt?«, fragte ich und lachte kurz auf. »Die Woche, in der er bisher bei mir gearbeitet hat, hat er mir so viele Geschichten erzählt, dass ich manchmal gar nicht mehr richtig zugehört habe. Ihr kennt doch Ben. Er redet ohne Punkt und Komma«, erklärte ich und bat Ben insgeheim um Entschuldigung.

So schlimm, wie ich ihn darstellte, war er bei Weitem nicht. Im Gegenteil, auch wenn er Geheimnisse nur schwer für sich behalten konnte, so war seine Gesellschaft immer sehr angenehm, und ich genoss die Geschichten, die er höchst amüsant zum Besten gab.

»Wie kann ich nur so dumm fragen?«, sagte Anna und lächelte erleichtert. »Ben kann tatsächlich nur schwer was für sich behalten, und wenn etwas wäre, würdest du es mir ja sowieso erzählen, oder Ilona?«

»Genau«, log ich und fühlte mich hundsmiserabel, auch wenn es nur zu ihrem Besten war.

»Müssen wir nicht langsam rüber?«, fragte ich schnell und sah zu Chris, der mich mal wieder mit diesem seltsamen Blick fixierte.

»Ja …«, antwortete er. »Ich würde nur gerne kurz etwas mit Ilona besprechen. Könnt ihr schon mal vorgehen und den anderen sagen, dass wir auch gleich kommen?«

»Machen wir«, antwortete Zoe und machte sich mit Anna auf den Weg ins Haupthaus.

»Was möchtest du denn mit mir besprechen?«, fragte ich in

der vagen Hoffnung, dass es vielleicht etwas Geschäftliches sein könnte.

»Du hast dich ja gerade ganz schön aus dem Gespräch herausgewunden«, sagte er unverblümt.

Ich tat so, als ob ich gar nicht wüsste, was er meint.

»Wie?«

»Ich habe dir doch gesagt, dass ich es dir an der Nasenspitze ansehe, wenn du lügst«, sagte er mit einem enttäuschten Unterton, der nicht zu überhören war.

Natürlich hatte ich gelogen. Aber es gab doch einen guten Grund dafür. Mehrere sogar!

»Sag mal, Chris, bist du vielleicht so was wie ein menschlicher Lügendetektor?«, versuchte ich es auf die scherzhafte Weise abzutun.

»Dann stimmt es also? Du hast gelogen!«, stellte er fest.

Ich seufzte. Langsam ging mir das alles gehörig auf den Wecker.

»Chris. Das eben war keine wirkliche Lüge, und außerdem geht es dich nichts an«, versuchte ich so ruhig wie möglich zu sagen.

»Keine wirkliche Lüge?«, fragte er. »Ja klar. Aber es geht mich tatsächlich nichts an. Ach … vergiss es einfach!«, winkte er ab und ging zur Tür.

Das konnte doch nicht wahr sein! Wieso war er vorhin nicht einfach zwei Minuten später gekommen? Dann hätte er das Gespräch gar nicht erst mitbekommen. Jetzt hatten wir das Thema erst heute Morgen abgeschlossen, und nun ging es schon wieder los? Darauf hatte ich echt keine Lust.

»Chris, warte mal!«, rief ich ihm hinterher.

Er blieb stehen und drehte sich zu mir um.

»Ja?«

Ich atmete einmal tief durch, suchte nach den richtigen Worten.

»Manchmal gibt es wirklich gute Gründe, nicht die Wahrheit zu sagen«, begann ich schließlich.

»Was denn für gute Gründe? Anna ist deine beste Freundin, soweit ich das mitbekommen habe. Da muss man doch alles besprechen können! Mich wundert es ohnehin, dass sie es dir nicht ebenfalls angesehen hat.«

Das wundert mich ehrlich gesagt auch.

Aber scheinbar traute sie mir tatsächlich nicht zu, dass ich sie anlog, und das machte die Sache noch unangenehmer für mich.

»Chris. Bitte. Reicht es dir nicht einfach, wenn ich sage, dass es so ist?«, fragte ich und merkte, dass ich langsam ein wenig ärgerlich wurde.

»Ich frage mich inzwischen nur, ob du es vielleicht generell nicht ganz so genau nimmst mit …«, er sprach nicht weiter. Offenbar hatte er an meinem Blick erkannt, dass ich nun echt sauer war. Ich hatte genug, mich für etwas schuldig zu fühlen, in das ich hineingeschlittert war, ohne es zu beabsichtigen und vor allen Dingen ohne mein Zutun!

Ich stemmte die Hände in die Hüften.

»Okay. Dann lass uns drüber reden, Chris. Du willst wissen, warum ich meiner besten Freundin nicht verrate, dass ihre geliebte Katze Conny seit unserer Abreise verschwunden ist und die ganze Familie und Nachbarschaft seit Tagen nach dem Tier sucht?«, fuhr ich ihn an. »Und dass ihre Mutter eine Halsentzündung vortäuscht, nur damit sie nicht mit ihrer Tochter telefonieren muss, weil sie Angst hat, dass Anna ihr sofort anmerken könnte, dass etwas nicht stimmt?«

Chris sah mich überrascht an, während ich mich in Rage redete.

»Ich tue es deswegen, weil Anna ihren Urlaub keine Sekunde mehr genießen könnte, wenn sie wüsste, dass die Katze schon seit Tagen fehlt. Sie hat das Tier vor Jahren als Baby aus einer Mülltonne gerettet! So wie ich sie kenne, wäre sie imstande, den Urlaub hier abzubrechen und nach Hause zu fahren, nur um bei der Suche mitzuhelfen.«

»Okay ... das kann ich irgendwie verstehen, wenn du in diesem Fall ...«

Doch ich ließ ihn nicht ausreden.

»Aber bevor du mir noch eine Lüge« – ich setzte das Wort in Anführungsstriche – »vorwirfst. Das ist noch nicht alles!«, fuhr ich ihn an. »Soll ich dir noch was verraten?«

Er sah etwas verdutzt aus der Wäsche.

»Ilona, du musst nicht ...«

»Ach, jetzt muss ich auf einmal nicht mehr? Vielleicht aber doch, denn da gibt es auch noch das Geheimnis, dass Annas Verlobter Paul sie mit einer Sauna im Keller überraschen möchte, wenn sie wieder zurückkommt. Deswegen hat Paul auch nicht so viel Zeit für lange Telefonate wie sonst, denn er möchte unbedingt rechtzeitig fertig werden. Das war übrigens der Grund für den Anruf am Strand, von dem ich Anna nichts verraten durfte.«

»Schon gut ...« Ich sah ihm an, dass ihm die Sache unangenehm war, und verspürte eine gewisse Genugtuung.

»O nein. Jetzt bringen wir auch noch die größte Neuigkeit auf den Tisch, die Ben nicht für sich behalten konnte und die ich durch eine weitere Lüge« – wieder die Anführungsstriche – »vertusche. Annas Tochter Leonie ist schwanger. Und vielleicht kannst du ja nachvollziehen, dass nicht ich diejenige sein sollte, die ihr sagt, dass sie im nächsten Frühjahr Oma wird. Glaub mir, ich wäre von Herzen froh und viel entspannter, wenn ich das alles nicht erfahren hätte und …«

»Leonie ist schwanger?«

Erschrocken drehten wir uns zur Tür, da stand Anna mit weit aufgerissenen Augen. Mein Herz setzte für einen Moment aus.

Verdammt! Verdammt! Verdammt! Das darf einfach nicht wahr sein!

»Ilona, was … was erzählst du denn da?«, fragte sie verdattert.

Abstreiten war jetzt keine Option mehr.

»Na ganz toll«, zischte ich Chris zu. »Jetzt war alles umsonst!«

Chris sah zwischen mir und Anna hin und her.

»Das wollte ich wirklich nicht. Tut mir leid, Ilona. Echt«, sagte er zerknirscht.

»Das hilft jetzt auch nicht weiter!«

»Chris. Lässt du Ilona und mich bitte mal allein?«, bat Anna.

»Freilich«, antwortete er und ging hinaus, nicht ohne mir noch mal einen zerknirschten Blick zuzuwerfen. Es schien ihm wirklich leidzutun.

Trotzdem war nicht er es, der sich jetzt damit auseinandersetzen musste. Ich musste meiner besten Freundin Rede und Antwort stehen.

Anna sah mich fragend an.

»Wieso bist du denn nicht mit Zoe im Haus?«, fragte ich, um ein wenig Zeit zu schinden.

»Ich habe mir Rotwein über den Rock gekippt«, erklärte sie. »Deswegen wollte ich mich umziehen und habe euren Streit mitbekommen.«

Auf ihrem Rock war tatsächlich ein großer dunkler Fleck zu sehen. Unter normalen Umständen hätte ich ihr jetzt geraten, Salz darauf zu streuen, das den Wein zum großen Teil absorbierte. Aber es waren keine normalen, sondern andere Umstände, die mich in die Bredouille gebracht hatten.

»Was hast du denn mitbekommen?«, fragte ich vorsichtig, während Anna plötzlich so breit grinste, als hätte sie gerade einen Joint geraucht.

»Stimmt das Ilona – ich werde Oma?«

»Ja … Das ist Ben am Telefon rausgerutscht, und Chris hat vorhin gemerkt, dass ich dir wohl etwas verschweige«, plapperte ich nervös drauflos. »Aber du solltest das wirklich nicht auf diese Weise erfahren. Und schon gar nicht von mir. Es tut mir so leid, Anna, und ich …«

Ich konnte nicht weitersprechen. Anna umarmte mich und drückte mich fest an sich.

»Ich kann es gar nicht glauben …«, sagte sie, und ich hörte sie leise schluchzen. »Leonie bekommt ein Baby. Ist das nicht wunderbar?«

Nun schossen auch mir Tränen in die Augen. Langsam löste ich mich von ihr.

»Du wirst eine coole Oma sein«, sagte ich.

»Und du die coole beste Freundin ihrer coolen Oma«, alberte sie.

Ich griff nach ihren Händen und sah sie beschwörend an.

»Anna, du musst mir hoch und heilig versprechen, so zu tun, als ob du nichts davon wüsstest. Leonie möchte es euch unbedingt selbst sagen, und sie wäre total enttäuscht, wenn sie erfährt …«

»Ilona!«, unterbrach Anna mich. »Ich werde ganz bestimmt nichts verraten. Wenn es so weit ist, verhalte ich mich absolut ahnungslos.«

»Ich habe dir die ganze Überraschung verdorben«, murmelte ich bedrückt.

»Ganz im Gegenteil. Ich bin heilfroh, dass ich es schon vorher weiß, denn vermutlich hätte ich mich bei dieser Nachricht vor der ganzen Familie total blamiert vor lauter Freude. Nun habe ich Zeit und kann dieses Wissen schon ein wenig verinnerlichen und mich still darüber freuen.«

Puh! War ich jetzt erleichtert! Sie nahm es wirklich super auf.

»Und außerdem …«, murmelte Anna und lächelte plötzlich verschmitzt.

»Was?«

»Ich könnte ja so tun, als ob ich es ihr ansehen würde, dass sie schwanger ist. Das würde meinen Ruf als Mutter mit hellseherischen Fähigkeiten noch etwas mehr ausbauen.«

Ich musste lachen. Das war mal wieder typisch Anna. Tatsächlich hatte sie schon immer ein Gespür dafür gehabt, wenn jemandem von uns etwas auf dem Herzen lag oder die Mädchen etwas angestellt hatten.

»Du kannst es dir ja noch überlegen«, sagte ich. »Du hast jetzt einige Möglichkeiten, wie du damit umgehen willst.«

»Jedenfalls werde ich trotzdem heulen, wenn ich es aus Leonies Mund hören werde.«

»Ganz bestimmt«

So weit – so gut!

»Und übrigens – die andere Sache«, erklärte Anna mit einem Schmunzeln. »Dass Paul mir eine Sauna in den Keller baut, ahne ich schon seit einer Weile. So betont *unauffällig* wie er sich im Baumarkt in dieser Abteilung herumgetrieben hat, war mir klar, was er vorhat.«

»Du hast echt hellseherische Fähigkeiten«, sagte ich und entspannte mich. Offenbar hatte sie die Sache mit der Katze nicht mitbekommen, sonst wäre sie nicht so locker. Alles war vorerst gut, und ich hatte nur noch ein Geheimnis, das ich vor Anna hüten musste.

»Und du und Chris habt deswegen wirklich gestritten?«, fragte Anna, während wir uns auf den Weg zum Haupthaus machten.

»Auf Lügen reagiert er allergisch. Er hat mir angemerkt, dass ich dich anschwindelte, als du gefragt hast, ob Ben was erzählt hat.«

»Oje … Der nimmt es ja wirklich ganz besonders genau«, meinte sie.

»Das kannst du laut sagen. Er sagt, er würde mir an der Nasenspitze ansehen, ob ich die Wahrheit sage oder nicht«, verriet ich.

»Womöglich stimmt das ja?« Anna lachte.

»Jedenfalls ist es nervig.«

»Aber vielleicht tut Chris es auch deswegen, weil er sich ernsthaft für dich interessiert, Ilona?«, mutmaßte Anna.

Ich zuckte mit den Schultern.

»Keine Ahnung, kann sein … Aber denkst du, ich sollte wirklich was mit einem Mann anfangen, der mir ansieht, wenn ich zum Beispiel bei meinem Gewicht schummle?«, fragte ich mit hochgezogenen Augenbrauen.

Anna lachte.

»Du könntest die Waage einfach in die Tonne stopfen, dann hätte sich dieses Thema zumindest erledigt«, riet sie mir.

Und eigentlich war das gar keine schlechte Idee.

Kapitel 19

Ein feuriger Abend

Als wir das Esszimmer betraten, warf Chris mir einen fragenden Blick zu. Am liebsten hätte ich ihn ja noch ein wenig zappeln lassen. Aber weil ich selbst so froh darüber war, dass sich die Sache mit Anna so schnell und unkompliziert aufgelöst hatte, nickte ich ihm kurz zu.

Er schien meinen nonverbalen Hinweis verstanden zu haben und wirkte erleichtert. Ich musste jedoch bald eine Gelegenheit finden, mit ihm allein zu sprechen, damit er sich bei Anna nicht womöglich doch noch verplapperte und mit ihr über die verschwundene Katze reden wollte, weil er dachte, sie wüsste schon davon.

Zoe saß zwischen Claudia, die mit ihrem Handy beschäftigt war, und Lorenzo, der nun aufstand und zuerst Anna mit einem lässigen Winken begrüßte und mir dann die Hand reichte.

»Hallo, Ilona«, sprach er in bemühtem Deutsch mit starkem Akzent.

»Hallo, Lorenzo.«

»Schön, dass du heute auch dabei bist.«

»Ich freue mich auch. Anna und Zoe haben erzählt, dass es gestern ein sehr lustiger Abend war und du für eine großartige Stimmung gesorgt hast.«

»Sì. Ich hatte ziemlich gute Drogen dabei aus meiner Apotheke. Die habe ich allen ins Essen gemischt. Da sind die Leute immer lustig.«

Er sagte das so trocken, dass ich mich für einen Moment fragte, ob er das tatsächlich ernst meinte.

Doch dann grinste er breit und hob ein volles Weinglas in meine Richtung.

»Aber wenn man so schöne Gesellschaft und einen so guten Wein hat, braucht man natürlich keine Drogen.«

Chris hatte Anna und mir inzwischen schon eingeschenkt, und so hoben wir ebenfalls unsere Gläser und prosteten uns zu.

»Wollen wir nicht auf Alessia warten?«, fragte ich.

Claudia zuckte mit den Schultern, sah mich aber nicht an.

»Die kommt sicher gleich.«

»Ilona? Kannst du bitte mal kurz mitkommen?«, bat Chris mich, was mir nur recht war.

»Klar«, sagte ich.

»Aber macht schnell, damit wir endlich mit dem Essen anfangen können«, meinte Zoe. »Ich hab schon solchen Hunger.«

»Dauert nicht lang«, versprach Chris, und ich folgte ihm ins Wohnzimmer.

Dort lag Lotte auf einer Decke. Als sie uns hörte, stand sie auf und kam mit wedelndem Schwanz auf mich zu. Kurz zuckte ich zurück, weil ich nicht wusste, ob sie womöglich noch mal an mir hochspringen wollte, aber diesmal setzte sie sich brav vor mich hin und sah mich aus ihren dunklen Augen erwartungsvoll an.

»Lotte!«, begrüßte ich meine tapfere Retterin und streichelte ihr den Kopf. »Du bist wirklich eine ganz Brave!«

»Ich habe mich vorhin benommen wie der größte Trottel«, kam Chris ohne Umschweife auf sein Anliegen zu sprechen. »Es tut mir leid, Ilona.«

»Selbsterkenntnis ist ja schon mal gut«, bemerkte ich trocken.

»Ich wollte wirklich nicht, dass Anna alles erfährt … Hätte ich gewusst, warum du …«

Er hielt inne und sah mir in die Augen.

»Bitte verzeih mir. Und bei Anna werde ich mich auch noch entschuldigen.«

»Schon okay … Und wegen Anna«, sicherheitshalber senkte ich die Stimme. »Sie hat nur die letzten beiden Geheimnisse gehört und freut sich natürlich total darüber, auch wenn ich finde, dass sie es besser nicht auf diesem Weg hätte erfahren sollen.«

»Ich weiß«, sagte er zerknirscht.

»Aber glücklicherweise hat sie das mit der Katze nicht mitbekommen. Also ist ihr Urlaub hier weiterhin gerettet, solange wir beide dichthalten.«

»Das werde ich. Und gut, dass du mir das gleich gesagt hast, sonst hätte ich das Thema womöglich tatsächlich angesprochen.«

Während wir uns unterhielten, streckte Lotte sich einmal durch und gähnte herzhaft. Dann trottete sie an uns vorbei hinaus.

»Chris?«

»Ja?«

Er sah mich fragend an.

»Wenn du ständig meine Nasenspitze kontrollierst und dich dabei fragst, ob ich dich oder jemand anderen gerade anschwindele, dann …«, ich rang um die richtigen Worte. Doch am besten war, ich sprach es ganz klar aus, was mir durch den Kopf ging, denn ich fing an, Gefühle für ihn zu entwickeln, aber so konnte es nicht weitergehen. »Also, wenn du ständig darauf herumreitest und mir nicht vertraust, dann ist es wohl besser, ich reise morgen nach Hause.«

»Ilona …«, er griff nach meiner Hand.

»Könnt ihr dann bitte kommen? Wir warten alle auf euch?«, unterbrach Claudia uns, die in der Tür stand.

Ob sie unser Gespräch mitbekommen hatte?

»Nur noch eine Minute«, sagte Chris zu seiner Schwester. »Wir sind gleich da.«

Claudia zuckte mit den Schultern und ging zurück.

Chris sah mich eindringlich an.

»Bitte, bleib noch hier, Ilona. Keine Ahnung, warum ich mich ausgerechnet bei dir so blöd benehme. Vielleicht liegt es daran, dass ich …«

»Dass du was?«, fragte ich und merkte, wie mein Herz plötzlich schneller schlug.

»Es ist das erste Mal seit ein paar Jahren, dass ich mich wieder ernsthaft für eine Frau interessiere.«

Ich schluckte.

Er interessiert sich für mich! Für mich Moppelchen im fortgeschrittenen Alter.

»Und offenbar bin ich echt aus der Übung und irgendwie auch unsicher, weil ich in deiner Gegenwart gar nicht richtig denken kann und ständig Angst habe, dass ich irgendwelchen Blödsinn verzapfe und mich blamiere – und genau das tue ich dann ja auch. Und vielleicht reite ich deswegen auf diesem Thema so herum, was ich eigentlich gar nicht möchte.

Klar sind mir Offenheit und Ehrlichkeit wichtig, das habe ich dir ja schon gesagt. Aber wie man nun sieht, kommt es immer auf die Lage an. Den jahrelangen Betrug der Ehefrau zu vergleichen mit dem Zurückhalten einer Nachricht, um jemanden zu schützen, oder um sich ein paar Kilo leichter zu schummeln, das steht wirklich in keinem Verhältnis. Tut mir leid.«

Ich sah prüfend in seine Augen und erkannte, dass er es ernst meinte. In meinem Kopf schwirrten tausend Gedankenfetzen herum, und ich schaffte es nicht, sie einzufangen, um ganze Sätze daraus zu basteln.

»Und außerdem … außerdem muss ich ständig darüber nachdenken, wie es sich anfühlt, dich zu küssen«, sagte er leise.

»Das würde mich auch interessieren«, rutschte es mir zu meiner eigenen Überraschung heraus.

Chris lächelte.

»Sollen wir es vielleicht herausfinden?«

»Du willst … du willst hier … jetzt gleich …?«, stotterte ich, plötzlich total nervös. Mit einem Kuss hatte ich bis vor wenigen Sekunden als Letztes gerechnet. »Aber die warten doch schon auf uns.«

»Okay … Dann verschieben wir es auf später. Aber ich sag's dir gleich. Ich gehe heute nicht ins Bett, ohne zu wissen, wie sich ein Kuss von dir anfühlt«, kündigte er mit einem Lächeln an, das meinen Puls noch weiter in die Höhe jagte. »Und jetzt lass uns zu den anderen gehen. Je schneller wir dieses Abendessen hinter uns gebracht haben, desto schneller kommen wir zu unserem Kuss.«

Mit einem verschwörerischen Zwinkern drehte er sich um und ging in Richtung Esszimmer.

Während ich ihm mit weichen Knien folgte, haderte ich mit mir. Vielleicht wäre es besser gewesen, wenn wir uns doch gleich geküsst hätten. Jetzt würde ich sicher die ganze Zeit an nichts anderes mehr denken können. Mein Magen fühlte sich an, als ob ein kleiner Kobold darin Purzelbäume schlug. So aufgeregt wie jetzt war ich seit meiner ersten Verabredung als Siebzehnjährige, die mit dem ersten und gleichzeitig miesesten Kuss meines Lebens endete, nicht mehr gewesen.

Alessia saß inzwischen auch am Tisch, auf dem nun vier Schalen mit den verschiedenen Aufstrichen zum Testen und Körbchen mit aufgeschnittenem Weißbrot standen.

»Das hat aber gedauert«, sagte Zoe. »Muss ja wichtig gewesen sein.«

Mir fiel nichts ein, das ich darauf sagen konnte, also nickte ich ihr nur lächelnd zu, während ich am Tisch Platz nahm.

»Ihr Lieben, wie schon angekündigt, haben Ilona und ich heute Nachmittag Rezepte ausprobiert. Ilona möchte exklusiv Pesto beziehungsweise Aufstriche für das Geschäft, denen wir sogar ein eigenes Etikett verpassen wollen. Wir würden dazu gern eure Meinung hören. Hier ist der erste Versuch. Und bitte seid ehrlich.«

Ich musste mich dazu zwingen, Alessias Worten zu folgen und mich von den Gedanken an den bevorstehenden Kuss nicht ablenken lassen. Allerdings machte Chris es mir nicht gerade einfach, da er mir immer wieder vielsagende Blicke zuwarf.

»Ich hoffe für euch, wir überleben das Experiment hier«, sagte Zoe.

»Ach, meine liebe Zoe. Was gäbe es für einen schöneren

Tod, als bei Wein und einem herrlichen Essen den Löffel abzugeben?«, kommentierte Lorenzo theatralisch und nahm gleich noch einen weiteren Schluck Chianti.

»Ilona und ich bringen euch schon nicht um«, versprach Alessia und lächelte mir zu.

»Auf keinen Fall!«, bekräftigte ich.

»Wie beruhigend«, sagte Claudia trocken, die heute etwas mürrisch wirkte.

Alessia schob die erste Schale in die Mitte, und jeder nahm sich eine kleine Portion auf seinen Teller.

»Nummer eins ist ein weihnachtliches grünes Pesto, verfeinert mit gebrannten Mandeln und Zimt. Zuerst in einer süßeren Variante, danach kommt der Versuch mit weniger gebrannten Mandeln.«

Jeder strich ein wenig Pesto aufs Brot und probierte.

»Es ist ungewöhnlich, nicht übel. Aber für meinen Geschmack ist es zu süß«, meldete sich Anna als Erste.

Claudia legte das angebissene Stück Brot zur Seite und verzog das Gesicht.

»Also mir schmeckt das überhaupt nicht«, sagte sie.

»Ich find es super!«, meinte hingegen Chris und nahm sich noch ein weiteres Stück Brot, das er dick mit dem Pesto bestrich.

Ich fragte mich, wie er jetzt überhaupt etwas runterbekommen konnte. Ich selbst musste mich zwingen, wenigstens einen Bissen zu nehmen, so nervös war ich.

Lorenzo und Zoe fanden es lecker, aber genau wie Anna ein klein wenig zu süß.

Alessia machte sich Notizen und schob dann die zweite Schüssel in die Mitte.

»Nächster Versuch.«

»Also ich mag beide gleich gern«, sagte Chris nach dem Probieren.

»Geht gerade so«, sagte Claudia. Sie war heute offensichtlich etwas seltsam drauf.

Zoe, Anna und Lorenzo bevorzugten eindeutig die zweite, weniger süße Variante.

»Das hat was«, sagte Zoe.

»Stimmt.« Lorenzo nickte. »Und je mehr ich davon esse, desto weihnachtlicher wird mir zumute.«

Das bewies er uns auch noch gleich, indem er aus voller Brust *Jingle Bells* trällerte. Seine ziemlich eigenwillige Interpretation des Weihnachtsliedes trieb uns vor Lachen die Tränen in die Augen. Anna und Zoe hatten recht gehabt, Lorenzo hatte durchaus das Zeug zum Alleinunterhalter. Er ließ mich sogar für ganz kurze Zeit vergessen, was später noch vor mir lag.

Alessia und ich zogen ein erstes Resümee.

»Ich glaube, damit dieses Pesto richtig einschlägt, müsste ich Lorenzo mit an den Chiemsee nehmen, der es den Leuten mit seinem Gesang schmackhaft macht«, überlegte ich laut.

»Ich bin jederzeit bereit zu kommen«, versicherte der Apotheker vergnügt. »Aber nur wenn ich in Ludwigs Schloss auf der Herreninsel wohnen und in seinem Bett schlafen darf.«

»Das lässt sich bestimmt einrichten«, meinte Zoe, und Lorenzo sah sie mit einem so heißen Blick an, dass die Raumtemperatur davon eigentlich sofort um ein paar Grad hätte ansteigen müssen.

»Ich könnte mir diese Variante auch gut zu Gnocchi vorstellen. Du solltest es auf jeden Fall mal mit dem Pesto probieren«, schlug Chris vor.

»Mach ich. Ich nehme aber die weniger süße Variante und lasse meinen Mitarbeiter probieren. Ben ist selbst Koch, und seine Meinung dazu ist mir sehr wichtig«, sagte ich.

Alessia nickte.

»Wisst ihr was? Wir haben doch noch euer Bierfässchen in der Kühlung. Sollen wir das vielleicht heute aufmachen?«, fragte Chris.

»Du redest doch nicht etwa von bayerischem Bier?«, wollte Lorenzo wissen.

»Doch«, bestätigte Zoe. »Das haben wir mitgebracht.«

»Her damit!« Seine Augen funkelten freudig.

»Ich hole es ja schon«, sagte Chris und ging hinaus.

Alessia stand ebenfalls auf.

»Ich gehe Gläser holen«, sagte sie.

»Soll ich dir helfen?«, bot ich an.

»Ich mach das schon«, sagte Claudia und folgte Alessia in die Küche.

Kurz darauf waren alle zurück, und Chris öffnete das Fässchen und schenkte für jeden von uns ein.

»Auf unseren bayerischen Besuch«, sagte er. »Es ist schön, dass ihr da seid. Prost!«

»Prost!«

Wir stießen an. Das Bier war eiskalt und süffig, genau so, wie ich es am liebsten mochte.

»Wenn ihr das nächste Mal wiederkommt, müsst ihr für mich ein großes Fass davon mitbringen«, sagte Lorenzo, dem das Bier offenbar besonders gut mundete. »Geht das?«

Das nächste Mal?

Inzwischen hoffte ich sehr, dass es ein nächstes Mal geben würde.

»Machen wir«, versprach Zoe.

»So … und jetzt dürft ihr den nächsten Aufstrich probieren«, sagte Alessia. »Schwarze Oliven mit Maronen und Mandeln. Mit einem Hauch von grob gehacktem rosa Pfeffer.«

»Da weiß ich jetzt schon, dass mir das mehr zusagt«, sagte Anna, die Oliven liebte.

Alle strichen sich etwas von der dunklen Masse aufs Brot und probierten. Ich nahm wieder nur eine kleine Portion.

»Hmmm«, schwärmte Anna. »Der Aufstrich ist klasse! Und toll, wie die leichte Schärfe vom Pfeffer mit etwas Verzögerung nachkommt.«

Die anderen stimmten ihr zu. Sogar der heute so kritischen Claudia schmeckte es. Und auch ich fand, dass dieses Experiment wirklich gelungen war.

»Ilona, da werde ich im Laden sicher deine größte Abnehmerin«, versprach Anna.

»Mich kannst du auch auf die Bestellliste setzen«, erklärte Zoe.

»Freut mich, dass es euch schmeckt«, sagte Alessia. »Ich finde es auch wirklich lecker.«

»Ich kann mir vorstellen, dass der Aufstrich sich auch gut für das Catering eignet«, meinte Chris.

»Vielleicht mit einer Cocktailtomate drauf«, überlegte Alessia. »Das würde nicht nur geschmacklich passen, sondern auch optisch schön aussehen.«

Ich nickte.

»Das probieren wir auf jeden Fall aus. Davon werden wir

größere Mengen brauchen. Und auch in Gläschen für den Laden.«

Plötzlich bemerkte ich Zoes Blick, der zwischen mir, Anna und Chris hin und her ging.

»Sag mal, Lorenzo, hast du heute vielleicht tatsächlich was ins Essen gemischt. Anna, Ilona und Chris haben ein Dauergrinsen im Gesicht, mit dem sie Ray Charles – möge er in Frieden ruhen – Konkurrenz machen könnten.«

Ich fühlte mich ertappt und spürte, wie meine Wangen ganz heiß wurden.

Lorenzo hob die Hände.

»Tut mir leid, aber es kommt nicht von illegalen Substanzen«, sagte er mit einem Schulterzucken. »Vielleicht liegt es ja an meiner Anwesenheit?«

»Klar. Da bin ich immer besonders happy«, sagte Chris trocken.

»Siehst du?« Lorenzo zwinkerte ihm frech zu.

»Und mir geht es einfach nur gut«, erklärte Anna und grinste noch breiter. Die Aussicht darauf, bald Großmutter zu sein, ließ sie besonders strahlen.

Ich starrte nur auf meinen Teller, um Zoes Blick nicht zu kreuzen, und sagte nichts.

»Ich krieg es schon noch raus«, murmelte Zoe und nahm einen großen Schluck Bier.

»Wollt ihr den letzten Aufstrich auch noch testen?«, fragte Alessia. »Das allerdings ist nur die Variante ohne rosa Pfeffer.«

»Klar. Wir probieren alles«, sagte Lorenzo.

Alle strichen sich den Oliven-Aufstrich aufs Brot, während ich diesmal verzichtete. Die Aussicht, bald mit Chris allein zu sein, hatte mir buchstäblich die Kehle zugeschnürt.

»Und da fehlt einfach nur der Pfeffer?«, fragte Anna.

Alessia nickte.

Während die anderen probierten, fiel es mir wieder ein.

»Ich hab da ein wenig Chili reingemacht«, sagte ich. »Hoffentlich schmeckt es.«

»Chili ist immer gut«, bemerkte Lorenzo, bevor er ins Brot biss. »Ich mag es, wenn es scharf ist.«

»Puh. Das ist aber ziemlich gut gewürzt«, murmelte Anna und nahm einen großen Schluck Wasser. Ihr Gesicht wurde plötzlich knallrot.

Die Arme! … Sicherlich wieder eine ihrer lästigen Hitzewellen!

Zoe fing an zu husten und rutschte mit dem Stuhl nach hinten. Claudia schnappte nach Luft, und Alessia liefen Tränen über die Wangen. Was war denn jetzt los?

Lorenzo murmelte etwas auf Italienisch und stopfte sich ein Stück trockenes Brot in den Mund.

»Was habt ihr denn da reingemacht? Ich mag es echt scharf, aber das brennt wie Feuer«, rief Chris, der inzwischen aufgestanden war. Auch seine Augen tränten, und er begann zu husten.

»Nur ein wenig Chili«, erklärte ich besorgt.

»Hat das denn keine von euch probiert?«, fragte Claudia, deren Gesicht inzwischen puterrot war.

»Nein. Ich kam leider nicht dazu wegen der Hunde«, erklärte ich aufgeregt. »Und Alessia war mit Kunden im Hofladen.«

War der Aufstrich wirklich so scharf? Das musste ich herausfinden.

Ich nahm mein Messer und wollte ein klein wenig probieren, doch Chris nahm mir das Messer aus der Hand.

»Mach das bloß nicht«, warnte er mich. Inzwischen stand ihm der Schweiß auf der Stirn.

»Hast du den Chili aus dem kleinen flachen Gläschen genommen?«, fragte Alessia keuchend.

Ich nickte.

»Aber nur etwa einen halben Löffel voll!«

Sie stöhnte.

»So viel?«

Alessia sah mich entsetzt an.

»Das war Birds Eye Chili! Den muss man ganz sparsam dosieren!«

»Ihr wollt uns also doch umbringen!«, rief Zoe mit heiserer Stimme. Um sie machte ich mir im Moment die meisten Sorgen. Immerhin hatte sie erst vor Kurzem einen Herzinfarkt überstanden. Ich hatte mal gehört, dass sehr scharfes Essen Kreislaufprobleme verursachen konnte.

O Gott. Was habe ich da nur angestellt?

»Ich hatte das vorhin nicht ernst gemeint, dass ich beim Essen sterben will«, betonte Lorenzo, dessen Gesicht ebenfalls eine bedenklich rote Färbung angenommen hatte. Über seine rechte Schläfe rann ein dicker Schweißtropfen.

Anna wollte nach ihrem Wasserglas greifen.

»Kein Wasser, Anna!«, bremste Lorenzo sie diesmal aus. »Nimm ein Stück Brot.«

Dann sagte er etwas auf Italienisch zu Alessia. Sie nickte, stand schwer atmend auf und eilte in die Küche.

»Das tut mir so leid. Ich wollte das nicht«, betonte ich aufgeregt.

»Schon gut«, sagte Chris. »Du hast es ja nicht mit Absicht gemacht – hoffentlich.«

Er schloss die Augen und versuchte, tief ein- und auszuatmen.

Alessia kam mit einem Tablett zurück, auf dem sieben kleine Schalen standen.

»Das ist die Nachspeise, eine Mascarpone-Quark-Creme mit eingelegten Pfirsichen. Geht das?«, fragte sie.

»Das passt! Schnell, esst alle ein paar Löffel davon und dann noch mal Brot«, riet Lorenzo.

Er als Apotheker musste es ja wissen. Ich verteilte rasch die Schälchen an meine Chili-Opfer, die brav zu löffeln anfingen.

Die fetthaltige Milchspeise half. Nach und nach ließen die Beschwerden etwas nach. Eine Weile später saßen alle erschöpft am Tisch.

Ich hatte mich schon mehrfach entschuldigt.

»Wenn du diesen scharfen Aufstrich in deinem Laden verkaufen möchtest, dann musst du einen Warnhinweis anbringen«, sagte Lorenzo, der sich am schnellsten von allen wieder erholt und sich dann um die anderen gekümmert hatte.

Glücklicherweise ging es auch Zoe langsam wieder besser. Am schlimmsten hatte es Anna und Chris erwischt, die sich beide eine dicke Schicht auf das Brot gestrichen hatten. Doch auch sie hatten es weitgehend überstanden.

»Ich beschwere mich nie wieder über eine Hitzewelle«, witzelte Anna sogar schon wieder. »Gegen diesen Chili-Irrsinn ist das wie ein Sommerspaziergang.«

»Tut mir wirklich, wirklich leid«, bat ich erneut um Entschuldigung.

»Jetzt mach dir nichts draus, Ilona«, sagte Alessia. »Das war ja ein Versehen.«

»Trotzdem frage ich mich schon, warum du selbst ausgerechnet von diesem Aufstrich nichts probiert hast, Ilona«, stichelte Claudia.

»Weil ich wirklich keinen Appetit mehr hatte«, erklärte ich zerknirscht.

»Schwache Ausrede!«

»Jetzt lass doch Ilona mal in Ruhe«, fuhr Alessia ihre Freundin an. Dieser Tonfall passte so gar nicht zu ihr. Hatten die beiden womöglich Streit gehabt, und Claudia war deswegen so gereizt? Jedenfalls wollte ich nicht der Grund für weitere Spannungen sein.

»Schon gut, Alessia. Vielleicht sieht das wirklich ein wenig seltsam aus, dass ausgerechnet ich nichts davon probiert habe. Aber wenn es euch hilft, mir zu verzeihen, dann esse ich auch noch was davon.«

»Quatsch«, sagte Chris. »Das musst du dir wirklich nicht antun.«

»Dann wüsste sie wenigstens, wie es uns geht«, maulte Claudia und ging ohne ein weiteres Wort hinaus.

Alessia sah ihr kurz hinterher, dann drehte sie sich wieder zu uns.

»Sie verträgt scharfes Essen gar nicht«, sagte sie.

Nach dieser feurigen Einlage war allen die Lust auf den Hauptgang vergangen.

»Das geschmorte Rindfleisch können wir auch morgen essen. Und die Nachspeise hatten wir ja schon«, sagte Alessia mit einem schiefen Grinsen. Ihre Augen waren immer noch rot unterlaufen.

Ich hatte den Abend ruiniert.

»Ilona?«, rief Chris mir hinterher, als ich wenig später mit

Anna und Zoe das Haus verließ. »Hast du nicht was vergessen?«

Der Kuss! Den hatte ich in der ganzen Aufregung tatsächlich total vergessen.

»Geht schon mal vor«, sagte ich zu meinen Freundinnen. »Ich komme dann nach.«

Als die beiden im Haus waren, sah ich Chris an.

»Wir haben doch noch was vor«, sagte er.

»Hey, das muss jetzt nach dem Schlamassel sicher nicht sein«, murmelte ich verlegen.

»O nein«, antwortete er. »So einfach kommst du mir nicht davon.«

Er griff nach meiner Hand, und wir gingen zur Scheune. Gut, dass der Mond fast voll und die Nacht nicht ganz so dunkel war.

Mein Herz klopfte plötzlich wie wild, und mein Gesicht brannte heißer, als jegliche Wechselbeschwerden oder Chilischoten das jemals auslösen könnten.

Chris lehnte sich an die Wand der Scheune und zog mich näher an sich. Im Schatten der Dunkelheit konnte ich ihn kaum sehen, dafür spürte ich seine Nähe noch viel intensiver.

»Ilona?«

»Ja?«

»Ich bin nervös!«

»Ich auch!«

»Aber wir machen das jetzt«, sagte er.

»Auf jeden Fall«, murmelte ich.

»Sicher?«

»Ganz sicher.«

»Wir könnten erst noch …«

»Jetzt küss mich endlich!«

Und dann spürte ich seine Lippen auf meinen. Zunächst noch vorsichtig, doch schnell immer leidenschaftlicher gaben wir uns diesem Kuss hin, der mich alles vergessen ließ.

Nach einer Weile löste er sich von mir.

»Ganz schön scharf«, sagte ich.

»Hast du etwa was vom Chili abbekommen?«, fragte er besorgt.

»Nein. Ich meine dich. Deinen Kuss«, antwortete ich.

»Oh … danke. Das Kompliment kann ich nur erwidern … Sollen wir noch mal?«

Ich überlegte kurz, wo ein weiterer Kuss uns hinführen könnte. Irgendwie war dieser Tag schon aufregend genug gewesen.

»Wir könnten es für heute auch bei diesem Kuss belassen und uns den nächsten Kuss für morgen aufheben«, schlug ich ihm vor.

»Willst du das wirklich?«, fragte er leise ganz nah an meinem Ohr.

»Ich denke, es ist besser«, sagte ich, wobei ich schon sehr in Versuchung geriet.

»Na gut«, sagte Chris. »Dann gedulde ich mich bis morgen – auch wenn es mir schwerfällt.«

Er begleitete mich zur Haustür.

»Sag mal Chris, deine Schwester war heute ein wenig seltsam. Schon vor meiner unabsichtlichen Chili-Attacke. Geht es ihr nicht gut?«

»Ach, Claudia hat manchmal so Phasen, da ist sie launisch. Am besten einfach ignorieren. Das vergeht wieder von selbst. Vermutlich zieht sie sich in den nächsten Tagen wieder mehr in ihr Atelier zurück. Da kommt sie am besten runter, und am Ende gibt es ein neues cooles Bild von ihr.«

»Okay …«

»Gute Nacht, Ilona.«

»Gute Nacht, Chris.«

Als er gleich darauf in der Dunkelheit verschwunden war, schloss ich die Augen und atmete tief ein.

Was auch immer das zwischen uns war, es fühlte sich schon jetzt ziemlich feurig an.

Kapitel 20

Vier Frauen stehen Kopf

Obwohl ich dachte, dass ich vor Aufregung kein Auge zubekommen würde, war ich eingeschlafen, kaum dass ich im Bett lag, und wachte erst am nächsten Morgen wieder auf.

Der Gedanke an den Kuss der letzten Nacht zauberte mir ein Lächeln ins Gesicht. Und die Vorstellung einer Fortsetzung bescherte mir ein zusätzliches Kribbeln im Bauch.

Es war passiert. Wenn ich die Zeichen richtig deutete, hatte ich mich tatsächlich verliebt. Verliebt in einen Mann, der …

In diesem Moment verging mir das Lächeln.

Chris lebte in der Toskana und ich am Chiemsee!

Über diesen Umstand hatte ich bisher aus unerklärlichen Gründen noch keine Sekunde nachgedacht. Vielleicht, weil ich mich gar nicht getraut hatte, überhaupt so weit zu denken.

Ilona Heubach! Wie doof bist du eigentlich?

Als ob das Wetter direkt auf meine Gefühlslage reagieren würde, zogen sich die Wolken am Himmel immer mehr zu, und bald klatschten erste Regentropfen gegen das Fenster. Nach wenigen Minuten goss es wie aus Eimern, und es sah nicht so aus, als ob sich das die nächsten Stunden ändern würde. Damit fiel vermutlich auch unser für heute Vormittag geplanter Ausflug in den geschichtsträchtigen Ort Pitigliano ins Wasser. Auf Sightseeing im mittelalterlichen Stadtkern mit Regenschirm hatte ich keine Lust. Und so wie ich Anna und Zoe kannte, die beiden ebenso wenig.

Vielleicht sollte ich einfach den ganzen Tag im Bett bleiben?

Womöglich waren die anderen ohnehin noch ein wenig sauer auf mich, dass ich ihnen – wenn auch unwissentlich – mit dem scharfen Chili den Abend versaut hatte.

Mein Handy meldete eine Sprachnachricht von Chris. Ich zögerte, sie abzuhören. Vielleicht würde er mir ja mitteilen, dass er den Kuss jetzt, nachdem er eine Nacht darüber geschlafen hatte, bedauerte. Und dass er froh wäre, wenn ich bald wieder abreiste. Vielleicht sagte er mir aber auch, dass ihm der Kuss gefallen hatte und er mehr möchte und dass …

Halt! Ilona, diese wilden Spekulationen bringen gar nichts!

Entschlossen drückte ich auf den Abspielknopf.

»Guten Morgen, Ilona … Ich hoffe, du konntest gut schlafen. Ich musste die halbe Nacht an dich denken und an unseren Kuss und freue mich schon sehr, wenn wir uns nachher wiedersehen. Irgendwie ist das alles ziemlich verrückt. Findest du nicht auch? Stell dir vor, eben habe ich versucht, mich mit Zahnpasta zu rasieren. Na ja … Wenigstens habe ich nicht versucht, mir mit der Rasiercreme die Zähne zu putzen.« Er lachte kurz auf. »Du bringst mich echt ziemlich durcheinander. Ich habe keine Ahnung, was daraus wird, aber ich würde es gern mit dir herausfinden. Tja, das wollte ich dir jetzt schon mal sagen. Bis dann.«

Noch dreimal hörte ich seine Nachricht ab, und mit jedem Mal schlug mein Herz ein wenig schneller.

Vielleicht sollte ich mir keine Gedanken machen, wie das alles weitergehen könnte oder auch nicht, sondern einfach nur das genießen, was ich momentan erlebte. *Was hilft schon alles Planen, wenn man nicht weiß, was das Leben für einen vorgesehen hat.* Zeit war so kostbar, vor allem, wenn man fast schon zwei Drittel eines durchschnittlichen Lebensalters hinter sich hatte. Da war jeder Tag ein Geschenk. Ich griff nach dem Handy, um Chris ebenfalls eine Sprachnachricht zu schicken.

»Guten Morgen, Chris«, redete ich einfach drauflos. »Erstaunlicherweise konnte ich gut schlafen. Obwohl der Tag gestern doch ziemlich turbulent war – woran ich wohl leider nicht ganz unschuldig bin. Aber seitdem ich wach bin, liege ich im Bett und denke über unseren Kuss nach. Ich finde das alles auch ganz schön verwirrend und verrückt. Gleich gehe ich ins Bad und werde besonders aufpassen, dass ich nicht versehentlich Fußcreme auf die Zahnbürste drücke. Solche Sachen passieren mir nämlich auch ganz gerne. Aber immerhin wäre das noch besser, als anderen Leuten extra scharfen Chili ins Essen zu mischen. Ich möchte mich dafür noch mal entschuldigen. Und ich freue mich auf später, wenn wir uns sehen. Bis dann.«

Beschwingt durch seine Nachricht ging ich eine halbe Stunde später frisch geduscht und in gemütlichen Klamotten nach unten.

Dort saßen Anna und Zoe schon am Tisch vor ihren Kaffeetassen.

Anna sah aus, als hätte sie das glückliche Grinsen auch über Nacht nicht abschalten können.

Und Zoes selbstgefällig dreinblickender Miene entnahm

ich, dass sie Anna das Geheimnis um ihre baldige Großmutterschaft aus der Nase gekitzelt hatte.

»Guten Morgen«, grüßte ich die beiden gut gelaunt.

»Ist das nicht total irre? Anna wird Oma!«, platzte Zoe gleich damit heraus.

»Ja … das ist es«, sagte ich. »Ich mache mir Kaffee. Mögt ihr auch noch welchen?«

»Wie peppst du ihn denn auf? Mit etwas Szechuanpfeffer oder Rizinusöl?«, fragte Zoe trocken.

Das hatte ich verdient.

»Tut mir echt leid wegen gestern.«

»Und wegen heute oder morgen«, ergänzte Zoe.

»Hä?« Was meinte sie damit?

»Na ja … Scharfes Essen brennt bekanntlich zweimal. Auch auf dem Weg nach draußen«, erklärte sie ungerührt.

So genau wollte ich es gar nicht wissen! Trotzdem hatte ich ein schlechtes Gewissen.

»Das werden wir schon aushalten, Zoe«, sagte Anna.

»Ja, Omi!«, witzelte Zoe.

»Übrigens, Zoe hat ganz fest versprochen, es sonst niemandem zu erzählen«, erklärte Anna, da ich sie eigentlich angehalten hatte, es für sich zu behalten. Aber natürlich verstand ich, dass sie Zoe einweihen musste.

»Aber klar doch. Als Medizinerin, die an die ärztliche Schweigepflicht gewöhnt ist, ist es kein Problem für mich, etwas nicht auszuplaudern, das man für sich behalten sollte«, stichelte sie in meine Richtung. »Außerdem würde ich es ohnehin nur euch beiden erzählen. Und ihr wisst es ja schon«, sagte sie mit einem schelmischen Lächeln. Dann nahm sie mich ins Visier.

»Und jetzt erzählst du mir auch, warum du so auffallend happy bist!«

Ihr Tonfall klang entschlossen. Sie würde keine Ruhe geben, bis ich es erzählt hatte.

»Ach komm«, sagte Anna. »Das muss sie doch gar nicht erzählen. Ist ja sonnenklar, dass das etwas mit Chris zu tun haben muss.«

Ich spürte, wie meine Wangen heiß wurden.

»Stimmt das? Läuft da jetzt endlich was zwischen euch?«, hakte Zoe nach.

»Vielleicht … Jedenfalls haben wir uns gestern geküsst«, verriet ich. Sie würden es ohnehin herausfinden.

»Wow!«, rief Zoe.

»Super!«, sagte Anna.

»Was daraus wird und ob überhaupt, weiß ich natürlich nicht«, fügte ich noch hinzu.

»Ich habe ein gutes Gefühl«, sagte Anna. »Aber wir wollen alles wissen, ja?«

»Jedes dreckige Detail!«

»Träumt mal schön weiter … Was machen wir denn nun heute eigentlich?«, wechselte ich rasch das Thema. »Den Ausflug können wir wohl vergessen.«

»Der Regen soll ab dem frühen Nachmittag vorbei sein. Aber dann ist es für den Ausflug auch schon etwas spät«, meinte Anna. »Sollen wir hier einen faulen Tag einlegen?«

»Nichts dagegen«, stimmte Zoe zu.

»Find ich auch gut.«

»Ich habe Claudia gestern gefragt, ob wir ihre neuen Bilder sehen dürfen«, informierte uns Zoe. »Wir haben was für den späten Nachmittag ausgemacht. Aber vielleicht hat

Claudia ja auch schon vorher Zeit. Ich schreibe ihr mal rasch.«

Zoe griff nach ihrem Handy und tippte eine Nachricht. Kurz darauf meldete sich Claudia zurück.

»Wenn wir wollen, können wir schon um zehn Uhr rüberkommen. Sie bringt die Bilder ins Wohnzimmer.«

»Schade, dass sie uns nicht in ihr Atelier lässt«, sagte ich. »Dort haben Bilder noch mal eine ganz andere Wirkung, und es wäre schön zu sehen, wie sie arbeitet.«

»Keine Ahnung, warum sie das nicht mag. Aber sie wird schon ihre Gründe haben«, meinte Zoe.

»Okay … Ich gehe noch mal kurz nach oben und rufe Paul und die Mädchen an. Klopft ihr, wenn ihr losgeht?«, bat Anna.

»Machen wir.«

Punkt zehn Uhr betraten wir das Wohnzimmer im Haupthaus, wo Claudia und Chris uns schon erwarteten.

»Wollt ihr Kaffee oder Tee?«, fragte Chris.

»Bei dem Wetter wäre Tee schön«, sagte Anna, und Zoe und ich schlossen uns dem an.

»Okay … dann geh ich mal in die Küche.«

»Soll ich dir helfen?«, bot ich an.

»Gern.«

»Ist Alessia nicht da?«, fragte ich, als Chris in der Küche Wasser in einen Kessel füllte.

»Sie ist mit Mario in die Kirche gefahren, zum Sonntagsgottesdienst.«

»Aha. Soll ich schon mal die Tassen aufs Tablett stellen?«, fragte ich.

Er griff nach meinen Händen.

»Erst einmal sollst du mir einen Kuss geben«, sagte er und lächelte mich an.

»Du meinst also, wir sollen nicht erst bis zum Abend warten?«

»Nutzen wir doch den Moment jetzt«, raunte er mir leise zu, und ich bekam eine Gänsehaut.

»Also, was ist?« Er sah mich erwartungsvoll an.

»Mit dem Vorschlag könnte ich mich durchaus anfreunden.«

Ich schlang die Arme um seinen Hals und zog seinen Kopf zu mir, um ihn zu küssen.

Er umarmte mich und streichelte mir über den Rücken, während unser Kuss immer intensiver wurde und Empfindungen in mir auslöste, die ich in dieser Intensität schon ewig nicht mehr gespürt hatte.

Das Pfeifen des Wasserkessels unterbrach uns. Mit wild klopfendem Herzen sah ich ihn an.

»Ich finde, das sollten wir später noch mal wiederholen«, schlug er leicht heiser vor.

»Unbedingt.«

Er goss das sprudelnd heiße Wasser in eine Kanne, in die er ein Sieb mit getrockneten Kräutern hängte.

Das feine Aroma zog sofort in meine Nase.

»Ist jetzt später?«, fragte ich, nachdem Geschirr und eine Schale mit Gebäck auf dem Tablett standen.

»Ist es«, antwortete er lächelnd und zog mich wieder an sich und küsste mich, bevor wir zu den anderen ins Wohnzimmer gingen.

Zoe und Anna standen bereits vor einem der vier Bilder, die Claudia im Raum auf Staffeleien verteilt hatte.

Vier Frauen mit riesigen Sonnenbrillen posierten im Handstand vor einem Autoschrottplatz. Die unterschiedlich langen und verschiedenfarbigen Haare berührten teilweise den Boden. Die Frauen waren barfuß und trugen dunkle Herrenanzüge, die der Position entsprechend leicht nach unten gerutscht waren.

Die vier Frauen in denselben Anzügen waren auch das Motiv auf einem weiteren Bild. Auch diesmal im Handstand, allerdings mit dem Rücken zum Betrachter vor einer Großbaustelle.

Auf dem dritten Bild schienen drei Kleidungsstücke – ein Smoking, ein Arbeiterblaumann und ein langärmeliges knöchellanges Abendkleid – in einer kargen Landschaft auf der Flucht zu sein. Es lag eine eigenartige Energie in den Kleidungsstücken, als ob sie tatsächlich lebendig oder die Träger unsichtbar wären. Obwohl mir auch die anderen Bilder gefielen, packte mich dieses am meisten.

Mit dem vierten Bild konnte ich dann allerdings gar nichts anfangen. Es war sehr ungewöhnlich und gefiel mir weder von den Farben – grelle Lila- und Pinktöne – noch vom Motiv her, das eine Balletttänzerin auf einem Surfbrett darstellte.

Genau wie Zoe beobachtete ich Annas Reaktion auf die Bilder. Es war sehr schnell klar, welches ihr am besten gefiel. Die Frauen im Handstand vor dem Autoschrottplatz.

»Ich rede dann mit Claudia und frage nach, was das Bild kostet«, flüsterte Zoe mir unbemerkt von Anna zu.

Ich nickte.

»Das Bild mit den fliehenden Kleidern ist großartig«, sagte

ich zu Claudia, als wir später zusammen auf dem Sofa saßen und Tee tranken.

»Danke«, sagte Claudia.

»Ich mag dieses Bild auch sehr«, sagte Chris. »Man würde zu gerne wissen, wovor die Kleidungsstücke die Flucht ergreifen.«

»Und wohin sie laufen«, ergänzte ich.

Alessia und ihr Großvater Mario betraten das Wohnzimmer.

»Ach, wie schön. Ihr seid ja alle da!«, sagte Alessia erfreut.

»Möchtet ihr auch Tee?«, fragte ich. »Ich kann noch mal welchen machen.«

Beide winkten ab.

»No, grazie«, sagte Mario.

»Wir hatten nach dem Gottesdienst mit Lorenzo Kaffee in der Bar neben der Kirche«, erklärte Alessia. »Sagt mal, habt ihr Lust, dass wir heute Mittag das geschmorte Rindfleisch von gestern essen? Dazu gibt es Rosmarin-Kartoffeln und Salat.«

Keiner lehnte das Angebot ab.

»Schön, dann verschwinde ich mal schnell in die Küche und mach mich an die Arbeit.«

»Hauptsache, Ilona hilft dir nicht dabei«, stichelte Zoe.

Das würde ich mir bestimmt noch ziemlich lange anhören müssen.

»Keine Sorge. Diesmal lasse ich meine Finger aus dem Spiel«, versprach ich.

Kurz nach zwölf saßen wir am Tisch.

Es war schön, dass uns diesmal auch Mario Gesellschaft leistete. Ich mochte den alten Mann, und mir gefiel, wie sehr er Alessia ermutigt hatte, über alle Schwierigkeiten hinweg zu sich zu stehen. Solche Menschen waren eine Bereicherung.

Kaum hatte er den ersten Löffel probiert, sah er zu seiner Enkelin und sagte etwas auf Italienisch.

Alessia verschwand kurz in der Küche und kam mit dem Gläschen zurück, in dem der Birds Eye Chili war.

»Alessia! Das ist der Chili, den ich gestern ins Essen gemischt habe«, sagte ich besorgt.

Mario griff danach und streute sich ordentlich über den Teller.

»Vorsicht, Mario, das ist sehr, sehr scharf!«, warnte ich ihn und fragte mich, warum Alessia ihn gewähren ließ.

»Großvater mag es scharf. Keine Sorge. Deswegen habe ich diesen Chili überhaupt in der Küche.«

Und dann sahen wir alle zu, wie Mario das Schmorgericht aß, ohne mit der Wimper zu zucken. Einzig ein feuchter Schweißfilm bildete sich auf seiner Stirn.

Anna schüttelte ungläubig den Kopf.

»Das gibt es doch nicht.«

»Neben Mario sind wir alle zusammen total empfindliche Memmen, nicht wahr?«, meinte Chris schmunzelnd.

»Schmeckt sehr gut, Alessia. Du bist eine wunderbare Köchin«, lobte Mario seine Enkelin auf Deutsch, vermutlich, damit wir sein Kompliment auch verstanden, und wir kamen aus dem Staunen nicht mehr heraus.

Nach dem Essen hatte der Regen aufgehört. Mario verabschiedete sich von uns, um daheim ein Mittagsschläfchen zu machen.

Anna half Alessia in der Küche. Zoe unterhielt sich im

Wohnzimmer mit Claudia über die Bilder, und ich machte mit Chris und Lotte einen kleinen Spaziergang.

»Gibt es inzwischen schon was Neues von Annas Katze?«, fragte Chris.

Ich schüttelte den Kopf.

»Ben und ich haben vorhin telefoniert. Conny ist wie vom Erdboden verschluckt.«

»Das tut mir echt leid«

»Mir auch.«

Er griff nach meiner Hand, und wir spazierten eine Weile in einem angenehmen Schweigen den Weg entlang.

»Hoffentlich ist das Fest für Anna morgen kein zu großer Aufwand für euch«, sagte ich schließlich. »Immerhin ist der Montag ein normaler Arbeitstag, und ihr seid ja eigentlich mit der Olivenernte beschäftigt.«

»Ach was. Das kriegen wir schon hin. Es ist wichtig, nicht nur zu arbeiten, sondern auch das Leben zu feiern. Und das ist doch ein wunderbarer Anlass.«

»Ich helfe euch natürlich.«

»Also wird es umso mehr Spaß machen.«

»Ihr sagt mir einfach, was ich machen soll.«

»Keine Sorge – das werden wir! … Du, Ilona?«

»Ja?«

Bevor er etwas sagen konnte, klingelte sein Handy.

Ausgerechnet jetzt!

»Entschuldige … Ja hallo?«, meldete er sich, und dann hörte er eine Weile lang nur zu. Schließlich nickte er und sagte ein paar Worte auf Italienisch. Dann legte er auf.

»Tut mir leid, Ilona. Wir müssen zurück.«

»Ist was passiert.«

»Das war Franko, unser befreundeter Weinbauer. Er hat offenbar einen Virus auf seinem Computer und Angst, dass er alle Daten verloren hat. Da ist nicht nur seine ganze Buchhaltung drauf, sondern auch die Produktionsdaten. Ich muss zu ihm und schauen, ob man noch was retten kann.«

»Oje, das kann ich nur zu gut nachempfinden. Ich bekomme auch immer Panik, wenn damit mal was nicht stimmt. Ein Albtraum.«

»Allerdings. Wobei es meistens nicht so schlimm ist, wie die Leute denken.«

»Stimmt. Du bist ja eigentlich IT-Spezialist und kennst dich damit aus.«

»Seitdem die Leute hier in der Gegend davon Wind bekommen haben, kommt es öfter vor, dass sie mich anrufen, wenn sie ein Problem mit ihren Computern haben.«

»Das ist vermutlich so wie bei Ärzten. Wenn die privat unterwegs sind und die Leute erfahren, dass ein Mediziner am Tisch sitzt, wollen alle einen ärztlichen Rat für irgendein Wehwehchen.«

Er schmunzelte.

»Ganz genau so ist es. Allerdings habe ich mit Franko eine Vereinbarung. Ich helfe ihm mit seiner EDV, und wir bekommen dafür immer mal ein paar Flaschen von seinem Wein.«

»Hört sich nach einem guten Deal an.«

Er nickte.

»Lotte, komm!«, rief Chris nach dem Hund, der sofort auf uns zugelaufen kam.

Wir machten uns auf den Rückweg.

»Was wolltest du mir vorhin eigentlich sagen?«, fragte ich, weil ich doch ein wenig neugierig war.

»Ich wollte dich fragen, ob du vielleicht mit mir heute Abend nach Porto Santo Stefano fahren möchtest. Dort gibt es ein wunderbares Fischrestaurant, in das ich dich einladen möchte. Und keine Sorge. Du musst auch keinen Tintenfisch essen.«

Ich lächelte.

»Tja, in dem Fall nehme ich die Einladung natürlich gerne an.«

Sicher hätten Anna und Zoe Verständnis, dass ich gerne etwas allein mit Chris unternehmen wollte.

»Schön … dann werde ich mich bei Franko beeilen, damit ich rechtzeitig zurück bin.«

Doch kurz vor halb sechs kam sein Anruf, dass es bei ihm noch länger dauerte. Er hatte den Virus am Computer immer noch nicht im Griff und würde sicher noch einige Stunden brauchen.

Ich war zwar enttäuscht, aber ich verstand natürlich, dass er seinem Freund helfen musste.

Mit Alessia hatten wir am Mittag vereinbart, dass sie am Abend frei machen konnte und nichts für uns zu kochen brauchte. Dann hätte sie auch mal wieder Zeit für sich und Claudia.

Wir hatten noch genügend Vorräte im Kühlschrank, um nicht zu verhungern, und bereiteten uns einen Salat mit gerösteten Brotresten und Käse zu.

Danach saßen wir noch ein wenig auf der Bank hinter dem ehemaligen Stall und machten uns einen Spaß daraus, Namen für Annas Enkel auszudenken. Zoe war dabei am kreativsten und setzte sich für einen Namen besonders ein.

»Den schlag ich ihnen vor, sobald ich offiziell erfahren

habe, dass Leo schwanger ist«, versprach Anna mit einem Zwinkern.

Zoe lächelte zufrieden.

»Der Name ist neutral. Passt für ein Mädchen genauso wie für einen Jungen.«

»Sicher werden Leo und Timo sich freuen, das Kind *Mikado* zu nennen«, feixte ich.

»Bestimmt.« Anna grinste.

»Und das nächste Kind dann vielleicht Kniffel? Das wäre auch neutral«, sagte ich.

»Ich sehe mich schon im Park sitzen und meinen Enkelkindern zurufen: Mikado und Kniffel, kommt ihr bitte, wir wollen spielen?«, sagte Anna.

Ich prustete laut los, und auch Zoe und Anna fielen in mein Lachen ein.

»Ach übrigens … Ich möchte morgen unbedingt zu diesen heißen Thermalquellen nach Saturnia fahren«, fädelte Zoe irgendwann unser Komplott ein.

»Daran hab ich auch schon gedacht! Das wäre toll«, stimmte Anna sofort zu. »Ich habe mir das gestern im Internet angeschaut. Das ist traumhaft schön.«

»Es ist wirklich ein besonderes Erlebnis. Aber da ich schon dort war, muss ich da nicht noch mal hin. Fahrt doch einfach alleine hin. Ich muss sowieso noch Geschäftliches mit Alessia und Chris besprechen und Preise verhandeln. Dazu sind wir noch gar nicht gekommen. Das kann dauern.«

»Ach schade. Ich dachte, wir würden was zu dritt unternehmen«, sagte Anna enttäuscht.

»Wir können uns ja für Dienstag noch was überlegen«, schlug Zoe vor.

»Ich frage morgen Alessia, ob sie einen Tipp hat, was wir uns anschauen könnten«, versprach ich, obwohl ich jetzt schon wusste, dass wir am Tag nach dem Fest vermutlich nicht sonderlich unternehmungslustig wären.

»Die weiß bestimmt was.«

Kurz vor zehn Uhr gähnte Zoe herzhaft und steckte Anna und mich damit an.

»Meine Lieben, ich glaube, ich geh jetzt langsam mal schlafen«, kündigte sie an.

»Ich auch«, sagten Anna und ich unisono.

Der Tag morgen mit der Überraschungsparty würde vermutlich anstrengend und lange werden.

Bald darauf lag ich im Bett und las eine Nachricht, die Chris geschrieben hatte.

Liebe Ilona, eigentlich hatte ich mir den Abend ganz anders vorgestellt. Es tut mir leid, dass ich es nicht geschafft habe.

Ich tippte eine Antwort.

Mir auch. Ist aber nicht so schlimm. Wir sehen uns ja morgen. Bist du schon zurück?

Nein! Gut, dass wir uns heute Vormittag bereits geküsst haben. Dahinter setzte er ein Kuss-Smiley.

Allerdings. Schrieb ich zurück, ebenfalls mit einem Smiley.

Ich muss wieder weitermachen, bevor Franko durchdreht. Schlaf gut, Ilona.

Du auch, Chris!

Mit einem Lächeln legte ich mein Handy zur Seite.

Kapitel 21

Erdäpfelkäse auf Italienisch

Kaum waren Zoe und Anna am nächsten Vormittag nach Saturnia aufgebrochen, begannen wir mit den Vorbereitungen für das Überraschungsfest.

Chris wirkte noch etwas müde, weil er erst gegen zwei Uhr früh zurückgekommen war. Aber immerhin war er erfolgreich gewesen. Frankos Computer lief wieder, und die relevanten Daten waren gerettet. Außerdem hatte er von Franko gleich den Wein für den heutigen Abend mitgebracht, sodass er nicht noch einmal dorthin fahren musste.

Das Wetter hätte kaum schöner sein können. Die Sonne strahlte von einem azurblauen Himmel, und die Wettervorhersage versprach einen warmen Tag.

Gegen Mittag kam auch Mario, um zu helfen. Zusammen mit Chris und Claudia stellte er im Patio Tische und Stühle auf, und sie befestigten bunte Lampions und Laternen.

Währenddessen begleitete ich Alessia zum Einkaufen. Zuerst besorgten wir beim Bäcker Brot, dann fuhren wir zum Metzger, um Fleisch und Salsicce – kleine Bratwürste – abzuholen, die Alessia bestellt hatte. Die Rechnungen für die Einkäufe übernahm ich. Später würde ich die Ausgaben mit Zoe teilen.

»Es ist herrlich, mal wieder so ein richtiges Fest vorzubereiten«, sagte Alessia auf der Rückfahrt.

Wir hatten die Fenster im Wagen geöffnet, und aus dem Radio erklang schwungvolle Musik.

»Sicher wird Anna sich total freuen.«

»Wir werden heute alle ganz viel Spaß haben und bis zum Morgengrauen feiern«, sagte Alessia.

Ob ich so lange aushalten würde, wusste ich nicht. Aber ich freute mich schon sehr auf die Party.

»Nochmals danke für unser Gespräch letztes Mal, Alessia«, sagte ich. »Ich habe mit Chris gesprochen und mit Anna und Zoe. Es ist alles geklärt, und mir geht es richtig gut.«

Alessia warf mir einen amüsierten Blick zu.

»Du und Chris – da läuft was, oder?«

»Ich denke schon … Obwohl ich keine Ahnung habe, was daraus werden soll. Ich in Bayern, er hier in der Toskana. Wie soll das gehen?«

Auch wenn ich noch so sehr versuchte, die Zeit zu genießen, ohne mir zu viele Gedanken zu machen, so konnte ich dieses Thema nicht immer verdrängen.

Sie zuckte mit den Schultern.

»Das weiß ich auch nicht. Aber ich finde, dass ihr ein tolles Paar abgeben würdet. Und wenn es sein soll, wird es sich fügen. Das tut es immer. Glaub mir.«

Ich lächelte und hoffte, dass sie recht hatte.

Als wir zum Hof zurückkamen, wartete Claudia schon auf uns und sprach auf Italienisch mit Alessia. Die Künstlerin wirkte genervt, und die ausgelassene Stimmung, in der Alessia während der Autofahrt war, löste sich in Luft auf.

Wir trugen die Einkäufe ins Haus und marinierten zuerst

das Fleisch, bevor wir es mit den Würsten in der Kühlung verstauten. Dann bereiteten wir Dips und Gemüsespieße für den Grill vor. Langsam besserte sich Alessias Stimmung wieder.

»Was ist eigentlich mit Claudia los?«, fragte ich sie schließlich.

»Ach, sie kriegt bald ihre Tage, da ist sie manchmal unausstehlich.«

Ich musste grinsen. Das war ein Satz, den ich aus dem Mund einer Frau noch nie in diesem Tonfall gehört hatte.

»Ich bereite schon mal den Tomatensalat vor«, sagte sie und griff nach einem riesigen Messer.

»Kennst du eigentlich Erdäpfelkäse?«

Alessia schüttelte den Kopf.

»Was ist das?«

»Ein Aufstrich aus Kartoffeln, süßem und saurem Rahm und Schmelzkäse. Dazu noch ein paar Gewürze und Kräuter. Das passt besonders gut zum Grillen.«

»Hört sich interessant an.«

»Warte mal ... Ich glaube zwar nicht, dass alle Zutaten dafür hier sind, aber ich könnte eine ähnliche Variante versuchen, wenn du magst.«

»Das können wir gern ausprobieren. Für neue Rezepte bin ich immer zu haben.«

Mit Alessia in der Küche zu arbeiten machte unglaublich viel Spaß. Ihre herzliche lockere Art und ihre Liebe zu dem, was sie tat, konnte einen richtiggehend verzaubern. Wäre ich ein Mann, würde ich mir so eine Frau wünschen. Zumindest stellte ich mir vor, dass es so wäre. Umso weniger konnte ich es verstehen, wie grantig Claudia sich ihr gegenüber verhielt.

Eigentlich müsste sie überglücklich sein, eine so tolle Freundin zu haben.

Zoe rief mich an und wollte wissen, bis wann sie zurückkommen konnten.

»Du musst sie noch bis halb fünf beschäftigen«, wies ich sie an. »Bis dahin ist alles bereit, und die Gäste müssten auch schon hier sein.«

»Aber wenn wir zurückkommen, müssen wir unbedingt noch duschen«, flüsterte Zoe. »Ich habe keine Lust, die ganze Zeit wie ein faules Ei zu riechen.«

Ich musste lachen.

»Das verstehe ich … Dann sieh zu, dass ihr schon gegen vier hier seid. Wenn ihr kommt, musst du sie aber sofort in die Wohnung lotsen, damit sie wirklich nichts mitbekommt, bis ihr zum Patio kommt. Schaffst du das?«

»Natürlich schaffe ich das!«

»Und was macht ihr jetzt?«

»Ich habe vorhin eine Boutique entdeckt. Da werde ich mit ihr reingehen. Ich melde mich, ein paar Minuten bevor wir bei euch ankommen, unter irgendeinem Vorwand bei dir. Dann weißt du Bescheid. Übrigens. Claudia hat mir vorhin eine Nachricht geschickt. Sie verlangt fünfhundert Euro für das Bild. Ist das okay für dich?«

»Ja … du kannst zusagen.«

Damit hatte ich in etwa gerechnet.

»Super! Bis dann!«

»Bis dann!«

Die Kartoffeln waren inzwischen fertig gegart und geschält. Süße Sahne war vorhanden. Da es aber weder sauren Rahm noch Schmelzkäse, Schnittlauch oder Kümmelpulver gab, nahm ich Ricotta und geriebenen Parmesan, hackte frischen Rosmarin und Lauchzwiebel ganz fein und rührte es mit weiteren getrockneten Kräutern unter. Das Ergebnis war erstaunlich lecker.

»Magst du mal testen?«, fragte ich.

»Klar.«

Ich hielt Alessia eine Gabel voll mit dem abgewandelten Erdäpfelkäse hin.

Überrascht riss sie die Augen auf. Dann lächelte sie erfreut.

»Delizioso! Das schmeckt echt toll! Kann ich noch mal was haben?«

»Natürlich.«

Ich hielt ihr eine weitere Probierportion hin.

»Na ihr zwei. Was habt ihr denn Schönes fabriziert?«, fragte Chris, der unbemerkt in die Küche gekommen war.

Wir drehten uns zu ihm um. Bei seinem Anblick hüpfte mein Herz erfreut.

»Ilona hat einen Kartoffelaufstrich gemacht. Den musst du probieren!«

»Es ist eine mediterrane Variante von Erdäpfelkäse«, erklärte ich. »Kennst du das?«

»Freilich. Meine Großeltern mütterlicherseits lebten in Deggendorf. Wenn wir in den Ferien bei ihnen waren, hat Oma uns den manchmal gemacht.«

»Ach echt? Aus Deggendorf? Dann hast du ja bayerische Wurzeln.«

»Allerdings. Ich habe in der Gegend sogar noch einige Verwandte.«

Irgendwie freute mich das.

»Darf ich auch versuchen?«, fragte er und nickte zur Schüssel.

»Natürlich!«

Er nahm einen Löffel und probierte den Aufstrich.

»Geschmacklich anders, als ich es kenne. Aber es schmeckt toll.«

»Das mache ich für uns jetzt öfter mal«, erklärte Alessia.

»Unbedingt!«, sagte Chris und nahm sich noch mal einen ordentlichen Löffel voll.

»Lass noch was übrig für die Gäste«, tadelte ich ihn und zog ihm die Schüssel vor der Nase weg.

»Das ist doch eh genug für eine ganze Kompanie«, sagte er und versuchte, sich mit dem Löffel noch mal etwas zu stibitzen.

»Die nehme ich jetzt«, sagte Alessia und nahm mir die Schüssel aus der Hand, um sie im Kühlschrank zu verstauen.

Ich sah auf die Uhr. Es war kurz vor halb vier.

»Brauchst du mich eigentlich noch, Alessia? Ansonsten würde ich jetzt kurz duschen und mich umziehen, bevor Zoe und Anna zurückkommen.«

»Mach nur. Geh duschen. Hier ist so weit alles fertig«, sagte Alessia. »Ich rühre nur noch rasch einen Schokoladenkuchen an und stelle ihn in den Ofen. Dann springe auch ich ins Bad.«

»Kommst du noch kurz mit in den Patio?«, fragte Chris, und ich folgte ihm nach draußen.

»Wow!« Der Innenhof war wunderschön gestaltet. Die Tische mit kleinen Vasen mit Wildblumen und Gläsern mit Kerzen dekoriert, und in einer Ecke war eine Art Theke aufgebaut.

»Hier an der Bar mixt Mario später seine berühmten Cocktails«, erklärte Chris.

»Ihr seid echt alle großartig!«, sagte ich, umarmte ihn in einer spontanen Anwandlung und gab ihm einen Kuss. Es fühlte sich ganz selbstverständlich für mich an, so als wären wir schon längst ein Paar.

Chris grinste.

»Soll ich dich vielleicht begleiten und dir beim Duschen zur Seite stehen?«, fragte er leise, obwohl wir allein waren.

Bei dieser Vorstellung jagte mein Puls in die Höhe. Das passierte inzwischen ständig. Ob sich das wohl irgendwie negativ auf die Blutdruckwerte auswirkte?

Was für ein blöder Gedanke!

»Ich fürchte, so viel Zeit haben wir nicht«, flüsterte ich zurück.

»Schade … schon wieder etwas, das wir verschieben müssen … Aber dafür wächst die Vorfreude!«

»Chris!«, rief Claudia aus dem Esszimmer.

»Ja?«

»Ich brauche dich mal im Büro. Kommst du?«

»Jetzt gleich?«

»Ja! Es geht um einen Auftrag.«

»Okay! Bin gleich da.«

Er wandte sich wieder mir zu.

»Wenn ich schon die Dusche verpasse, hoffe ich doch sehr, dass du mir später beim Fest einen Tanz schenkst?«

»Nur einen?«, fragte ich.

»Wenn deine Kondition für mehr reicht, gerne auch noch einen zweiten oder dritten«, feixte er mit einem so frechen Zwinkern, dass ich ihm nicht böse sein konnte.

»Es gibt ja auch langsame Lieder. Da halte ich dann etwas länger durch«, sagte ich mit gespielt ernster Miene.

»In diesem Fall werde ich mir bezüglich der Auswahl der Lieder noch eingehend Gedanken machen müssen.«

»Ich bitte darum!«

Kapitel 22

Die Junggesellinnenparty

Es kostete Zoe und mich einiges an Überzeugungskraft, Anna dazu zu bringen, ein Kleid anzuziehen.

»Nur, weil irgendwelche Verwandten von Alessia zu Besuch sind?«, fragte sie genervt.

»Schau, ich habe heute auch ein Kleid angezogen. Jetzt stell dich nicht so an«, sagte ich.

»Ehrlich gesagt habe ich echt keine Lust. Ich würde mich lieber ein wenig hinlegen«, beharrte Anna. »Zoe hat mich heute lange genug in der Gegend herumgejagt. Müssen wir da unbedingt dabei sein?«

»Ja! Alessia hat es sich gewünscht«, erklärte Zoe, und ich war froh, dass diesmal nicht ich es war, die schwindeln musste.

»Jetzt komm schon. Wir lassen uns kurz drüben sehen, sagen Hallo, und dann kommen wir wieder rüber. Da ist doch nichts dabei!«

»Na gut. Aber wirklich nicht zu lange«, stimmte sie schließlich widerwillig zu und schlüpfte in ein hellblaues Kleid, das sie am Nachmittag mit Zoe in der Boutique gekauft hatte.

Ein paar Minuten später öffnete Chris uns die Tür am Haupthaus.

»Schön, dass ihr da seid. Und ihr seht alle drei ganz zauberhaft aus!«, machte er uns ein Kompliment.

Er war eher leger gekleidet in Jeans und einem schwarzen Hemd, dessen Ärmel er hochgekrempelt hatte.

»Du siehst auch nicht übel aus«, meinte Zoe mit einem Grinsen.

»Danke!«

»Was ist das denn eigentlich für ein Besuch?«, wollte Anna jetzt endlich wissen.

»Ihr werdet sie gleich kennenlernen«, sagte er. »Kommt. Wir sind draußen im Patio.«

Als wir durch die große Flügeltür hinausgingen, begann die Musik. *Valerie* von Amy Winehouse. Einer von Annas Lieblingssongs, der einem mit seinen rhythmischen Klängen sofort ins Blut ging und für gute Laune sorgte.

Mario, Alessia, Claudia, Lorenzo und einige ihrer Freunde und Bekannten erwarteten uns schon.

»Was ist denn hier los?«, fragte Anna verblüfft, als sie in die lächelnden Gesichter blickte.

»Na eine Party!«, antwortete Zoe mit einem breiten Grinsen.

Alessia kam auf uns zu, drei Gläser Prosecco in der Hand, die sie uns reichte.

»Das heute ist dein Abend, Anna!«, sagte sie mit vergnügt blitzenden Augen. »Wir feiern deinen Junggesellinnenabschied.«

»Ihr seid ja völlig verrückt!«, rief Anna total überwältigt und nahm Zoe und mich ins Visier.

»Das habt ihr beide ausgeheckt.«

»Ja – aber ohne die tatkräftige Unterstützung unserer Gastgeber und von Mario hätten wir das nie auf die Reihe gekriegt«, sagte ich.

»Also, meine Liebe. Und jetzt noch was ganz Wichtiges: Hier ist die Regel für den heutigen Abend«, sagte Zoe.

»Welche Regel denn?«, fragte Anna irritiert.

»Die Regel ist, dass es keine Regel gibt. Du kannst es krachen lassen, wie du willst. Niemand wird vor Paul darüber ein Wort verlieren«, versprach Zoe.

»Daheim dürfen sie nur die harmlosen Fotos sehen«, ergänzte ich grinsend.

»Was mich betrifft, wird es sicher keine Fotos geben, die Paul nicht sehen dürfte«, kündigte Anna an.

»Ich kenne diesen Paul zwar nicht, aber er ist ein richtiger Glückspilz. Auf Anna!«, rief Chris.

»Auf Anna!«, riefen wir alle und prosteten uns zu.

Alessia stellte uns nach und nach die übrigen Gäste vor. Einige von ihnen waren vor Jahren nach Italien ausgewandert und sprachen Deutsch. Von den anderen verstanden die meisten zumindest ein paar Brocken Deutsch oder Englisch, sodass wir uns irgendwie verständigen konnten. Ansonsten spielte Alessia für uns die Dolmetscherin.

Über eine Musikanlage lief eine Playlist, die Chris zusammengestellt hatte, wobei ich ihm noch ein paar Tipps gegeben hatte, was Anna besonders gern hörte.

Chris hatte bereits den Grill angeworfen, und die Gäste konnten zwischen verschiedenen Fleischsorten, Würsten, Grillkäse und gebratenem Gemüse wählen. Dazu gab es die Beilagen, die Alessia und ich am Nachmittag vorbereitet hatten.

Als Chris mir ein Stück Fleisch auf den Teller legte, stand Claudia plötzlich neben mir.

»Du musst uns morgen Vormittag unbedingt die Bestellliste geben, damit wir alles für eure Abreise am Mittwoch packen können«, sagte sie.

»Mache ich. Einiges habe ich bereits mit Alessia besprochen.«

»Und die größeren Mengen für dein Catering?«, ließ Claudia nicht locker.

»Das möchte ich zuerst noch mit meinem Mitarbeiter besprechen. Da sag ich aber auch bald Bescheid, damit ihr rechtzeitig planen könnt.«

»Okay. Das muss ja auch alles extra für euch produziert werden.«

»Ilona und ich klären das mit Alessia«, mischte Chris sich ein. »Du musst dich darum nicht kümmern, Claudia.«

Zoe kam auf uns zu.

»Eigentlich wollten wir das Bild mit den vier Frauen mit nach Hause nehmen und es Anna zur Hochzeit schenken«, sagte sie. »Aber im Auto können wir es gar nicht so verstecken, dass sie es nicht bemerkt. Ich habe schon überlegt, es ihr heute schon zu geben. Eigentlich ist es ja egal, wann sie es kriegt. Was meinst du, Ilona?«

»Stimmt. Das wäre eine schöne Gelegenheit. Aber nicht vor allen Leuten, oder?«

»Nein, das machen wir drinnen. Geht das?«, wandte Zoe sich an Claudia.

»Natürlich. Ich bringe es schon mal ins Wohnzimmer. Ihr könnt in etwa einer Viertelstunde nachkommen. Dann ist es bereit.«

»Danke!«

»Aber vorher esse ich noch«, sagte ich mit einem Blick auf das Fleisch, das vermutlich inzwischen kalt geworden war. Doch es schmeckte immer noch lecker. Vor allem mit dem Erdäpfelkäse. *Den könnten Ben und ich vielleicht auch im Laden verkaufen.*

»Was ist denn im Wohnzimmer?«, fragte Anna, als wir etwas später mit ihr hineingingen. »Ihr habt doch nicht etwa einen Stripper organisiert?«

»Mensch, den haben wir ganz vergessen!«, rief Zoe aus. »Wir sind ja schreckliche Party-Planerinnen!«

»Du könntest doch Lorenzo fragen, ob er nicht einspringt«, schlug ich vor.

»Besser nicht«, sagte Anna. »Sonst macht er es tatsächlich. Lorenzo traue ich das zu.«

Zoe grinste. »Na ja. So schlimm wäre das jetzt auch wieder nicht.«

»Dann lass dir eine Privatvorstellung geben. Ich muss das nicht haben«, sagte Anna.

»Schon gut – ich frag ihn schon nicht«, versprach Zoe mit einem bedauernden Schulterzucken.

Inzwischen standen wir zu dritt im Wohnzimmer. Claudia hatte ein Tuch über das Bild auf der Staffelei gelegt.

»Jetzt sagt es mir schon, was wir hier machen?«, drängte Anna und sah sich um.

»Wir haben etwas für dich«, sagte ich.

Zoe schüttelte den Kopf.

»Ach komm, Ilona. So kann man das doch nicht machen. Ein klein wenig feierlicher muss das schon sein!«

Sie räusperte sich kurz und stellte sich neben die Staffelei.

»Meine liebe Anna. Ich möchte jetzt keine großen Reden schwingen, weil wir heute einfach nur mit dir feiern wollen. Aber da du ein ziemlich wichtiger Mensch in meinem Leben bist …«

»Und noch wichtiger in meinem Leben«, unterbrach ich sie.

»Ihr beide seid neben meiner Familie die wichtigsten Menschen in meinem Leben«, stellte Anna klar und lächelte uns beide an.

»Schön! Da wir nun klargestellt haben, wie wichtig wir uns alle sind«, übernahm Zoe wieder das Wort, »möchten Ilona und ich dir gern etwas schenken. Es soll eine Erinnerung für dich an diesen Aufenthalt hier sein. Und wir hoffen, dass du Freude damit hast.«

Damit zog sie das Tuch vom Bild und warf es aufs Sofa. Darunter tauchten die vier Frauen im Handstand auf.

Anna schüttelte den Kopf.

»Ihr spinnt doch. Das kann ich gar nicht annehmen!«, sagte sie.

»Und wie du das kannst«, sagte ich. »Und bitte verdirb uns jetzt nicht die Freude, indem du uns einreden möchtest, dass das viel zu viel wäre. Wir sind beide alt genug, um zu wissen, was wir dir schenken möchten.«

»Außerdem ist das dein Hochzeitsgeschenk. Zusammen mit der Party hier«, erklärte Zoe.

»Und keine Sorge, Paul kriegt auch noch was. Nicht dass du denkst, er würde zu kurz kommen«, meinte ich.

Anna atmete einmal tief durch. Dann umarmte sie zuerst mich und dann Zoe.

»Ihr verrückten Hühner! Natürlich freue ich mich total darüber. Das Bild wird einen Ehrenplatz bei uns bekommen, und wenn ich es anschaue, werde ich immer an euch beide und unsere Reise hierher denken. Und mein Junggesellinnenabschied – ich hatte gedacht, dass wir vielleicht nur zu dritt in ein Restaurant gehen werden und danach ein wenig durch die Bars ziehen, aber ihr habt mit dieser Party etwas Besonderes für mich gemacht! Vielen Dank!«

»Apropos Party. Wir sollten jetzt besser wieder zu den anderen gehen«, schlug Zoe vor. »Nicht, dass die uns alles wegtrinken.«

»Ich glaube nicht, dass sie das schaffen«, sagte ich.

Die Stimmung im Patio war ausgelassen, alle schienen sich gut zu amüsieren. Als es langsam dunkel und kühler wurde, machte Claudia die Laternen an, und Chris entzündete Holzscheite in mehreren Feuerkörben, die eine angenehme Wärme spendeten.

»Was für ein schönes Fest«, sagte Anna, als wir zu dritt an der provisorischen Bar bei Mario standen.

Alessias Großvater trug eine dunkle Hose und ein weißes Hemd und sah viel jünger aus, als er in seinen alten Arbeitsklamotten wirkte. Man sah ihm an, was für ein gut aussehender Mann er einmal gewesen sein musste. Doch sehr viel gesprächiger als sonst war er nicht.

Mario mixte uns ein sehr süffiges Getränk, weigerte sich jedoch, uns die genauen Zutaten zu verraten.

»Wie heißt das Getränk denn?«, fragte Anna, die inzwischen schon deutlich beschwipst war.

»Marios Cocktail«, sagte er so trocken, dass ich grinsen musste.

»Auf deine letzten Wochen als Junggesellin!«, rief Zoe, und wir stießen an.

Marios Mixtur hatte es in sich, und ich merkte, dass der Alkohol mir bereits zu Kopf stieg.

Chris stand gerade bei einem seiner Bekannten, dessen Namen ich inzwischen wieder vergessen hatte. Ich prostete ihm zu.

Als die ersten Töne von Queens *Don't stop me now* aus der Musikanlage ertönten, stellte Anna ihr Getränk ab und zog uns auf eine freie Fläche, um zu tanzen. Auch einige der anderen Gäste schlossen sich uns an. Als ich mich umdrehte, war Alessia neben mir, die sich ebenfalls fröhlich zur Musik bewegte.

»Hach, was für ein Spaß!«, rief sie ausgelassen. »Solche Partys sollte man öfter feiern.«

»Ich bin dabei!«, rief ich, schon jetzt ein klein wenig außer Atem.

Mir fiel auf, dass Claudia etwas abseits stand.

»Was ist mit Claudia?«, fragte ich.

»Ach, die hat es nicht so mit dem Tanzen … Oh! Das ist Cher. Der *Shoop Shoop Song*! Den liebe ich! Komm, den tanzen wir zusammen«, rief sie und griff nach meinen Händen. Mit improvisierten Tanzschritten und spontanen Drehungen boten wir für die anderen eine lustige Darbietung, die sie am Ende mit Applaus belohnten.

Als das nächste Lied begann, ein langsameres spanisches Stück, das ich nicht kannte, stand Chris plötzlich neben uns.

»Jetzt bin ich mal dran«, sagte er und löste Alessia ab, die sich ihren Cousin Lorenzo schnappte.

Chris griff nach meiner Hand und legte die andere an meine Hüfte.

»Darauf freue ich mich schon den ganzen Tag«, sagte er leise an meinem Ohr.

»Ich mich auch.«

Er zog mich enger an sich. Langsam bewegten wir uns zur Musik, und ich spürte durch den Stoff meines Kleides, wie er mich sanft mit dem Daumen streichelte. Ich bekam eine Gänsehaut. Das alles kam mir so unwirklich vor. Noch vor vier Wochen kannte ich Chris nur dem Namen nach aus dem Schriftverkehr meiner Bestellungen. Und jetzt tanzte ich mit ihm eng umschlungen und wünschte mir, dass der Abend nie enden würde. Ich verdrängte alle Gedanken daran, wie eine mögliche Beziehung über die große Entfernung funktionieren könnte. Und auch, dass wir in zwei Tagen bereits wieder nach Hause fahren würden.

Ich möchte heute einfach nur glücklich sein und das Leben genießen.

»Alles gut bei dir?«, fragte er.

»Ja! Alles ist gut«, antwortete ich und schmiegte den Kopf an seine Schulter.

Das nächste Lied war wieder schneller, und wir lösten uns voneinander.

»Hast du eigentlich den Schokoladenkuchen schon probiert, den Alessia gemacht hat?«, fragte Chris.

»Nein!«

»Dann komm!«

Chris zog mich zum Tisch, auf dem noch die Salate und Aufstriche standen sowie der bereits in kleine Rechtecke geteilte Kuchen. Chris reichte mir ein Stück auf einem Teller.

»Ich liebe Schokokuchen«, schwärmte er, nachdem er eine Gabel voll gegessen hatte.

»Meine Hüften auch«, sagte ich und grinste.

»Ich liebe auch deine Hüften«, erklärte er. »Also gib ihnen ruhig genügend Kuchen.«

Ich musste lachen. Nie hätte ich mir nach dem anfänglichen Schummel-Fiasko vorstellen können, dass ich mich so unbefangen mit ihm über meine Rundungen unterhalten könnte.

»Chris. Darf ich mal kurz stören?«, fragte eine zierliche Frau mit einem weizenblonden kinnlangen Bob und ungewöhnlich hellblauen Augen. Sie war mir gleich am Anfang aufgefallen.

Ihrer Aussprache nach kam sie aus Deutschland.

»Klar, Luisa … Ilona, entschuldigst du uns bitte kurz?«, bat er

»Ja sicher.«

Chris stellte seinen Teller ab und ging mit ihr zu einem Stehtisch, der etwas abseits stand.

Ich aß den restlichen Kuchen auf und schlenderte dann zu Alessia, die bei ihrem Großvater an der Bar stand und an einem roten Getränk mit Eiswürfeln und etwas Orangenschale nippte.

»Ist das ein Negroni?«, fragte ich und deutete auf das Glas.

Mario nickte überrascht. Offenbar hatte er nicht damit gerechnet, dass ich den beliebten italienischen Cocktail kannte.

»Gut geraten«, sagte Alessia. »Bitter-süß und teuflisch lecker. Möchtest du auch einen?«

»Besser nicht. Der ist mir zu stark«, winkte ich ab. »Sag

mal, wer ist denn diese Luisa?«, fragte ich dann wie nebenbei.

»Luisa? Sie ist Anwältin und kommt«, sie überlegte kurz, »aus Frankfurt, glaube ich. Im letzten Jahr hat sie sich ein Haus hier in der Nähe gekauft und verbringt immer wieder mal ein bis zwei Wochen in der Maremma. Sie ist eine gute Kundin bei uns im Hofladen.«

Ich sah, wie die beiden sich angeregt unterhielten und Chris über etwas lachte, das Luisa gesagt hatte.

»Darf ich dir noch etwas einschenken?«, fragte Mario in seinem holperigen Deutsch.

»Gern. Aber vielleicht nicht so stark wie das Spezialgetränk vorhin«, bat ich.

Mario nickte.

»Großvaters Getränke steigen einem tatsächlich schnell zu Kopf«, sagte Alessia und strich sich die Haare hinters Ohr.

»Oh, du hast da was, Ilona«, sagte sie plötzlich.

»Wo?«

»Am Kinn.«

»Sicher Schokolade, vom Kuchen«, sagte ich ein wenig verlegen. Hoffentlich hatte diese Luisa das vorhin nicht auch gesehen.

»Warte …«, sagte Alessia und wischte mit dem Finger den Fleck von meinem Kinn weg.

»Erledigt«, sagte sie und lächelte so bezaubernd, dass ich sie am liebsten umarmt hätte. Diese Frau hatte wirklich etwas ganz Besonderes an sich.

»Danke, Alessia«, sagte ich.

»Gern geschehen.« Sie wischte sich die Hand an einer Serviette ab.

»Hier, Ilona.«

Mario hatte mir inzwischen ein Getränk gemixt.

»Danke!«

Ich probierte einen Schluck.

»Hm … Wie lecker. Das ist ein Bellini, oder?«

Mario nickte.

»Nur ein wenig verändert.«

Ich fragte besser nicht nach. Sicherheitshalber würde ich ihn langsam trinken.

»Lass mich auch mal probieren«, bat Alessia, und ich reichte ihr das Glas.

»So einen möchte ich dann auch«, sagte sie zu ihrem Großvater.

Er antwortete etwas auf Italienisch, was ihr offenbar nicht zu gefallen schien.

»Was ist denn?«, fragte ich.

»Er meint, ich hätte heute schon genug getrunken«, übersetzte sie für mich. »Aber vielleicht hat er auch recht. Ich schau mal, wo Claudia ist.«

Ihre Freundin war tatsächlich nirgends zu sehen.

Alessia stellte das Glas ab und ging ins Haus.

Chris unterhielt sich immer noch mit Luisa. Und ich wurde langsam ungeduldig. Wir hatten ohnehin nicht mehr viel Zeit miteinander, und die wollte ich nicht ausgerechnet an diese attraktive Frau abtreten, die Chris mit ihren Blicken fast zu verschlingen schien.

Ich versuchte, Blickkontakt mit ihm aufzunehmen. Und tatsächlich sah er in meine Richtung und winkte mir kurz zu, bevor er sich wieder seiner Gesprächspartnerin zuwandte. Ich seufzte.

Lorenzo, Anna und Zoe tanzten gerade zu *Sexy Eyes* von Dr. Hook. Lorenzo schwang dabei so lasziv die Hüften, dass es fast nicht mehr jugendfrei war. Wobei die meisten Jugendlichen heutzutage sicherlich anderes gewohnt waren und darüber wahrscheinlich nur müde lächeln würden.

Ich machte mit dem Handy ein paar Erinnerungsfotos und auch ein kleines Video, das ich an Anna und Zoe weiterleitete.

Dann nahm ich noch einen kräftigen Schluck des aufgepimpten Bellinis und ging zu den dreien auf die Tanzfläche.

»Ilona!«, rief Lorenzo erfreut. »Komm her zu mir, du bayrisches Prachtweib. Wir rocken jetzt das Fest!«

Bei seinen Worten musste ich lachen.

Er griff nach meiner Hand und ließ mich um meine eigene Achse drehen, bis mir fast ein wenig schwindelig wurde.

Der Sound der 70er-Jahre wurde fortgesetzt mit *Sugar Baby Love* von The Rubettes, und Lorenzo teilte seine Aufmerksamkeit gerecht zwischen uns drei Freundinnen auf.

Nun kam der italienische Klassiker schlechthin: *Se bastasse una canzone* von Eros Ramazzotti. Hach, was hatte ich dieses Lied früher geliebt und für den sexy aussehenden Sänger mit der markanten Stimme geschwärmt.

Zoe schnappte sich Lorenzo, und zu meiner und vermutlich auch ihrer Überraschung stand plötzlich Mario vor Anna und forderte sie formvollendet zum Tanz auf.

Ich wollte mich gerade umdrehen, da kam Chris auf mich zu, nahm meine Hand und zog mich an sich.

»Entschuldige, dass es so lange gedauert hat«, sagte er. »Es ging um etwas Geschäftliches.«

»Macht doch nichts«, sagte ich und war insgeheim erleichtert, dass er nun mit mir und nicht mit dieser Anwältin tanzte.

Wir bewegten uns langsam zur Musik. Ich schloss glücklich die Augen. Nie hätte ich gedacht, dass ich einmal zu diesem besonderen Lied – ausgerechnet unter italienischem Himmel – mit einem attraktiven Mann tanzen würde, in den ich mich inzwischen verliebt hatte. Und das in meinem zarten Alter! Das Leben hielt wirklich immer wieder Überraschungen bereit.

Das nächste Lied war *Il volo* von Zucchero. Die sanften Klänge und die leicht raue Stimme des Sängers gaben mir das Gefühl, in Chris' Armen mit geschlossenen Augen langsam über die Tanzfläche zu fliegen.

Chris räusperte sich leise.

»Ilona?«

»Ja?«

Ich öffnete die Augen.

»Was hältst du davon, wenn wir zu mir nach oben gehen?«, fragte er leise an meinem Ohr.

Ich bekam Gänsehaut, und mein ganzer Körper fühlte sich plötzlich an, als stünde er unter Strom.

»Meinst du, wir können jetzt einfach so von hier verschwinden?«, fragte ich und merkte, dass meine Stimme mir kaum gehorchte.

»Ich gehe mal davon aus, dass niemand eine Vermisstenmeldung aufgeben wird«, murmelte er.

»Das stimmt vermutlich«, sagte ich nervös.

Bin ich bereit? Ja? Nein? Vielleicht?

Meine Beine zitterten.

Anna, die immer noch mit Mario tanzte, sah zu mir, und

als ob sie unser Gespräch gehört hätte und mir Mut zusprechen wollte, nickte sie mir lächelnd zu.

»Kommst du?«, fragte Chris.

Er sah mich erwartungsvoll an.

»Ja!«, antwortete ich. »Ich hole nur schnell meine Handtasche.«

Ich hatte sie auf einer Bank in der Ecke abgelegt.

Als ich mich umdrehte, stieß ich mit besagter Luisa zusammen, die mit einem Cocktail von der Bar kam, den sie sich vermutlich selbst gemixt hatte.

»Hey! Pass doch auf!«, fuhr sie mich an.

»Entschuldige!«, rief ich erschrocken.

Warum das klebrige rote Getränk ausschließlich auf meinem Kleid landete und sie keinen Tropfen abbekommen hatte, war mir ein Rätsel.

Chris reichte mir ein paar Papierservietten, mit denen ich mich abtupfte.

»Komm mit nach oben ins Bad!«, sagte er.

Kapitel 23

Eine kurze Nacht ohne Sterne

Frisch geduscht und mit einem flauschigen weißen Bademantel bekleidet kam ich barfuß aus dem Badezimmer, das an sein Schlafzimmer grenzte. Ich war fast ein wenig froh, dass das Malheur mit dem Getränk mir diesen kleinen Aufschub gewährt hatte. Doch noch länger konnte ich mich nicht im Badezimmer aufhalten. Mein Herz schlug vor Aufregung bis zum Hals, als ich die Tür öffnete.

Chris hatte inzwischen ein paar Kerzen angezündet, die den gemütlichen großen Raum, der ihm nicht nur als Schlafzimmer, sondern auch als kleines privates Wohnzimmer diente, in ein sanftes, warmes Licht tauchten.

Auf einem hölzernen Hocker neben dem Bett standen ein Krug Wasser und zwei Gläser. Von draußen drang leise Musik herein. Die Party war immer noch im Gange.

Er saß in einem großen antik aussehenden Sessel und wartete auf mich. Im Gegensatz zu mir war er noch immer angezogen.

»Komm doch her«, forderte er mich leise auf.

Langsam ging ich auf ihn zu.

Er stand auf.

»Falls es dich beruhigt. Ich bin vermutlich genauso nervös wie du«, gestand er.

»Das beruhigt mich total«, sagte ich und kam mir mal wieder vor wie ein Teenager, was völlig albern war.

Er beugte sich zu mir und küsste mich sanft. Dann spürte ich, wie er den Gurt an meinem Bademantel löste.

Instinktiv zog ich den Bauch ein und verfluchte jedes Pfund, das ich mir unnötig auf die Hüften gefuttert hatte. Allerdings hatte er mich bereits im Badeanzug gesehen und sich nicht davon abschrecken lassen. Was machte ich mir nur für Gedanken? Er wusste, worauf er sich einließ. Plötzlich musste ich ein nervöses Kichern unterdrücken.

Er sah mir in die Augen.

»Alles gut?«

Ich nickte.

Er machte den ersten Knopf an seinem Hemd auf.

»Lass mich das machen«, bat ich.

Langsam öffnete ich Knopf für Knopf. Dann streifte ich ihm das Hemd ab und warf es über den Stuhl. Er griff nach meiner Hand und zog sie an seine Brust.

»Spürst du das?«

Ich lächelte. Sein Herz schlug mindestens genauso schnell wie meines. Ich nickte.

»Komm!«

Viel später in der Nacht lag ich glücklich in seinen Armen. Die Kerzen hatten wir inzwischen ausgeblasen.

»Wir hätten uns keine Sorgen machen müssen. Hat doch alles bestens funktioniert«, meinte er und spielte mit meinen Fingern.

»Stimmt. Es hätte aber durchaus auch was schiefgehen können«, gab ich zurück.

Wir prusteten los.

Ich schaute aus dem Fenster in den Nachthimmel.

»Es ist kein einziger Stern zu sehen«, sagte ich überrascht.

»Liegt vermutlich an den Wolken davor«, murmelte er neckisch, und ich stupste ihn leicht in die Seite.

»Ach wirklich?«

»Hey«, protestierte er und zog mich wieder an sich. »Außerdem würde uns ein prächtiger Sternenhimmel vielleicht eh nur ablenken von Dingen, die viel spannender sind.«

»Keine Sorge, so leicht lass ich mich nicht ablenken ... Hörst du?«

»Was?«

»Von draußen ist nichts mehr zu hören. Der Junggesellinnenabschied ist offenbar vorbei.«

»Es ist ja auch schon fast vier Uhr morgens«, murmelte er und gähnte leise.

Eine Weile lang herrschte Stille, und ich dachte schon, er wäre eingeschlafen.

»Ilona ...?«

»Ja?«

»Wir sollten vielleicht überlegen ...«

Ich legte ihm den Finger auf die Lippen.

»Bitte lass uns heute Nacht nicht über etwas reden, das uns vor irgendeine Entscheidung stellen würde«, bat ich ihn leise. »Lass uns einfach das Hier und Jetzt genießen, Chris. Alles andere würde mich im Moment überfordern.«

Ich hörte, wie er schluckte.

»Okay ... mich eigentlich auch ... Bist du müde?«

»Gar nicht. Im Gegenteil. Ich fühle mich total aufgekratzt«, gestand ich. »Du?«

»Ein wenig. Aber ich habe keine Lust zu schlafen, weil ich dich so lange wie möglich genießen möchte.«

»Vielleicht finde ich ja eine Möglichkeit, dich wach zu halten«, murmelte ich an seinem Hals.

»Hast du da eine bestimmte Idee?«

»Könnte sein.«

Es war eine meiner leichtesten Übungen, ihn die Müdigkeit für eine Weile vergessen zu lassen. Aber irgendwann schliefen wir dann doch beide ein.

Es war noch immer dunkel draußen, als ich wieder aufwachte. Da mein Handy in meiner Handtasche war und es im Raum keine Uhr gab, zumindest keine, die ich sehen konnte, wusste ich nicht, wie spät es war.

Chris lag neben mir auf dem Rücken und atmete tief und gleichmäßig. Gerne hätte ich über seine Wangen gestreichelt, die inzwischen ein wenig rau von seinen Bartstoppeln waren. Doch ich wollte ihn nicht wecken.

Es war ein eigenartiges Gefühl, nach so vielen Jahren ohne Partner wieder neben einem Mann im Bett zu liegen. Ob er es auch so genossen hatte wie ich? Seinen körperlichen Reaktionen zufolge musste ich mir da wohl keine Gedanken machen. Kleine wohlige Schauer rieselten über meinen Körper, als ich an die letzten Stunden dachte.

Plötzlich bewegte Chris sich und drehte sich zu mir.

»Ilona?«, fragte er mit vom Schlaf heiserer Stimme.

»Ja?«

»Bist du immer noch wach?«, murmelte er.

»Eher schon wieder.«

Er griff nach dem Handy, das neben ihm auf dem Holzhocker lag, und sah auf die Zeitanzeige.

»Es ist kurz vor halb sieben«, sagte er.

»Also müssen wir wohl schon bald aufstehen«, sagte ich und bedauerte, dass diese Nacht nicht ewig dauern konnte.

»Wir nehmen uns einfach noch ein bisschen Zeit für uns. Komm her«, sagte er und zog mich in seine Arme.

Ich atmete seinen Duft ein, der mich regelrecht betörte. Ich konnte mich gar nicht an ihm sattriechen.

»Ich weiß, du möchtest nicht darüber reden, aber womöglich kommen wir ansonsten heute nicht mehr dazu«, begann er.

Obwohl ich das Thema am liebsten noch weiter aufgeschoben hätte, war mir klar, dass wir irgendwann darauf zu sprechen kommen mussten.

»Du hast ja recht«, sagte ich und seufzte leise. Für mich war es keine Frage ob, sondern wie kompliziert sich eine mögliche Beziehung wegen der Entfernung gestalten würde.

»Ich fühle mich schrecklich zu dir hingezogen, aber ich habe noch keine Ahnung, wie das funktionieren soll. Natürlich kann ich dich mal besuchen kommen, und du bist auch immer herzlich eingeladen herzukommen, aber …«

»Schon klar«, fuhr ich für ihn fort, »mein Geschäft ist am Chiemsee, dein Hof ist hier. Nicht gerade die besten Voraussetzungen.«

Er nickte.

»So sieht es aus. Das heißt aber nicht, dass wir es nicht versuchen sollen oder dass wir keine Lösung finden werden – wenn wir das wollen.«

»Und wie soll die aussehen?«, fragte ich.

»Ich weiß es noch nicht. Ich weiß nur ganz sicher, dass ich nicht möchte, dass es mit deiner Abreise schon wieder vorbei ist, Ilona.«

Genau das hatte ich hören wollen, denn genau so fühlte ich auch. Ich lächelte in die Dunkelheit.

»Ich auch nicht, Chris. Ganz bestimmt nicht.«

»Das ist doch schon mal eine wichtige Voraussetzung«, sagte er, und mir fiel auf, wie erleichtert er dabei klang.

»Aber vorerst müssen wir uns wohl mit Telefonieren und Videogesprächen begnügen«, meinte ich nüchtern.

»Immerhin etwas. Und weißt du was?«

»Verrate es mir.«

»Ich könnte ja die erste große Lieferung der Waren persönlich zu dir bringen und ein paar Tage in Bayern bleiben«, schlug er vor. »Natürlich nur, wenn du das möchtest.«

»Auf jeden Fall. Eine sehr erfreuliche Perspektive«, sagte ich.

»Hey, lassen wir es einfach auf uns zukommen. Manchmal funktionieren Fernbeziehungen ja auch sehr gut«, erklärte er optimistisch.

»Du hast recht«, sagte ich. Wenn es klappen sollte, dann würde es auch klappen … Ich wünschte es mir jedenfalls sehr! Und nachdem ich Ben jetzt als zuverlässige Hilfe im Laden zur Seite hatte, konnte ich vielleicht einfach auch mal für ein verlängertes Wochenende in die Toskana fliegen. Weder Florenz noch Rom lagen allzu weit weg. Oder wir trafen uns irgendwo in der Mitte. Es gab Möglichkeiten.

Draußen dämmerte es langsam.

»Wir könnten jetzt noch ein wenig schlafen oder …«, er sprach nicht weiter.

»Oder was?«, wollte ich wissen und hatte dabei auch schon verschiedene Möglichkeiten im Kopf, was er denn meinen könnte.

»Was hältst du davon, wenn wir gemeinsam duschen gehen?«, schlug er vor und begann, meinen Hals zu küssen.

Dieser Gedanke war mir tatsächlich auch durch den Kopf gegangen.

»Das würde dir also gefallen?«, fragte ich und streichelte durch sein Haar.

»Sogar sehr. Und ich denke, dir würde es sicher auch Spaß machen.«

»Ach ja?«

»Hmm.« Er nickte. »Denn ich habe ganz tolle Naturschwämme, mit denen ich deinen Rücken einseifen kann«, lockte er mich mit schmeichelnder Stimme.

Ich spürte ein wohliges Kribbeln.

»Das würdest du echt tun?«, fragte ich leise.

»Für dich immer ... Du kannst dir ja überlegen, wie du das gutmachen kannst.«

»Ich bin mir sicher, da wird mir was einfallen.«

Kapitel 24

Das letzte Frühstück

Als Chris mir zwei Stunden später unten an der Haustür einen Kuss gab, kamen Zoe und Anna über den Hof auf uns zu.

»Ah, da ist ja das verlorene Schaf!«, rief Zoe und grinste wissend.

Ich spürte, wie meine Wangen wieder einmal schlagartig heiß wurden.

»Von wegen Schaf«, murmelte ich ein wenig verlegen.

»Guten Morgen«, grüßte Chris die beiden. »Hattet ihr noch Spaß auf der Party?«

»Und wie. Ihr habt was verpasst. Lorenzo hat noch eine wilde Show-Einlage geliefert.«

»Hat er also doch gestrippt?«, fragte ich.

»Gerade so nicht. Aber es war äußerst unterhaltsam«, sagte Anna.

»Aber ihr zwei habt euch sicher auch nicht gelangweilt, nehme ich an!«

Zoe nahm einfach kein Blatt vor den Mund.

Ich hatte das Bedürfnis, mir Luft zuzuwedeln.

»Es war wirklich ein wundervoller Abend, und das Kopfweh ist trotz Marios Mixturen gar nicht so schlimm wie befürchtet«, sagte Anna.

Tatsächlich, auch mir ging es heute erstaunlich gut.

»Ich hatte gestern keine Gelegenheit mehr, mich bei dir zu bedanken, Chris. Aber ihr habt mir wirklich eine riesige Freude gemacht. Dieser Junggesellinnenabschied wird mir unvergesslich bleiben«, sagte Anna.

»Freut mich, dass es dir so Spaß gemacht hat. Genau das war unsere Absicht.«

»Wo wollt ihr denn eigentlich hin?«, fragte ich.

»Alessia hat uns zu einem letzten Frühstück eingeladen«, erklärte Anna. »Morgen müssen wir ja schon so früh aufbrechen, dass wir dafür keine Zeit haben.«

»Ihr kommt doch auch? Oder habt ihr etwa schon im Bett gefrühstückt?«, fragte Zoe frech.

»Ich ziehe mich nur noch schnell um, dann komme ich«, sagte ich, ohne auf ihre letzte Frage zu antworten.

»Und ich schau mal, ob ich Alessia was helfen kann«, meinte Chris und ging mit Zoe und Anna ins Haus.

Während ich in frische Sachen schlüpfte, hatte ich ein Dauergrinsen im Gesicht. Die Redewendung, wie auf Wolken zu gehen, war sicher kitschig, aber im Moment fühlte ich mich genau so. Und plötzlich stellte ich fest, dass dieses seltsame Gefühl, diese ungute Anspannung, unter der ich in den letzten Wochen gestanden hatte, wie weggeblasen war.

Chris tut mir gut!

Da es deutlich abgekühlt hatte und der Himmel wolkenverhangen war, hatte Alessia das Frühstück mit den Resten von gestern im Esszimmer aufgetragen. Auch Mario leistete uns Gesellschaft.

Im Patio standen nur noch die Tische und Stühle, alles andere hatten Mario und Alessia schon früh am Morgen aufgeräumt.

»Ihr hättet doch auf uns warten sollen«, meinte Chris kopfschüttelnd.

»Ach, so viel war es gar nicht«, winkte Alessia ab. »Um die Tische und Stühle kannst du dich dann später kümmern.«

»Klar. Das mache ich, nachdem Ilona und ich die Liste für ihre Bestellung fertig haben. Kann sein, dass wir dich da auch brauchen, weil du besser weißt, wann was lieferbar ist.«

Alessia nickte.

»Wir können das ja zu dritt machen. Am besten im Laden, dann kann Ilona auch gleich noch ein paar Sachen probieren, die sie noch nicht kennt.«

»Was? Es gibt Sachen, die ich noch nicht kenne – nach allem, was wir in den letzten Tagen probiert haben?«

»Es gibt noch ziemlich viel zu entdecken«, antwortete Chris zweideutig. Und ich wollte auf jeden Fall alles ausprobieren.

»Wo ist eigentlich Claudia?«, fragte Zoe.

»Im Atelier«, antwortete Alessia.

»Ich muss nämlich noch mit ihr sprechen«, sagte Zoe, während sie sich ein Stück Honigmelone auf den Teller legte. »Es geht um die Rechnung, außerdem möchte ich vielleicht noch ein weiteres Bild kaufen.«

Chris lächelte.

»Da wird Claudia sich bestimmt freuen. Ich sage ihr Bescheid.«

»Möchtest du auch etwas Honigmelone, Ilona?«, fragte Zoe mich und zwinkerte mir mit einem breiten Grinsen verschwörerisch zu.

Ich wusste sofort, worauf sie anspielte, und musste ebenfalls grinsen.

»Nein danke. Keine Honigmelone und auch keine Gurke«, lehnte ich dankend ab.

Zoe und Anna prusteten los, und auch ich fiel in ihr Lachen mit ein.

»Was ist denn so lustig?«, fragte Chris irritiert über unseren plötzlichen Lachanfall, und auch die anderen sahen uns neugierig an.

»Ach nichts«, sagte ich schnell, doch Chris ließ nicht locker.

Und so erzählte Zoe von unseren Versuchen im vergangenen Jahr, über eine Partnerbörse einen Mann kennenzulernen, was mir in diesem Moment fast etwas peinlich war. Doch die Zahnärztin war nicht zu bremsen.

»Zufälligerweise haben Ilona und ich uns mit demselben Typen verabredet, der ein besonderes Erkennungszeichen vorgeschlagen hatte: eine Honigmelone und eine Gurke. Wir haben ihm den Spitznamen *Der Gurkenmann* gegeben«, schilderte sie das damalige Erlebnis, und alle fingen zu lachen an.

»Der Gurkenmann?«, fragte Alessia prustend.

»Ja. Der Typ war ein totaler Spinner!«, bestätigte nun auch Anna.

»Hast du dich etwa auch mit ihm getroffen?«, fragte Alessia.

»Nein. Aber Paul und ich haben ihn einmal in Aktion gesehen«, erzählte sie. »Das hat mir gereicht!«

Zu unserer Überraschung rückte nun auch Mario mit der Sprache heraus, dass auch er vor einiger Zeit auf eine Kontaktanzeige geantwortet hatte.

»Du, Opa?«, fragte Alessia völlig verdutzt, doch Mario zuckte nur mit den Schultern.

»Ich bin nun auch schon einige Jahre Witwer und finde die Vorstellung nicht schön, den Rest meines Lebens alleine zu bleiben«, erklärte er schließlich in seiner trockenen Art.

»Und was ist draus geworden?«, wollte ich wissen. Und auch die anderen sahen ihn neugierig an.

»Nichts.«

»Weil? ... Jetzt lass dir doch nicht alles aus der Nase ziehen!«, forderte Alessia ihren Opa auf.

»Weil die Frau nichts mit Büchern am Hut hat. Sie konnte gar nicht verstehen, dass ich – und noch dazu als Mann! – meine Zeit gern mit Lesen verbringe. Stellt euch das mal vor. Mit so einem Menschen kann man doch nicht zusammen sein, oder?«, meinte er vehement, und wir stimmten ihm zu.

»Aber ich gebe nicht auf!«, verriet er mit einem verschmitzten Lächeln. »Und diesmal habe ich selbst die Anzeige geschaltet.«

Für die Sehnsucht nach der Liebe ist man eben nie zu alt!

Nach dem ausgedehnten und sehr unterhaltsamen Frühstück wollten Anna und Zoe zurück in die Wohnung, um schon mal den größten Teil der Sachen zu packen.

»Sobald ich mit der Bestellung fertig bin, komme ich und helfe euch beim Aufräumen«, sagte ich und machte mich mit Chris und Alessia auf den Weg in den Hofladen.

Wir testeten die Produkte, die ich noch nicht kannte.

»Dieses Traubengelee mit Prosecco ist ein Traum«, schwärmte ich und orderte davon gleich eine größere Menge. »Da nehme ich gleich auch noch ein paar Gläser mit.«

Chris notierte die Bestellung in zwei Listen. Eine Liste mit Produkten, die wir morgen schon mitnehmen würden, und die andere für eine Lieferung in zwei Wochen mit größeren Stückzahlen für das bald bevorstehende Weihnachtsgeschäft.

Eine Stunde später waren drei Kartons mit verschiedenen Ölen, Aufstrichen, mehreren Pesto-Sorten, eingelegten Oliven und Gemüse, Tomatensugo und Fruchtgelee für die Rückfahrt gut verpackt. Dazu noch drei Kartons mit Wein von Franko, der von gestern übrig war und den Anna, Zoe und ich uns aufteilen würden.

»Hoffentlich kriegen wir das alles ins Auto«, meinte ich nachdenklich.

»Ich helfe euch beim Verstauen. Darin bin ich Spezialist«, bot Chris an.

»Danke.«

Alles, was Alessia für Annas Party zur Verfügung gestellt hatte, einschließlich dem Wein bezahlte ich mit meiner Privatkarte.

Dann besprachen wir das Geschäftliche.

»Sobald ich mit Ben alles probiert habe, werde ich euch die Mengen durchgeben, die wir für das Catering brauchen.«

Trotz aller Freundschaft und enger Verbundenheit handelte ich natürlich einen kleinen Rabatt für größere Abnahmemengen für mein Geschäft heraus.

»Mit dir lässt es sich gut verhandeln«, sagte Alessia, während ich mit der Geschäftskarte den Rechnungsbetrag für die Produkte zahlte, die wir für den Laden gleich mitnehmen würden. »Und ich freue mich sehr auf unsere weitere Zusammenarbeit.«

»Und ich bin froh, dass ich hier war und nun weiß, woher

die leckeren Sachen kommen und wie sorgfältig ihr alles aus erstklassigen Produkten herstellt. So kann ich die Ware mit bestem Gewissen meinen Kunden empfehlen oder selbst fürs Catering verwenden.«

»Darauf stoßen wir heute Abend noch mit einem Prosecco an, den ich für besondere Gelegenheiten aufgehoben habe«, sagte Alessia und umarmte mich ganz fest.

»Mehr als ein Glas ist für uns leider nicht drin. Wir müssen morgen fit sein«, sagte ich.

»Schade, dass ihr schon wieder abreist«, meinte Alessia bedauernd. »Die Zeit verging so schnell.«

»Ich wäre tatsächlich gerne auch noch ein wenig länger geblieben«, sagte ich und warf einen kurzen Blick zu Chris, der zustimmend nickte.

»Ich hoffe, du kommst uns ziemlich bald wieder besuchen«, sagte er. »Und wenn nichts dazwischenkommt, liefere ich dir die Bestellung in zwei Wochen persönlich aus.«

Er lächelte mich vielsagend an, und ich spürte wieder dieses besondere Flattern im Bauch.

»Wollt ihr eigentlich heute noch was unternehmen?«, fragte Alessia.

»Ich denke nicht«, sagte ich. Bestimmt sahen Zoe und Anna das so wie ich. »Ich sollte so langsam mal packen. Und Chris und ich wollen am Nachmittag noch ein wenig mit Lotte spazieren gehen. Ich denke, das ist genug Programm für den letzten Tag hier.«

»Ich verstehe.« Alessia schaute zwischen mir und Chris hin und her und zog grinsend die Augenbrauen hoch. »Dann viel Spaß euch beiden. Wir sehen uns heute Abend zum letzten Mal beim Essen.«

»Solange es nicht das letzte Abendmahl ist«, feixte Chris.

Alessia verzog das Gesicht.

»Der war übel, Chris. Das mit den Witzen musst du noch besser lernen. Da brauchst du Unterricht bei Lorenzo«, empfahl sie ihm.

»Ich werde ihn mal fragen«, sagte er wenig begeistert.

Chris begleitete mich noch zur Wohnung.

»Frau Geschäftspartnerin, ich freue mich sehr, dass wir so wunderbar zusammenarbeiten«, sagte er und strich eine Haarsträhne hinter mein Ohr. »Und das in jeglicher Hinsicht.«

»Es ist mir ebenfalls ein großes Vergnügen, Herr Geschäftspartner«, entgegnete ich, und wir küssten uns ausgiebig, bevor ich ins Haus ging.

Eine Dreiviertelstunde später waren meine ganzen Sachen in der Reisetasche verstaut. Auf dem Stuhl neben dem Bett lag jetzt nur noch das, war ich morgen früh zur Autofahrt anziehen würde.

Zoe kam zu mir ins Zimmer.

»Chris hat offenbar vergessen, Claudia Bescheid zu geben. Kommst du mit, sie suchen? Ich wollte das Bild und auch die Rechnung für den Aufenthalt hier für mich und Anna bezahlen, und wir beide verrechnen dann daheim alles. Okay für dich?«

»Ist es.«

»Du siehst richtig glücklich aus«, sagte Zoe.

»Das bin ich auch«, gestand ich. »Glücklich und irgendwie ziemlich durcheinander. Aber im positiven Sinn.«

»Das verstehe ich. Ich könnte ja jetzt echt neidisch sein, aber weißt du was?«

»Was?«

»Dass Anna und du beide in eurem Alter noch einen Mann gefunden habt, gibt mir Hoffnung, dass es irgendwo da draußen auch noch jemanden für mich gibt.«

»Ganz bestimmt«, sagte ich.

»Wobei ich hoffentlich nicht auch erst warten muss, bis ich über fünfzig bin.«

Ich lachte.

»Sicher schaffst du es deutlich eher! … was ist eigentlich mit Lorenzo?«, hakte ich nach, weil mir aufgefallen war, dass die beiden sich doch gut zu verstehen schienen. Vielleicht kam er ja nicht nur als ein potenzieller Samenspender infrage, sondern könnte auch noch eine andere Rolle in ihrem Leben spielen.

Zoe wirkte für einen Moment ungewohnt verlegen, dann winkte sie ab.

»Wir haben uns gestern geküsst«, gestand sie. »Aber das war ein totaler Reinfall.«

»Echt? Wieso das denn?«

»Ich hätte das nie für möglich gehalten, aber er ist ein miserabler Küsser. Ganz schlimm!«, betonte sie nachdrücklich.

»Ehrlich? Lorenzo?«, fragte ich ungläubig.

Zoe nickte.

»Ich hatte mal als Kind ein Aquarium. Da waren auch so kleine Fische drin, die sich überall festgesaugt haben. Du kennst sie sicherlich, diese Scheibenputzer-Fische. Und an genau so einen Fisch hat er mich mit seinem Kuss gestern erinnert. Der hat sich total an mir festgesaugt.«

»Nicht dein Ernst, oder?«

»Leider doch.«

Beim Gedanken daran schüttelte es sie.

»Oje … Ich fürchte, zukünftig werde ich Lorenzo mit anderen Augen – oder besser durch eine Taucherbrille – sehen,« sagte ich.

Zoe prustete los, und das war so ansteckend, dass ich mitlachen musste.

Als wir kurz darauf über den Hof gingen, um nach Claudia zu suchen, kam Alessia uns mit zwei Eimern mit Hühnerfutter entgegen.

»Weißt du, wo Claudia ist?«, fragte Zoe. »Ich muss noch meine Rechnungen bezahlen.«

»Bezahlen ist immer gut! Claudia ist mit Chris im Büro. Geht einfach nach hinten durch.«

Wir betraten das Haus und gingen durch die weitläufige Diele nach hinten zum Büro. Die Tür stand halb offen, und ich sah Chris und Claudia neben dem Schreibtisch. Als ich meinen Namen hörte, blieb ich instinktiv stehen. Und auch Zoe wartete.

»Der Umsatz, den wir mit Ilona machen, ist wirklich nicht übel«, hörte ich Chris sagen. »Sie hat jetzt schon schöne Stückzahlen geordert. Und wenn noch weitere Aufträge mit größeren Mengen für das Catering dazukommen, können wir mit regelmäßigen Einnahmen rechnen.«

Tja. Wir sind eben super Geschäftspartner!

Ich lächelte und wollte schon wieder losgehen, da sagte Claudia:

»Das habt ihr super eingefädelt, du und Alessia. Ihr habt Ilona und ihre Freundinnen gekonnt um den Finger gewickelt. Es war echt eine gute Idee von dir, sie hierher einzuladen. Aber jetzt bin ich froh, wenn sie endlich wieder nach Hause fahren! Und du sicher auch, dann brauchst du ihr nicht länger irgendwelche Gefühle vorzuspielen.«

Es war, als ob jegliches Blut innerhalb einer Sekunde in meine Beine sackte. Zoe warf mir einen besorgten Blick zu.

»Claudia, ich ...«, hörte ich wie von Weitem Chris' Stimme, da klingelte sein Handy. »Ja, Franko? Was? Schon wieder abgestürzt? ... Kann das nicht warten?«

Was er sonst noch sagte, interessierte mich nicht.

Er hat mir nur was vorgespielt!

Ich wollte einfach nur weg hier. *Ganz schnell!*

Zoes Gesicht war vor Ärger rot angelaufen. Ich sah ihr an, dass sie kurz davor stand, ins Büro zu stürzen und die beiden zusammenzufalten wie einen Origami-Schmetterling. Doch Chris und Claudia sollten nicht wissen, dass wir ihre Unterhaltung gehört hatten. Ich fasste sie am Arm und sah sie bittend an. Sie verstand und ging mit mir hinaus.

Als wir die Küche in unserer Wohnung betraten, kam Anna aufgeregt auf uns zu.

»Ihr könnt euch nicht vorstellen, was jetzt schon wieder los ist. Paul hat mich eben angerufen, dass die Mädchen mit ihm gesprochen haben, ob wir die Hochzeit wegen des Geburtstermins von Karlas Kind nicht doch verschieben könnten. Und da er sie aufgrund der Arbeit nicht nach hinten legen kann, hat er mir vorgeschlagen, schon am Samstag in zwei Wochen zu heiraten. Er hat sich bereits erkundigt, im Standesamt wäre das kein Problem, und auch die Gastwirtschaft hat an diesem Tag noch was frei und …«, sie verstummte und sah uns besorgt an.

»Was ist denn mit euch los? Ilona, du bist ja schneeweiß im Gesicht. Ist was passiert.«

Ja. Er hat mir nur was vorgespielt!

Ich hatte das Gefühl, als würde der Boden unter meinen Füßen wanken, und in meinen Ohren rauschte es. Rasch zog Zoe mich auf einen Stuhl, bevor ich umkippte.

»Schnell. Sie braucht Wasser!«, rief Zoe, und Anna schenkte mir ein Glas ein.

»Hier.«

»Langsam trinken!«, sagte Zoe, als ob sie mit einem Kind sprechen würde. »Und dann ganz tief ein- und ausatmen.«

Das schummerige Gefühl verging ein wenig, und das Rauschen wurde leiser.

»Sie hat doch hoffentlich keinen Herzinfarkt!«, rief Anna ängstlich.

»Das ist eher ein schlimmer Fall von Herzschmerz«, sagte Zoe und tat etwas, das ziemlich ungewöhnlich für sie war. Sie streichelte mir sanft über den Kopf.

»Ach Ilona, das tut mir so leid.«

Diese zärtliche Geste trieb mir die Tränen in die Augen. Doch ich war offenbar noch zu geschockt, sodass ich nicht richtig weinen konnte.

»Jetzt sagt mir schon endlich, was passiert ist!«, forderte Anna Zoe auf.

Zoe erzählte Anna in wenigen Worten, was wir gerade mitbekommen hatten.

»Das kann ich nicht glauben!«, sagte Anna daraufhin fassungslos.

»Wir haben es beide gehört«, bekräftigte Zoe. »Das war völlig unmissverständlich.«

Ich nickte schwach.

»Ich habe mir eingebildet, dass er sich ernsthaft für mich interessieren würde. Aber das war alles nur vorgetäuscht, damit ich so viel wie möglich bei ihnen einkaufe. Dafür hat er sogar mit mir geschlafen!«

Bei dem Gedanken, dass auch die letzte Nacht nur gespielt war, wurde mir ganz schlecht. Es hatte sich so echt angefühlt – und so gut. Wie hatte ich mich nur so sehr in ihm täuschen können?

Anna schüttelte immer noch ungläubig den Kopf.

»Sie haben beide einen so netten und sympathischen Eindruck gemacht. Nie im Leben hätte ich mit so etwas gerechnet. Bei Chris nicht und bei Alessia schon gar nicht«, sagte sie.

»Ich auch nicht«, murmelte Zoe.

»Und was machen wir jetzt?«, fragte Anna.

»Wir packen unsere Sachen ins Auto und brechen sofort auf«, sagte Zoe bestimmt. »Ich habe keine Lust mehr, hier auch nur eine Stunde länger als nötig zu bleiben.«

Sie sprach mir aus der Seele. Ich musste weg von hier. *Sofort!*

Ich sah meine Freundinnen an.

»Eine Bitte habe ich an euch. Sie sollen nicht wissen, dass wir das Gespräch mitbekommen haben. Wahrscheinlich würden sie es dann nur abstreiten und irgendwelche Erklärungen erfinden. Und das könnte ich jetzt nicht auch noch ertragen. Es ist so schon schlimm genug. Wir sagen einfach, dass es daheim bei Anna einen Notfall gibt und wir sofort abreisen müssen. Ist das okay für euch?«

»Eigentlich nicht. Ich würde denen am liebsten gehörig die Meinung sagen«, zischte Zoe. »Aber vermutlich ist es so am besten. Allerdings weiß ich nicht, wie ich die Rechnung zahlen soll, ohne mich zu verraten, da muss ich mir was einfallen lassen.«

»Du kriegst das hin, Zoe!«, ermunterte Anna sie.

»Ein zweites Bild werde ich allerdings nicht kaufen! Falls sie mich darauf anspricht, sage ich einfach, dass ich es mir noch mal überlegen muss.«

Anna nickte.

In diesem Moment meldete mein Handy eine Sprachnachricht. Ich erstarrte. Sie war von Chris.

»Willst du sie abhören?«, fragte Anna.

Ich zuckte ratlos mit den Schultern, doch da drückte Zoe bereits auf Play.

»Hey, meine Süße. Wir müssen aus dem Nachmittagsspaziergang leider einen Abendspaziergang machen. Ich muss nochmal kurz zu Franko. Sein Computer macht ausgerechnet heute wieder Probleme, aber ich denke, dass ich es dieses Mal problemlos beheben kann. Ich komme so schnell wie möglich zurück. Hoffentlich bist du mir nicht böse. Wenn du magst, können wir das Abendessen mit den anderen auch ausfallen lassen und uns auf mein Zimmer …«

Ich drückte auf Stopp. Mehr konnte ich im Moment nicht verkraften.

»Wenn er dir wirklich nur was vorspielt, dann ist an ihm ein begnadeter Schauspieler verlorengegangen«, meinte Anna fassungslos.

»Kommt, lasst uns die Sachen ins Auto packen. Aber vorher gehe ich noch zu Claudia, um zu bezahlen … und keine Sorge. Sie wird nichts merken. Was die können, kann ich noch viel besser!«

Nicht einmal eine Stunde später räumten wir den letzten Karton mit den Einkäufen aus dem Hofladen in den Wagen, der bis obenhin vollgestopft war.

»Ach wie schade, dass ihr so schnell losmüsst«, sagte Alessia und hörte sich fast traurig an.

Heuchlerin!

Claudia stand neben ihr und wirkte eher gelassen. Wenigstens spielte sie uns nichts vor.

»Chris wird ganz schön enttäuscht sein, dass er sich nicht mehr verabschieden kann«, bemerkte Alessia.

»Ich rufe ihn von unterwegs an und erkläre es ihm«, beteuerte ich, hatte das jedoch nicht vor.

»Wir müssen los!«, drängte Zoe und stieg schon auf der Fahrerseite ein.

»Moment!«, rief Alessia und griff nach einem Korb, der hinter ihr stand. »Ich habe euch noch schnell Proviant und Getränke für unterwegs gepackt. Ihr hattet ja keine Zeit mehr, das zu organisieren.«

»Das ist doch wirklich nicht nötig!«, sagte Anna, und ich sah ihr an, wie unwohl sie sich fühlte.

»Doch!«, beharrte Alessia. »Natürlich ist es das!«

Sie stellte den Korb auf einen der Kartons mit Wein, den wir auf dem Rücksitz verstaut hatten.

»Danke!«, sagte ich pflichtbewusst.

Alessia kam auf mich zu, und bevor ich mich wegdrehen konnte, umarmte sie mich. Ihr Lächeln schien so echt zu sein.

Für einen kleinen Moment wollte ich einfach nicht wahrhaben, dass auch sie mir nur was vorgemacht hatte, und ließ die Umarmung zu.

»Ach Ilona, wir kennen uns noch nicht lange, aber du wirst mir fehlen«, sagte sie leise. »Doch ich denke, wir sehen uns sehr bald wieder.«

Ich schluckte.

»Ilona! Wir müssen wirklich los!«, rief Zoe so energisch, dass Alessia sie etwas überrascht ansah. Auch dass Zoe und Anna schon eingestiegen waren, ohne sich mit einer Umarmung zu verabschieden, schien sie zu irritieren.

Ich stieg auf den freien Platz hinter Anna, die auf dem Beifahrersitz saß, und schlug die Tür zu. Keine Sekunde später ließ Zoe den Wagen an, und wir fuhren los.

Als ich aus dem Fenster sah, entdeckte ich Lotte, die neben dem Wagen herlief, bis wir auf die Straße abbogen. So als wollte sie uns noch ein Stück begleiten. Tränen schossen mir in die Augen! Auch die Hundedame hatte ich so richtig in mein Herz geschlossen. Aber das musste ich jetzt schleunigst wieder verschließen, mein Herz. Ich musste weg hier, so schnell wie möglich, ehe Chris womöglich zurückkam. Mich ihm erklären zu müssen, das hätte ich jetzt nicht über mich gebracht.

Kapitel 25

Katzenjammer 2.0

Es war kurz vor zwei Uhr früh, als wir am Ortsschild von Prien vorbeifuhren. Wie auf der Hinfahrt hatten wir auch auf der Rückfahrt nur dann Pausen gemacht, wenn eine von uns auf die Toilette musste oder um zu tanken. Jede von uns wollte so schnell wie möglich nach Hause.

Mein Handy hatte ich während der ganzen Fahrt ausgeschaltet. Ich wollte gar nicht wissen, ob Chris versuchte, mich anzurufen, oder mir Nachrichten schickte. Die Fahrt schien mir total unwirklich zu sein. Wie in einem Traum, der sich mit den Bildern der vergangenen Tage vermischte und immer wieder in Claudias Worten endete. Leider hatte ich keine Sekunde schlafen können, um das alles wenigstens für ein paar Stunden auszublenden.

Zoe und Anna hatten sich beim Fahren abgewechselt, mich ließen sie nicht ans Steuer. Was sicher vernünftig war. Ich stand einfach neben mir.

»Ich kann euch gar nicht sagen, wie froh ich bin, dass wir gleich da sind!«, sagte Anna müde.

Erst in diesem Moment fiel es mir wieder ein. Conny! Ich war so mit meinen eigenen Problemen beschäftigt gewesen, dass ich überhaupt nicht daran gedacht hatte!

Vielleicht konnte Paul, der noch wach war und auf unsere Ankunft wartete, heute noch vertuschen, dass die Katze verschwunden war. Aber spätestens morgen würde Anna es erfahren. Das würde sie sehr treffen.

Als wir vor das Haus fuhren, stand Paul tatsächlich schon in der Tür. Mit steifen Gliedern stiegen wir aus dem Wagen.

»Wie schön, dass ihr wieder zurück seid!«, begrüßte er uns. Dann nahm er Anna fest in die Arme und gab ihr einen kurzen Kuss. »Auch wenn ich heute echt noch nicht mit euch gerechnet habe.«

»Wir hatten uns das auch irgendwie anders vorgestellt«, sagte Zoe.

Nun kam Paul zu mir und sah mich an. Anna hatte ihn von unterwegs benachrichtigt, er war also im Bilde.

»Komm mal her und lass dich drücken, Ilona«, sagte er und nahm mich in die Arme.

Ich schluckte.

»Es gibt leider immer irgendwelche Idioten auf dieser Welt«, sagte er leise. »Lass dich aber deswegen nicht unterkriegen, ja? Solche Kerle sind es nicht wert.«

Ich nickte halbherzig.

»Und ich, bekomme ich keine Umarmung?«, protestierte Zoe.

»Aber klar doch. Komm her«, sagte Paul lächelnd und drückte auch sie kurz an sich.

Emma kam aus dem Haus und sah ziemlich verschlafen aus.

»Hey! Schön, dass ihr wieder da seid.«

Während sie ihre Mutter und uns begrüßte, holte Paul Annas Gepäck aus dem Kofferraum.

»Die Weinkiste da gehört auch Anna«, erklärte Zoe.

Plötzlich war ein aufgeregtes Miauen und Maunzen zu hören, und ein kleiner dunkler Schatten rannte von der anderen Straßenseite wie der Blitz auf Anna zu.

»Conny!?«, riefen Paul und Emma ungläubig.

Und auch ich war total überrascht. Ich dachte, sie war verschwunden?!

Die Katze rieb sich aufgeregt an Annas Bein und machte vor Freude eine Art Purzelbaum. Anna bückte sich und nahm den kleinen Stubentiger hoch, der sich laut schnurrend an ihren Hals drückte.

»Hey. Da freut sich aber eine, dass ich wieder da bin! Du hast mir gefehlt, mein kleines süßes Schätzchen«, sagte sie in dem typischen Singsang, in dem man oft mit kleinen Kindern spricht.

Die Katze schien sich vor Freude gar nicht mehr einzukriegen.

Wenigstens für Anna und die Katze hat sich alles in Wohlgefallen aufgelöst.

»Ich glaube, sie hat Hunger, kann das sein?«

Anna sah Emma fragend an.

Das Mädchen stemmte die Arme in die Hüften.

»Das gibt es doch jetzt wirklich nicht!«, rief Emma fassungslos.

»Was denn?«, fragte Anna.

»Dieses kleine Miststück!«

»Emma!«, mahnte Paul.

»Ist doch wahr.«

»Was ist denn mit ihr?«, wollte Anna wissen.

Ich bemerkte, dass Paul Emma mit einem leichten Kopfschütteln zu bedeuten gab, dass sie nichts sagen sollte.

»Ach nichts … Schon gut«, sagte Emma.

In diesem Moment ging im Flur der Einliegerwohnung Licht an. Mina kam heraus. In einem ziemlich schicken Seidenpyjama, wie mir auffiel. Sie hörte zwar nicht mehr gut, dennoch entging ihr so gut wie nichts.

»Also habe ich mich doch nicht getäuscht. Ihr seid da!«, sagte sie erfreut. In diesem Moment bemerkte sie die Katze auf Annas Arm.

»Conny!«, rief sie ungläubig und fasste sich mit der Hand an die Brust. »Du lieber Himmel! Conny … sie ist wieder da!«

»Wieso wieder da?«, fragte Anna verständnislos. »Und was ist mit deiner Halsentzündung, Mutter? Ich dachte, du kannst nicht sprechen?«

»Also ich …«,begann Mina und räusperte sich etwas verlegen, aber Paul sprang für sie ein.

»Das alles erklären wir dir morgen in Ruhe, Anna. Jetzt komm mal besser rein. Zoe und Ilona wollen sicher auch nach Hause und ins Bett.«

Wir nickten.

»Klar«, sagte Anna. Sie drückte Emma die Katze in die Hand und kam noch mal auf uns zu.

»Auch wenn das Ende alles andere als schön war, so war es trotzdem eine wundervolle Reise mit euch.«

»Finde ich auch«, sagte Zoe.

Ich konnte nur nicken.

Anna drückte mich kurz an sich.

»Ich bin immer für dich da.«

»Danke, Anna.«

Nachdem ich schon in der Nacht zuvor kaum Schlaf abbekommen hatte und auch während der Rückfahrt die ganze Zeit wach gewesen war, fiel ich in einen traumlosen Tiefschlaf, kaum dass ich in meinem Bett lag.

Als ich am nächsten Morgen die Augen aufschlug, war es draußen längst hell. Für einen kurzen Moment war die Welt in Ordnung. Dann fiel mir alles wieder ein.

Chris hat nur mit mir gespielt!

Augenblicklich fühlte ich mich miserabel.

Ich sah auf die Uhr. Es war kurz vor halb elf! Ich rappelte mich aus dem Bett und ging ins Badezimmer. Obwohl ich es gar nicht wollte, kreisten meine Gedanken die ganze Zeit um Chris. Ich konnte sie einfach nicht abstellen.

Er hat mir nur was vorgespielt!

Diese Tatsache quälte mich.

Erst nachdem ich eine Tasse Kaffee gemacht hatte, schaltete ich mein Handy ein.

Chris hatte versucht mich anzurufen und mir mehrere Text- und Sprachnachrichten geschickt, die ich weder lesen noch abhören wollte.

Weitere Nachrichten kamen von Zoe und Anna, die sich danach erkundigten, wie ich mich fühlte.

Ich wusste nicht, was ich darauf antworten sollte. Noch vor weniger als vierundzwanzig Stunden war ich überglücklich gewesen. Doch ein paar Worte, die wir unbemerkt mitbekommen hatten, hatten gereicht, alles zu verändern.

Ich fragte mich, was das Gegenteil von »überglücklich« war. »Unterunglücklich«? Das Wort »traurig« reichte jedenfalls nicht aus, um meinen Gefühlszustand zu beschreiben.

Ich nippte an meinem Kaffee. Doch er schmeckte bitter,

und ich bekam ihn kaum hinunter. Ich kippte die heiße Flüssigkeit ins Spülbecken, schickte Anna und Zoe ein kurzes Lebenszeichen. Dann ging ich nach unten in den Laden.

Ben bediente eine Kundin, die ich noch nicht kannte.

»Guten Morgen«, sagte ich so freundlich wie möglich.

Ben drehte sich zu mir um und sah mich besorgt an. Sicher hatte er schon davon gehört.

»Guten Morgen, Ilona!«, begrüßte er mich, und die Kundin nickte mir zu.

Als sie kurz darauf mit einem Korb voller Waren den Laden verließ, kam Ben sofort zu mir und umarmte mich fest.

»Anna hat mir vorhin beim Frühstück erzählt, dass du eine ziemliche Enttäuschung mit diesem Chris vom Biohof hattest. Das tut mir echt so leid, Ilona. Wirklich sehr leid«, beteuerte er.

Ich konnte nichts darauf sagen. Aber es tat gut, dass er mich so fest in den Armen hielt.

Nach einer Weile löste er sich von mir und sah mich besorgt an.

»Jetzt müssen wir alle dich wohl ein wenig aufmuntern«, meinte er.

Ich zuckte mit den Schultern.

»Wie geht es dir denn überhaupt?«, fragte ich. Immerhin war seine Trennung auch noch nicht so lange her. Und er und Bernhard hatten eine mehrjährige Beziehung beendet. Während ich mich gerade mal ein paar Tage der Illusion hingegeben hatte, aus mir und Chris könnte ein Paar werden.

»Ach, es ist ein Auf und Ab«, sagte er. »Aber es wird tendenziell besser.«

»Hat das mit einer neuen Wohnung geklappt?«

»Noch nicht … Aber immerhin lenkt mich die Arbeit von allem ab.«

»Die wird mir sicher auch helfen. Draußen im Flur stehen noch die Kisten mit den Produkten, die wir vom Hof mitgenommen haben. Die müssen wir noch erfassen und in die Regale einräumen.«

»Möchtest du dir heute nicht lieber eine Auszeit nehmen?«, fragte er. »Ich hatte sowieso nicht damit gerechnet, dass du schon wieder zurück bist.«

»Besser nicht. Ich wüsste nicht, was ich stattdessen tun sollte. Wie du gesagt hast, die Arbeit lenkt einen ab.«

»Ich verstehe. Aber wenn du reden möchtest oder ich sonst etwas für dich tun kann, dann sag es mir.«

Ich nickte.

»Da gibt es tatsächlich was.«

Ich entsperrte mein Handy und reichte es ihm.

»Kannst du seine Nachrichten abhören und lesen, bitte? Ich schaffe es irgendwie nicht, aber gleichzeitig sollte ich wohl wissen, was er mir zu sagen hat.«

»Aber klar mache ich das. Am besten gehe ich damit ins Büro.«

Während ich nervös darauf wartete, dass Ben zurückkam, betrat ein Kunde den Laden, der so viele Fragen zu Tomatensugo hatte, als wollte er eine Doktorarbeit darüber schreiben.

Ben war längst wieder zurück aus dem Büro, doch ich musste mich noch gedulden, bis der schwierige Kunde endlich den Laden verließ. Ohne Sugo wohlgemerkt. Das war ihm letztlich zu teuer gewesen. Er würde es im Internet bestellen, dort bekomme er es viel billiger, ließ er mich noch wissen.

Normalerweise hätte ich einem solchen Kunden noch einen entsprechenden Spruch mit auf den Weg gegeben, doch jetzt war ich einfach nur froh, dass er weg war und hoffentlich nicht wiederkam.

»Und?«

»Also, ich kenne ja die genauen Hintergründe noch nicht, was da zwischen euch passiert ist, aber er scheint sich echt große Sorgen zu machen«, erklärte Ben. »Und er kann nicht verstehen, warum du dich nicht auf seine Nachrichten meldest.«

»Klar kann er das nicht, weil er immer noch denkt, ich würde nichts von seinem Spielchen wissen«, sagte ich bitter.

Nachdem Ben mich fragend ansah, erzählte ich ihm, was genau passiert war.

»Und du hast ihn nicht zur Rede gestellt?«, fragte er, nachdem ich geendet hatte.

Ich schüttelte den Kopf.

»Das wäre für mich eine totale Erniedrigung gewesen«, murmelte ich.

»Du solltest aber schon mit ihm reden«, meinte Ben.

Ich seufzte unglücklich.

»Wie konnte ich auch nur glauben, dass ein Mann wie er ausgerechnet auf eine übergewichtige Einundfünfzigjährige wie mich steht, wenn er in der Nachbarschaft attraktive Frauen hat, die ihn anhimmeln«, sagte ich bitter und dachte dabei an diese Rechtsanwältin Luisa, die ganz offensichtlich etwas für Chris übrighatte.

Ben stemmte die Hände in die Hüften.

»Hör auf, so einen Schmarrn zu verzapfen! Du kannst meinetwegen wütend oder unglücklich sein, aber mach dich nicht selbst so klein«, schimpfte er. »Außerdem schaust du besser aus als seit Langem, wenn ich das so sagen darf. Egal, wie es am Ende ausging, ich habe trotzdem das Gefühl, dass dir diese Reise irgendwie gutgetan hat.«

»Meinst du das ernst?«

»Todernst«!

In diesem Moment klingelte mein Handy.

Chris!

Mein Puls erhöhte sich schlagartig.

»Ich an deiner Stelle würde mit ihm reden, Ilona«, riet mir Ben.

Ich wusste, dass er recht hatte. Auch wenn sich alles in mir dagegen sträubte. Auf dem Weg ins Büro nahm ich den Anruf entgegen.

»Ja?«, meldete ich mich, und mein Herz schlug bis zum Hals.

»Ilona! Endlich gehst du ran«, hörte ich diese inzwischen so vertraute Stimme voller Erleichterung sagen. »Ich habe mir solche Sorgen gemacht. Was ist denn passiert? Etwas Schlimmes?«

Ja. Etwas sehr Schlimmes. Du hast mit mir nur gespielt!

Da er meine Nasenspitze durch das Telefon nicht sehen konnte, hätte ich ihm jetzt natürlich etwas vorlügen können. Doch das kam für mich nicht infrage.

»Annas Familie geht es gut!«, sagte ich.

»Gott sei Dank!« Er hörte sich wirklich total erleichtert an. »Und dir? Was ist mit dir?«

»Mir geht es im Moment nicht so gut, Chris. Aber das wird schon wieder werden.«

»Dir geht's nicht gut? Was ist denn mit dir, Ilona?«

»Bitte Chris, hör auf, du musst dich nicht mehr verstellen«, sagte ich und versuchte, meine Stimme so fest wie möglich klingen zu lassen.

»Verstellen? Was meinst du denn damit?«

Was für ein Heuchler!

»Tu doch nicht so.« Langsam wurde ich sauer. »Zoe und ich haben gestern gehört, wie du dich mit deiner Schwester im Büro unterhalten hast. Und nur damit du es weißt: Du und Alessia, ihr hättet mir nichts vorspielen müssen, um mich um den Finger zu wickeln. Und du hättest schon gar nicht mit mir ins Bett springen müssen, damit ich euch genügend Ware abkaufe. Das hätte ich auch so getan. Die Sachen, die ich bei euch bestellt habe, könnt ihr mir noch schicken. Weil ich meine Zusagen einhalte und anderen Menschen nichts vorgaukele. Das Porto übernehme ich. Aber in Zukunft wird es keine weitere Zusammenarbeit mehr geben. Und ich wäre dir auch sehr dankbar, wenn du mich nicht mehr anrufst und mir keine privaten Nachrichten schickst. Alles Geschäftliche kannst du per E-Mail mit meinem Mitarbeiter abwickeln.«

»Ilona, das kann doch nicht dein Ernst sein? So war das doch nicht. Bitte lass uns darüber reden ...«

»Doch. Es ist mein Ernst. Und es gibt nichts mehr, worüber ich reden möchte. Mach's gut, Chris.«

Damit legte ich auf.

Ben stand in der Tür und sah mich mitfühlend an.

»Verdammt«, murmelte ich. Und nun brachen alle Dämme, und ich heulte los.

Ben kam zu mir und nahm mich erneut fest in die Arme.

»Ach Ilona ...«

»Jetzt heul ich dir auch noch dein T-Shirt nass!«, schluchzte ich an seiner Schulter. »Dabei hasse ich es zu weinen!«

»Schon gut. Wenn so etwas passiert, darf man weinen«, sagte er verständnisvoll. »Außerdem habe ich einen Reservepulli hier und kann mich umziehen, bevor ich mir in den pitschnass geweinten Sachen eine Erkältung hole«, versuchte er mich aufzumuntern, und trotz meiner Tränen musste ich bei dieser Vorstellung kichern.

Kapitel 26

Katze aus dem Sack

Am nächsten Abend saß ich mit Anna und Zoe im Dolce Vita. Meine Freundinnen hatten darauf bestanden, dass ich mitgehe, auch wenn ich mich am liebsten daheim im Bett verkrochen und die Decke über den Kopf gezogen hätte.

»Wegen so einem falschen Fünfziger darfst du dir die Lebensfreude nicht nehmen lassen, Ilona!«, sagte Zoe entschlossen, und Anna nickte zustimmend.

»Ich weiß, dass es für dich sehr schwer sein muss, mit der Enttäuschung umzugehen, aber vielleicht schaffst du es irgendwie, der Sache mit Chris nicht allzu viel Bedeutung beizumessen«, meinte Anna.

»Genau. Sieh es doch als einen One-Night-Stand im Urlaub, den du dir gegönnt hast«, riet Zoe mir. »Mehr war es halt dann am Ende nicht!«

Die beiden hatten leicht reden. Als ob es so einfach wäre, Chris mal eben aus dem Kopf zu bekommen. Doch ich war ihnen nicht böse, denn ich wusste, dass sie mich nur aufmuntern wollten.

Auch die geliebte Pasta und der Rotwein halfen diesmal nicht weiter. Im Gegenteil. Sie erinnerten mich an den Tag, an dem ich nach dem Restaurantbesuch das erste Telefonat mit Chris geführt hatte. Und so stocherte ich nur lustlos in meinem Essen herum. Was sehr ungewöhnlich war, denn früher hatte ich bei Kummer oder Beziehungsstress das Essen nur so in mich hineingestopft, um mich zu trösten. Jetzt war meine Kehle wie zugeschnürt, und ich brachte kaum einen Bissen hinunter.

»Stellt euch vor, Conny war die ganze Woche verschwunden, während ich in Italien war!«, begann Anna, offenbar in dem Versuch, mich auf andere Gedanken zu bringen.

»Und niemand hatte eine Ahnung, wo sie war?«, fragte Zoe.

»Nein. Emma und meine Mutter haben jeden Tag nach der kleinen Ausreißerin gesucht und waren in der ganzen Gegend unterwegs. Und weil sie mir das nicht sagen wollten, haben die beiden sich immer davor gedrückt, mit mir zu telefonieren. Und genau das habe ich gespürt und hatte deswegen immer dieses seltsame Gefühl, dass irgendwas zu Hause nicht stimmte.«

Ich seufzte. Jetzt war es an der Zeit, die Katze aus dem Sack zu lassen. Buchstäblich.

»Anna, ich muss dir was gestehen. Ich wusste von Connys Verschwinden, und ich … ich hatte deswegen so ein schlechtes Gewissen!«, gestand ich. »Tut mir echt leid.«

Anna griff kurz nach meiner Hand und schüttelte den Kopf.

»Das muss es nicht. Im Gegenteil. Danke! Ich bin so froh, dass du es für dich behalten hast, Ilona. Ich hätte keine ruhige Minute mehr gehabt. Vermutlich hätte ich den Urlaub sogar vorzeitig abgebrochen«, sagte sie.

Hätten wir das doch nur getan und wären früher nach Hause

gefahren. Dann hätte ich nicht mit Chris geschlafen und wäre jetzt nicht so … Stopp! Keine Gedanken mehr an Chris!

»Und du verschiebst deine Hochzeit tatsächlich?«, fragte ich stattdessen Anna, um auf ein anderes Thema zu lenken.

»Das wollte ich auch gerade fragen«, sagte Zoe. »Das macht ihr doch nicht wirklich, oder?«

»Nun ja … doch. Wir verlegen den Termin um zwei Wochen nach vorne«, gab Anna zu. »Paul hat sich sehr dafür eingesetzt.«

»Echt? Paul?« Zoe sah sie verdutzt an. »Wieso das denn?«

»Er hat gemerkt, wie sehr Emma und Leo hin- und hergerissen waren. Einerseits freuen sie sich total auf die Hochzeit, aber andererseits natürlich auch auf ihren Bruder. Offenbar haben die beiden tatsächlich Angst, dass der Kleine sich ausgerechnet unseren Hochzeitstag aussuchen könnte und sie dann vor einem moralischen Dilemma stünden«, erklärte sie. »*Wenn wir feiern, dann möchte ich, dass wir alle ganz entspannt sein können,* hat Paul gesagt. Und da es absolut kein Problem war, die Hochzeit vorzuverlegen, habe ich schließlich zugestimmt. Letztlich ist es ja auch egal, ob wir zwei Wochen früher oder später heiraten.«

Anna zuckte lächelnd mit den Schultern.

»Bewundernswert, wie entspannt ihr das seht«, sagte Zoe beeindruckt. »Und Paul ist wirklich ein richtig toller Mann mit einem feinen Gespür für die Bedürfnisse anderer Menschen!«

Anna lächelte.

»Ja, nicht wahr? Wie habe ausgerechnet ich so einen wie ihn verdient?«

»Wenn du noch mal so eine bescheuerte Frage stellst, dann kipp ich dir mein Wasser ins Gesicht«, drohte Zoe.

»Und ich schütte meinen Wein gleich hinterher!«, schloss ich mich an.

»Ist ja schon gut!«, sagte Anna und winkte grinsend ab.

»Ich finde es zwar blöd, dass dein Exmann nun doch seinen Willen bekommt und ihr die Hochzeit verschiebt«, sagte ich, »aber letztlich ist es wohl die richtige Entscheidung für alle, und außerdem …«

Mir blieben die nächsten Worte im Hals stecken.

»Außerdem was?«, wollte Anna wissen, doch ich konnte nur zur Tür starren, durch die gerade Jo Ranke mit seinem Sohn trat.

»Sind das etwa Jo und Leonard?«, fragte Zoe mit gesenkter Stimme, die meinem Blick gefolgt war.

»Allerdings«, murmelte Anna, deren Gesicht von einem Moment auf den anderen dunkelrosa anlief. Sie griff nach der Dessertkarte und fächerte sich hektisch Luft zu. Für sie war Jo Ranke – ihre erste große Liebe – immer noch ein rotes Tuch. Und dann war da noch die Sache mit Leonard, der ihr vor Monaten fast ein wenig den Kopf verdreht hätte, bis sie herausgefunden hatte, wer sein berühmter Vater war.

Auch mein Puls hatte sich erhöht, allerdings nicht vor Freude, sondern in Gedanken an meine letzte, katastrophale Begegnung mit Jo.

»Jetzt ist mir der Appetit ganz vergangen«, murmelte ich.

»Mir auch«, sagte Anna und legte das Besteck weg.

»Wollt ihr lieber gehen?«, fragte Zoe.

»Auf keinen Fall!«, sagte ich. »Es wäre ja noch schöner, uns von Jo aus unserem Lieblingslokal vertreiben zu lassen!« Ich nahm einen großen Schluck Wein.

»Ganz genau!«, stimmte Anna mir zu und griff ebenfalls nach ihrem Glas.

Bedienung Hedi hatte die Gäste inzwischen zu einem etwas abseits gelegenen Tisch geführt, der halb zwischen Grünpflanzen verborgen war. Jo und Leonard hatten uns bisher noch nicht entdeckt.

»Gut aussehen tut er ja«, meinte Zoe. »Und sein Sprössling steht ihm da in nichts nach.«

»Aber im Gegensatz zu Jo ist Leonard ein wirklich feiner junger Mann!«, erklärte Anna, und Zoe und ich nickten zustimmend.

In diesem Moment entdeckte uns Leonard und winkte uns erfreut zu. Auch Jo fühlte sich offenbar bemüßigt, uns zuzunicken, während Hedi ihnen die Speisekarten reichte.

Wir winkten höflich zurück.

»Wo er heute wohl seine Jacky hat?«, fragte ich spitz.

»Vielleicht hat er sie daheim gelassen, weil er Angst hat, sein Sohn könnte sie ihm sonst ausspannen«, meinte Zoe, und wir kicherten los wie Schuldmädchen.

»Vom Alter her würde sie besser zu Leonard passen«, sagte ich. »Allerdings würde er mir leidtun, wenn er mit so einem Biest zusammen wäre.«

Ich hatte den *gestrandeten Walfisch*, wie sie mich bezeichnet hatte, und ihr boshaftes Verhalten längst noch nicht vergessen.

Zoe hob ihr Glas.

»Trinken wir darauf, dass wir zukünftig von Männern verschont bleiben, die uns nicht guttun!«, sagte sie.

Anna und ich stießen mit ihr an.

»Prost!«

Das unerwartete Erscheinen von Jo hatte mich kurz von Chris abgelenkt, aber Zoes Trinkspruch ließ sein Bild wieder vor mir auftauchen.

»Vielleicht sollte ich besser alleine bleiben«, sagte ich und spießte mit meiner Gabel eine Makkaroni in einer Soße Quattro Formaggi auf. »Ich führe meinen eigenen Laden, habe tolle Leute, die mit mir arbeiten. Ganz zu schweigen von den besten Freundinnen der Welt …«, ich schaute zuerst zu Anna, dann zu Zoe, »und auf Sex kann ich auch locker verzichten!«, brummte ich.

»Meistens ist nach fünf Minuten eh schon wieder alles vorbei!«, sagte Zoe. »Falls es überhaupt so lange dauert.«

»Eben!«, sagte ich und musste widerwillig grinsen, obwohl ich kürzlich andere Erfahrungen gemacht hatte. »Was brauch ich einen Mann?!«

»So was Ähnliches habe ich Anfang dieses Jahres auch gesagt«, warf Anna mit einem Lächeln ein. »Und dann hat sich mein Leben buchstäblich auf den Kopf gestellt.«

»Die Wahrscheinlichkeit, dass das auch bei mir so passieren wird, kannst du knicken. Die Liebes-Erfolgsquoten in unserem Alter sind niedriger als Zoes Body-Mass-Index«, sagte ich. »Aber mir ist das jetzt auch egal. So unglücklich kann man als Single gar nicht sein. Da erlebt man wenigstens keine solchen Enttäuschungen! Das muss ich mir wirklich nicht mehr antun! Und jetzt …« Ich stand auf und griff nach meiner Handtasche.

»Und jetzt?«, fragten Zoe und Anna gleichzeitig.

»Jetzt geh ich pinkeln!« Damit rauschte ich durch das Lokal zu den Toiletten. Dabei vermied ich es tunlichst, in Richtung des Tisches zu schauen, an dem Jo und Leonard saßen.

Als ich fertig war, ließ ich mir lange Zeit beim Händewaschen und schaute in den Spiegel. Dort sah mir eine Frau entgegen, die ich zwar kannte, deren Blick mir in diesem Moment aber so fremd war, dass ich nach der alten Vertrautheit suchte. Enttäuschung, Zorn, Traurigkeit und gleichzeitig der Wille, mich nicht unterkriegen zu lassen – das alles hatte sich zu einem neuen Gefühl vermischt, von dem ich zunächst dachte, es könnte so etwas wie Resignation sein. Doch es fühlte sich eher nach einer Aufbruchsstimmung an. Mein Leben hatte sich durch das, was in der letzten Zeit passiert war, zwar nicht wirklich verändert, aber ich würde von jetzt an mein Leben verändern. Mich nicht mehr solchen Gefühlen ausliefern. Ich würde einfach das Kapitel Männer in meinem Buch des Lebens schließen. Ich nickte mir noch einmal entschlossen zu, dann verließ ich den Waschraum.

»Lona!«

Erschrocken drehte ich mich zur Seite. Neben dem Zigarettenautomaten stand Jo Ranke. Was machte der denn da? Wartete er etwa auf mich? Wollte er mir noch irgendeine Beleidigung reindrücken, die er damals nicht losgeworden war?

»Was ist?«, fuhr ich ihn an.

»Geht es dir gut?«

Seine Frage irritierte mich.

»Äh ja. Bestens«, antwortete ich ihm nur und wollte an ihm vorbeigehen.

»Bitte warte!«

»Was denn?«

»Ich hoffe, du hast dich von der Sache mit dem Kleid schnell wieder erholt! Da hab ich mich wirklich nicht mit Ruhm bekleckert. Es tut mir leid, wie das gelaufen ist.«

Wie bitte? Es tut ihm leid?

Mir fehlten die passenden Worte.

»Mit Jacky habe ich übrigens noch in dieser Nacht Schluss gemacht.«

»Schön für dich«, sagte ich irritiert. »Oder auch nicht schön. Mich geht das ja wohl nichts an.«

Eigentlich sollte ich zurück zu meinen Freundinnen gehen, aber irgendwie stand ich wie angewurzelt da.

»Keine Ahnung, warum das so ist, aber du gehst mir einfach nicht aus dem Kopf. Dass du mich damals so abserviert hast, hat mich echt getroffen, Lona.«

Wie bitte? Habe ich Halluzinationen?

»Ich habe mich seit Langem mit keiner Frau mehr so wohlgefühlt wie in der kurzen Zeit mit dir.«

Ich starrte ihn an. Er lächelte.

»Hast du Lust, morgen Abend mit mir auszugehen, Lona? Ich würde mich sehr freuen, wenn ich dich zum Essen einladen dürfte.«

Jo Ranke wollte mit mir ausgehen, weil er sich mit mir wohlfühlte? Fast hätte ich aufgelacht. Ich sah in seine Augen, erkannte in seinem Blick etwas, das ehrlich wirkte. Was mich tatsächlich verblüffte. Oder war er einfach nur ein guter Schauspieler, dessen Ego es nicht überwinden konnte, dass eine Frau ihm einen Korb gegeben hatte?

Ich horchte in mich hinein und spürte – nichts. Auch keinen Ärger mehr. Jo Ranke war mir völlig egal.

»Tut mir leid, Jo. Aber nein, ich möchte nicht mit dir ausgehen. Ich wünsche dir alles Gute mit einer Frau, die wirklich zu dir passt.«

Ich ging nicht zurück in den Gastraum, sondern verließ durch eine Nebentür das Dolce Vita. Während ich zu Fuß nach Hause ging, schickte ich Anna eine Sprachnachricht und bat sie, mein Essen mit zu bezahlen. Ich brauchte jetzt einfach eine Auszeit von der ganzen Aufregung. Über Jo Ranke verlor ich kein Wort mehr. Für mich war er endgültig abgehakt.

Die nächsten zwei Wochen funktionierte ich wie ein Roboter. Chris hielt sich an meine Vorgabe und meldete sich tatsächlich nicht mehr bei mir. Einerseits war ich froh darüber, doch gleichzeitig tat es weh, denn es bestätigte mich darin, dass er jetzt, wo ich ihm angekündigt hatte, dass ich nach der letzten Lieferung nichts mehr bestellen würde, keinen Wert auf eine Verbindung mit mir legte. Nur einmal entdeckte ich auf meinem Handy einen verpassten Anruf mit einer italienischen Vorwahl. Vermutlich Chris, der mit einem anderen Telefon anrief. Ich rief nicht zurück.

Glücklicherweise war im Laden viel zu tun, und die nun vorgezogene Hochzeit von Anna und Paul hielt mich als ihre Trauzeugin ebenfalls auf Trab. Obwohl es nur eine kleine Hochzeit war, gab es einiges zu erledigen, sei es, Anna beim Kauf der Schuhe zu begleiten oder bei der Auswahl der Musik-Playlist für die Feier zu helfen oder mit Emma wegen eines Überraschungsgeschenks für das Brautpaar nach Rosenheim zu fahren.

Ben unterstützte mich in dieser Zeit sehr, und wir munterten uns immer gegenseitig auf, wenn einer von uns einen Durchhänger hatte.

Zwei Tage vor der Hochzeit rief Anna mich an, um noch ein paar Details zu klären.

»Ich weiß, es ist vielleicht etwas verrückt, aber ich habe Harald und Karla mit den Zwillingen nun doch kurzfristig zur Hochzeit eingeladen.«

»Warum wundert mich das jetzt nicht?«, erwiderte ich kopfschüttelnd.

»Weißt du, irgendwie gehören sie doch zur Familie. Und Karla klang gestern ein wenig depressiv am Telefon, und ich dachte, vielleicht würde es sie aufmuntern, mal wieder unter Menschen zu kommen. Wenn das Baby bald da ist, wird das eine Weile lang eh kaum mehr richtig möglich sein. Dann kann sie sich auch mit Leo über die Schwangerschaft austauschen. Die könnte sicher ein paar Tipps brauchen.«

Inzwischen wusste Anna offiziell von der Schwangerschaft ihrer älteren Tochter und musste aus ihrer Begeisterung und Freude keinen Hehl mehr machen.

»Ist ja schon gut. Karlas Gesellschaft mag ich ja sehr, und deinen Exmann werde ich auch die paar Stunden aushalten. Was sagt Paul denn dazu?«

»Der findet das völlig okay.«

»Sei froh, dass er so unkompliziert ist.«

»Das bin ich. Paul ist wahrhaft ein Glücksgriff. Sag mal, hast du dir inzwischen schon ein Kleid gekauft?«

»Nein. Ich werde das Kostüm anziehen, das ich bei Leos Hochzeit schon anhatte. Ist ja sowieso nur ein kleiner Kreis. Da ist es ja egal, wie ich aussehe.«

»Ich finde es zwar völlig okay, wenn du das Kostüm noch mal trägst, weil es dir gut steht, aber ich finde es nicht okay, dass du denkst, es wäre völlig egal, wie du aussiehst.«

»Anna, das ist mir momentan tatsächlich nicht wichtig.«

»Ach Süße … Wie geht es dir denn?«

»Passt schon irgendwie«, sagte ich. »Für diese emotionalen Achterbahnfahrten, die ich in den letzten Wochen erlebt habe, bin ich eindeutig schon zu alt. Jedenfalls wünsche ich mir einfach nur eine gemütliche Fahrt in einer Bimmelbahn.«

»Wenn die Hochzeit vorbei ist und Paul und ich von unseren kurzen Flitterwochen im Bayerischen Wald zurück sind, dann machen du, Zoe und ich uns einen gemütlichen Abend bei mir und weihen die neue Sauna ein.«

»Ja … das machen wir«, sagte ich halbherzig.

»Ilona …?«

»Ja?«

»Es gibt da noch was, über das wir reden sollten.«

»Was denn?«

»Gestern hat mich Chris angerufen.«

Ich spürte, wie mein Puls anstieg.

»Woher hat der denn deine Nummer?«, fragte ich, fast ein wenig patzig.

»Wir haben sie in Italien getauscht, noch vor dem ganzen Streit, damit wir über WhatsApp weiterhin Kontakt halten können. Aber das ist doch auch egal. Er klang jedenfalls ziemlich bedrückt. Vielleicht solltest du doch noch mal mit ihm …«

»Anna. Ich habe mit Männern im Allgemeinen und mit Chris im Besonderen abgeschlossen. Und ich möchte nicht weiter darüber reden«, unterbrach ich sie. »Jetzt ist einfach nur deine Hochzeit wichtig. Alles andere interessiert mich nicht. Und nun muss ich wieder arbeiten. Falls du sonst noch was brauchst, melde dich bitte.«

Ich hörte sie seufzen.

»Na gut. Bis dann!«

»Bis dann!«

Am Freitagabend machten Ben und ich noch gemeinsam die Kassenabrechnung und räumten die frischen Sachen in die Kühlung. Wegen der Hochzeit würde der Laden am Samstag geschlossen bleiben. Ausnahmsweise ging das schon.

»Schreibst du bitte noch das Schild für die Ladentür?«, bat ich Ben.

»Hab ich schon. Weißt du, wo der Abroller mit dem Klebeband ist? Ich finde ihn nirgends.«

»Ich schau mal im Büro.«

Als ich in den Schubladen am Schreibtisch suchte, sah ich neben dem Computer mein Handy, das dort schon seit ein paar Stunden lag. Ich hatte mehrere verpasste Anrufe.

Auch Anna hatte versucht, mich zu erreichen. Vor mehr als einer Stunde.

»Du musst mich dringend zurückrufen, Ilona«, hatte sie auf meiner Sprachbox hinterlassen.

Hoffentlich lief nichts schief wegen der Hochzeit? Ich versuchte, sie zu erreichen, aber sie ging nicht ans Telefon.

Dann wird es schon nicht so dringend sein!

Endlich hatte ich den Abroller gefunden und ging zu Ben in den Laden. Er klebte das Schild *Heute Samstag ganztägig geschlossen* von innen an die Tür.

Ich packte noch ein paar Sachen in eine Tasche, von einer telefonischen Bestellung, die Ben aufgenommen hatte und die er der Kundschaft, einer älteren Dame, noch auf dem

Heimweg vorbeibringen würde. Unter den Artikeln war auch das Traubengelee von Alessia.

Als ich das Glas mit dem liebevoll entworfenen Etikett in die Hand nahm, schossen mir Tränen in die Augen. Ich hatte die Italienerin so ins Herz geschlossen und konnte immer noch nicht fassen, dass sie und Chris nur mit mir gespielt hatten. Dabei wollte ich doch gar nicht mehr darüber nachdenken! Aber so einfach, wie ich mir das wünschte, ließen sich die Gedanken eben nicht abschalten.

»Ilona? Alles gut?«

Ich schüttelte den Kopf.

»Nein. Irgendwie nicht.«

»Verdammter Liebeskummer! Irgendwann muss es besser werden«, murmelte er. Doch dann erschien ein Lächeln auf seinem Gesicht.

»Ich weiß was«, sagte er und griff nach seinem Handy.

Und plötzlich ertönte eine allzu bekannte Melodie!

»Ach nö«, sagte ich und musste gleichzeitig lächeln.

»O doch! … Wie war noch mal der Rat einer ziemlich schlauen Frau, die ich sehr schätze? Den genauen Wortlaut weiß ich nicht mehr, aber sie hat irgendwas von wegen Energie durch magische Klänge gesagt, die frisch getrennten Menschen hilft, das alles zu überleben … oder so ähnlich. Und jetzt komm!«, ließ er nicht locker.

»Hier im Laden?«

Er zuckte mit den Schultern.

»Klar!«

»Na gut!«

Und dann begannen wir zu tanzen, bewegten uns zwischen den Regalen mit Pesto und Pasta zur Musik. Und tatsächlich merkte ich, dass meine Niedergeschlagenheit langsam verschwand und wir immer ausgelassener wurden. Es half mir wirklich!

Ben spielte das Lied ein zweites Mal ab und dann gleich noch ein drittes Mal. Bei der Textstelle *I will survive* sangen wir jedes Mal lauthals mit.

Als das Lied zu Ende war, fiel ich Ben um den Hals.

»Ich danke dir!«, murmelte ich, und er drückte mich ganz fest.

»Du hast mir auch so viel geholfen, Ilona. Ich bin froh, wenn ich dir jetzt ein wenig beistehen kann.«

»Wir helfen uns offenbar gegenseitig«, sagte ich amüsiert und gab ihm einen freundschaftlichen Kuss auf die Wange.

Als ich mich von ihm löste, bemerkte ich, dass jemand vor der Ladentür stand und hereinschaute.

»Wer ist das denn?«, fragte Ben.

Chris!

Das konnte doch nicht wahr sein!

Er drehte sich um und ging davon.

Kapitel 27

Eine Frau passt ins Kleid

»Das war Chris!«, sagte ich aufgeregt zu Ben.

»Chris? *Der* Chris? Echt?«

Ben grinste.

»Der denkt jetzt vermutlich, du hast was mit mir am Laufen.«

Ich wusste nicht, ob ich lachen oder weinen sollte.

»Soll er doch!«

»Hör mal. Wenn er schon so weit gefahren ist, könntest du doch zumindest kurz mit ihm reden, Ilona. Und dich am besten beeilen, sonst ist er womöglich gleich wieder verschwunden.«

Er hatte recht.

Ohne groß darüber nachzudenken, eilte ich aus dem Laden. Auf der anderen Straßenseite sah ich Chris, wie er die Tür eines weißen Lieferwagens mit italienischem Kennzeichen öffnete.

»Chris!«, rief ich. »Warte bitte!«

Er sah mich an. Nach einem kurzen Zögern schloss er die Tür wieder und kam zu mir. Sein Blick wirkte angespannt.

»Ich wollte dich und deinen … Mitarbeiter nicht stören«, sagte er.

So wie er das Wort Mitarbeiter betonte, ging er offenbar tatsächlich davon aus, dass da mehr zwischen uns war als nur ein Angestelltenverhältnis. Und das schien ihm nicht zu gefallen. Was mich im ersten Moment überraschte und mir im Nachgang wiederum gefiel. Was mich wiederum ebenfalls überraschte, nach allem, was zwischen uns vorgefallen war.

»Was machst du hier?«, fragte ich.

»Hat Anna dir nichts gesagt?«

»Nein. Ich habe noch nicht mit ihr gesprochen.«

Ben stand plötzlich neben uns.

»Wollt ihr nicht lieber drinnen reden?«, schlug er freundlich vor. »Ich bin übrigens Ben. Annas schwuler Mitarbeiter«, erklärte er in seiner unverblümten Art.

»Ich bin Chris.«

»Ich weiß.«

Damit waren die Fronten geklärt, und ich hatte den Eindruck, als würde sich Chris ein klein wenig entspannen.

»Ich habe die bestellte Ware dabei.«

»Ich sagte doch, du sollst sie schicken!«

»Jetzt hab ich sie aber nun mal selbst gebracht«, sagte er.

»Bringen wir die Sachen doch am besten in den Laden«, schlug Ben vor.

Eine halbe Stunde später saßen Chris und ich uns in meinem Wohnzimmer gegenüber. Ben hatte sich inzwischen mit den Einkäufen, die er noch ausliefern musste, auf den Weg gemacht.

»Und du möchtest wirklich nichts trinken?«, fragte ich.

»Nein danke, Ilona.«

Ich war nervös und wusste nicht so recht, wie ich mit der

Situation umgehen sollte. Chris hatte einen langen Weg hinter sich, und deswegen hatte ich zugestimmt, mir wenigstens anzuhören, was er zu sagen hatte. Auch wenn ich nicht wusste, was es denn noch zu klären gab, es war doch bereits alles gesagt.

»Es tut mir leid, dass du auf mein Kommen nicht vorbereitet warst«, begann er. »Aber ich musste die Gelegenheit wahrnehmen, dir die Ware persönlich zu bringen, damit ich doch noch einmal mit dir reden kann.«

»Chris ... da gibt es nichts mehr zu reden«, stellte ich klar. »Euer Gespräch war aufschlussreich genug. Das konnte man nun wirklich nicht falsch verstehen. Zoe war dabei und hat alles mitbekommen.«

Er sah mich mit ernstem Blick an. Dunkle Schatten lagen unter seinen Augen, und er schien erschöpft zu sein.

»Ich kann mich nicht mehr genau an den Wortlaut dieses Gesprächs erinnern«, begann er, »aber ja, du hast recht. Claudia hat tatsächlich gesagt, Alessia und ich hätten dich um den Finger gewickelt.«

»Und dass du froh sein wirst, wenn ich weg bin, damit du mir nicht mehr irgendwelche Gefühle vorspielen musst«, ergänzte ich, und es fiel mir schwer, die Worte auszusprechen, aber ich hatte sie noch sehr deutlich im Kopf.

»Ja. Ich weiß. Auch das. Und leider hatte ich in diesem Moment keine Gelegenheit mehr, etwas dazu zu sagen, weil Franko anrief und ich wegmusste.«

Für ein paar Sekunden herrschte Stille. Traurig schüttelte er den Kopf.

»Warum hast du denn nicht mit mir geredet?«

»Ich habe mich in dich verliebt, Chris«, sagte ich dann ehrlich. »Du warst der erste Mann seit Langem, bei dem ich wieder ein Kribbeln im Bauch hatte und der mir das Gefühl gab, dass ich mich endlich wieder fallenlassen könnte. Was glaubst du, was das mit mir gemacht hat, als mir aufging, dass du nur mit mir spielst?«

Chris sah mich betroffen an.

»Du denkst wirklich, dass ich dir nur was vorgemacht habe?«

»Was soll ich denn sonst denken? Was hättest du an meiner Stelle gedacht, wenn es umgekehrt gewesen wäre?«, fragte ich.

Chris fuhr sich durch die Haare, dann schaute er mir eindringlich in die Augen.

»Ilona, natürlich haben wir dich eingeladen, weil wir dich als gute Kundin gewinnen wollten. Daraus habe ich von Anfang an keinen Hehl gemacht. Aber außerdem warst du mir bei unseren Telefonaten schon so sympathisch, und ich hatte wirklich Lust, dich kennenzulernen … Und dann … dann hat sich etwas zwischen uns entwickelt. Und ich … ich habe mich auch in dich verliebt. Warum hätten wir denn sonst darüber reden sollen, wie sich das in Zukunft gestalten kann?«

Während er ruhig sprach, bekam der Panzer, in den ich mich die letzten beiden Wochen zurückgezogen hatte, ernsthafte Risse.

»Du selbst«, fuhr er fort, »du selbst hast bei unserem letzten Telefonat etwas Entscheidendes gesagt. Dass ich es gar nicht nötig gehabt hätte, mit dir zu schlafen, weil du die Sachen auch so bei uns bestellt hättest. Warum also hätte ich dir um Himmels willen etwas vormachen sollen?«, fragte er.

Sagte er die Wahrheit? Ich schluckte. Vielleicht hatte ich ihm ja doch Unrecht getan?

»Aber warum hat Claudia das dann gesagt?«, fragte ich, weil ich es nach wie vor nicht verstehen konnte. »Ich habe mir das doch nicht eingebildet!«

Plötzlich lächelte er.

»Hast du denn wirklich nicht mitbekommen, wie eifersüchtig Claudia deinetwegen war?«

Ich sah ihn wie vom Donner gerührt an.

»Eifersüchtig? Meinetwegen?«

»Und wie!«

»Aber warum denn?«

»Claudia hat ein Gespräch von mir und Alessia mitbekommen. Alessia hat schnell gemerkt, dass du mir gefällst. Das war ziemlich am Anfang, als wir beide noch unsere blöden Diskussionen übers Schummeln führten. Ich sagte ihr, dass ich dich toll finde, dass dieses Schummeln aber ungute Erinnerungen weckt. Da meinte sie, dass ich unbedingt mit dir darüber reden solle. Und dass sie mich verstehen könne, weil du eine Frau seist, in die auch sie sich verlieben könnte, wenn sie nicht schon mit Claudia zusammen wäre.«

»In mich? Das hat sie gesagt?«, fragte ich verblüfft.

»Ja … Alessia mag dich wirklich sehr gern. Und nachdem Claudia auch noch von eurem Ausflug nach Saturnia erfahren hatte und mitbekam, wie gut ihr euch versteht, war sie stocksauer. Die beiden hatten deswegen einen heftigen Streit und haben eine Weile lang nur das Nötigste miteinander gesprochen. Inzwischen macht sich Claudia große Vorwürfe. Sie hat auch schon versucht, dich anzurufen, um alles aufzuklären.«

Jetzt ergab plötzlich alles einen Sinn. Die unbekannte italienische Nummer. Das musste wohl Claudia gewesen sein!

»Bei dem Gespräch, das du mitgehört hast, war Claudia

immer noch eifersüchtig. Inzwischen weiß ich, dass sie mitbekommen hatte, dass du mit Zoe ins Haus kamst. Sie wusste, dass du sie hörst, und wollte dir einfach nur weh tun. Nachdem sie realisiert hat, wie sehr sie uns alle damit verletzt hat, tut ihr das alles schrecklich leid. Und glaub mir, du hättest nicht hören wollen, was Alessia ihr deswegen für Vorhaltungen gemacht hat.«

Bei dem Gedanken daran musste er grinsen.

»Jedenfalls hofft Claudia auf eine Gelegenheit, das wiedergutzumachen.«

»Das alles … ich weiß gar nicht, was ich sagen soll«, murmelte ich ein wenig überfordert. Mit so einer Wendung hätte ich niemals gerechnet.

»Ich kann verstehen, wie das bei dir angekommen sein muss, und ich verstehe auch, weshalb ihr Hals über Kopf abgereist seid, aber ich musste einfach unbedingt mit dir darüber reden und alles klarstellen. Wichtig ist, dass du mir jetzt glaubst. Du glaubst mir doch, Ilona?«

Die Geschichte war so verrückt, dass sie tatsächlich wahr sein musste.

»Wenn ich mir deine Nasenspitze so anschaue, dann denke ich, dass du die Wahrheit sagst«, sagte ich in dem Versuch, ein wenig Leichtigkeit in das Gespräch zu bekommen.

»Du kannst das also inzwischen auch?«, fragte er mit einem Lächeln.

»Aber klar … Chris, es war wohl dumm von mir, dass ich nicht versucht habe, die Sache gleich zu klären. Danke, dass du gekommen bist.«

»Ich musste das tun, Ilona, weil du mir wirklich etwas bedeutest …«

Plötzlich hatte ich das Gefühl, mich bewegen zu müssen. Das war alles sehr viel auf einmal gewesen. Ich stand auf.

»Chris?«

»Ja?«

»Ich glaube, ich brauche jetzt ein wenig Zeit für mich alleine, um das alles zu verdauen.«

Er stand ebenfalls auf.

»Natürlich. Ich möchte dich auch nicht bedrängen. Sehen wir uns morgen?«, fragte er.

»Ja … Das heißt nein. Morgen ist ja die Hochzeit von Anna und Paul.«

»Okay …«

»Wie lange bleibst du denn in Prien?«, fragte ich.

»Das hängt ganz alleine von dir ab, Ilona.«

Ich ging auf und ab und fuhr fahrig durch meine Haare. Einerseits brauchte ich tatsächlich einen Moment für mich allein, um nachzudenken. Aber ich wollte auch nicht bis übermorgen warten, um ihn wiederzusehen.

Vielleicht war das Kapitel »Mann« doch noch nicht ganz für mich abgeschlossen? Jedenfalls musste ich das herausfinden. Ich blieb stehen und sah ihn an.

»Gibt mir bitte eine Stunde.«

Kaum war Chris gegangen, klingelte mein Handy.

»Tut mir leid, dass ich vorhin nicht ans Telefon gehen konnte, um dich vorzuwarnen. Ich gehe davon aus, dass Chris inzwischen schon bei dir ist?«, meldete sich Anna.

»War. Jetzt ist er auf dem Weg in sein Hotel.«

»Du hast ihn wieder weggeschickt?« Annas Stimme klang fast ein wenig enttäuscht.

»Ich brauche eine kleine Auszeit, um über alles nachzudenken. Aber er kommt wieder.«

»Gut! Ist denn jetzt alles geklärt zwischen euch?«

»Zumindest glaube ich Chris inzwischen, dass er mir nichts vorgemacht hat, und verstehe, warum Claudia das gesagt hat!«

»Puh, was bin ich erleichtert. Ich konnte mir ja ohnehin nicht vorstellen, dass er und Alessia wirklich zu so einem Verhalten in der Lage wären.«

»Du gehst eben immer vom Guten aus«, sagte ich lächelnd.

»Genau! Denn meistens – wenn auch nicht immer – liege ich mit meinem Bauchgefühl richtig.«

Ich seufzte.

»Ich bin froh, dass du richtiglagst, und ich hätte einfach gleich mit Chris sprechen sollen«, sagte ich. »Dann wären mir diese schrecklichen zwei Wochen erspart geblieben.«

»Ja. Das stimmt. Aber ich kann auch nachvollziehen, warum du es damals nicht getan hast. Also mach dir jetzt bitte deswegen nicht auch noch ein schlechtes Gewissen!«

»Tu ich nicht.«

»Gut! Und Ilona, da Chris jetzt schon mal in Prien ist, kannst du ihn, wenn du möchtest, natürlich gerne morgen zur Hochzeit mitbringen. Einer mehr, einer weniger – was macht das schon?«

»Wenn du meinst? Ich frag ihn, ob er Lust hat, wenn er wieder da ist.«

»Alles klar … Meine Güte, was sind das für turbulente Zeiten!«

»Ziemlich turbulente Zeiten sogar«, bestätigte ich. »Dabei hätte ich es wirklich gerne ein wenig ruhiger!«, gestand ich.

»Ach was – wenn irgendwann mal die Klappe fällt, haben

wir es ruhig genug!«, sagte Anna. »Also, lass uns nicht jammern.«

Ich lachte.

»Wenn man es so sieht, dann hast du natürlich recht! Und morgen wird es auf keinen Fall ruhig zugehen! Ich freue mich schon sehr auf deine Hochzeit, Anna. Da lassen wir es so richtig krachen!«

»Und wie! Und du vergisst bitte trotz Chris und vermutlich wildem Versöhnungssex nicht, spätestens um halb elf bei mir zu sein, damit wir pünktlich zum Standesamt kommen, ja?«

»Anna! Natürlich nicht, wie könnte ich.«

Sie lachte kurz auf.

»Na gut! Ich verlass mich auf dich. Dann bis morgen, Ilona.«

»Bis morgen, Anna!«

Ich legte auf.

Gut eine Stunde später öffnete ich Chris mit etwas Herzklopfen die Tür. Natürlich hatte ich in der Kürze der Zeit kaum in Ruhe nachdenken können, denn ich hatte eilig geduscht, mir etwas Hübsches und gleichzeitig Bequemes angezogen und aus dem Laden ein paar Leckereien auf ein Tablett gestellt und es ins Wohnzimmer gebracht. Trotzdem war diese kleine Auszeit wichtig gewesen, um eine Entscheidung zu treffen, die mehr aus meinem Bauch kam, als vom Kopf geleitet zu sein.

»Hallo, Ilona«, begrüßte er mich mit einem Lächeln.

»Komm doch rein«, forderte ich ihn auf, und wir gingen nach oben.

Nachdem wir Platz genommen hatten und ich ihm Wasser eingeschenkt hatte, wusste keiner von uns so recht, wie wir das Gespräch von vorhin fortsetzen sollten.

»Ich hoffe, du hast ein nettes Hotel gefunden«, sagte ich schließlich.

»Ja … es ist ganz in Ordnung.«

»Schön. Greif ruhig zu«, forderte ich ihn auf und deutete auf die Sachen auf dem Tisch.

»Danke. Vielleicht später.«

»Okay.«

Er suchte meinen Blick.

»Ilona, sag mal …«, er zögerte kurz.

»Ja?«

»Sag mal, denkst du, es gibt eine Möglichkeit, diese letzten zwei Wochen einfach zu streichen und an dem Punkt weiterzumachen, an dem ich dir den letzten Kuss gegeben habe?«

Er redete nicht weiter um den heißen Brei. Und ich war froh darüber.

»Ich glaube nicht, dass wir diese Zeit streichen sollten, Chris«, bemerkte ich dennoch. »Sie soll uns nämlich mahnen, dass wir zukünftig immer miteinander reden, wenn etwas unklar ist oder einer von uns irgendwelche Sorgen hat. Dann gelingt es auch keinem anderen, Unfrieden zwischen uns zu stiften.«

»Du hast recht. Damit hätte das alles sogar einen Sinn.«

Er rutschte näher zu mir.

»Ich habe dich vermisst, Ilona.«

»Ich dich auch, obwohl ich gleichzeitig schrecklich sauer und enttäuscht und unglücklich war«, gestand ich.

»Es war wirklich nicht meine Absicht, dir weh zu tun«, beteuerte er und griff nach meiner Hand.

»Ich wollte dich auch nicht verletzen«, murmelte ich.

Für ein paar Sekunden herrschte Stille. Und dann küssten wir uns.

Das Klingeln meines Handys unterbrach uns. Ich löste mich von Chris. Es war Zoe! Sie schaffte es mal wieder, uns genau im unpassendsten Zeitpunkt zu erwischen. Ich ließ es klingeln. Doch gleich darauf kam eine WhatsApp-Nachricht:

Stimmt es, dass Chris da ist?, fragte sie mit mehreren Fragezeichen und einem äußerst skeptisch dreinblickenden Smiley. Sicher würde sie keine Ruhe geben, bis ich ihr antworten würde.

Ich warf einen Blick zu Chris.

»Ich glaube, das musst du jetzt klären!«, sagte ich mit einem Lächeln und wählte ihre Nummer.

»Hallo Zoe, Ilona hier. Ich gebe dir mal Chris … Moment …«

Bevor sie etwas sagen konnte, hielt ich ihm das Handy entgegen.

Chris blies kurz Luft durch seine Lippen, dann griff er nach dem Handy.

Ich nickte ihm aufmunternd zu.

»Hallo, Zoe …«

Chris ging in dieser Nacht nicht wieder zurück in sein Hotel. Wir nahmen das Tablett mit dem Essen und eine Flasche Rotwein mit ins Schlafzimmer. Doch erst einmal musste ein anderer Hunger gestillt werden.

Erst viel später saßen wir im Bett, ließen uns das Essen schmecken, tranken süffigen Wein und hatten uns viel zu erzählen. Die Vertrautheit war wieder zurück, und es war einfach schön, dass er da war.

Ich spielte mit seinen Fingern.

»Anna möchte, dass du mich morgen zu ihrer Hochzeit begleitest. Hast du Lust?«

»Lust schon, aber nicht unbedingt die passende Kleidung. Das, was ich eingepackt habe, reicht höchstens aus, um mit dir essen zu gehen. Jeans und ein blaues Hemd.«

»Hm. Vermutlich geht das auch! Aber … Moment.«

Ich griff nach dem Handy und tippte eine Nachricht.

»Wem schreibst du denn jetzt?«, fragte Chris verwundert.

»Ben. Ihr beide habt eine ähnliche Statur. Er kann dir sicher was leihen.«

Kurz darauf meldete sich Ben auch schon zurück.

»Er kommt morgen früh und bringt was vorbei.«

»Wow – das ging aber schnell. Danke.«

»Gerne! Und ich weiß auch schon, wie du dich dafür revanchieren kannst …«

»Ach ja? Und wie?«

Ich lächelte nur mit einem betont lasziven Augenaufschlag, und er wusste, was zu tun war.

Irgendwann nach zwei Uhr früh lag ich glücklich in seinen Armen und lauschte seinem Atem. Es war fast wie ein Déjàvu zur Nacht in der Toskana. Und doch war alles anders. Jetzt konnten wir wirklich herausfinden, ob wir zueinander passten.

Als ich am nächsten Morgen die Augen öffnete, zog aromatischer Kaffeeduft in meine Nase. Chris setzte sich mit zwei Tassen Kaffee zu mir ans Bett. Ich richtete mich auf und sah auf die Uhr. Kurz vor acht.

»Guten Morgen, Ilona«, sagte er und gab mir einen Kuss. Dann reichte er mir eine Tasse.

Eigentlich war es eine Kleinigkeit, aber für einen langjährigen Single wie mich war es etwas ganz Besonderes, den Kaffee ans Bett gebracht zu bekommen.

»Danke, Chris. Das ist lieb von dir.«

»Aber gerne doch. Ich weiß, du hast heute viel um die Ohren. Und ich möchte dich auch gar nicht weiter stören.«

»Das tust du nicht. Ben wird gegen halb zehn kommen und dir was zum Anziehen bringen. Aber jetzt sollte ich langsam mal ins Bad.«

»Mach das«, sagte Chris. »Ich vertreib mir hier schon die Zeit.

»Chris?«

»Ja?«

»Möchtest du vielleicht mitkommen? Ich habe eine große Wanne.«

»Das ist mir schon aufgefallen. Und ich habe gehofft, dass du fragst.«

Als wir später aus dem Bad kamen – ich im Bademantel und Chris mit einem Handtuch um die Hüften –, stand Ben schon im Wohnzimmer und wartete auf uns. Offenbar deutete er meinen glücklichen Gesichtsausdruck richtig, denn er zwinkerte mir anerkennend zu.

»Nicht übel … nicht übel«, flüsterte er in mein Ohr, als

Chris kurz ins Schlafzimmer ging, um Unterwäsche anzuziehen. »Ich drück dir fest die Daumen, dass es klappt.«

»Danke, Ben«, sagte ich und gab ihm einen Kuss auf die Wange.

Während Chris die Sachen anprobierte, die Ben gebracht hatte, föhnte ich meine Haare und schminkte mich sorgfältig. Dann ging ich ins Schlafzimmer und schlüpfte in das zitronengelbe Kostüm, das ich schon bei Leonies Hochzeit im Frühsommer getragen hatte.

Doch es passte nicht mehr!

Natürlich war mir bereits aufgefallen, dass meine Hosen in der letzten Zeit deutlich lockerer um die Hüften saßen. Wegen der ganzen Aufregung um Chris hatte ich nicht viel Appetit gehabt. Aber dass ich so viel abgenommen hatte, war mir nicht klar gewesen.

Das Kostüm war damals schon etwas groß ausgefallen, hatte aber gut gepasst. Aber jetzt war der Rock so weit, dass er am Bund Falten warf. Vor allem das Oberteil saß nicht mehr richtig. Es sah unmöglich aus. Was sollte ich denn jetzt machen? In einer halben Stunde musste ich fertig angezogen bei Anna sein.

Vielleicht konnte ich das Oberteil irgendwie mit einer Stola kaschieren?

Hektisch sah ich meinen Kleiderschrank durch und stockte plötzlich. Ganz hinten, in einer durchsichtigen Schutzfolie und noch mit dem Preisschild unter dem Arm, hing das grüne Kleid, das ich vor etwas mehr als vier Wochen in der Boutique gekauft hatte. Nachdem ich mich damit übel blamiert hatte. Es war derselbe Tag gewesen, an dem ich zum ersten Mal mit Chris telefoniert und das unglaubliche Abenteuer, das ich seither erlebte, seinen Anfang genommen hatte. Zögernd holte ich es heraus und nahm die Folie ab. Sollte ich es anprobieren?

Warum nicht?

Entschlossen schlüpfte ich aus dem Kostüm und stieg in das Kleid.

Diesmal ließ sich der Reißverschluss problemlos schließen, und der Stoff umschmeichelte meine Figur. Glücklich stellte ich fest, dass ich nicht mehr wie eine Presswurst darin aussah und mich auch nicht so fühlte. Das Kleid saß genaus so, wie ich es mir damals vorgestellt hatte.

Es ist perfekt!

Als ich zehn Minuten später fertig zurechtgemacht ins Wohnzimmer kam, waren die bewundernden Blicke von Chris und Ben eine Bestätigung dafür, dass ich offenbar tatsächlich alles andere als übel aussah.

Chris kam auf mich zu und nahm meine Hände.

»Wow – du siehst umwerfend aus!«

»Sie ist echt eine Granate, oder?«, sagte Ben zu Chris.

Chris nickte.

»Ja. Das war mir von Anfang an klar!«

Kapitel 28

Freundinnen durch dick und dünn

Kurz vor halb elf kamen Ben, Chris und ich bei Anna an. Dort herrschte das reinste Chaos. Leo hatte mit schlimmer Übelkeit zu kämpfen und war schon seit einer Weile im Badezimmer verschwunden. Conny hatte – womöglich als Geschenk an diesem besonderen Tag für ihr geliebtes Frauchen – eine tote Maus in Annas linken Hochzeitsschuh gelegt. Mina versuchte den Schuh mit angewidertem Gesicht zu desinfizieren und mit dem Föhn zu trocknen.

»Den kann sie doch nicht mehr anziehen!«, protestierte Zoe, die in einem lila Neckholder-Hosenanzug wie eine Filmdiva aus den 60er-Jahren aussah. »Sie braucht unbedingt andere Schuhe.«

»Aber das sind die einzigen, die zum Kleid passen«, erklärte Mina.

»Verdammt! Dann sprüh besser noch mal was von dem Desinfektionsmittel rein.«

»Ich hab doch schon zweimal«, beteuerte Mina, sprühte aber beherzt noch etwas mehr von dem Mittel hinein.

Auch Harald und Karla waren bereits hier, und die Zwillinge spielten mit Emma und der Katze im Wohnzimmer Verstecken.

»Das ist Chris«, stellte ich ihn vor.

»Freut mich sehr«, sagte Karla, deren Bauch tatsächlich riesig war. Kaum zu glauben, dass dieses Mal nur ein Kind drin sein sollte. Dabei standen ihr jetzt noch mindestens zwei Wochen bevor.

Chris und Harald gaben sich die Hand.

Als Zoe Chris sah, kam sie auf ihn zu. Sie hatten sich gestern am Telefon ausgesprochen und umarmten sich nun, als wären sie beste Freunde, die sich ewig nicht mehr gesehen hatten.

Ich war so froh, dass sich alles geklärt hatte. In Zukunft würde Annas Hochzeitstag auch für mich eine besondere Bedeutung haben.

»Sag mal Ilona, ist das *das* Kleid?«, fragte Zoe plötzlich und musterte mich.

»Ist es.«

»Das sieht ja heiß aus. Und es sitzt super!«

»Danke! Ich hätte nicht gedacht, dass ich es irgendwann tatsächlich mal anziehen würde.«

»Weißt du eigentlich, dass dieses Kleid Ilona irgendwie berühmt gemacht hat?«, fragte Zoe Chris.

»Äh, nein«, antwortete er verdutzt. »Wirklich?«

»Hat es nicht!«, beteuerte ich schnell.

»Ach, das ist *das* Kleid!«, mischte sich nun auch Ben ein, und plötzlich sahen mich alle neugierig an.

Ich spürte, wie ich rot anlief.

»Zoe!« Ich sah sie drohend an. Auch wenn das Kleid jetzt passte, wollte ich doch auf keinen Fall, dass sie ausplauderte, was ich damit Peinliches mit Jo Ranke erlebt hatte.

»Ach komm, Ilona. Das wäre doch heute genau der Tag für so eine Geschichte«, drängte Zoe.

»Ist es ganz sicher nicht.«

Ben grinste breit und zwinkerte Emma zu.

»Jetzt würde ich aber echt gern wissen, was es mit diesem Kleid auf sich hat«, sagte Chris.

»Ich auch«, kam es unisono von Karla, Harald und Mina.

Da kam Emma mir zu Hilfe.

»Wenn Ilona es nicht sagen will, dann müsst ihr das gefälligst akzeptieren. Und du wirst es auch nicht verraten, Zoe. Das wäre unfair.«

»Na gut«, gab Zoe nach.

»Danke, Emma!«, sagte ich. »Du hast was gut bei mir.«

Chris beugte sich zu meinem Ohr.

»Ich glaube, diese Geschichte muss ich heute Nacht noch aus dir herauskitzeln«, kündigte er leise an.

Ich seufzte. Er würde sicher nicht lockerlassen.

»Na gut ... ich erzähle es dir später«, versprach ich leise.

»Klingt spannend!«

»Wo ist eigentlich Anna?«, wechselte ich das Thema. Immerhin war heute ihr großer Tag und nicht der Tag der Geschichte meines grünen Kleides.

»Im Schlafzimmer«, erklärte Timo, Leos Mann, der gerade mit ihr aus dem Badezimmer kam. Leo wirkte noch ein wenig blass um die Nase.

»Komm mit«, sagte ich zu Zoe, und wir gingen nach oben.

Anna stand in ihrem eisblauen Kostüm vor dem Spiegel und versuchte gerade den Verschluss einer zarten silbernen Kette an ihrem Hals zu schließen.

»Warte, lass dir helfen«, sagte ich und fummelte die winzige Öse in den Federring.

»Du siehst wunderschön aus, Anna«, sagte ich und nickte ihr im Spiegel zu.

»Ja! Traumhaft! Wie eine prächtige Eiskönigin«, schwärmte Zoe.

Anna lächelte.

»Nie hätte ich gedacht, dass ich ein zweites Mal heiraten würde«, sagte sie.

»Du Glückliche. Ilona und ich haben es noch nicht einmal geschafft«, bemerkte Zoe trocken.

»Zumindest bis jetzt noch nicht«, sagte Anna. »Wer weiß denn schon, was noch kommt.«

»Außerdem geht es heute nicht um uns, sondern um Anna«, stellte ich klar.

Ich sah auf die Uhr.

»Wenn wir nicht zu spät kommen wollen, dann müssen wir in zehn Minuten los«, mahnte ich sie.

»Ich bin so weit«, sagte Anna. »Ich brauche nur noch meine Schuhe.«

»Hast du denn wirklich keine anderen Schuhe, die du anziehen könntest?«, fragte Zoe. »Ich würde meinen Fuß nie im Leben da reinstecken, wenn ich wüsste, dass eine tote Maus darin war.«

»Ich ehrlich gesagt auch nicht.« Ausnahmsweise war ich hier mit Zoe einer Meinung.

»Ihr seid mir ja zwei Hühner«, rief Anna, und ich hörte plötzlich ein wenig Panik in ihrer Stimme. »Wo soll ich denn jetzt andere Schuhe herbekommen? Gleich ist meine Hochzeit! Soll ich vielleicht Sneakers anziehen? Die Schuhe habe ich doch extra passend zum Kleid gekauft.«

»Ganz ruhig bleiben, Anna. Sicher sind im Schuhschrank

noch andere, die auch passen. Ich schau mal nach«, beharrte Zoe und ging aus dem Zimmer.

Anna fing plötzlich zu lachen an.

»Eine tote Maus im Hochzeitsschuh ... Das geht ja schon gut los. Na, wenn das kein Glück bringt.«

»Tut es bestimmt ... Anna?«

»Ja?«

Ich griff nach ihrer Hand und drückte sie.

»Danke für unsere Freundschaft. Sie ist so ein wichtiger Teil meines Lebens. Gerade in den letzten Wochen ist mir das wieder besonders bewusst geworden.«

»So geht es mir auch, Ilona. Seit unserem ersten Kindergartentag, an dem ich dich kopfüber an der Kletterstange hängen sah und du dabei mit einem Kaugummi eine Riesenblase gemacht hast, wusste ich instinktiv, dass ich dich als beste Freundin wollte, weil ich mit dir durch dick und dünn gehen könnte.«

»Das haben wir echt gemacht. Buchstäblich«, sagte ich und musste die aufsteigenden Tränen unterdrücken.

»Und das werden wir auch weiterhin tun«, versprach Anna.

»Und danke, dass du Chris ermutigt hast, zu mir zu kommen.«

»Gern. Ich bin froh, dass er mich angerufen und mir alles erzählt hat. Es sieht so aus, als ob ihr wirklich gut zusammenpassen könntet, Ilona. Und ich freue mich sehr darüber, dass ihr euch ausgesprochen habt.«

»Und ich erst! Mal sehen, wie es jetzt weitergeht ... aber jetzt komm! Wir müssen los.«

In ihren alten Hausschuhen ging sie nach unten in den Flur.

»Ich habe welche gefunden!«, rief Zoe triumphierend und reichte Anna dunkelblaue Pumps.

»Die kannst du genauso gut anziehen«, sagte sie.

Anna seufzte und schlüpfte hinein.

»Die passen wirklich gut«, beteuerte ich.

»Na gut, wenn ihr meint. Sie sind sogar bequemer als die anderen.«

»Na siehst du!«, sagte Zoe.

Leo kam aus dem Wohnzimmer.

»Du siehst sooo schön aus, Mama«, sagte sie.

Ich sah, dass Annas Augen feucht schimmerten.

»Danke, mein Liebes. Fühlst du dich denn wieder besser?«

»Ja … im Moment geht es wieder. Mach dir keine Sorgen, Mama. Ich bin ja nicht krank, nur schwanger.«

»Leute! Die Braut ist startklar!«, rief Zoe ins Wohnzimmer. »Wir müssen jetzt los!«

Daraufhin kamen alle heraus und machten Anna Komplimente.

Harald nickte seiner Exfrau zu.

»Du siehst toll aus«, sagte er knapp.

»Danke, Harald.«

»Sie sieht nicht nur toll aus, sondern wunderschön«, korrigierte Karla und gab der Exfrau ihres Mannes einen angedeuteten Kuss.

Mina streichelte ihrer Tochter über die Wange.

»Du bist eine zauberhafte Braut, mein Kind. Noch viel schöner als beim letzten Mal!«, sagte sie so laut, dass Harald es nicht überhören konnte.

Ich verkniff mir ein Grinsen!

»Danke, Mama! Aber ihr müsst jetzt aufhören, sonst

fange ich gleich an zu heulen, und dann ist das Make-up hinüber.«

»Dann machen wir es einfach wieder neu, Mama. Ohne dich kann es sowieso nicht losgehen«, sagte Emma pragmatisch, die in einem einfachen hellgrauen Kleid und den offenen dunklen Haaren wie eine Elbin aus der Verfilmung von *Der Herr der Ringe* aussah. Aber natürlich ohne die spitzen Ohren. Ihr Handy meldete eine Nachricht.

»Jana hat mir gerade geschrieben, dass Paul schrecklich nervös ist und seine Krawatte nicht findet. Hast du vielleicht eine Idee, wo er sie hingeräumt haben könnte, Mama?«, fragte Emma.

Anna schüttelte den Kopf.

»Keine Ahnung!«

»Er soll unten im Schrank schauen«, meldete sich Mina zu Wort. »Krawatten rutschen manchmal vom Kleiderbügel.«

Emma tippte eine Nachricht.

Ich spürte, wie jemand nach meiner Hand griff und sie leicht drückte. Chris lächelte mir zu.

»Dann lasst uns aufbrechen«, sagte Harald, der immer gerne den Ton angab.

»Du hattest recht, Omi! Die Krawatte lag tatsächlich unten im Schrank!«, rief Emma, nachdem sie eine weitere Nachricht von Jana bekommen hatte.

»Tja … Sag ich doch!« Mina lächelte selbstzufrieden.

»Gott sei Dank!«, sagte Anna.

Es klingelte an der Haustür. Leo öffnete.

Draußen stand der Nachbar Karl Obermeier, der eine lockere Beziehung mit Mina hatte und ebenfalls zur Hochzeit eingeladen war. Der rüstige Senior tippte auf die Uhr.

»Ich möchte euch ja nicht drängen, aber es wird Zeit«, sagte er.

»Wir kommen ja schon, Karl!«, sagte Mina.

»Halt! Wo ist der Brautstrauß?«, rief Ben.

»In der Küche! Den hätten wir jetzt glatt vergessen«, sagte Leo und ging ihn eilig holen.

»Danke«, sagte Anna, als Leo ihr den Strauß aus weißen Rosen in die Hand drückte. Dann atmete sie einmal tief durch und lächelte in die Runde.

»Los geht's!«

»Ich glaube, ich werde nicht mitkommen!«, sagte Karla plötzlich in einem seltsamen Ton.

»Ja aber warum denn nicht?«, fragte Harald verdutzt.

»Meine Fruchtblase ist gerade geplatzt.«

Wir sahen sie alle ungläubig an.

»Was???? Jetzt???«

»Das kann doch echt nicht wahr sein«, rief Zoe und fing dann an, schallend zu lachen.

Kapitel 29

Happy Lotte – Epilog

Zwei Tage vor Heiligabend setzte ich mich noch etwas verschlafen im Bett des Schlafwagens hoch. Ich war im Nachtzug von München nach Florenz unterwegs. Ich griff nach meinem Handy. Es war kurz vor halb sechs. Noch eine Stunde, dann würde ich am Bahnhof von Florenz ankommen. Mehrere WhatsApp-Nachrichten waren bei mir eingegangen. Chris hatte geschrieben, dass er schon losgefahren sei und er mich pünktlich am Bahnhof erwarten würde. Meine Aufregung wuchs, und ich konnte es kaum mehr erwarten, ihn endlich wiederzusehen. Seit seinem überraschenden Besuch in Prien, den er kurzfristig um ein paar Tage verlängert hatte, telefonierten wir täglich oder unterhielten uns per Facetime.

Eine andere Nachricht war von Zoe, die gestern in Santiago auf den Kapverdischen Inseln gelandet war, wo sie die Feiertage verbringen würde.

Es ist das Paradies! Fast. Nur Anna und du fehlt mir!

Dazu schickte sie ein Selfie, auf dem sie mit einem Cocktail in der Hand in die Kamera prostete. Dahinter ein traumhafter Sonnenuntergang über dem Meer.

Genieße es trotzdem! Und mache viele Fotos für uns!, schrieb ich zurück.

Eine weitere Nachricht war von Ben, der einen Schnappschuss vom frisch gestrichenen Wohnzimmer seiner neuen Wohnung geschickt hatte, die praktischerweise nur ein paar Häuser von meinem Delikatessenladen entfernt lag. Inzwischen hatte er die Trennung von Bernhard weitgehend überwunden. Auf eine neue Beziehung wollte er sich aber vorerst nicht einlassen.

»Dafür hab ich im Moment auch gar keine Zeit«, betonte er. Und tatsächlich war er fast Tag und Nacht für mein Geschäft im Einsatz, vor allem, um den Catering-Service noch weiter auszubauen. Wir bekamen bereits so viele Aufträge, dass ich Ben als feste Ganztagskraft eingestellt hatte. Und auch Emma jobbte fleißig im Laden mit, bis sie im nächsten Jahr ihr Archäologie-Studium beginnen würde, für das sie sich inzwischen entschieden hatte. Ich konnte mich absolut auf die beiden verlassen, und bis Chris und ich endgültig herausgefunden hatten, wie es mit uns weitergehen würde, konnte ich mir getrost Auszeiten nehmen, um Chris zu treffen. Mein Geschäft war in den besten Händen.

Weihnachten würde Ben bei Anna und ihrer Patchworkfamilie verbringen. Paul hatte schon vor Tagen einen riesigen Weihnachtsbaum aufgestellt, den alle zusammen traditionell einen Tag vor Heiligabend schmücken würden. Dazu gab es Minas leckeren Eierpunsch. Bisher war auch ich immer bei diesem besonderen Ereignis dabei gewesen, doch dieses Jahr würde ich die Feiertage auf dem Hof in der Maremma bei Chris, Alessia und Claudia verbringen. Und Mario war natürlich auch dabei.

Claudia hatte sich per Videonachricht aufrichtig bei mir entschuldigt und mir als Wiedergutmachung für den ganzen

Ärger, den sie bedingt durch ihre Eifersucht verursacht hatte, das Bild mit den *fliehenden Kleidern* geschickt, das mir so gut gefiel. Inzwischen hatte es einen Ehrenplatz im Laden, und einige Kunden wollten bereits mehr über die talentierte Künstlerin erfahren.

Um mir die restliche Fahrzeit zu vertreiben, blätterte ich durch die Fotogalerie auf dem Handy. Ich hatte jede Menge Aufnahmen von Annas Hochzeit, die sich durch die vorzeitige Geburt noch etwas aufregender gestaltet hatte. Anna und Paul waren ein wirklich tolles Paar. Und dann gab es noch zahlreiche Bilder von Chris. Eines mochte ich besonders gerne. Es zeigte ihn, wie er den kleinen Vincent im Arm hielt und stolz wie ein Vater in die Kamera grinste. Und er konnte auch stolz sein, auch wenn er nicht der Vater des Babys war. Da Harald vor lauter Aufregung nicht fähig gewesen war, seine Frau in die Klinik zu bringen, hatte Chris angeboten, die beiden zu fahren, während wir die Zwillinge mit zur Hochzeit nahmen. Doch unterwegs waren Karlas Wehen plötzlich so heftig geworden, dass Chris den Wagen am Straßenrand anhalten musste. Während Harald völlig aufgelöst gerade mal dazu fähig gewesen war, einen Krankenwagen zu rufen, war Chris als unfreiwilliger Geburtshelfer eingesprungen. Er hatte deswegen zwar die Trauung im Standesamt verpasst, konnte uns dafür aber später bei der Feier das Wunder der Geburt aus erster Hand schildern und Fotos des Babys präsentieren. Im Nachhinein hatte sich herausgestellt, dass Karlas Frauenärztin versehentlich die Untersuchungsergebnisse einer anderen Patientin in Karlas Akte eingetragen hatte und es deswegen zu dem völlig falschen Entbindungstermin gekommen war. Trotzdem war es am Ende doch irgendwie der richtige Tag gewesen, den der Kleine sich ausgesucht hatte. Und seine beiden Schwestern sowie auch Pauls Tochter Jana, die durch die Hochzeit so etwas wie eine Stief-Halbschwester für den Kleinen geworden war, waren total in ihn vernarrt.

Nur noch wenige Minuten, und ich würde in Florenz ankommen. Inzwischen hatte ich meine Sachen zusammengepackt und wartete im Gang, bis der Zug im Hauptbahnhof einfuhr. Als ich ausstieg, suchte ich zwischen den Hunderten von Menschen, von denen die meisten vermutlich über die Feiertage zu ihren Familien nach Hause fuhren, nach Chris. Endlich entdeckte ich ihn und winkte in seine Richtung. Ein breites Lächeln erschien auf seinem Gesicht, als er auf mich zukam und mich fest in die Arme schloss.

»Willkommen in Florenz, Ilona. Ich bin so froh, dass du da bist«, sagte er und gab mir einen Kuss.

Gut zwei Stunden später fuhren wir in den Hof. Und auch wenn diesmal ein ziemlich frischer Wind um meine Ohren pfiff und der Tag grau und duster war, so war es doch, als ob ich erst vor wenigen Tagen hier gewesen wäre. Ich fühlte mich an diesem herrlichen Ort schon jetzt ein bisschen wie zu Hause.

Während wir mein Gepäck aus dem Wagen holten, kam Lotte aus dem Haus.

»Lotte!«, rief ich ihr zu und wollte eben die Tüte mit Leckerli aus der Jackentasche holen, die ich extra für sie mitgebracht hatte, da rannte der Hund auf mich zu.

»Halt, Lotte!«, rief Alessia ihr zu, doch es war zu spät. In ihrem Überschwang sprang Lotte an mir hoch und warf mich mit ihrem Gewicht rückwärts zu Boden. Glücklicherweise trug ich eine dicke Jacke und eine Mütze, sodass ich nicht so hart aufkam.

»Ilona!«, rief Chris erschrocken und zog Lotte von mir weg, die mir voller Freude über die Wangen lecken wollte.

»Geht's dir gut?«, fragte Alessia, die inzwischen zusammen mit Claudia neben mir stand.

Ich sah zu den dreien hoch, und plötzlich begann ich zu lachen. Mal wieder lag ich unfreiwillig auf dem Rücken am Boden. Doch diesmal nahm ich es mit Humor.

»In dieser Position wollte ich euch eigentlich nicht begrüßen«, sagte ich grinsend.

Claudia reichte mir die Hand und half mir hoch.

»Sollen wir einen Arzt holen?«, fragte sie.

Ich schüttelte den Kopf.

»Hast du dir sicher nicht weh getan«, fragte Chris.

»Nein. Ich bin ja gut gepolstert«, antwortete ich.

Chris gab mir einen Kuss und flüsterte mir dann ins Ohr.

»Und ich hoffe, das bleibt auch so!«

DANKSAGUNG

Kurz nachdem ich mit der Arbeit an den ziemlich turbulenten Zeiten angefangen hatte, kam Corona mit dem Lockdown und seinen weitreichenden Auswirkungen. Ich fragte mich, wie ich denn unbeschwert davon schreiben konnte, dass die Freundinnen im Dolce Vita bei Wein und gutem Essen feierten, wenn wir selbst doch nur noch für die nötigsten Erledigungen aus dem Haus durften und unsere Freunde und sogar die engsten Familienmitglieder – wenn überhaupt – nur aus der Entfernung sehen konnten. Es fiel mir anfangs wirklich schwer, meine drei Heldinnen ins Auto zu setzen, um sie in die Toskana reisen zu lassen, während wir noch nicht einmal ohne triftigen Grund den Landkreis verlassen durften. Bis mich schließlich meine Figuren an der Hand nahmen und mich mit auf diese Reise nahmen. Mit ihnen konnte ich lachen, weinen, feiern, küssen und tanzen. Deswegen möchte ich mich – auch wenn es vielleicht ein wenig verrückt klingen mag – bei meinen Figuren bedanken. Nachdem ich das letzte Kapitel geschrieben hatte, war es mir tatsächlich so, als käme ich von einer herrlichen Italienreise nach Hause.

Sehr möchte ich mich bei meinem Verlag bedanken, der es mir ermöglicht hat, nach dem Roman »Ziemlich hitzige Zeiten« in einer unabhängigen Fortsetzung auch die Geschichte von Ilona zu erzählen. Danke, liebe Anna-Lisa Hollerbach für unsere tolle Zusammenarbeit.

Liebe Alexandra Baisch, es macht so unglaublich viel Spaß, mit dir an meinen Texten zu feilen. Vielen Dank für deinen klaren Blick und auch dafür, dass du mich immer wieder aufs Neue davor bewahrst, ins Rührseligkeits-Fettnäpfchen zu treten.

Lieber Johannes Wiebel und lieber Max Meinzold, ich liebe liebe liebe das Cover! Mindestens genauso sehr wie euer Cover von »Ziemlich hitzige Zeiten«.

Herzlichen Dank an euch, meine lieben Agentinnen Franka Zastrow und Christina Gattys. Ihr seid die Besten! Und deine herrlichen Fotos aus der toskanischen Maremma, liebe Christina, waren eine wunderbare Inspiration.

Danke, lieber Christian Lex, für so vieles!

Ich danke meinen tollen Söhnen Felix und Elias, meiner Schwiegertochter Carolin, meinem Bruder Max mit seiner Familie und vor allem meiner Mama, dass ihr stets für mich da seid und wir in allen Lebenslagen durch dick und dünn gehen!

Und ganz vielen lieben Dank an meine Leserinnen und Leser!

Ach ja, da gibt es noch jemanden, den ich erwähnen möchte. Im Mai diesen Jahres ist unser – damals noch kleiner – Kater Rocky bei uns eingezogen. Der liebenswerte freche kleine Kerl bringt mich mit seinen waghalsigen Stunts oft zum Lachen. Und wenn er dann im Ablagefach auf meinem Schreibtisch liegt und gemütlich schläft, während ich arbeite, habe ich das Gefühl, die Welt ist in Ordnung!

Rezepte

Alessias Traubengelee mit Prosecco

Zutaten:

1200 g Biotrauben gemischt, weiß und rot/rosa
1 unbehandelte Biozitrone
1 Päckchen Vanillezucker
ca. 300 ml Prosecco
500 g Gelierzucker 2:1

Zubereitung:

Die Trauben gründlich waschen, von den Stielen befreien und in einen großen Topf geben.

100 ml Prosecco, Vanillezucker, Saft einer Zitrone und einige Zesten von der Schale hinzugeben und ca. 15–20 Minuten köcheln lassen, bis die Trauben weich sind. Alles sorgfältig durch ein feines Sieb streichen.

Die übrig gebliebene Flüssigkeit beträgt nun ca. 800–850 ml (je nach Fruchtfleisch der Trauben). Mit Prosecco aufgießen, bis es ca. 1 Liter ergibt. 500 Gramm Gelierzucker dazugeben. In einem hohen Topf (damit es nicht überkocht) zum Kochen bringen und ab dann etwa 5 Minuten sprudelnd aufkochen lassen. Zwischendurch mehrmals umrühren.

Gläser mit Deckel – je nach Größe ca. 4–5 Stück – inzwischen mit heißem Wasser auskochen und kurz auf einem Küchentuch abtropfen lassen. Dann das heiße Gelee bis oben in die noch warmen Gläser auffüllen. Deckel fest verschließen und Gläser sofort auf den Kopf stellen.

Wer auf Alkohol im Gelee verzichten möchte, kann statt Prosecco auch Apfel- oder Traubensaft nehmen.

Ilonas italienischer Erdäpfelkäse

Zutaten:

600 g gekochte Kartoffeln (vorzugsweise mehlig)
200 g Ricotta
200 ml süße Sahne
80–100 g geriebener Parmesan oder Pecorino
3–4 EL gutes Olivenöl
etwas kleingehackte Frühlingszwiebeln
getrocknete italienische Kräuter
Salz und Pfeffer nach Geschmack

Zubereitung:

Kartoffeln mit Schale kochen. Noch warm schälen und durch eine Kartoffelpresse drücken oder fein reiben. Alle weiteren Zutaten unterrühren.

Schmeckt lecker auf frischem Brot oder als Beilage zum Grillen.

Kastanieneis mit Walnüssen

Zutaten:

200 ml süße Sahne
200 ml Milch
2 Päckchen Vanillezucker oder Mark einer halben Vanilleschote
2 Eigelb
150 g Maronenmus (gibt es im Handel fertig zu kaufen)
30 g Walnüsse (oder Pekannüsse)
1 EL Zucker

Zubereitung:

Sahne, Milch und Vanillezucker oder Vanillemark in einen Topf geben und langsam erhitzen. Nicht kochen!

Inzwischen Eigelb und Maronenmus in einer Tasse vermischen. Nach und nach ein paar Löffel der heißen Milch-Sahne-Mischung in die Tasse geben und verrühren. Dann den Inhalt der Tasse langsam in die heiße Milch-Sahne-Mischung einrühren. Nicht kochen! Topf vom Herd nehmen. Inhalt abkühlen lassen.

Währenddessen die Walnüsse grob hacken. Zucker mit einem halben Teelöffel Wasser in eine Pfanne geben und erhitzen. Die Walnüsse dazugeben und alles kurz anrösten. Auf Backpapier abkühlen lassen.

Abgekühlte Eis-Grundmasse in die Eismaschine geben.

Kurz bevor das Eis die gewünschte Festigkeit erreicht hat, die Nüsse dazugeben.

Das Eis passt wunderbar zu Kuchen – oder einfach nur pur genießen.

Schneller Olivenaufstrich mit rosa Pfeffer

Zutaten:

120 g schwarze Oliven entsteint
30 g weiße Mandeln
80 g gekochte Maroni ohne Schale
3 EL Olivenöl
½ Knoblauchzehe gehackt
Salz und rosa Pfeffer

Zubereitung:

Mandeln grob hacken und in heißer Pfanne kurz anrösten. Abkühlen lassen. Alle Zutaten in einen hohen Becher geben und mit dem Pürierstab fein zerkleinern. Mit Salz und Pfeffer gut abschmecken. Wer es etwas schärfer mag, kann auch Chili dazugeben.

Weihnachtliches Pesto

Zutaten:

50 g gebrannte Mandeln
20 g Mandelblättchen
30 g Basilikumblätter
100 ml Olivenöl
30 g geriebener Parmesan
etwas Zitronenabrieb
Salz und Pfeffer, Zimt

Zubereitung:

Alle Zutaten in einen hohen Becher geben und mit dem Pürierstab (oder auch mit einer Küchenmaschine) mixen. Mit Salz, Pfeffer und Zimt nach Geschmack abschmecken.

Das Pesto passt wunderbar zu Gnocchi und Nudelgerichten. Oder als Aufstrich auf – geröstetem – Brot.

Lasagne Fortunato

Zutaten:

800 g gemischtes Hackfleisch
4 Zwiebeln
1 kg frische Tomaten
4 Zehen Knoblauch
5 EL Tomatenmark
20 g Butter
3 EL Olivenöl
½ Chilischote oder etwas Chiligewürz
Thymianzweige (frisch oder getrocknet)
4 EL brauner Zucker
1 TL Zimt
Salz, Pfeffer
150 g Parmesan und/oder Pecorino
Lasagneblätter (ohne Vorkochen)
1 Aubergine

Béchamelsoße und Ricottacreme:

400 ml Milch
40 g Butter
1 Zehe Knoblauch
1 Zweig Thymian
40 g Mehl
Salz und Pfeffer

250 g Ricotta
etwas Abrieb von ungespritzter Zitronenschale
50 g leicht angeröstete Pinienkerne
50 g geriebener Parmesan und/oder Pecorino
Salz, Pfeffer

Zubereitung:

Tomaten waschen und Strunk entfernen. In sehr kleine Würfel schneiden und in eine Schüssel geben. Die 4 Knoblauchzehen schälen und fein hacken und mit 4 Esslöffel braunem Zucker, 1 Zweig Thymian, Salz und Pfeffer zu den Tomaten geben, durchmischen und eine Weile ziehen lassen.

Butter und Olivenöl in einem großen Topf erhitzen. Gehackte Zwiebeln und Chili (Schärfe nach Geschmack) kurz leicht anbraten, Hackfleisch dazugeben. Mit Salz und Pfeffer würzen und ein paar Minuten anbraten. Tomatenmark dazugeben und verrühren. Nach ein paar Minuten die Tomatenstückchen in den Topf geben. Zimt dazugeben. Ca. 1–2 Stunden auf kleiner Flamme köcheln lassen. Zwischendurch immer wieder umrühren. Falls nötig, mit ein wenig Wasser aufgießen.

Aubergine waschen und in gut ½ cm dicke Scheiben schneiden. Kurz von beiden Seiten anbraten und zur Seite stellen.

Für die Béchamelsoße Butter in einem Topf ganz leicht erhitzen. Dazu eine geschälte Knoblauchzehe und einen Thymianzweig. Nicht braun werden lassen, nur leicht dünsten. Nach ca. 5 Minuten Mehl dazugeben, kurz umrühren und dann mit Milch aufgießen und gut verrühren, bis die Soße dickflüssig ist. Durch ein Sieb streichen, Salz und Pfeffer dazu und zur Seite stellen.

Ricotta mit geriebenem Käse, Salz, Pfeffer, wenig Zitronenabrieb, gerösteten Pinienkernen und 4 Esslöffeln der Béchamelsoße zu einer Creme verrühren.

Fleischsoße eventuell mit Salz, Zucker oder Zimt noch mal abschmecken.

In eine große Auflaufform etwas Olivenöl geben. Dann ein paar Kleckse der Béchamelsoße dazu. Darauf die Teigplatten geben (gerne auch selbst gemacht). Auf die Teigplatte einen Teil der Fleischsoße, darüber die Auberginenscheiben, etwas geriebenen Käse und Kleckse von der Béchamelsoße. Teigplatten darauf. Darüber die komplette Ricottacreme und etwas geriebenen Käse. Nächste Lage Teigplatten. Fleischsoße, Béchamelsoße und geriebener Käse.

Je nach Größe und Höhe der Auflaufform kann es sein, dass man eine weitere Schicht mit Fleischsoße, Béchamelsoße und geriebenem Käse machen kann. Wer mehr Käse mag, kann gerne noch mehr darüberstreuen.

Auflaufform in den vorgeheizten Ofen und bei ca. 180–200 Grad etwa eine halbe Stunde im Ofen backen.

Man kann die Lasagne natürlich nach eigenem Geschmack variieren.

Gutes Gelingen und guten Appetit!

Und wie immer gilt für alle Rezepte: Der eigenen Kreativität sind keine Grenzen gesetzt.